D0492490

CE QUE SAVAIT LE CHAT

Martha Grimes

CE QUE SAVAIT LE CHAT

Roman

Traduit de l'anglais (Etats-Unis) par Nathalie Serval

PRESSES
DE LA CITÉ

Titre original : *The Black Cat*

© Martha Grimes, 2010
Tous droits réservés
Edition originale : Viking
© Presses de la Cité, un département de place des éditeurs, 2010 pour la traduction française
Extrait du poème de Wallace Stevens *Geste d'adieu, d'adieu, d'adieu* : traduction inédite de Gilles Mourier
ISBN 978-2-258-08654-8

Pour mon vieux chat Blackie
Novembre 1989 – 23 avril 2007

« Ce serait sangloter, sangloter et crier,
Et en faire le geste, et signifier adieu »

Wallace STEVENS

LES SEMELLES ROUGES

1

Au bout de quarante-huit heures, les tabloïds londoniens en faisaient déjà des tonnes sur le meurtre, publiant la photo de la victime alors même que c'était la police de Thames Valley – et non la Met – qui était chargée de l'enquête.

Le commissaire Richard Jury, de Scotland Yard, policier émérite qui se moquait pas mal du mérite et avait gravi presque malgré lui les échelons de la hiérarchie, se trouvait pour l'heure à la morgue de High Wycombe, dans le comté de Buckingham, devant le cadavre d'une inconnue.

Ce qui le fascinait, ce n'était pas tant que cette fille superbe (plutôt une femme, en réalité, mais les plumitifs avaient cru bon de la rajeunir en l'affublant du surnom de « Glam Girl ») ait été abattue derrière un pub de Chesham, à une dizaine de kilomètres de là, que le fait que deux jours plus tard on n'ait toujours pas découvert son identité.

Tandis qu'il la contemplait, Jury se prit à songer à Ophélie noyée, telle que l'avait peinte John Everett Millais dans son célèbre tableau. Millais, Hunt, Rossetti… D'une manière générale, les préraphaélites se caractérisaient par un imaginaire exubérant, des tonalités vives et une prédilection marquée pour la mort, surtout quand elle frappait des êtres jeunes. Ça tenait presque de la marotte chez eux.

Dr Pindrop… Jury trouvait le nom réjouissant, même s'il convenait mal à celui qui le portait. Le bon docteur était tout sauf silencieux [1]. Avec ça, il envoyait des postillons en parlant, comme s'il était perpétuellement au bord de l'ébullition.

— Il y a eu deux balles, expliquait-il. L'une a manqué les organes vitaux, précisa-t-il en désignant l'épaule perforée du cadavre, pour le cas où Jury aurait été aveugle. La seconde a atteint la poitrine, entraînant la mort.

Jury acquiesça d'un hochement de tête, s'efforçant de graver dans sa mémoire le visage de la victime. Un visage sculpté, aux traits classiques.

— Commissaire ?

Jury se tourna vers Pindrop.

— Vous l'avez assez reluquée, non ? Je peux la recouvrir, maintenant ?

Jury attribua l'acrimonie du médecin à la cause habituelle : quel besoin avait New Scotland Yard de se mêler de leurs affaires ?

— Non, laissez-la encore un moment.

Jury continua à « reluquer » la morte. Selon le rapport, le tueur avait utilisé un 9 mm. On n'avait pas retrouvé l'arme, seulement les douilles.

Pindrop lui montra ensuite les affaires de la victime : robe de couturier, chaussures, petit sac à main.

— L'étiquette de la robe est illisible, mais on dirait du Lanvin. Vous savez, le couturier français ?

— Plutôt du Saint Laurent. L'autre.

— Dites donc, vous avez l'air d'en connaître un rayon.

Jury réprima un sourire.

— Surtout le rayon dames.

Pindrop éclata d'un rire rauque.

La robe était splendide : volants mousseux à l'encolure, manches au-dessus du coude, aussi transparentes que du verre. D'une couleur orange foncé, assortie à la chevelure rousse de la jeune femme, elle semblait faite de soie ou

_____

1. Allusion à l'expression anglaise *So quiet you can hear a pin drop*, qui signifie « On entendrait une mouche voler ». *(N.d.T.)*

14

d'air. Jury n'avait jamais vu de vêtement aussi chic et sexy à la fois. La marque des sandales – Jimmy Choo – était visible entre les minces lanières de cuir cuivré. Le sac venait de chez Alexander McQueen. Jury ne connaissait pas ce jeune homme, mais il imagina qu'il exerçait également ses talents dans Upper Sloane Street, le quartier des boutiques de luxe.

— Il y en a bien pour deux mille livres en tout, observa Pindrop. Elle devait être pleine aux as.

— Ou elle connaissait quelqu'un qui l'était, nuança Jury. Vous vivez à Chesham ?

— Non, à Amersham. *Old* Amersham.

Apparemment, la précision revêtait une importance capitale.

— Donc, vous ne pouvez pas dire si elle était d'ici ?

Le Dr Pindrop passa une main dans ses cheveux clairsemés. Il paraissait avoir près de soixante-dix ans.

— Il me semble l'avoir déjà vue.

Cette réponse étonna Jury. Elle traduisait une bonne volonté que le médecin était loin d'avoir manifestée jusque-là.

— Son visage vous est familier ?

C'était toujours mieux que rien.

— Oui. Je jurerais qu'elle vivait dans le coin. Peut-être pas à Chesham, mais à Amersham, Berkhamsted… Par là, quoi.

— Je vous avoue que je connais mal la région.

Pindrop remonta le drap sur le visage de la morte.

— Dans ce cas, pourquoi est-ce qu'on vous a envoyé ici ?

2

Jury avait posé la même question au commissaire principal Racer, qui lui avait fait une demi-réponse :

« Parce qu'on nous le demande. »

Jury avait attendu qu'il développe. Voyant qu'il n'en faisait rien, il avait insisté :

« C'est qui, "on" ? Et pourquoi veulent-ils de l'aide ? Thames Valley est la première force de police de ce pays après la Met. »

Racer balaya de la main ses interrogations ineptes.

« Bien sûr, ils sont parfaitement capables de se débrouiller. Mais leur commissaire divisionnaire est un de mes amis. Evidemment, il nous demande la plus grande discrétion. Vous savez ce que c'est... »

Il fit mine de chercher un document sur son bureau, ce qui lui demandait beaucoup d'efforts, car il n'y avait guère que trois ou quatre feuilles de papier.

La deuxième question de Jury – « Pourquoi ? » – demeurait en suspens, mais apparemment il était le seul à l'avoir remarqué. Il laissa glisser :

« Quand est-ce arrivé ?

— Le meurtre ? Samedi soir, pour autant qu'on sache. »

Jury grimaça.

« On est lundi.

— Merci, j'ai un calendrier, rétorqua Racer sans lever le nez de ses papiers. Je sais quel jour on est. »

Il savait également que la piste avait refroidi.

« Désolé de ne pas vous servir un cadavre encore chaud sur un plateau, mais c'est comme ça. On a déjà perdu assez de temps... »

Comme si c'était Jury le responsable !

« ... Alors, vous feriez bien de vous activer. Ils ont mis le corps en attente. »

En attente... Comme si la pauvre femme patientait au téléphone, et non à la morgue.

« A Chesham. Près d'Amersham. Je vais passer un coup de fil à la brigade locale, qu'ils envoient quelqu'un vous chercher à la station de métro.

— C'est tout ce que vous pouvez me dire sur cette affaire ? Mais si la police de Thames Valley ignore l'identité de la victime, pourquoi nous recommander la discrétion ? »

La réponse de Racer dénotait une logique très personnelle :

« Parce que la discrétion et vous, ça fait deux. »

3

L'inspecteur-chef David Cummins attendait Jury à l'extérieur de la station de Chesham. Le métro était une bénédiction pour les habitants travaillant à Londres, qui évitaient ainsi les embouteillages de la capitale, et pour les hommes d'affaires stressés à qui il permettait de se délasser chaque soir dans un cadre quasi campagnard.

A son arrivée, Cummins avait couru lui chercher un gobelet de thé au café le plus proche. Il paraissait très impressionné d'accueillir un visiteur de New Scotland Yard, qui plus est un commissaire. A ses yeux, Jury se situait tout au sommet de la hiérarchie policière.

Jury ne prit pas la peine de lui signaler qu'il avait lui-même un supérieur. Cela dit, il se demandait quand Racer était allé sur le terrain pour la dernière fois.

— Qu'est-ce que vous pouvez m'apprendre sur l'affaire ?

Cummins prit une profonde inspiration, comme avant de se lancer dans un récit long et embrouillé.

— Pas grand-chose. La victime a pris un taxi en sortant du métro et a demandé au chauffeur de la déposer au Black Cat. Il lui a répondu qu'il la rapprocherait autant que possible : en faisant des travaux, des ouvriers de la voirie ont éventré une canalisation devant le pub. Toujours d'après le chauffeur, elle n'a pas mentionné la raison de sa venue à Chesham : ni soirée privée, ni quoi que ce soit. J'imagine que vous voudrez l'interroger. Le corps a été découvert par une femme qui promenait son chien, Emily Devere.

— Elle habite Chesham ?

— Non, Amersham.

— Et elle promenait son chien ici ?

— Il y a un sentier près du Black Cat qu'elle apprécie tout particulièrement. Et elle dit qu'elle a toujours aimé le pub aussi.

Jury supposa que c'était ce dernier, plutôt que le sentier, qui l'attirait dans le coin.

— Vous en avez tiré quelque chose ?

— Non. Elle était encore secouée. Comme le pub ne répondait pas, elle a appelé la police avec son portable.

— D'où arrivait-elle ?

— Le plus souvent, elle quitte le sentier pour contourner le pub et rejoindre la terrasse à l'arrière. C'est là qu'elle a trouvé le corps. Elle dit qu'elle a vu un chat, un chat noir, s'enfuir en direction des arbres. Pas vraiment un bois, juste quelques arbres. Ça devait être le greffier de l'établissement.

Cummins ajouta après un silence :

— Autre chose : un couple de rupins, les Rexroth, donnait une réception ce soir-là. Leur propriété est toute proche du pub. Elle s'appelle Deer Park House. Ils affirment n'avoir jamais vu la victime et ne rien savoir à son sujet. A mon avis, ils disent la vérité.

— Une réception importante ?

— Quatre-vingts personnes, sans doute plus. Ils se sont montrés assez vagues.

Jury sourit.

— Comment leur en vouloir ? Si je recevais quatre-vingts personnes chez moi, je serais plus que vague, je serais ivre mort !

Cummins parut apprécier sa désinvolture.

— A les écouter, il y en a pas mal qui ont fini soûls, en effet. Des gens cool, ces Rexroth.

— Dans ce cas, ils ne verront pas d'inconvénient à nous recevoir.

19

Le Black Cat se trouvait sur Lycrome Road, à la limite de la ville. Cummins gara sa voiture sur le petit parking. Le bâtiment ocre clair avait un air à la fois rustique et accueillant. Un ruban de police délimitait un espace à l'arrière.

— Le pub est fermé depuis, dit Cummins, mais j'imagine qu'il va pouvoir rouvrir. Inutile de gêner plus longtemps le commerce. Les propriétaires ont pris un congé. Une de leurs amies tenait la maison en leur absence. Sally Hawkins. Elle vit à Beaconsfield, mais elle leur file toujours un coup de main en cas de besoin. Y a une gamine qui habite avec elle. Sa nièce, je crois.

Jury détacha son regard du petit groupe d'arbres et le dirigea vers le pub.

— Mlle Hawkins est là ?

— Normalement, oui. Je l'ai appelée pour l'avertir que vous vouliez la rencontrer. Ça n'a pas paru lui faire plaisir.

— Les gens sont rarement contents de nous voir. Montrez-moi l'emplacement où Mme Devere a trouvé le corps.

Ils traversèrent le parking, puis un carré de pelouse ayant besoin d'être tondu, jusqu'à la terrasse qui accueillait la clientèle du pub par beau temps. Il y avait plusieurs tables, chacune équipée d'un parasol pour le moment fermé. Un chat noir couché en boule dormait du sommeil du juste sur l'une d'elles. Jury le caressa.

— Le chat du pub ? demanda-t-il à Cummins.

— A votre avis ? Ils sont forcés d'avoir un chat noir, non ?

L'endroit avait un aspect désolé, mais comment aurait-il pu en être autrement avec le ruban de police ?

— Elle était là, dit Cummins en se dirigeant vers la table la plus éloignée du parking. On suppose qu'elle s'était assise, mais on l'a découverte par terre, la tête et les épaules sur l'herbe. Comme si elle était tombée de sa chaise. D'après le rapport balistique, le tireur se trouvait debout.

Il fit le geste de pointer une arme vers le bas.

— Des verres sur la table ?

— Non, rien.

20

— Donc, a priori, l'assassin n'était pas un ami avec qui elle aurait bu un coup.

Cummins lui lança un regard acéré.

— L'assassin n'était sûrement pas son ami.

Jury apprécia la pique à peine voilée.

— Ne faisons pas attendre Mlle Hawkins plus longtemps.

Ils franchirent une porte sur le côté du bâtiment, pénétrèrent dans un minuscule vestibule puis dans la salle du pub. Toute en longueur, pas particulièrement vaste, celle-ci était plutôt agréable. Des talons hauts claquèrent sur les marches d'un escalier, et une femme apparut.

Un visage dur, pas dénué de charme. Des yeux gris ardoise, des cheveux d'un blond trop éclatant pour être naturel.

— Je vous ai vus fouiner dehors, annonça-t-elle. J'ai pensé qu'il valait mieux que je descende.

Cummins lui présenta Jury, ajoutant :

— Le commissaire aimerait vous poser quelques questions à propos de la soirée de samedi.

Elle chassa ses cheveux de son épaule.

— Je vous ai déjà raconté tout ce que je savais, c'est-à-dire rien. Je boirais bien quelque chose. Pas vous ?

Sans attendre leur réponse, elle se glissa derrière le bar, cueillit un verre sur un râtelier et le plaça sous le goulot d'une bouteille de gin bas de gamme.

A vrai dire, Jury aurait été étonné de la voir déguster une sambuca flambée avec des grains de café. Il prit place sur un tabouret tandis que Cummins restait debout.

— Pardon de vous obliger à répéter ce que vous avez déjà dit, sans doute plusieurs fois. Mais les faits gagnent souvent à être considérés sous un angle neuf.

Avec un grognement dubitatif, elle s'envoya une généreuse gorgée de gin.

— Vous résidez ici à titre temporaire ?

Elle acquiesça.

— Votre nièce vit avec vous ?

— Je ne suis pas sa tante, mais sa tutrice. Plus ou moins.

Plus ou moins… C'était vague, surtout s'agissant du sort d'une enfant. Jury attendit en vain des explications.

— Où se trouve-t-elle en ce moment ?

— A Bletchley, chez une cousine. Elle rentre ce soir. J'ai préféré l'envoyer là-bas après ce qui est arrivé, précisa-t-elle avec un mouvement de tête en direction du parking.

— A Bletchley ? Je dois y aller bientôt avec un ami, plus précisément à Bletchley Park. Vous en avez entendu parler ?

— C'est pas là qu'on craquait les codes pendant la guerre ? C'est du chinois pour moi. Tout ce qui m'intéresse, c'est de savoir quand on va enlever cette saleté de bande, dehors.

— Je pense que ce sera fait d'ici ce soir, intervint Cummins. Mais comprenez bien, on ne tenait pas à ce que des gens piétinent la scène de crime.

— Qui voulez-vous qui vienne ici, avec ces foutus travaux ? A cause d'eux, le chiffre d'affaires a chuté de soixante-quinze pour cent. Hier encore, c'était impossible d'accéder au parking. Ces fainéants ont fermé la route presque une semaine. Je vous jure…

Elle secoua la tête, visiblement accablée par la cruauté du monde, puis, à court de griefs, elle opta pour un silence maussade et tira une cigarette d'un paquet posé sur le comptoir.

— Aviez-vous déjà vu la victime, ou avez-vous la moindre idée de son identité ? demanda Jury.

— Non ! Je l'ai dit aux flics. Je sais pas ce qu'elle fichait ici.

— Il y avait une fête samedi soir chez les…

Jury se tourna vers Cummins, qui compléta :

— Les Rexroth. A Deer Park House, tout à côté d'ici.

— La manière dont la victime était habillée laisse penser qu'elle a pu se rendre à cette soirée, ou qu'elle avait l'intention de le faire.

Sally souffla la fumée de sa cigarette au nez de Jury.

— A pied ? Chaussée comme elle l'était, ça m'étonnerait !

— Elle a raison, glissa Cummins. Elle portait des Jimmy Choo.

— Ah ! Un connaisseur…

Sally leur tourna le dos afin de se resservir.

— C'est ma femme, expliqua Cummins, rouge comme une pivoine. Elle est dingue des chaussures.

— J'espère qu'elle est aussi dingue de vous, mon chou, lança Sally. Ces godasses coûtent la peau des fesses.

Quand elle se retourna, son verre contenait deux doigts de gin.

— Elle avait peut-être rendez-vous au Black Cat, reprit Jury. Vous n'avez vu personne d'inconnu, ce soir-là ?

Il se fit aussitôt la réflexion qu'un « inconnu » préméditant un meurtre aurait précisément évité de se faire remarquer.

Sally secoua sa cigarette au-dessus d'un cendrier en aluminium.

— J'ai vu personne ce soir-là. Pas même les habitués. A part Johnny Boy, son vieux chien et Mme Maltese.

Jury leva les yeux vers Cummins, qui acquiesça.

— On les a interrogés, sans résultat. Ils n'ont remarqué personne sur le parking ni sur la terrasse.

— Ce samedi soir, Chesham accueillait-il un événement qui aurait justifié la tenue de la victime ?

— Sûrement pas ! s'exclama Sally.

Dans ce cas, la femme se rendait à Deer Park House, ou elle en revenait, quand elle avait été tuée. Tant pis si les Rexroth affirmaient ne pas la connaître : c'était peut-être la petite amie d'un invité. On ne s'habille pas en Yves Saint Laurent, on ne prend pas le métro, puis un taxi, uniquement pour aller au Black Cat. *Retrouve-moi au pub avant la fête…* Ou après, ou pendant. *Echappe-toi et rejoins-moi. J'ai un empêchement.* Mais pourquoi le tueur aurait-il donné rendez-vous à sa victime dans un endroit public ? Parce qu'elle n'aurait pas accepté de le rencontrer autrement ? Le Black Cat était un bon choix. Même un samedi soir, il y avait peu de chances qu'il soit bondé.

— Merci, Sally, dit Jury. Je vous recontacterai s'il me vient d'autres questions.

— J'en doute pas. Vous autres, dans la police, vous avez tout le temps de nouvelles questions.

Elle avait parlé sans animosité.

Les deux hommes ressortirent par la même porte. Tandis qu'ils marchaient sur le gravier qui crissait, Jury déclara :

— Je ne crois pas qu'elle soit impliquée. Elle ne manifeste pas assez d'intérêt pour cette affaire.

Cummins soupira.

— Il arrive qu'on se trompe sur les gens.

— Ce ne serait pas la première fois.

Jury s'approcha de la table et gratta la tête du chat.

— Et les Rexroth ?

— Comme je vous l'ai dit, ils habitent Deer Park House. Il existe une Deer Park Road, mais leur propriété ne s'y trouve pas. Elle est de l'autre côté de Lycrome Road, un peu à l'écart de la route.

— J'aimerais bien leur parler.

Cummins sortit son portable.

Le chat releva la tête et riva ses yeux couleur d'ambre sur ceux de Jury.

Celui-ci s'efforça de lui faire passer un message : Tu as vu quelque chose ? Dis-moi…

Le chat referma les yeux et ne dit rien.

4

Les Rexroth – Kit et Tip : pas évident de se rappeler lequel des deux prénoms désignait le mari et lequel la femme – étaient un couple âgé très british, vêtu de tweed, de cachemire et portant des chaussures solides et confortables. A voir leur teint resplendissant, on les imaginait volontiers foulant d'un pas vif l'herbe encore imprégnée de rosée de la campagne anglaise, et ce chaque matin de leur longue existence.

— A nous regarder, qui devinerait que nous sommes en quelque sorte le pivot de la vie sociale de Chesham ? fit Kit Rexroth, ses yeux étincelant comme des sequins.

Les Rexroth étaient incroyablement sveltes, avec des bras et des jambes aussi minces que des flûtes.

— Je vous crois volontiers. Vous semblez plus dynamiques que beaucoup de gens qui n'ont pas la moitié de votre âge.

Jury regretta aussitôt ses paroles : il n'avait pas voulu paraître condescendant. On se montrait facilement condescendant avec les personnes âgées, plus rarement avec les personnes âgées *et* riches. Comme si c'était un miracle qu'elles aient vécu aussi longtemps, et qu'elles méritaient tous les égards pour cela.

Tip et Kit lui évoquaient un duo de danseurs de claquettes parfaitement accordés, maniant leur canne avec dextérité, chapeau incliné vers l'avant. Il n'avait jamais vu un couple autant à l'unisson : si l'idée de tuer quelqu'un avait effleuré l'un d'eux, ils l'auraient mise à exécution ensemble.

— Vous êtes là à cause du meurtre, dit Kit en levant sa tasse de café comme pour porter un toast.

— En effet. Non merci…

Cela s'adressait à Tip, qui leur montrait la cafetière d'un air interrogateur. Cummins en accepta une tasse.

— Je sais que l'inspecteur-chef Cummins vous a déjà interrogés, mais j'aimerais préciser certains points. La victime portait une robe Saint Laurent abricot, une nuance proche de celle de ses cheveux. Elle mesurait environ un mètre soixante-dix. Une très belle femme. Les photos prises sur la scène de crime ne lui rendent pas vraiment justice. Vous voulez bien y jeter un coup d'œil ?

Ils acquiescèrent avec un enthousiasme quelque peu incongru.

Jury étala devant eux les clichés les moins macabres.

Kit Rexroth se pencha en avant, les mains sur les genoux, amenant presque son visage au niveau de la table. Peut-être était-elle myope.

— C'est drôle… J'ai l'impression de l'avoir déjà vue. Pas toi, Tip ?

Avec un grognement, Tip remonta ses lunettes sur son nez et regarda plus attentivement la photo que lui désignait sa femme.

— Non, je ne crois pas. Pourtant…

Il tourna le cliché en tous sens, puis il secoua la tête et répéta :

— Non.

Jury reprit la photo et remarqua :

— Apparemment, vous étiez les seuls à donner une fête à Chesham samedi dernier.

— Comme c'est intéressant ! s'exclama Kit. Vous pensez qu'elle est venue ici ? Mais ça m'étonnerait. Une femme pareille, on est fier de l'exhiber. On ne la laisse pas toute seule à une terrasse avec un verre de gin en lui promettant de repasser plus tard.

26

— Combien de personnes y avait-il ici ce soir-là ?

— Oh, dans les quatre-vingts ? hasarda Kit. Mais nous n'en avions invité que la moitié, ajouta-t-elle d'un air ravi.

Les chances étaient d'autant plus fortes pour que la victime ait eu l'intention de se rendre chez les Rexroth ce soir-là, même sans invitation : apparemment, ni l'un ni l'autre n'était en mesure de dire qui se trouvait là ou non.

— Quand nous faisons la bringue, la maison est toujours pleine à craquer. Il y a des gens jusque dans les placards !

Le vieux couple éclata de rire.

— Cela pourrait finir par vous attirer des ennuis, monsieur Rexroth.

Ils parurent déconcertés, puis, voyant que Jury plaisantait, ils rirent de plus belle.

— Et les voisins ? dit Cummins. Ils ne se plaignent jamais ?

— Les voisins ? Ils sont les premiers à s'inviter !

Nouvelle explosion de rires. Jury se demanda si les Rexroth avaient pris le parti de s'amuser jusqu'à ce que mort s'ensuive.

— Pourrais-je voir la liste de vos invités ?

— Nous l'avons, intervint Cummins. Désolé, j'aurais dû vous la donner.

— Ce n'est pas grave, dit Kit d'un ton léger. Tenez, je l'ai recopiée.

Elle prit sur la table basse une liasse de feuilles qu'elle tendit à Jury. Les noms y étaient écrits à la main.

— J'ai classé les gens en deux catégories, expliqua-t-elle. Nos amis, et les collègues de Tip. Il travaille à la City, dans Cannon Street. A l'intérieur de ces deux groupes, il y a les personnes que nous avons effectivement invitées. Ensuite, celles que nos invités nous ont demandé la permission d'amener. Encore ensuite, celles que nous n'avions aucun souvenir d'avoir invitées, tout en l'ayant peut-être fait, au moins en intention, si vous voyez ce que je veux dire…

Jury ne voyait pas.

— … Puis celles qui écument les pubs de la City avec Tip, celles dont nous ignorions la venue mais que nous avons aperçues au cours de la soirée…

Kit mit une main au-dessus de ses yeux comme si elle scrutait l'horizon, debout à la proue d'un navire.

Jury parcourut rapidement la liste. Il ignorait qu'il y eût autant de monde à Londres.

— Si la victime comptait se rendre à votre soirée, il se pourrait qu'elle en ait été avertie par un de vos invités. Savez-vous si l'un d'eux attendait quelqu'un qui n'est jamais arrivé ?

Kit et Tip plissèrent le front.

— Non, je ne me rappelle pas que… Neal n'a pas demandé après une fille ? interrogea Kit en se tournant vers son mari.

— Hum… C'est bien possible.

— Neal Carver, indiqua Cummins. Vous l'avez déjà mentionné.

— Ah bon ? Dans ce cas, c'est probablement exact. Et Rudy… Comment s'appelle-t-il, déjà ?

Tip réfléchit, sans résultat.

— Il doit être sur la liste, avança-t-il.

Cummins intervint de nouveau :

— Il me semble que vous avez dit Lands. Rudy Lands.

— Ah ?

Tip leva les sourcils comme si c'était Cummins, et non lui, qui avait invité Rudy.

Les Rexroth étaient un peu trop vagues et influençables au goût de Jury. Il lança un regard à Cummins, qui acquiesça et se leva.

— Merci beaucoup. Nous vous rappellerons.

Dans la voiture, Jury demanda à Cummins :

— Que pouvez-vous me dire au sujet de Neal Carver et Rudy Lands ?

— On les a interrogés tous les deux. La copine de Lands lui a fait faux bond parce qu'elle était malade ce soir-là. Quant à celle de Carver, une certaine Helen Brown-Headly,

une petite brune qui habite Chelsea, elle avait complètement oublié la soirée. Aucun rapport avec notre inconnue.
Sinon, j'ai appelé Emily Devere, la femme qui a trouvé le
corps, et elle serait ravie de vous recevoir.

— Est-ce que toute cette affaire la divertit autant que les
Rexroth ?

Cummins rit.

— Oh oui !

Il serait bientôt temps de dîner, fit remarquer Emily
Devere, mais aucun souci, elle ne voyait pas d'inconvénient
à prolonger l'heure de l'apéritif. A ce propos, le commissaire
voulait-il boire quelque chose ? Son chien marron et blanc,
qui évoquait un tonnelet sur pattes, leva vers Jury un regard
qui l'implorait de refuser, dans son propre intérêt.

Jury déclina l'invitation, ajoutant :

— Surtout, que cela ne vous empêche pas de vous servir.

— Pas de danger !

Emily Devere se versa un whisky, laissa tomber un glaçon
dans son verre et s'assit en face de son visiteur. Elle avait
insisté sur le fait que sa maison se trouvait dans la vieille ville
d'Amersham, et non dans la partie nouvelle.

— Je ne dis pas ça par snobisme, mais je n'aime que ce
qui est vieux. Comme ce whisky.

Elle sourit et leva son verre avant d'ajouter :

— Parfois, j'ai l'impression d'être ce garçon qui avait
bouché une fissure dans la digue avec son doigt. Le monde
moderne est en passe de s'écrouler.

A presque quatre-vingts ans, Mlle Devere possédait un
magnifique teint rosé. Elle portait une jupe droite sous le
genou, un cardigan marron, et ses cheveux gris étaient
coiffés en un chignon bas.

Ils avaient pris place dans le salon de la petite maison
pimpante, parmi le canapé et les fauteuils habillés de chintz
fleuri, les tapis faits main, les repose-pieds brodés. Couché en

rond sur un de ceux-ci, le chien regardait Jury. Ses babines pendantes indiquaient qu'il était croisé de bouledogue.

— Personne ne peut arrêter le progrès, bien sûr, mais j'aimerais vraiment lui faire un croche-pied, histoire de le freiner un peu. Ce portable, quelle abomination ! Imaginez, une cabine téléphonique à l'échelle du monde...

Jury sourit. Mlle Devere ne dédaignait pas l'emphase.

Mais en un clin d'œil, elle redevint la personne pragmatique qui avait découvert un cadavre deux jours plus tôt.

— J'ai toujours eu un faible pour ce pub. Je m'y arrête de temps en temps, même s'il n'est pas sur mon chemin. En revanche, je ne pense pas grand bien de la femme qui le tient en l'absence des propriétaires. Sally quelque chose. Elle ne m'inspire pas confiance.

Elle but une gorgée de whisky avant de poursuivre :

— Dieu merci, elle n'est là que provisoirement. En tout cas, nous aimons nous promener le long du sentier qui borde la ferme. Drummond l'apprécie beaucoup.

Drummond, estima Jury, n'était pas du genre à se laisser balader sans donner son avis.

— Comment a-t-il réagi ?

— Qui ça ?

— Drummond. Quand il a découvert le corps.

— Eh bien... J'étais trop bouleversée pour y prêter attention.

Elle se pencha vers Jury pour demander :

— Vous croyez qu'il sait quelque chose ?

Jury se retint de rire. Elle paraissait sérieuse.

— Vous n'aviez jamais vu la victime auparavant, mademoiselle Devere ?

— Non, bien sûr. Sinon, je l'aurais signalé.

Elle cala sa tête sur le petit coussin qui coiffait le dossier de son fauteuil et considéra le plafond comme s'il se comportait étrangement.

— Quelque chose vous tracasse ?

— Comme je vous l'ai dit, je ne crois pas avoir jamais vu cette femme. Pourtant, son visage m'était familier.

Jury se rappela le commentaire du Dr Pindrop : « Il me semble l'avoir déjà vue. » Kit Rexroth avait eu la même impression.

— Elle portait une robe en crêpe orangé, reprit Mlle Devere, avec un motif de feuilles tourbillonnant. Une splendeur. Elle doit coûter une fortune.

— Vous devez être très observatrice pour avoir remarqué cela, compte tenu des circonstances.

La vieille dame eut un sourire en coin.

— Plus jeune, j'étais fascinée par les boutiques de luxe d'Upper Sloane Street.

— Le rapport de police mentionne que vous avez aperçu un chat noir. Celui du pub ?

— Je suppose, bien que rien ne ressemble plus à un chat noir qu'un autre chat noir. Il a filé quand il a vu Drummond.

Jury réfléchit, puis il se leva.

— Merci, mademoiselle Devere. Je repasserai vous voir si nécessaire.

— Je l'espère bien ! Il y a longtemps que je ne m'étais pas autant amusée.

La nuit tombait quand ils se garèrent devant la gare de High Wycombe.

— Vous pourriez prendre une chambre au Crown ou au King's Arms, suggéra Cummins. Si on avait de la place, je vous aurais proposé de dormir à la maison. On habite Lycrome Road, pas loin du pub. Chris, ma femme, serait ravie de vous rencontrer.

— Merci, mais j'ai des choses à faire à Londres. Je dois aller voir une amie hospitalisée. Ce soir, ou demain matin.

— Oh ! Rien de grave, j'espère.

— Je crains que si. Bonne soirée.

Avant de s'éloigner, Jury donna une tape sur le toit de la voiture en signe d'au revoir.

Jury aimait les trains. Celui-ci lui rappelait un jouet, avec ses rangées de trois fauteuils étroits, à peine délimités et dépourvus d'accoudoirs. Ce soir-là, il avait une rangée pour lui seul. D'ici trente-cinq ou quarante minutes, il serait à Marylebone. S'il avait dû emprunter la M25 pour rentrer, il aurait fait du surplace. Aux heures de pointe, les trains de banlieue étaient probablement bondés, mais cela valait toujours mieux que l'enfer des autoroutes.

Ce qu'il préférait, c'était observer les autres voyageurs. Certes, ils n'étaient que des étrangers, mais l'expression de leur visage – indifférente, renfrognée, lointaine, furieuse – trahissait leurs véritables émotions. Rien à voir avec les masques qu'ils portaient tous au quotidien dans leurs relations sociales. Ici, chacun pouvait rester plongé dans ses pensées, faire la tête qui lui plaisait et envoyer au diable le reste du monde.

Il aurait dû se concentrer sur la victime, cette jeune femme qui s'était si richement vêtue et chaussée pour aller à un rendez-vous avec la mort. Il aurait dû interroger le conducteur du taxi qui l'avait prise en charge à la station, mais il pourrait toujours le faire le lendemain. Elle habitait certainement la région de Chesham, même si nul ne s'était présenté pour l'identifier. Trois personnes lui avaient trouvé un air familier. Une simple impression, pas assez nette pour les pousser à affirmer : « Oui, c'est elle. Ça fait des années que je la connais. »

Puis, curieusement, il se prit à songer aux taxis emblématiques de Londres. A présent, il arrivait qu'on en croise des bleus ou gris argent, une hérésie : la seule couleur qui convenait aux taxis londoniens était le noir. Se pouvait-il que la victime, avec son attirail haute couture, se soit également présentée sous une autre couleur que la sienne ?

Il sortit la liste de Kit Rexroth et parcourut la première page. Il y en avait six, non, sept, couvertes d'une écriture grande mais précise. Les invités, les invités des invités (pages quatre, cinq, six), les personnes qu'on avait aperçues, celles qu'on n'avait pas vues… Non. Forcément, ces dernières étaient restées… invisibles. *Celles qui écument les pubs de la City avec Tip.*

Jury retourna à la page six, pensant avoir mal lu. Mais non : le nom de Harry Johnson figurait bien sur la liste. Bah ! Il y avait certainement des dizaines de Harry Johnson à Londres. Jury sourit. Il était prêt à parier qu'il n'y en avait qu'un.

Le trajet était trop court pour qu'un chariot passe proposer du thé. Bizarrement, Jury en ressentit un manque. Il trouvait quelque chose de réconfortant aux couinements métalliques qui signalaient habituellement son approche. On a tous besoin de rituels, songea-t-il. Ces repères jouent le même rôle que les piquets qui fixent une tente au sol et l'empêchent de s'envoler. De rituels, et de tout ce qui évoque des rituels. Avant longtemps, on mettrait au rancart les bus à étage et leurs conducteurs grincheux avec leurs rouleaux de tickets. D'accord pour quelques taxis bleus, gris ou même à damiers, mais par pitié, pas tous. Au lieu de regretter l'absence de buvette ambulante, il aurait dû penser à Lu sur son lit d'hôpital.

N'y va pas.

Bien sûr, il y alla.

5

L'hôpital Saint Bart se trouve dans la City, à deux pas du marché de Smithfield et tout à côté de l'église Saint Bartholomew. Quand Jury avait évoqué la proximité de l'hôpital et du marché devant sa voisine, Carole-Anne Palutski, elle lui avait demandé d'y faire un saut et d'y acheter des saucisses dignes de ce nom. D'accord, avait-il répondu. J'irai avec un camion frigorifique.

C'était tout l'humour dont il était capable.

La dernière fois qu'il avait vu Lu Aguilar, elle lui avait annoncé son intention de retourner au Brésil sitôt sortie de l'hôpital. Sa famille, avait-elle ajouté, était là-bas, pas à Londres.

Elle lui répéta ce qu'elle lui avait déjà dit ce jour-là :

— Ici, personne n'a besoin d'un inspecteur de police en fauteuil roulant.

Jury se pencha vers le lit et dit :

— Moi, je suis preneur. Toujours.

Il lui tenait la main, frottant son pouce sur l'os qui saillait sous la peau. Lu avait maigri d'au moins dix kilos et elle ne remarcherait pas avant longtemps, si elle remarchait un jour. Elle avait été victime d'un accident de la circulation tout bête, deux voitures qui avaient tenté de passer au rouge, l'une allant tout droit, l'autre voulant tourner. Le conducteur du second véhicule était mort sur le coup. Si elle avait fondu depuis son hospitalisation – trois semaines plus tôt ? quatre ? –, elle n'avait rien perdu de son mordant.

— Ça m'étonnerait ! fit-elle avec un rire acerbe.

— Tu me trouves tellement superficiel ?

— Oui.

Jury se redressa. Il savait qu'elle mentait. Elle voulait juste lui signifier qu'elle ne croyait pas à sa sincérité.

— Eh bien, tu as tort. On a déjà vu des policiers actifs en fauteuil roulant. Ce qu'on apprécie chez toi, ce n'est pas ton aptitude à sauter d'une voiture en marche. Tu n'es pas une athlète, mais une enquêteuse.

— Oh, je t'en prie…

Elle se détourna, et Jury le ressentit comme une gifle. Durant une seconde, il la détesta. La haine le submergea et se retira immédiatement, comme une vague.

Mais la haine que son état inspirait à Lu subsista de manière presque tangible. En même temps que ses muscles, la jeune femme avait perdu son pouvoir de domination. Son autorité reposait pour beaucoup sur sa présence physique.

Le neurochirurgien qui l'avait opérée lui avait indubitablement sauvé la vie. Jury tenait cette information de Phyllis Nancy. C'était elle qui avait dispensé les premiers soins à Lu sur le lieu de l'accident. L'imperturbable Phyllis Nancy… Jury ne pouvait songer à Phyllis sans sourire.

— Qu'est-ce qui te fait sourire ?

Jury tressaillit.

— Euh, rien.

Il eut aussitôt honte.

— Tu pensais à quelqu'un, et ce n'était pas moi, insista Lu.

— Tu as appris à lire dans les pensées ?

Il sourit de nouveau, d'un sourire coupable.

— J'ai toujours su lire dans les pensées, surtout les tiennes.

Il soutint son regard.

— Tu as décroché, Richard.

35

Il aurait voulu ressentir cela comme une nouvelle gifle, un affront immérité. Mais même s'il lui en coûtait de l'admettre, il l'avait mérité.

Lu surprit son expression. Si elle ne parvint pas à l'interpréter, elle y décela cependant une certaine ambivalence.

— Bon sang, ne fais pas cette tête, reprit-elle. Ce n'est pas comme si on avait été… comme si on était amoureux.

Elle tenta de se redresser, et en la regardant, Jury eut l'impression que sa colonne vertébrale explosait sous l'effet de la douleur.

— Merde ! s'exclama-t-elle. Personne ne va me filer un coup à boire, ou au moins une clope ?

Jury parcourut à l'envers le corridor immaculé. Chaque pas lui causait une souffrance presque aussi vive que celle de Lu, clouée sur son lit.

Tu as décroché…

Un sentiment l'envahit sur lequel il refusa de s'appesantir – du soulagement, à n'en pas douter. C'est vrai, il avait été accro à elle. Pour des raisons purement sexuelles, il en avait conscience à présent. Si elle avait décidé de rester à Londres, peut-être même de reprendre son poste à Islington, en toute franchise, il ignorait ce qu'il aurait fait. L'épouser ? Prendre soin d'elle d'une manière ou d'une autre ? Il imaginait mal Lu Aguilar accepter l'une ou l'autre proposition. Elle aurait deviné qu'elles étaient motivées par le remords, la pitié ou le sentiment du devoir.

Ce couloir était interminable. Ni les ascenseurs ni le néon signalant la sortie ne semblaient se rapprocher.

Aucune issue en vue.

6

Le lendemain matin, il quitta son appartement à peine vingt minutes, le temps d'acheter du lait. A son retour, quand il voulut ranger la bouteille dans le réfrigérateur, il trouva un carré de papier fixé à la porte par un aimant en forme de banane.

En son absence, Carole-Anne avait répondu au téléphone. Sans doute avait-elle entendu la sonnerie en descendant pour se rendre au travail et était-elle entrée pour prendre l'appel. Jury fermait rarement sa porte à clé.

Le message était rédigé dans le style inimitable de Carole-Anne. Si l'archange Gabriel avait utilisé le même, le christianisme n'aurait probablement jamais percé.

« SW a aplé. IC 2 Hi W di 1 fm 6gnl 10pru a Chess. Ça AV l'air urgent. »

Jury réfléchit. Peut-être « SW » avait-il tenté de le joindre sur son portable. En voulant vérifier, il constata que la batterie était complètement déchargée. Pestant contre sa négligence, il fit une nouvelle tentative pour décrypter le message, puis il le mit de côté le temps de préparer du thé et de jeter un coup d'œil au journal qu'il avait acheté en même temps que le lait.

Au bout de trois jours, l'intérêt suscité par le meurtre de Chesham aurait dû commencer à retomber. Mais non, la presse londonienne en faisait encore des tartines. Elle n'avait donc rien de plus croustillant à se mettre sous la dent ?

Apparemment pas. Sans doute la fascination exercée par cette affaire provenait-elle de ce que la victime, en plus d'être belle et habillée comme une princesse, n'avait toujours pas été identifiée. L'article citait également le nom de Jury, rappelant la suspension dont il avait fait l'objet après l'affaire de Hester Street, quelques mois plus tôt. A l'époque, l'opinion publique s'était émue de voir le paladin de New Scotland Yard, le champion des malheureux, sanctionné pour avoir sauvé la vie de dix petites filles.

Jury jeta le journal sur la table basse, but une gorgée de thé comme s'il s'agissait de bière et regarda de nouveau le message. « SW a aplé… » Le *sergent Wiggins* a appelé. Oui, ça devait être ça. Eh bien, il verrait Wiggins d'ici quelques minutes, si toutefois c'était lui l'auteur du coup de fil.

Jury finit son thé, prit son manteau, ses clés, et sortit.

Le sergent Wiggins, qui remuait son thé avec une racine de réglisse à l'entrée de Jury, leva vers lui un regard interrogateur.

— Vous avez eu mon message ?

— J'ai bien eu un message, ou quelque chose de ce genre, de Carole-Anne.

Jury sortit le morceau de papier de sa poche et le lut à voix haute, s'efforçant d'en restituer l'écriture phonétique :

— « SW a aplé. IC 2 Hi W di 1 fm 6gnl 10pru a Chess. Ça AV l'air urgent. » J'ai fini par supposer que SW, c'était vous.

— Oui, mais…

Wiggins parut réfléchir, puis son visage s'éclaira.

— Bien sûr ! « 1 fm 6gnl 10pru a Chess » : un inspecteur a appelé de High Wycombe pour dire qu'une femme avait signalé la disparition de sa nièce. Ça fait trois jours qu'elle ne l'a pas vue, presque quatre en comptant ce matin…

— Elle ne s'est pas inquiétée plus tôt ?

— La nièce en question passe souvent ses week-ends à Londres, aussi sa tante a d'abord cru qu'elle y était. De toute manière, ça ne peut pas être votre victime. La disparue habite Chesham.

— Il n'est pas impossible que la victime aussi.

Wiggins frappa le bord de son mug avec la racine avant de reprendre :

— Cette femme, Edna Cox, a appelé la police hier, disant que sa nièce aurait dû regagner son domicile dimanche soir, qu'elle ne s'était pas présentée à son travail lundi matin sans avoir téléphoné pour avertir de son absence. A la morgue, elle a affirmé que ce n'était pas elle, et que jamais sa Mariah — Mariah Cox, c'est le nom de la nièce — ne se serait habillée comme ça. La police lui avait fait voir ses vêtements pour faciliter l'identification. Je parie que ce n'est pas tous les jours qu'on croise là-bas des filles portant ce genre de robe, sans parler des chaussures...

— Des Jimmy Choo. Quand Mariah Cox a-t-elle disparu ?

— Sa tante ne l'a pas vue samedi — mais rappelez-vous, elle la croyait à Londres pour le week-end. D'habitude, elle rentrait le dimanche soir, mais pas cette fois. Elle n'est pas rentrée non plus lundi.

Jury se leva brusquement.

— Il faut que je parle à cette Edna Cox.

— Mais puisqu'elle a dit que ce n'était pas sa nièce...

— Je m'en fiche. Une femme disparaît, et une autre surgit de nulle part, morte. C'est un peu gros, comme coïncidence.

— Quand même, cette femme aurait reconnu sa propre...

Au même moment, le téléphone sonna. Wiggins décrocha et dit son nom. Au bout de cinq secondes, il se tourna vers Jury.

— C'est encore l'inspecteur-chef Cummins, monsieur.

Jury prit l'appareil et s'assit au bord du bureau de Wiggins. Après avoir écouté, il rendit le combiné au sergent et annonça :

— Apparemment, quelqu'un a identifié le corps. La patronne de la nièce, une bibliothécaire. Selon elle, la victime est bien Mariah Cox.

7

Jury s'attarda à High Wycombe le temps de réunir tous les éléments du dossier. Ses collègues de Thames Valley faisaient preuve d'une amabilité remarquable à son endroit, alors même que sa présence paraissait superflue. Il fit part de son étonnement au supérieur de Cummins, auquel celui-ci l'avait présenté.

L'inspecteur de police principal Stevens éclata de rire.

— Vous savez, il n'y a pas que des Morse ici.

— Des morses ? fit Jury, décontenancé.

— Ne me dites pas que vous ne connaissez pas l'inspecteur Morse, de la police de Thames Valley ?

— Oh ! Morse… Le héros de la série télé. Croyez-moi, je n'ai rien à voir avec lui non plus. Mais j'aimerais m'entretenir avec la tante, Edna Cox.

— Cummins va vous emmener. Vous savez ce qui m'a le plus intrigué dans le fait qu'elle n'ait pas pu identifier sa nièce ? Le caractère presque brutal de sa réponse. Comme si elle refusait d'admettre une réalité déplaisante. D'habitude, les gens sont soulagés de ne pas reconnaître un être cher dans le corps qu'on leur présente. C'est pour ça qu'on a fait venir la bibliothécaire, Mary – il jeta un coup d'œil au dossier – Chivers. Elle-même dit qu'elle a eu du mal à identifier Mariah. Pas étonnant que sa tante ne l'ait pas reconnue : la chevelure rousse, les vêtements… Vous croyez que Mariah jouait les professionnelles à Londres le week-end ?

— Possible. J'aimerais rencontrer les deux femmes, si ça ne vous ennuie pas.

— Au contraire : on est contents d'avoir un coup de main de la Met.

Jury sourit.

— Nous savons tous les deux que c'est faux.

— J'ai essayé de vous joindre sur votre portable, expliqua Cummins tandis qu'ils se casaient à l'intérieur de la voiture, mais vous ne répondiez pas. Alors j'ai appelé le Yard et je suis tombé sur votre sergent.

— Lequel a appelé chez moi. Ma voisine du dessus a pris le message. Mon répondeur n'a jamais fonctionné. Aussi, chaque fois qu'elle entend le téléphone sonner à travers ma porte, elle entre et décroche.

Comme le feu s'apprêtait à passer au rouge, Jury sortit le message de Carole-Anne et le tendit à Cummins pendant qu'il freinait.

L'inspecteur-chef le lut et éclata de rire. Le feu repassa au vert.

— Et vous y avez pigé quelque chose ?

Jury rempocha le morceau de papier.

— Elle passe le plus clair de son temps à étudier les runes et à traduire du vieil anglais. Pour ma part, je n'en ai que des rudiments.

Il se tourna vers la vitre.

— Vous dites que la victime travaillait à la bibliothèque locale. Comment une bibliothécaire peut-elle s'offrir du Yves Saint Laurent ?

— Et les chaussures ? Ou alors, c'est ma femme qui les lui a offertes.

— Votre femme ?

— Chris. Jimmy Choo, Prada, Gucci, Tod's, Blahnik, elle a toute la panoplie !

Jury accueillit cette déclaration avec étonnement. Il aurait cru que le salaire d'un inspecteur de Thames Valley était à peine supérieur à celui d'une bibliothécaire.

— Chris a deviné la marque des chaussures dès qu'elle les a vues sur la photo...

Comprenant qu'il en avait trop dit, Cummins s'interrompit.

— Une photo extraite du dossier ? demanda Jury.

— Je lui ai seulement montré celle où on voyait les chaussures. Je sais que je n'en avais pas le droit, mais...

— En effet.

— Mais... Il s'agit juste de Chris.

Il se tut et s'engagea dans un rond-point.

Jury perçut son malaise et en fut touché.

— Comme ça, Chris est une obsédée des chaussures ? reprit-il.

Cummins rit, soulagé.

— Ça, vous pouvez le dire ! Il faudrait vraiment que je vous la présente.

— Ce sera avec plaisir. Elle a l'air d'une femme fascinante. Mais d'abord, la bibliothèque.

Mary Chivers faisait partie de ces gens qui appellent n'importe quel policier « inspecteur », fût-il sergent ou commissaire. Suivant cette typologie, Cummins se rangeait strictement dans la même classe que Jury.

A leur entrée, la bibliothécaire soufflait sur le dos d'un livre pour en chasser la poussière. Ce geste plut à Jury, même s'il n'aurait su dire pourquoi. On sentait que les livres étaient en sécurité avec cette petite femme. En réalité, c'était toute la bibliothèque qui évoquait un sanctuaire, avec son silence bruissant de murmures. Ces derniers provenaient d'un groupe de trois femmes qui échangeaient des nouvelles ou des secrets à une table.

Cummins, qui avait précédemment interrogé Mary Chivers, fit les présentations.

— D'abord, je n'en ai pas cru mes yeux, expliqua la biblio-thécaire. C'était bien Mariah, malgré ses cheveux roux. Mais j'ai dû y regarder à deux fois pour m'en assurer, vous pouvez me croire. A cause de l'endroit où on l'avait trouvée, de la manière dont elle était habillée. Je comprends qu'Edna s'y soit trompée. La pauvre…

Mary Chivers caressa la couverture du volume qu'elle tenait toujours et promena son regard sur les hautes piles de livres, comme pour s'assurer qu'ils n'avaient pas pris la fuite.

— Mariah était une fille ordinaire, reprit-elle, mais avec un visage bien dessiné. Avec un maquillage adéquat et un peu de savoir-faire, je conçois qu'elle ait pu se transformer ainsi.

— Elle s'entendait bien avec le reste du personnel ? demanda Jury.

— Bien sûr !

— A votre connaissance, personne ne la jalousait ou n'avait des raisons de lui en vouloir ?

Mary Chivers secoua la tête d'un air catégorique.

— Inspecteur, Mariah Cox était la personne la plus aimable qui soit. Fiable, consciencieuse, attentionnée. Avec cela, elle était la discrétion incarnée. Pas le genre à se mettre en avant.

A entendre sa patronne, Mariah n'attirait pas l'attention. Pourtant, elle s'était métamorphosée en une beauté sophisti-quée s'adonnant – Jury commençait à le soupçonner – à la prostitution occasionnelle. Le plus étonnant n'était pas qu'elle l'ait fait, mais pourquoi.

Edna Cox habitait au bout d'une rangée de maisons toutes identiques, avec des rideaux de dentelle aux fenêtres. L'endroit était déprimant en soi, mais le deuil qui frappait son occupante le rendait carrément sinistre.

Edna Cox semblait toujours refuser d'admettre que la morte était sa nièce.

— Vous connaissez ma petite Mariah, inspecteur, dit-elle, prenant Cummins à témoin.

— Je reconnais que c'est difficile à croire, lui concéda le policier. Pourtant...

Mais Edna Cox n'était pas prête à entendre ses objections. Elle avait pris place dans un canapé rembourré, si près du bord qu'elle aurait atterri sur le tapis si elle s'était déplacée d'un seul centimètre.

— Je l'ai déjà dit et je le répète : Mariah ne possède pas ce genre de vêtements. Et ses cheveux... Ils n'ont jamais été de cette couleur. Est-ce que vous avez parlé à Bobby ? Ils se sont fiancés il y a à peine quinze jours.

— Pas encore, répondit Jury. Qui est Bobby ?

Edna Cox détourna la tête, apparemment résolue à en rester là.

— Bobby Devlin, intervint Cummins. Il vend des fleurs à côté de la station de métro. Un brave garçon.

— Mariah se ferait tuer plutôt que de porter des sandales pointues ! lança Edna sans réfléchir.

Jury jugea le choix des mots pour le moins malheureux.

— Et où aurait-elle trouvé l'argent pour acheter ces chaussures ? Sans parler de la robe. Le tout doit coûter la moitié de son salaire annuel !

Jury examina la photo encadrée de Mariah Cox qu'il tenait entre les mains. Elle montrait une jeune femme ordinaire, avec des cheveux bruns et raides jusqu'aux épaules, une frange trop longue qui éclipsait presque son regard. Mais Mary Chivers avait raison : le visage avait une structure parfaite. Le genre de visage avec lequel un maquilleur expérimenté peut faire des miracles. Peut-être Mariah possédait-elle ce talent, ou avait-elle une longue habitude de se créer un masque. Il reposa le portrait sur une table basse en verre qui jurait avec le reste du mobilier et demanda :

— Il est déjà arrivé que Mariah s'absente, pas vrai ?

— Oui, elle part presque tous les week-ends. Parfois, elle reste dormir à Londres, chez une ancienne amie de lycée...

Elle laissa sa phrase en suspens et se mit à fixer le tapis.

Jury se pencha en avant et demanda du ton le plus naturel qui soit :

44

— Madame Cox, vous est-il jamais venu à l'esprit que votre nièce pouvait mener une double vie ?

Edna Cox releva vivement la tête.

— Que voulez-vous dire ?

Elle avait l'expression d'une personne qui cherche désespérément à éviter la vérité.

— Peut-être ne vouliez-vous pas que cette femme soit Mariah.

Elle rejeta les épaules en arrière, comme pour défier Jury.

— Vous m'accusez de mensonge ?

— Pas du tout. Je pense que vous vous êtes trompée.

Il reprit la photo sur la table et commenta :

— Des cheveux bruns et raides, une frange qui couvre presque les yeux. Pas de maquillage. L'exact opposé de la morte. C'est ce que j'entends par « mener une double vie ». On dirait deux femmes différentes. Le médecin légiste, qui habite la région, trouvait quelque chose de familier à la victime. Un témoin a fait la même réflexion. Vous savez ce que cela signifie.

Pendant qu'il parlait, Edna Cox avait tiré un mouchoir de sa manche. Elle le pressa contre sa bouche et secoua la tête.

— Je n'arrive pas à y croire…

C'était faux. Jury accorda un moment de répit à la pauvre femme et en profita pour regarder autour de lui. Partout des tons brun foncé et gris nuage. Un décor insipide, parfaitement accordé à la jeune femme dont le portrait reposait sur la table. Non, il se trompait : Mariah n'avait rien d'insipide, et la pièce respirait surtout la tristesse. L'air en était comme imprégné. Mais peut-être cette tristesse émanait-elle de lui.

Il aurait voulu pouvoir laisser Edna Cox dans le déni et l'illusion. Mais la police avait amplement les moyens d'établir l'identité de la morte : ADN, empreintes digitales, dossier dentaire.

— Vous avez mentionné une amie à Londres. Vous savez comment elle s'appelle ?

— Seigneur, quel cauchemar… Angela, je crois – non, Adele. Quant à son nom, il me semble que c'est Astaire.

45

Comme le danseur Oui, c'est bien comme ça qu'elle se fait appeler. Ridicule.

— Ce n'est pas son vrai nom ?

— Non. Mariah disait que c'était son « nom professionnel ». J'ignore ce qu'elle entendait par là.

Jury sortit son carnet et y nota le nom.

— Vous n'auriez pas son adresse, par hasard ?

— Non, je regrette.

— Ou au moins une idée du quartier ?

Mme Cox porta les mains à ses tempes et les frotta doucement.

— Peut-être Parsons Green. Ou Fulham. En tout cas, dans l'ouest. Mariah doit avoir un carnet d'adresses, ou des lettres, dans sa chambre…

— En effet, je vous serais reconnaissant d'autoriser la police à pénétrer dans sa chambre. Pas aujourd'hui, bien sûr. Nous comprenons que vous n'ayez pas envie de nous voir mettre votre maison sens dessus dessous. L'inspecteur-chef Cummins reviendra plus tard.

Elle acquiesça tristement.

— Si vous dites vrai, qu'est-ce qu'elle faisait habillée et maquillée comme ça ? Et ses cheveux ?

Elle roula son mouchoir en boule avant d'ajouter :

— Elle était bibliothécaire, vous savez. J'ai toujours pensé que c'était un travail parfait pour elle.

— Pourquoi ?

— Elle était calme et elle aimait les livres. En plus, dans ce métier, les clients ne sont pas trop exigeants, quand on a affaire à eux. Mariah n'était pas très à l'aise avec les gens.

Les défenses d'Edna Cox tombaient une à une. Jury en souffrait pour elle. Il avait l'impression de voir ôter les pansements d'un grand brûlé, pour révéler un visage ravagé.

— Je me doute que tout ceci vous apparaît à la fois horrible et mystérieux, mais tout ce que vous pourrez nous dire contribuera à faire avancer l'enquête. Y compris des détails qui vous ont semblé insignifiants sur le moment.

Il marqua un temps de réflexion.

— Pourquoi avez-vous signalé la disparition de Mariah, madame Cox ? Ce n'était pas la première fois qu'elle s'absentait. Mais jusque-là, cela n'avait pas paru vous inquiéter.

Elle eut l'air déconcertée, comme si la question de Jury lui faisait prendre conscience de quelque chose, et se remit à tripoter son mouchoir.

— D'habitude, elle me prévenait quand elle ne comptait rentrer que le dimanche. Et puis, elle devait retourner travailler lundi. Si vous la connaissiez, vous sauriez qu'il n'y a pas plus sérieux que Mariah… Enfin, qu'il n'y avait.

Elle détourna le regard.

— Combien de temps a-t-elle vécu chez vous, madame Cox ?

— Environ dix années. Elle est arrivée après la mort de sa mère – ma sœur. Mariah s'était occupée d'elle tout au long de sa maladie. Elle avait un emphysème. Elles habitaient le Tyne et Wear, au nord. La ville de Washington. C'est de là que venait la famille du président. Peu de gens le savent.

Jury le savait, lui. Il le savait même très bien.

— Le père de Mariah travaillait à Newcastle. La vie, là-haut, c'était dur, et ils n'avaient pas beaucoup d'argent. D'abord, son père est mort, puis ça a été le tour de sa mère. Avant ça, on ne se voyait pas souvent. Presque jamais, en fait. A Noël et aux grandes vacances, c'était à peu près tout.

— Mariah ressemblait-elle à cette photo alors ? interrogea Jury en tapotant le cadre argenté.

— Non. Plus jeune, elle était plus jolie. Elle est devenue ordinaire en grandissant. D'habitude, c'est plutôt le contraire. Je ne comprends pas comment ça se fait. Je ne comprends rien à tout ça.

Edna Cox se mit à pleurer, cette fois ouvertement.

Jury vint s'asseoir près d'elle et lui entoura les épaules de son bras.

— Je suis sincèrement désolé que vous l'ayez perdue, Edna.

Disant cela, il éprouvait lui-même un sentiment de perte.

8

— Le fiancé... Vous le connaissez ? demanda Jury tandis qu'ils démarraient.

— Un peu, répondit Cummins. Bobby cultive des fleurs pour les vendre. Il a un jardin magnifique à l'extérieur de la ville.

Jury remonta sa vitre. La température fraîchissait à l'approche du soir.

— Quelque chose de ce côté ?

— Vous voulez dire, est-ce qu'il fait partie des suspects ? Je connais bien Bobby. Jamais il n'aurait fait de mal à Mariah. Jamais.

— Où peut-on le trouver ?

— Au marché. Il y tient un étal les mardis et vendredis. Je peux vous y conduire. Vous aurez besoin de moi ?

— Ça ira, merci. Vous n'avez qu'à me déposer.

Cummins rangea la voiture le long d'un trottoir à l'extérieur d'une place piétonne et indiqua à Jury où se trouvait l'étal du fleuriste.

— Si vous n'avez rien de mieux à faire après, ajouta-t-il, venez donc prendre un verre à la maison. Chris sera heureuse de vous voir. Sérieusement.

Jury aurait préféré regagner Londres, mais il répugnait à décliner l'invitation une seconde fois.

— Ce sera avec plaisir, David. Repassez me chercher dans une heure, d'accord ?

Le visage de Cummins s'illumina.

— Si vous n'avez pas terminé, je vous attendrai ici. En cas de besoin, vous pouvez me joindre sur mon portable.

— Une heure devrait suffire, dit Jury en inspectant le ciel.

Cummins redémarra.

Jury supposa que le jeune homme brun au regard profond, aux bras chargés de marguerites et d'iris violets, qui semblait prodiguer des conseils à une cliente âgée, devait être Bobby Devlin. La femme le remercia et s'éloigna, tenant une plante dans ses mains.

— Monsieur Devlin ?

Le jeune homme se retourna.

— Vous êtes Robert Devlin ?

— Bobby. Que puis-je pour vous ?

Il déposa les fleurs dans un seau rempli d'eau au tiers.

Jury lui montra sa carte et se présenta.

— Oh ! fit Bobby Devlin.

Cette unique syllabe était chargée de tristesse.

Devant la pâleur et l'air mélancolique du jeune homme, Jury éprouva l'envie subite de lui taper sur l'épaule et de l'exhorter à tenir bon, chose qu'il n'avait jamais faite de sa vie.

— Vous venez pour Mariah, c'est ça ?

Bobby se laissa tomber sur une caisse en bois. Il avait les traits tirés, les épaules contractées.

— Désolé. Mais tout à l'heure, il y avait deux de vos collègues juste là…

— Je comprends que ce soit pénible. Mariah Cox et vous étiez fiancés, m'a-t-on dit.

Bobby acquiesça de la tête. Puis, s'avisant que son visiteur était toujours debout, il se leva et déplia une des chaises appuyées à son étal avant de se rasseoir.

Jury trouva cette attention méritoire, compte tenu des circonstances. Il s'assit entre des lis rouges et des roses floribunda.

— On avait prévu de se marier à l'automne et de vivre chez moi, expliqua Bobby. Ce n'est pas très grand, mais suffisant pour un couple. J'ai acheté la maison pour le terrain. Il fait plus de trois cents mètres carrés. La vieille dame qui vivait là a dû entrer en maison de retraite. C'était triste, parce qu'elle adorait son jardin. Je lui ai dit… Pardon. Je parle à tort et à travers.

— Continuez. C'est intéressant.

Bobby se détendit un peu.

— Je lui ai dit que j'aimais les plantes, les fleurs, que j'en avais fait mon métier. Elle m'a demandé ce que je savais sur les primevères, et je lui ai répondu : Tout. Ça peut paraître prétentieux, ajouta-t-il avec une esquisse de sourire, mais c'est vrai que je sais beaucoup de choses. Puis elle m'a fait visiter le jardin. J'ai été stupéfié par sa diversité. Des camélias dont les branches retombaient par-dessus de vieux murs de pierre, une forêt bleue d'hydrangéas, de lavande et de jacinthes, et même un jardin de rocaille. On n'en voit pas souvent, parce que ça exige beaucoup de travail. Il y avait aussi une immense plate-bande de pavots orange vif, des coquelicots… On aurait dit un tapis ! Une splendeur.

« Par la suite, j'ai pris l'habitude de lui rendre visite une ou deux fois par semaine. Un jour, elle m'a dit qu'avec moi, elle savait que sa maison serait entre de bonnes mains. Je lui ai apporté des fleurs à la maison de retraite jusqu'à sa mort, quelques mois plus tard. J'ai eu beaucoup de peine quand elle est partie. Je sais que je parle trop, mais ça m'évite de réfléchir.

— D'où êtes-vous originaire, Bobby ?

— Du comté de Kerry, en Irlande. Je suis venu en Angleterre à la mort de mes parents. J'ai fait différents boulots avant de trouver ma voie. Le dernier horticulteur pour lequel j'ai travaillé était de High Wycombe. Apparemment, j'ai des dispositions naturelles pour m'occuper des fleurs. Au risque de vous paraître ridicule, je dirais que je comprends leur langage.

Jury n'avait aucun mal à croire le jeune homme, à voir la profusion de feuillages et de fleurs aux couleurs éclatantes qui semblaient déborder des caisses et des seaux.

— Mariah partageait votre passion ? demanda-t-il.

— Oui, complètement. Elle savait beaucoup de choses sur les fleurs...

Il se tut. La mort de Mariah occultait le souvenir de la jeune femme vivante.

— Vous vous doutiez qu'elle menait une double existence ?

— Comment ça ?

Bobby détourna le regard et se pencha afin de déplacer un grand pot d'hydrangéas.

— Eh bien, elle allait régulièrement à Londres, et...

Bobby porta une main à son front, comme s'il souffrait d'un violent mal de tête. Sans doute était-ce le cas.

— La femme que la police a découverte... Elle ne ressemblait pas à Mariah. Ma Mariah était tellement... discrète. Oui, c'est le mot qui la décrit le mieux.

Il détacha quelques feuilles flétries de la tige d'une rose bleu lavande et ajouta :

— Quand même, c'est drôle qu'Edna ne l'ait pas reconnue.

— Vous voulez dire qu'à sa place, vous auriez identifié le corps ?

Bobby acquiesça.

— Quand j'ai dit qu'elle ne ressemblait pas à Mariah, je parlais de l'idée que je me faisais d'elle. Mais si on me l'avait montrée sans rien me dire, je l'aurais reconnue sans hésiter.

— Inconsciemment, sa tante savait que c'était elle, mais elle refusait de l'admettre. Avec ses cheveux roux, cette Mariah-là était assez différente de l'autre pour permettre le déni.

— Qui sait, j'aurais peut-être eu la même réaction à la place d'Edna. A ma connaissance, personne ne voulait de mal à Mariah. Mais si ça se trouve, ce n'est pas Mariah qu'on a tuée.

— Qu'entendez-vous par là ?

— C'était peut-être l'autre, son double – la femme que vous avez trouvée. Peut-être que l'assassin ignorait l'existence de Mariah. Parce que je ne vois pas comment on aurait pu vouloir lui faire du mal.

Les coudes calés sur les cuisses, les mains jointes, Bobby contemplait un carré de pavés qui n'était pas envahi par les fleurs.

Puis il posa les yeux sur le pot d'hydrangéas à ses pieds, l'air impuissant, comme s'il ne parvenait plus à comprendre leur langage.

9

Prada, Valentino, Fendi… Un verre de whisky à la main, Jury se trouvait face à un mur entier de chaussures rangées par marques dans des compartiments. Dans un coin de la pièce, à côté de cette collection, un perroquet en bois exhibait une courte veste rouge (appartenant à Chris Cummins), un long manteau de lainage noir (également à Chris) et un imperméable qui semblait avoir été beaucoup porté (soit par Chris, soit par son mari). Apparemment, aucun des trois vêtements ne provenait d'une boutique de luxe.

Les chaussures couvraient toute la palette d'un peintre : rouge cardinal, différentes variétés de bleus, du bleu ciel au saphir, serpent argenté, satin carmin… Il y en avait une centaine de paires.

— J'ai bien peur que cela ne relève de l'obsession, dit Chris Cummins avec un rire franc. Comme les pieds bandés des Chinoises ou le fétichisme des sandales.

— Obsession : c'est le mot, approuva son mari.

En tout cas, ce n'est pas avec ton salaire qu'elle peut la satisfaire, songea Jury. Si les Jimmy Choo de Mariah Cox coûtaient dans les six ou sept cents livres, quelle pouvait être la valeur de cette collection ? Peut-être Cummins avait-il une fortune personnelle, ou sa femme. Cette deuxième hypothèse paraissait la plus probable.

La maison et le mobilier, modestes, contrastaient avec les chaussures de Chris Cummins. Le canapé et les deux fauteuils face à la cheminée de brique du salon étaient

53

revêtus de microfibre au toucher légèrement visqueux, les rideaux des fenêtres semés de dahlias gris-bleu sur fond bleu. Plusieurs chaises cannées aux pieds tournés, visiblement anciennes et peut-être précieuses, étaient exposées comme des maquettes en allumettes.

Voilà pour la pièce principale – le séjour, comme disait Cummins, ou living-room, comme l'appelait sa femme. Jury avait décelé chez elle une pointe d'accent du Sud, et du Nord chez lui – peut-être de Newcastle. Il avait un peu le même accent que Brendan, le mari de Sarah, la cousine de Jury.

A l'évidence, l'un des deux avait de l'argent.

Les chaussures se trouvaient dans une pièce plus petite, meublée d'une grande table ronde et de quatre chaises en érable. Elle aurait pu servir de deuxième salle à manger – une salle à manger où l'on aurait présenté des chaussures, non des bouteilles de vin, aux invités.

– J'ai reconnu des Jimmy Choo au premier coup d'œil, affirma Chris.

Jury ne pouvait blâmer Cummins d'avoir extrait une photo d'un dossier d'enquête : Chris ne porterait jamais aucune de ses paires de chaussures, que ce soit pour danser au bal de la police, boire le thé au Ritz, prendre l'Eurostar pour Paris ou skier dans les Alpes. La femme de l'inspecteur-chef Cummins se trouvait dans un fauteuil roulant. Dans un coin de la pièce, à la place de skis, on apercevait des cannes anglaises appuyées au mur.

Ayant surpris son regard, Chris expliqua :

– Je ne me déplace pas encore très bien avec. Mais un jour, j'y arriverai.

Sa voix exprimait une immense tristesse. Pour chasser cette impression, elle dirigea son fauteuil vers le mur de chaussures et en attrapa une dans un casier situé à mi-hauteur. Un escarpin à sequins extravagant, ouvert au bout, en cuir couleur chair.

– Christian Louboutin, annonça-t-elle. Mon styliste préféré.

Jury trouva le modèle très beau, en effet.

— Vous avez vu la semelle ?

Elle prit une autre chaussure, celle-ci en daim noir.

— Elle est rouge. Toujours. C'est la signature de Louboutin. Malin, non ?

— Elles paraissent chères.

— Elles le sont.

Elle remit les deux escarpins, le noir et celui à sequins, à leur place et prit une sandale ouverte derrière et incrustée de petites pierres.

— Ce modèle-ci coûte plus de mille livres.

— Chris ! s'exclama son mari. Le commissaire va penser que je touche des pots-de-vin.

— Des pots-de-vin sur quoi, grand Dieu ? Il ne se passe jamais rien ici.

Chris reposa la sandale et soupira :

— Ce meurtre est le truc le plus excitant que nous ayons vécu depuis notre arrivée.

— Depuis quand vivez-vous ici ?

David Cummins étira ses longues jambes et les replia vivement. Comme s'il répugnait à attirer l'attention sur elles devant sa femme.

Cependant, celle-ci n'avait rien remarqué. Assise dans son fauteuil, elle buvait son thé.

— Trois ans tout juste. Avant ça, j'étais en poste à South Kensington. Mais Chris n'appréciait pas autant Londres que moi.

— Ça, tu peux le dire ! s'esclaffa Chris. En fauteuil roulant, c'est tout de suite moins drôle.

Jury ne décela aucune rancœur dans sa voix. Toutefois, le message était implicite.

Et l'expression de David Cummins à cet instant rappelait étrangement celle de Bobby Devlin, comme s'il avait également perdu la faculté de comprendre une langue qui avait beaucoup signifié pour lui.

Le chauffeur du taxi qui avait embarqué Mariah Cox à la sortie du métro n'apprit rien de plus à Jury. Cummins avait convoqué l'homme au poste de police de Chesham.

— En la voyant attifée comme ça, j'ai cru qu'elle allait à la fête des rupins de Deer Park House. J'avais déjà fait plusieurs courses jusqu'à chez eux, depuis d'autres endroits de la ville. Aussi j'ai été sacrément étonné quand elle m'a demandé de la conduire au Black Cat. Je lui ai dit que je pourrais pas la déposer devant le pub, à cause des travaux. Maintenant, c'est terminé, mais ça a été le bordel pendant plusieurs jours. Me demande comment elle a pu marcher jusque-là, perchée sur des talons pareils...

Plus tard, dans la voiture, Cummins se confia à Jury.

— C'est arrivé à Londres, à Sloane Square. Il y a un tas de passages piétons dans le coin, et les conducteurs les détestent. On ne sait jamais s'ils vont s'arrêter ou non. Chris, elle, partait toujours du principe que oui. Après tout, les piétons ont la priorité, alors elle fonçait. C'est ce qu'elle a fait ce jour-là. Le conducteur roulait un poil trop vite, il n'a pas eu le temps de freiner. Toutefois, il n'y a pas eu délit de fuite. Il s'est arrêté et a appelé les secours. Il a écopé d'une lourde amende et a même fait de la prison. Le pire, c'est que Chris était enceinte. L'accident a provoqué une fausse couche.

— Quelle horreur !

— Maintenant, plus question d'avoir des enfants.

Avec un soupir, Cummins gara la voiture sur un arrêt-minute devant la station de métro.

— Quand est-ce que les chauffards comprendront qu'un accident, ça bousille des vies ?

— Vous pouvez le dire, approuva Jury, songeant à Lu.

Cummins reprit :

— Après ça, on a touché un paquet de fric.

— D'où la collection de chaussures ?

— En fait, non. La famille de Chris a de l'argent. En tant que fille unique, elle a toujours été gâtée : gouvernante, école chic sur la côte... Elle aurait pu faire des études à Oxford, ou à Cambridge, mais elle a préféré m'épouser. On peut pas dire qu'elle ait gagné au change...

— Au contraire, David. Je suis persuadé qu'elle a fait le bon choix.

Ces paroles parurent causer un vif plaisir à l'inspecteur-chef Cummins.

Jury lui demanda ensuite s'il avait toujours vécu à Londres.

— Non. Je suis né dans le Northumberland. Par la suite, mes parents se sont installés plus au sud, d'abord à Portsmouth, puis à Hastings. Ma mère était une vraie nomade, elle ne tenait pas en place. Après Hastings, il y a eu Brighton, Bexhill-on-Sea, toujours sur la côte. Mon pauvre père, ça le rendait cinglé.

Cummins éclata de rire.

— Qu'est-ce qu'il faisait comme métier ?

— Il était marchand de primeurs. Marrant, non ? A l'époque, j'étais prêt à tout pour échapper aux pommes et aux aubergines. Mais si c'était à refaire...

— Vous avez quitté Londres à cause de Chris ?

Cummins ne répondit pas directement.

— Parfois, on doit faire des petits sacrifices. Comme renoncer à fumer un paquet par jour.

— Ça, ce n'est pas un petit sacrifice. Je sais de quoi je parle, j'ai arrêté il y a trois ans.

— Je vous avoue qu'il m'arrive encore d'en griller une après avoir sorti la poubelle. Vous avez eu besoin de béquilles, comme des patchs à la nicotine ?

— Non. J'ai toujours pensé que la nicotine n'était qu'un des aspects du problème.

— Moi, j'attends qu'on invente le patch à la Guinness.

Jury rit.

David poursuivit – apparemment, il était intarissable sur le sujet :

— C'est difficile, pour une femme – une non-fumeuse –
de vivre avec un type qui fume. Quand on l'embrasse, elle
doit sentir le tabac.

Jury sourit. On aurait dit une chanson de Cole Porter :
« Tes lèvres ont le goût des cigarettes... »

— Autrefois, dit-il, il y avait tout un romantisme dans le
fait de fumer. Vous vous rappelez cette scène d'*Une femme
cherche son destin* où Paul Henreid allume deux cigarettes
– une pour lui, une pour Bette Davis ? Mais vous n'étiez
probablement pas né, ajouta-t-il, prenant conscience de l'âge
de son interlocuteur.

— Je ne suis pas un gosse ; j'ai trente-sept ans. Et j'ai vu le
film dont vous parlez. Il m'a beaucoup plu, à part la fin. Elle
pourrait avoir le type qu'elle aime. Alors, pourquoi le laisse-
t-elle partir ?

Jury réfléchit, mais il ne se rappelait plus.

— A l'époque, la plupart des films défendaient une
morale grandiose. C'était probablement une question
d'honneur.

— On se fout de l'honneur ! rétorqua David avec un rire
bref.

10

Un quart d'heure plus tard, Jury, à bord de la rame de métro qui le ramenait à Londres, s'entretenait avec Wiggins au moyen de son portable.

— Quelqu'un a dépensé beaucoup pour Mariah Cox, lui dit-il. Un homme qui vit sur un grand pied, ajouta-t-il, faisant de l'humour involontaire. Figurez-vous que j'ai été initié aux arcanes de la chaussure, Wiggins. Par l'épouse de l'inspecteur-chef Cummins, Chris.

— La chaussure, répéta Wiggins d'un ton plus contemplatif que curieux. Oh ! Vous voulez parler de Jimmy Choo ?

— Lui et ses confrères. J'ignorais qu'on créait d'aussi belles chaussures pour femme.

— Certains modèles sont plutôt... extrêmes.

Jury perçut le tintement du métal contre le métal. Une cuillère contre une bouilloire ? Non, Wiggins avait renoncé aux cuillères.

— Extrêmes ? A quel styliste pensez-vous ?

— Eh bien, à Jimmy Choo, par exemple, répondit Wiggins après quelques secondes de silence.

Jury secoua lentement la tête.

— Comme je le disais, reprit-il, quelqu'un s'est montré très généreux avec Mariah Cox. Un homme... ou plusieurs.

Elle aurait mieux fait de se contenter de Bobby Devlin.

— Ce serait pas du sexisme, ça ?

Avant que Jury n'ait pu répliquer de manière cinglante, Wiggins ajouta :

— Ne quittez pas, je reviens dans une seconde.

La rame tangua, plaquant une gamine au teint blafard, assise de l'autre côté du couloir, contre l'accoudoir de son fauteuil. Agée de onze ou douze ans, elle rivait sur Jury ses yeux bruns inexpressifs. Celui-ci soutint son regard. Il n'était pas d'humeur bienveillante ce soir-là.

— Wiggins ? Vous êtes là ?

Pas de réponse. La gamine fit une bulle avec son chewing-gum, sans cesser de regarder Jury.

La rame freina et s'arrêta à Rickmansworth, juste comme Wiggins revenait de sa mystérieuse expédition.

— J'ai briefé les collègues des mœurs, au cas où votre cliente aurait fait le tapin.

— Ce serait pas du sexisme, ça ?

Jury sourit. Décontenancée, la gamine fit éclater sa bulle et lui tira la langue.

— Je suis dans le métro. Je retourne chez moi. A ce propos, il est dix-neuf heures passées, Wiggins. Qu'est-ce que vous fichez encore au bureau ? Rentrez vite vous soigner.

— J'y vais de ce pas, monsieur. Et vous, pensez à vérifier si vous avez des messages.

Un rire nasal parvint aux oreilles de Jury.

Très drôle, pensa-t-il tandis que la rame redémarrait enfin et poursuivait vers Londres.

Debout sur le seuil du salon de Jury, sa voisine du dessus, Carole-Anne Palutski, se frottait les paupières comme s'il venait de la tirer d'un profond sommeil. Le fait qu'elle ne fût pas en pyjama ou en robe de chambre, mais vêtue pour une nuit de débauche, ôtait toute crédibilité à cette mise en scène. Sa robe était d'un bleu saphir assorti à ses yeux, avec un décolleté tellement plongeant qu'un navire aurait pu y sombrer corps et biens, et semée de minuscules éclats brillants. Carole-Anne n'aurait pas été moins sublime en ciré et bottes de caoutchouc ; la robe ne faisait que renchérir sur sa perfection. Elle était chaussée non pas de bottes en caoutchouc, mais de sandales à lanières. A croire que toutes les femmes ne portaient plus que ça.

Jury l'avait appelée en rentrant, lui demandant de descendre.

— Assieds-toi, Carole-Anne. Je voudrais te lire quelque chose.

Elle bâilla et s'installa confortablement sur le sofa. En l'observant, Jury se prit à penser aux hydrangéas qui s'épanouissaient sur l'étal de Bobby Devlin. Mais sa splendeur ne la sauverait pas. Il déplia le morceau de papier aux plis à présent très marqués et lut phonétiquement :

— « SW a aplé. IC 2 Hi W di 1 fm 6gnl 10pru a Chess. Ça AV l'air urgent. »

Carole-Anne cligna des yeux, puis elle dit :

— Quel charabia ! Tel que tu l'as lu, personne n'y comprendrait rien.

— C'est pourtant ce que tu as écrit.

— Ne dis pas de bêtises. Tiens, donne-moi ça.

Elle tendit la main afin de récupérer le papier et le parcourut. Ses sourcils jetaient des éclats argentés. Quand elle eut terminé, elle lut à voix haute, du ton qu'elle aurait employé pour s'adresser à un semi-comateux :

— Le sergent Wiggins a appelé. Un IC – inspecteur-chef. Ça, quand même, tu aurais pu le deviner – de High Wycombe dit qu'une femme a été signalée disparue à Chesham, etc. C'est pourtant limpide.

— Pour toi, oui. C'est toi qui l'as écrit. Commençons par SW. En lisant ça, comment veux-tu que je sache de qui il s'agit ?

Jouant avec les bracelets de perles qui entouraient son poignet, elle rétorqua avec une impatience visible :

— Tu connais combien de SW, au juste ?

C'était perdu d'avance. Pourtant, Jury s'entêta :

— Le plus fort, c'est que tu as pris la peine d'écrire « Ça
AV l'air urgent » presque en toutes lettres, alors que la partie
importante du message est cryptée.

Elle fouilla dans sa pochette de satin bleu et en sortit une
lime à ongles.

— Le plan, c'était que…

Bien sûr, il n'y avait jamais eu de plan, du moins jusqu'à
ce qu'elle en invente un en un clignement de paupières.

— … si quelqu'un – une personne non autorisée…

Très fort.

— … était entrée en ton absence, cherchant des informations classifiées…

— Qui donc, Jason Bourne ?

— Ce n'est qu'un exemple, mais admettons. Si Jason
entrait chez toi, la première chose qu'il ferait, ce serait de
regarder ton carnet d'adresses et le bloc près du téléphone.

Comme elle semblait se contenter de cette explication, il
demanda :

— Pourquoi avoir laissé le message sur la porte du frigo ?

Il y eut un silence, à peine troublé par le bruit de la lime.

— J'ai pris la précaution d'arracher la feuille du bloc. Avec
le bazar qu'il y a sur ton frigo, en le voyant, personne
n'aurait imaginé que c'était un message important.

— Subtil.

Pendant quelques secondes, il savoura l'expression satis-
faite de Carole-Anne, puis il ajouta d'un ton suave :

— Toutefois, tu as oublié quelque chose.

Elle haussa ses sourcils pailletés.

— Quoi ?

— L'empreinte.

Ravi de l'avoir décontenancée, il se leva, s'approcha de la
table du téléphone et revint avec le bloc.

— Tu vois ? dit-il en indiquant la première feuille, sur
laquelle on distinguait des lettres en creux. Les espions cher-
chent toujours ce genre de traces.

— Ah oui ?

Cette révélation ne semblait pas la troubler outre mesure.

— Oui. Jason t'aurait déchiffré ça en cinq secondes.

Avec un soupir, Carole-Anne laissa tomber sa lime dans sa pochette et se leva.

— Pourtant, tu as dit que mon message était incompréhensible.

Sur ces mots, elle sortit d'un air digne, dans un tourbillon de bleu saphir et de parfum.

Jury écouta le bruit de ses sandales descendre l'escalier, puis il s'approcha de la porte d'un pas résolu, accompagné par le gosse qu'il était à six ans, et cria dans le vide :

— Je ne suis pas Jason Bourne, d'accord ?

11

La petite fille qui se tenait près de la table de Melrose
sans y avoir été invitée était la plus dépenaillée qu'il avait
jamais vue. Elle semblait faite de chutes de tissu, une véritable poupée de chiffon. Ses grands yeux brun clair, embués
de larmes passées ou à venir, étaient fixés sur lui.

Qu'attendait-elle de lui ? Il n'était qu'un homme mûr
– riche, certes, se rappela-t-il, dans l'hypothèse où elle aurait
souhaité une maison dans les Highlands ou à Belgravia, afin
d'échapper à ce pub et à ses parents (que Melrose n'avait
vus nulle part). Que pouvait-il pour cette enfant tout droit
sortie d'un récit de Dickens ? Il l'imaginait volontiers errant
à travers les rues étroites de Chesham et faisant la tournée
des pubs, portant dans le dos une pancarte sur laquelle on
pouvait lire « Orpheline sans logis ».

Tout en se faisant ces réflexions, il avait poursuivi sa
lecture – plutôt, il avait fait semblant – tandis que la petite
ombre dickensienne continuait à l'observer. Il aurait pu
tenter une entrée en matière du style « Bonjour », ou « Tu
me regardes comme ça parce... » ? Non, ça n'allait pas.
Pourquoi pas « Je m'appelle Melrose Plant. Et toi ? » ? Mais
elle lui évita de faire preuve d'imagination en déclarant :

– On a assassiné mon chat.

Interloqué, Melrose cessa de se cacher derrière le *Times*.
Ça ne pouvait pas être la petite fille qui venait de parler.
C'était sûrement la vieille femme assise dans un coin devant
un formulaire de pari hippique, et qui tendait la main vers

64

son demi. Ou le vieux type à l'air pas commode, accompagné d'un chien à l'air aussi peu commode, qui occupait une table au centre de la salle.

— Assassiné ou enlevé.

Cette fois, Melrose fut bien obligé de lui prêter attention.

— Tu veux dire que ton chat est mort ?

Elle secoua la tête, agitant sa chevelure châtain terne.

— On l'a assassiné.

— C'est affreux. Comment est-ce arrivé ?

Trop heureuse d'avoir trouvé un auditoire, elle expliqua :

— Peut-être que Sally l'a emmené à l'hôpital des chats, et là…

Elle fit le geste de planter une seringue dans le bras de Melrose, enfonçant un doigt minuscule dans la manche de sa veste, puis elle recula.

La salle du Black Cat était vide de clients, à l'exception de Melrose, de la vieille parieuse, de l'homme à l'air revêche et de son chien, mais il était à peine onze heures. Melrose avait trouvé cette absence de compagnie – et de complication – suprêmement reposante, jusqu'à ce que la gamine jette son chat mort sur la table.

— Dans ce cas, il ne s'agit pas vraiment d'un meurtre, remarqua-t-il d'un air supérieur.

— Si on vous en faisait autant, vous ne seriez pas de cet avis.

Il plissa le front, cherchant une logique à une histoire qui en était probablement dépourvue.

— Ton chat était malade ?

— Oui. Moi aussi, je le suis. Vous aussi, sans doute. Tous les gens tombent malades, mais ce n'est pas pour autant qu'on les tue.

Melrose refusa de se laisser entraîner sur le terrain philosophique.

— En réalité…

— Morris ne voulait pas mourir. Je l'ai lu dans ses yeux.

L'affaire se compliquait.

— Donc, c'est arrivé à l'hôpital des chats ?

— Non. Ça, c'était une autre fois. La personne qui a fait ça mérite d'aller en prison, et Sally aussi.

— Pour combien de temps ?

Très intelligent, comme question.

— Pour toujours. Morris ne reviendra jamais. J'ai sa photo.

De la poche de sa jupe trop longue, elle sortit un cliché corné qu'elle tendit à Melrose.

Le chat était couché en rond sur une table à l'extérieur du pub. Ses yeux qui reflétaient l'éclair du flash étincelaient dans son masque noir. Le chat était parfaitement noir. C'était celui du pub, bien sûr.

— Ça a pu se passer autrement. Et si ça se trouve, on l'a enlevé.

Décidément, rien n'avait été épargné à la pauvre bête.

— Pourquoi aurait-on enlevé ton chat ?

— Enlevé *ou* assassiné, précisa la gamine, le regard fiévreux.

Melrose eut un sourire qu'il espérait pas trop hautain.

— Quand tu parles d'assassinat, tu veux dire que ton chat a eu un accident ? Il a été renversé par une voiture ?

Elle ferma à demi ses yeux pleins de chagrin et secoua de nouveau la tête.

— Non, je veux dire qu'il a été assassiné.

Elle pressa fortement le jouet en tissu – un primate non identifié – qu'elle tenait à la main, mimant peut-être une strangulation, et ajouta :

— Comme la dame qu'on a retrouvée dehors.

Tout s'éclairait : elle extrapolait, de manière à faire entrer son chat dans le champ du meurtre. Une réaction typiquement enfantine.

— Mais pourquoi quelqu'un aurait-il intentionnellement tué ton chat ?

— Peut-être parce que Morris a vu ce qui s'est passé. Je voudrais parler à un policier.

Elle cessa de pétrir son singe et baissa les yeux.

— Il est parti…

Melrose avait de plus en plus de mal à la suivre.

— Dans ce cas, ton chat est peut-être toujours en vie. Quand a-t-il disparu ?

— Hier soir. Morris a dû voir ce qui est arrivé samedi, et l'assassin l'a prise.

— Prise ? Morris est une chatte ?

Comme si le sexe du chat avait la moindre importance ! Visiblement, la gamine espérait davantage de lui. Quand elle releva les yeux, Melrose sut ce que ressentaient les malheureux qui se présentaient devant le Sphinx en ignorant la réponse à sa fichue énigme.

Le Sphinx miniature s'éloigna sans un mot et se glissa derrière le comptoir. Melrose la suivit du regard, ou plutôt le sommet de sa tête, car elle était trop petite pour qu'il en voie davantage. Il l'entendit farfouiller, se déplacer, puis farfouiller à nouveau. Ayant trouvé ce qu'elle cherchait, elle revint alors vers lui et lui tendit un téléphone portable bon marché avec un air solennel.

— Appelez la police. Personne d'autre ne veut le faire pour moi.

A cet instant précis, un rayon de soleil éclaira la porte en train de s'ouvrir, à croire que Dieu en personne l'avait frappée d'un trait de lumière pour s'assurer que les hommes prêteraient l'oreille à cette enfant, son ministre de la Vérité et de la Justice.

Avec un sourire, Melrose posa le téléphone et dit :

— On dirait que tu as frappé à la bonne porte.

12

Il est rare que le destin sorte de sa retraite, ou qu'une coïncidence mérite vraiment ce nom. Ce fut le cas ce jour-là. Richard Jury entra dans le pub.

— Par ici ! appela Melrose, comme si la salle grouillait de monde et que Jury le cherchait parmi une mer de visages.

— Désolé d'être en retard, lui dit Jury. Bonjour, ajouta-t-il à l'intention de la petite fille.

Il la dominait de toute sa taille, pourtant il lui suffit d'un regard pour combler la distance qui les séparait.

— J'aime beaucoup ton singe. J'en ai eu un aussi, mais le mien était bleu.

Il ôta son manteau et s'assit.

— Je m'appelle Richard Jury.

Il fallut à peine une seconde à la gamine pour intégrer l'existence du singe bleu, comme si tous les singes étaient bleus, sauf le sien, ce qui lui valut un regard incertain. Elle se rapprocha.

— Et moi Dora. Vous avez un chat ?

— Non, mais il y en a un là où je travaille.

Melrose se sentit mortifié. A lui, elle ne lui avait pas demandé s'il avait un chat. Mais il avait un bouc.

— Moi, j'ai un très beau bouc. Il s'appelle Chaviré.

Tous deux se tournèrent vers lui. Qu'est-ce qu'il fichait encore là ?

Jury reprit :

— J'ai vu ton chat en arrivant. Un chat noir à l'air pressé.

— Ce n'est pas Morris. Sally voudrait me faire croire que oui, mais c'est faux.

— Il est arrivé quelque chose à Morris ?

— Oui. Je voudrais parler à un policier.

— Je suis de la police.

Le regard de l'enfant s'éclaira subitement, comme si une ampoule venait de s'allumer à l'intérieur de son crâne.

— Assieds-toi, lui dit Jury en tirant une chaise, et dis-moi tout.

Dora s'empressa de se hisser sur la chaise à côté de lui, tenant son singe d'une main ferme.

C'était une longue histoire, plus longue que celle qu'elle avait racontée à Melrose, lequel n'avait eu droit qu'à sa conclusion : Morris avait été soit enlevée, soit assassinée.

Avec Jury, elle se montra nettement plus prolixe. Peu d'enfants résistaient à son charme. Melrose consultait sa montre de temps en temps, pour le cas où Shéhérazade aurait souhaité connaître l'heure.

Enfin, elle arriva à la substitution :

— C'est évident que ce chat n'est pas Morris. Morris dort tout le temps, alors que l'autre ne fait que courir.

Au même moment, la porte extérieure s'ouvrit, livrant passage à plusieurs clients. Puis Sally Hawkins, que Jury avait interrogée deux jours plus tôt, apparut et prit place derrière le comptoir. Les nouveaux arrivants s'entreregardèrent, comme s'ils se demandaient où ils avaient atterri, tandis que Dora poursuivait :

— C'est un faux.

— Pourtant, intervint Melrose, il m'a l'air d'un chat noir tout ce qu'il y a de régulier.

Jury et Dora le regardèrent.

— Vous pourriez retrouver Morris ?

Le petit visage de la gamine était l'image même de l'inquiétude.

Jury parut réfléchir, puis il répondit :

— Je pense que oui.

Comme Melrose indiquait sa montre, il ajouta :

— Je prendrais bien une bière.

— Je m'en occupe ! fit Dora d'une voix flûtée. Laquelle ? Jury désigna la pinte de son ami.

— La même que lui.

— Guinness, précisa Melrose.

Dora se précipita vers le comptoir, suivie par le chat noir, Morris bis, qui avait resurgi du néant où il semblait résider.

— On va toujours à Bletchley Park ? demanda Melrose. C'était la raison initiale de leur rendez-vous.

— Et pourquoi pas ? Ce n'est qu'à une demi-heure de route. On peut prendre l'A5.

C'était sir Oswald Maples qui avait éveillé la curiosité de Jury pour les machines de déchiffrement.

— Nous partirons dès que nous en aurons terminé ici.

Ayant servi le groupe au comptoir, Sally Hawkins écouta la commande de Dora et tira la bière. Les poings sur les hanches, elle laissa monter la mousse, enleva le surplus à l'aide d'un couteau et apporta sa pinte à Jury.

Manifestement déçue de ne pas avoir été autorisée à le servir elle-même, Dora se mit en devoir de lui trouver des chips.

Sally était encore jolie malgré son âge. Plus souriante, elle l'aurait été encore davantage.

— Dora vous a parlé de son chat ? attaqua-t-elle.

— Oui. Que lui est-il arrivé ?

Elle baissa la voix – peut-être sentait-elle la présence de Dora dans son dos.

— Rien du tout. Mais elle s'est fourré dans la tête que Morris n'était pas Morris. Je ne sais plus quoi faire.

S'il ne s'est rien passé, pensa Jury, pourquoi prendre la peine de nous en parler ?

Dora, juste derrière elle, mit un doigt sur ses lèvres et secoua lentement la tête. Au même moment, Sally se retourna et la vit. La gamine sourit et montra les chips.

— Au vinaigre, précisa-t-elle.

Ayant déposé la coupelle sur la table, elle repartit en mission.

— Vous désirez autre chose ? demanda Sally.

Les deux hommes la remercièrent, et Sally s'éloigna, son plateau sous le bras.

— C'est elle la propriétaire ?

— Elle tient l'établissement en l'absence de ses amis, répondit Jury. La nature des liens qui l'unissent à Dora est assez confuse.

Dora revint vers eux et plaça devant Jury une nouvelle photo, tout aussi cornée que la première, montrant un chat noir endormi sur une des tables de la terrasse.

— Morris, annonça-t-elle.

Les deux hommes se penchèrent au-dessus de la photo.

— C'était sa table préférée. Elle aimait s'y chauffer au soleil. Parfois, elle y passait même la nuit.

Jury sourit.

— Je crois l'y avoir vue l'autre soir.

— Ah oui ? Comment…

Dora fut interrompue par l'arrivée de l'autre chat noir (s'il s'agissait bien d'un « autre »).

— Ce chat-là est trop mince pour être Morris. Morris était plus grosse. Ça se voit sur la photo.

— Moi je ne vois rien, protesta Melrose. Couchée en rond comme ça, on dirait une miche de pain.

Après avoir annoncé qu'il serait de retour dans quelques secondes, Jury se dirigea vers le comptoir où Sally Hawkins conversait avec un homme fluet et demanda :

— Pourrais-je vous dire un mot, mademoiselle Hawkins ? Pardon de vous interrompre, ajouta-t-il à l'intention de l'homme.

— Laisse-nous, Reg, dit Sally.

Reg se hâta de gagner une table à l'autre bout de la salle.

— Je ne sais pas si vous êtes au courant, mais on a identifié la morte, reprit Jury.

— On en parlait à l'instant, murmura-t-elle. Mariah Cox, hein ? C'est ce qu'a dit la police. Je ne la connaissais pas. Tout ce que je sais, c'est qu'elle travaillait à la bibliothèque.

— Vous l'avez vue là-bas ?

71

— A peine.

— C'est-à-dire ?

— Une fois, avec Dora, on y a emprunté des livres, et on a eu affaire à elle — enfin, il me semble. Ce jour-là, elle était brune et plutôt quelconque.

— Vous ne l'avez vue qu'à cette occasion ?

— Peut-être une autre fois, concéda Sally à contrecœur. On a dû retourner là-bas pour rendre les livres.

— Il n'y a aucun mal à ça. Quand vous l'avez vue morte, vous n'avez pas reconnu Mariah Cox ?

— Bon Dieu, non ! Sinon, je l'aurais dit.

— Désolé. Nous avons l'habitude de poser et reposer les mêmes questions, pour le cas où un témoin se rappellerait un détail. C'est lassant, je sais.

Elle se montra magnanime.

— Vous ne faites que votre boulot, je suppose.

Jury se pencha vers elle, posa une main sur son bras.

— Gardez les yeux et les oreilles ouverts, d'accord ? Avec la position que vous occupez ici, au pub, vous pourriez apprendre des choses. Après quelques verres, les langues se délient.

Il sortit une carte de visite de sa poche et la plaça sur le comptoir.

— N'hésitez pas à m'appeler, à n'importe quelle heure.

Ce rapprochement produisit son effet sur Sally Hawkins. Elle passa une main dans ses cheveux et lui sourit.

Jury lui rendit son sourire et retourna à la table, où Melrose et Dora discutaient — ou se disputaient, à en juger par l'expression renfrognée de la petite fille. Elle parut soulagée de le voir.

— Vous allez retrouver Morris ? demanda-t-elle, pinçant la manche de Jury.

— On fera notre possible.

Dora aurait espéré davantage d'implication, toutefois elle se résolut à les laisser, sur l'insistance de Sally.

— Je vais te dire ce qui s'est passé, attaqua Melrose. On a tué une femme juste devant la porte de Dora, et la gosse, traumatisée, a substitué son chat à la victime. En transposant ainsi le meurtre, elle parvient à surmonter l'effroi qu'il lui inspire et à accepter la réalité. On appelle ce phénomène « déplacement ». Qu'en penses-tu ? conclut-il, visiblement très fier de sa théorie.

Jury but une gorgée de bière avant de répondre.

— Ce que j'en pense ? Morris a été soit enlevée, soit assassinée.

13

Ils prirent leurs deux voitures, et Melrose insista pour que Jury le suive.

— Au cas où je tomberais en panne, précisa-t-il.

— Ta voiture est une Rolls-Royce, la mienne une Vauxhall de provenance douteuse avec un million de kilomètres au compteur. A ton avis, laquelle des deux risque le plus de tomber en panne ?

— La mienne.

Melrose fit démarrer le moteur, qui vrombit tel un violoncelle.

— Je vois. Il y a de quoi devenir sourd.

— Je t'attends, lança Melrose à Jury qui s'éloignait. N'oublie pas : si on voit un Little Chef, on s'arrête.

Ils en repérèrent un environ trente kilomètres plus loin, peu après Leighton Buzzard. Melrose quitta la route et s'engagea sur le parking du restaurant.

L'intérieur du Little Chef brillait comme s'il venait d'être briqué. Ses sols et ses murs carrelés respiraient la satisfaction.

Melrose se plongea dans l'étude du menu, tandis que Jury lui accordait à peine un coup d'œil.

— Je pourrais te le réciter par cœur. Je l'ai lu des centaines de fois.

— J'aime le regarder.

— Pendant que tu es occupé, je vais te parler de la soirée des Rexroth. Je suis à peu près certain que la victime avait l'intention de s'y rendre.

Jury lui dit tout ce qu'il savait, jusqu'à la liste des invités.

— Harry Johnson se trouvait à cette soirée ? Tu te moques de moi !

— En tout cas, son nom figurait sur la liste. Pour le moment, rien ne prouve qu'il y ait assisté.

— La maison des Rexroth est proche du Black Cat ?

— Je n'en conclus pas pour autant qu'il connaissait Mariah Cox.

— Non. Tu en conclus simplement qu'il l'a tuée.

— Ne sois pas bête.

— Bête, moi ? Tu es trop heureux d'avoir une raison de courir de nouveau après Harry Johnson, avoue-le. Ah ! Voici une serveuse.

La serveuse – « Sonia », pouvait-on lire sur son badge – s'approcha dans un crissement de semelles en caoutchouc et leur adressa un sourire machinal.

— Vous avez choisi ?

— Non.

— Oui.

Jury désigna la photo du plat qu'il désirait.

— Des pancakes et des saucisses, commanda Melrose.

Quand la serveuse se fut éloignée, il reprit :

— En plus d'un meurtre, tu dois maintenant élucider l'enlèvement, peut-être l'assassinat, d'un chat. Dans ces circonstances, pourquoi aller à Bletchley Park ?

— A cause de sir Oswald Maples.

— C'est lui qui te l'a demandé ?

— Non. Mais je m'intéresse aux mystérieuses activités des cryptologues durant la Seconde Guerre mondiale, et il se trouve qu'il est un expert en la matière. Je voudrais pouvoir en discuter avec lui.

Une famille d'une douzaine de personnes, toutes obèses, entra et s'arrogea trois tables mises bord à bord.

75

— Si tu n'as pas envie de visiter Bletchley Park, alors pourquoi es-tu venu ? demanda Jury à Melrose.

— Parce que Bletchley Park est proche de Milton Keynes, elle-même située à quatre-vingts kilomètres de chez moi. J'espérais que nous passerions la plus grande partie de la journée à Ardry End, à écluser mon single malt, après quoi nous serions allés au Jack and Hammer vider quelques verres de plus.

— Désolé de ne pouvoir accepter l'invitation. Je dois rentrer à Londres après.

— Ça fait une éternité que tu n'es pas venu chez moi, protesta Melrose, déçu.

— Oui, un mois tout juste.

Sonia revint avec leurs commandes.

Jury attaqua immédiatement ses œufs. Melrose avala quelques bouchées d'un pancake nappé de sirop d'érable, puis il reprit :

— Ce qui m'intrigue, c'est la tenue de ta victime.

— Moi aussi, ça m'intrigue.

Jury examinait un toast beurré, se demandant par quel bout l'entamer, quand il remarqua que Sonia ne les quittait pas des yeux. Comme s'ils étaient entrés avec un démonte-pneu chacun et l'intention manifeste d'en découdre.

— Si une petite bibliothécaire a pu s'offrir cette robe et ces chaussures… commença Melrose.

— Des Jimmy Choo. Comment les femmes font-elles pour marcher avec des talons de dix centimètres ? Selon l'inspecteur-chef Cummins, la paire coûte dans les six ou sept cents livres.

— Quoi, pour des nu-pieds ?

— On dit plutôt sandales.

— Appelle-les comme tu veux. Et d'abord, d'où l'inspecteur-chef Cummins tient-il ces renseignements occultes ?

— Ça n'a rien d'occulte. Jimmy est un type connu. La femme de l'inspecteur, Mme Cummins, est une mordue de chaussures. La robe coûte – tiens-toi bien – dans les trois mille livres. Elle est d'Yves Saint Laurent. Compte mille de plus pour le sac d'Alexander McQueen.

— Hallucinant. Aucun vêtement ne vaut des sommes pareilles.

— Quel est le prix de ta veste ?

Melrose baissa les yeux et parut étonné de constater qu'il ne portait pas le sac et la cendre.

— Quoi, cette guenille ? Pff !

— Faite sur mesure, par ton cher vieux tailleur. Je parie qu'elle a coûté aussi cher que la robe de la morte.

— Ne dis pas de bêtises. Ce que je me demande, c'est si la prostitution rapporte assez pour s'offrir ce genre de choses ?

— Qui te dit que Mariah Cox se prostituait ?

Jury mordit dans son toast, presque froid et légèrement brûlé.

— Allons donc ! Une bibliothécaire de Chesham qui mène une double vie à Londres et s'habille chez Saint Laurent ?

Jury tendit le bras et planta sa fourchette dans une des saucisses de son ami.

— Eh ! Tu n'avais qu'à en prendre pour toi. Tu devrais jeter un coup d'œil au reste de sa garde-robe. Même pleine aux as, que dire d'une femme capable de dépenser de telles sommes pour une paire de chaussures ? Qu'elle était futile, trop gâtée, égocentrique…

Jury mastiqua lentement en le dévisageant.

— Quoi ?

— Tu nages dans les stéréotypes.

— Pas du tout ! Je… je fais du profilage.

— Eh bien, tu t'y prends mal. C'est typique d'un ego masculin d'associer la prodigalité à la prostitution ou à la frivolité. On doit pouvoir trouver d'autres explications. Nous avons fait trop de cas jusqu'ici des fantaisies vestimentaires de la victime. Après tout, si certaines femmes ne jetaient pas l'argent par les fenêtres, c'est toute l'industrie de la mode qui s'écroulerait.

— Donc, selon toi, les chaussures Jimmy Choo ne sont pas importantes ?

— Bien sûr que si. La robe, les chaussures, tout est important. Seulement, au Albert Hall, je les aurais à peine remarquées. Ce qui les rend intéressantes, c'est qu'on les ait trouvées sur la terrasse du Black Cat.

— A-t-on la certitude qu'elle a été tuée là où on l'a découverte ? Qu'est-ce qui prouve qu'on ne l'a pas déplacée ?

— Tout : les lividités, les éclaboussures de sang artériel, la résolution de la rigidité cadavérique, l'examen du sol sous le corps...

— Mouais... Autant dire rien.

A Bletchley Park, ils s'attardèrent longuement devant la géniale machine, à peine plus encombrante qu'une machine à écrire, qui avait cassé le code d'Enigma.

— Imagine, murmura Jury. Des milliards de possibilités...

— J'ai déjà du mal à imaginer ce que je vais manger ce soir... Alors, ce truc pouvait chiffrer des messages ?

— Exactement.

Jury approcha son visage de la machine et ajouta :

— A l'origine, ce « truc » était commercialisé pour différents usages. Ce sont les Allemands qui les premiers ont pris conscience de son potentiel pour le cryptage.

— C'est là-dessus que travaillait Oswald Maples.

— Là-dessus, ou sur autre chose.

Jury se tourna vers les autres machines exposées dans les baraques où œuvraient les experts en codes et en décryptage.

— Cette branche du ministère de la Guerre était appelée Ecole de cryptage du gouvernement britannique. Ils procédaient beaucoup par suppositions, en tâchant de repérer des mots déjà utilisés dans des messages antérieurs. Mettons que tu aies envoyé à Agatha plusieurs messages dans lesquels tu aurais employé le mot « idiote »...

— Jusque-là, je te suis.

— N'importe qui lisant un nouveau message adressé à ta tante supposerait que ce mot figure dedans, ce qui en faciliterait le déchiffrage.

— Ça paraît complexe.

— Ça l'est. Enigma pouvait produire des milliards de combinaisons.

— Tu es drôlement calé sur ces questions. Sir Oswald et toi devez vous entendre comme larrons en foire.

— C'est vrai.

Jury s'approcha d'une machine imposante appelée « bombe » et se pencha pour lire les explications.

— Voilà qui est intéressant : cet instrument ne servait pas à trouver un code, mais à éliminer les solutions incorrectes.

Les mains dans le dos, Melrose leva les yeux au plafond et réfléchit.

— Ça revient au même, non ? Chaque fois qu'on établit une vérité, on réfute son contraire.

— Si c'était le cas, cette bombe ne réfuterait pas les autres possibilités.

Melrose tendit le bras tel un policier régulant la circulation.

— Tu éludes la question. Tu affirmes que cette machine réfute parce qu'elle réfute. Ce n'est pas un argument.

— Formulé comme ça, non.

— D'accord, oublie ce que je viens de dire. Mais je ne vois pas comment tu peux réfuter une chose sans en prouver une autre. Prends le chat noir, par exemple…

— Lequel ?

— C'est précisément l'objet de ma démonstration. Pour autant que nous le sachions, il y a deux chats noirs.

— En effet, mais…

— Laisse-moi terminer.

— Tu as l'intention de balayer d'un revers de main tout le travail accompli ici par Alan Turing ?

— Appelons-les Morris A – le chat de Dora – et Morris B – le prétendant au titre. Nous supposons qu'ils sont deux parce qu'on nous l'a dit. Tout le reste n'est que déduction. Si nous voulons prouver que Morris A est bien le chat de Dora, nous devons prouver que Morris B ne l'est pas.

— On pourrait reprendre cette discussion une autre fois ? Je dois rentrer à Londres.

— Comment, tu n'arrives pas à me suivre ? Toi, un commissaire de Scotland Yard ?

— Il y a beaucoup de choses qui m'échappent, répondit Jury tandis qu'ils se dirigeaient vers la porte. Pour commencer, comment se fait-il que tu en saches plus long qu'Alan Turing ?

— Telle est ma croix. Dans ta grande sagesse, penses-tu que Morris ait été assassinée ou enlevée ?

— Enlevée.

— Qu'est-ce qui te permet de l'affirmer ?

— Comment crois-tu que je suis devenu commissaire ?

14

Mungo était assis au pied d'une porte dans une maison de Belgravia quand la voix de Mme Tobias – plus exactement, son hurlement – lui parvint de l'intérieur de la cuisine :

— Regarde ce que tu as fait, espèce de garnement ! Mon beau gâteau ! Je t'ai déjà dit...

Ici, le « garnement » surgit de la cuisine en gloussant, une part de gâteau à la main et la bouche barbouillée de chocolat.

C'était l'ignoble Jasper, l'enfant le plus exécrable que Mungo eût jamais connu. Jasper avait douze ans, et si cela n'avait tenu qu'à Mungo, il n'aurait jamais soufflé sa treizième bougie. Il avait débarqué une semaine plus tôt, tandis que sa mère et son nouveau beau-père passaient leur lune de miel à Blackpool. Ils avaient prévu une deuxième semaine de repos chez eux, à Bayswater, avant de récupérer l'enfant. Mungo devrait encore supporter celui-ci pendant sept jours, mais sait-on jamais ce que le sort nous réserve ?

La porte se rouvrit, et Mme Tobias fit irruption dans la salle à manger, brandissant une voiture miniature Matchbox.

— Et je ne veux plus voir ces saletés dans ma cuisine ! cria-t-elle dans le vide. A la prochaine bêtise, tu peux faire tes valises, lune de miel ou pas.

Elle jeta le jouet sur le sol, tel un gant.

— Si M. Harry glisse sur une de tes voitures, il te fichera dehors, tu peux me croire !

Jasper possédait une douzaine de voitures semblables qu'il laissait traîner partout. Un jour, en montant l'escalier, Mme Tobias avait posé le pied sur l'une d'elles et elle se serait certainement brisé le cou si elle ne s'était pas rattrapée à la rampe. Jasper adorait les lancer sur Mungo et sur la chatte Schrödinger pendant qu'ils dormaient. Mungo en avait plus qu'assez de recevoir des voitures miniatures sur la truffe.

Jasper Seines... On aurait dit un éternuement. Vraiment, il fallait faire quelque chose au sujet de Jasper Seines.

Mungo s'éloigna et alla jeter un coup d'œil aux chatons de Schrödinger, toujours endormis dans le tiroir du secrétaire de la salle de musique. Ils s'y étalaient de tout leur long, y compris Elf, le préféré de Mungo, à présent presque trop grand pour qu'il le transporte dans sa gueule – même si sa mère y arrivait bien, elle.

Il était temps que Jasper Seines disparaisse. Mungo trouvait étonnant que Harry ne l'ait pas encore flanqué dehors d'un coup de pied aux fesses. Il l'avait vu lancer des regards venimeux au sale gosse mais, en gentleman consommé, Harry avait simplement suggéré devant Mme Tobias, sa gouvernante et cuisinière occasionnelle, que Jasper devait s'ennuyer de son école, d'un ton lourd de sous-entendus. Mais Mme Tobias n'était pas du genre à saisir les sous-entendus. Pour que le message passe, Harry aurait dû jeter Jasper Seines au bas de l'escalier de la cave.

Mungo promena son regard sur les chatons comme sur un assortiment de bonbons à la réglisse et en repéra un qui était encore plus petit qu'Elf. Il allait le prendre dans sa gueule quand Schrödinger s'approcha, apparemment décidée à lui gâcher son plaisir. La chatte était noire comme de l'encre, avec presque autant d'appendices qu'un poulpe – du moins était-ce l'impression qu'elle donnait à Mungo quand elle lui collait au train.

82

Ne sois pas stupide, lui envoya-t-il comme message. Je ne fais rien de mal.

Elle le regarda avec des yeux ronds mais ne s'abaissa pas à répondre.

C'est alors que maître Jasper Seines entra, troublant leur confrontation silencieuse avec une imitation très convaincante d'un agent de police en maraude :

— Tiens, tiens, qu'est-ce que je vois là ?

Soudain, tel un magicien sortant un lapin de son chapeau, il souleva un chaton par la queue. La minuscule créature poussa un miaulement strident, qui valut à son agresseur une attaque bilatérale, Schrödinger lui griffant la jambe tandis que Mungo plantait ses crocs dans sa cheville.

— Aïe ! Laissez-moi, sales bêtes !

Le chaton retomba dans le tiroir, Jasper hurla, tentant vainement de libérer sa cheville. Quand Mungo l'eut enfin lâché, il courut se réfugier auprès de Mme Tobias, les larmes jaillissant de ses yeux bouffis comme si elles cherchaient à le fuir.

Ni Schrödinger ni Mungo n'ajoutaient foi au dicton qui prétend que les ennemis de nos ennemis sont nos amis. Pourtant, pensa Mungo, en travaillant main dans la main (pour ainsi dire), ils multiplieraient leurs chances de se débarrasser de Jasper Seines.

Schrödinger sauta dans le tiroir pour s'assurer qu'aucun nouveau péril diabolique ne menaçait sa progéniture pendant que Mungo quittait la pièce, faisant cliquer ses griffes sur le parquet magnifiquement ciré, et allait se poster devant la cuisine.

D'un ton geignard, Jasper Seines protestait de son innocence :

— C'est pas vrai, je les ai pas embêtés...

— Attention, mon garçon. Ma patience a des limites.

Mungo soupira. Mme Tobias n'était pas née de la dernière pluie.

— Puisque c'est comme ça, je veux retourner chez moi, na !

Quel malheur d'être affligée d'un petit-neveu aussi détestable… D'un autre côté, cet extrait de conversation était encourageant. A présent, tout ce que Mungo avait à faire, c'était pousser le petit monstre vers la porte d'une pichenette.

Comme l'après-midi s'étirait lentement, Mungo décida de gagner sa retraite préférée, dans le jardin, sous un petit banc en fer forgé. Il y avait également une niche, mais il n'en faisait pas cas.

Il trottina vers le banc, savourant d'avance la fraîcheur de l'herbe sous son ventre et l'ombre délicate des branches du saule pleureur agitées par la brise.

Il s'arrêta net en découvrant sous son banc un chat noir qui sommeillait, indifférent au bruit de la circulation de Sloane Street. Les pattes repliées sous lui, comme savent le faire ses semblables, on aurait dit une miche de pain noir.

Mungo s'approcha doucement et s'assit hors d'atteinte du chat au cas où celui-ci se réveillerait en sursaut et lui décocherait un coup de patte. L'intrus ne broncha pas. Pendant une seconde, Mungo se demanda si ce n'était pas Schrödinger. Il était aussi noir qu'elle, sans aucun doute, et lui ressemblait trait pour trait, sinon qu'il portait un collier bleu vif.

Mungo alla chercher un caillou au pied d'un arbre et visa le chat. Le caillou buta contre une patte, mais l'intrus se contenta de froncer le nez et forma une boule encore plus parfaite. Agaçant. Si quelqu'un avait lancé un caillou à Mungo, il se serait jeté sur lui, les crocs dehors. Il sauta sur le banc et observa le chat à travers ses interstices. Ils étaient assez larges pour qu'il y introduise la patte, mais il ne pouvait atteindre sa cible.

Il aurait pu aboyer pour réveiller le chat, mais il avait horreur de ça. Il ne donnait de la voix qu'en dernier recours. Il sauta du banc et s'allongea face à lui, le menton sur les pattes, les yeux à hauteur des siens. Ainsi, quand il finirait par se réveiller, il aurait un choc et ce serait amusant.

Les paupières du chat se soulevèrent lentement, si lentement qu'on les voyait à peine bouger. Mungo s'assit, s'appuyant sur une patte, puis sur l'autre, comme s'il calculait son élan avant de bondir.

Le chat bâilla.

Mungo fut dépité – un chien reste un chien. Puis il dressa l'oreille : l'intrus lui adressait un message.

J'espère que je ne suis pas morte et que ce n'est pas le paradis.

Mungo tressaillit. Il n'était pas sûr qu'il s'agisse d'un compliment.

Tu n'es pas au paradis, répondit-il, mais à Belgravia… Même si certains prétendent que c'est la même chose. Comment t'appelles-tu ?

Morris.

L'intruse creusa les reins et s'étira avec grâce et décontraction, un exercice dans lequel excellent les chats. Même Schrödinger avait l'air agile, le derrière pointé vers le ciel.

Tu habites le quartier ? Dans une de ces maisons ? Parce qu'ici, c'est mon jardin.

Morris se rallongea, les pattes repliées sous elle, suscitant une fois de plus la jalousie de Mungo.

Non, j'habite ailleurs, loin d'ici.

Nous voilà bien avancés ! Est-ce qu'au moins tu connais le nom de l'endroit d'où tu viens ?

La chatte cligna lentement les paupières.

Je n'ai pas jugé utile de me renseigner. A vrai dire, je ne pensais pas être enlevée un jour.

Enlevée ! Mungo était censé l'avoir été aussi, sauf que non. Harry avait inventé cette histoire. S'il y avait une spécialité dans laquelle brillait Harry, c'était le mensonge.

Tu as été enlevée pour de bon ? Ou est-ce que tu connais Harry ?

Harry ?

Oublie ça. Tu sais où on t'a enlevée ? Et où on t'a emmenée ?

Ça va me revenir. Ce dont je me souviens, c'est que je faisais un somme sur ma table, sur la terrasse du pub, quand quelqu'un m'a soulevée. Après avoir été secouée, je me suis retrouvée dans une voiture. Ensuite, je ne me rappelle rien.

Quel pub ?

Je crois qu'il s'appelle le Black Cat. De temps en temps, un client faisait remarquer que je devais être le chat du pub. Malin, hein ? Sauf qu'il avait tout faux. Ma maîtresse s'appelle Dora.

Continue.

Un soir, je me baladais, traquant les mulots, quand j'ai trouvé quelqu'un, étendu au pied d'une table de la terrasse.

Mungo se redressa.

Cette personne ne bougeait pas. J'ai reniflé autour d'elle et senti quelque chose. Du sang, je crois.

Du sang ! Le poil se dressa le long de l'échine de Mungo. Il avait toujours rêvé d'être un chien policier.

Un mort, sans doute.

Sans doute. Puis une vieille femme s'est approchée avec un chien tout rond, et j'ai couru me réfugier à l'intérieur du pub. Dis, tu n'aurais pas un truc à manger ? Je meurs de faim. Un joli poisson serait parfait, mais n'importe quoi fera l'affaire.

Mungo réfléchissait intensément.

Je vais te chercher quelque chose, dit-il.

Où ça, dedans ? Tu reviendras ?

Oui. Attends-moi ici. Je n'en ai pas pour longtemps.

La porte de derrière était entrouverte, comme souvent par beau temps. Mungo détestait la chatière car il craignait d'y rester coincé. Tandis que là, il n'avait qu'à glisser une patte entre la porte et le chambranle, et tirer.

Mme Tobias était occupée à disposer des rondelles de concombre sur un saumon froid entier.

— Mungo ! s'exclama-t-elle. Où étais-tu passé ?

Mme Tobias semblait toujours étonnée de constater que Mungo n'avait pas fui la maison.

— C'est le dîner de ton maître. Appétissant, non ?

Mon quoi ? pensa Mungo. Elle plaisante ?

— M. Harry aime beaucoup le saumon.

Moi aussi, je crois que j'aimerais ça.

Mme Tobias continua à parler, comparant les mérites respectifs de diverses préparations culinaires et mettant une éternité à fignoler sa décoration. Elle ouvrait un bocal de poivrons quand le téléphone sonna dans une autre pièce.

Quel heureux hasard ! Bavarde comme l'était Mme Tobias, elle en avait pour un moment.

Mungo se précipita vers la salle à manger. Il savait précisément où était tombée la voiture miniature de Jasper quand Mme Tobias l'avait lancée. Il saisit le jouet dans sa gueule et reprit la direction de la cuisine. En chemin, la voix de la gouvernante lui parvint depuis le vestibule : bla, bla, bla…

Une fois dans la cuisine, il sauta sur une chaise, de là sur un tabouret, puis sur le comptoir. Le saumon froid reposait sur une assiette longue en porcelaine. Une tranche d'olive noire figurait son œil, les rondelles de concombre superposées ses écailles.

Mungo déposa la petite voiture, l'avant tourné vers le moulin à poivre, et renversa ce dernier pour faire bonne mesure. Puis il referma délicatement ses crocs sur la partie inférieure du saumon et sa garniture de concombre, se laissa glisser jusqu'au sol et fila vers la porte du jardin, tenant la tête haute afin de ne pas abîmer le poisson.

Il déposa le saumon et une rondelle de concombre devant Morris. Ils se trouvaient à présent dans une petite clairière délimitée par une haie de buis. Quand Mungo était apparu, Morris épiait deux roitelets en conversation animée. Elle se jeta sur le saumon, le dévorant si goulûment qu'elle donnait l'impression de l'aspirer. Elle mangea même le concombre.

Entre-temps, Mme Tobias avait retrouvé la cuisine et une moitié de saumon. On l'entendit crier contre Jasper :

— Cette fois, ça suffit ! Demain à la première heure, tu fais ta valise !

Qui est Jasper ? demanda Morris entre deux bouchées.

Un vestige du passé, répondit Mungo, suprêmement satisfait : Bonjour Morris, adieu Jasper.

Quand elle eut fini de manger, la chatte remercia chaleureusement Mungo et entreprit de faire sa toilette. Le chien brûlait d'entendre la suite de son histoire, la meilleure qu'il avait entendue depuis que Harry avait tenté d'embobiner le limier de Scotland Yard.

Raconte, la pressa-t-il. Tu en étais restée à la vieille femme avec le chien.

Mungo prit une position confortable. Il tenta de replier ses pattes contre sa poitrine. N'y parvenant pas, il les étendit simplement devant lui.

Morris se coucha, replia ses propres pattes sans la moindre difficulté.

Eh bien, commença-t-elle, elle n'a pas crié, pas exactement, mais elle a fait un bruit bizarre. Son chien aboyait assez fort pour réveiller les morts. Puis elle a appuyé une feuille contre son oreille et…

Une feuille ?

Tous les gens en ont. Ils n'arrêtent pas de leur parler, c'est plus fort qu'eux. Parfois, quand je fais la sieste sur un rebord de fenêtre, un client vient s'asseoir à côté de moi, il sort sa feuille de sa poche, et bla-bla-bla…

Je vois ce que tu veux dire.

Dis, tu crois qu'ils parlent vraiment à quelqu'un ?

Qu'il y ait quelqu'un ou pas, je ne pense pas que ça change grand-chose pour eux, répondit Mungo, qui était d'humeur à philosopher. Mais revenons au pub. Qu'est-ce que la vieille femme a dit à sa feuille ?

Elle a demandé à quelqu'un de venir, parce qu'elle avait trouvé un corps.

Est-ce qu'elle parlait aux limiers ? Tu sais, ces types qui fourrent leur nez partout quand il y a un mort. Il en existe de deux sortes, les uniformes et les autres.

Je suppose que c'est eux qui ont fini par venir. Il y a eu beaucoup d'agitation, beaucoup de photos prises. Qui voudrait photographier un cadavre ? Mystère.

Et après ?

Des voitures sont venues, et l'agitation a repris.

Comment es-tu arrivée ici ?

En voiture, j'imagine. Mais c'était plusieurs jours plus tard. On a dû m'endormir.

C'était l'histoire la plus étrange que Mungo avait jamais entendue, hormis celle qu'il était censé avoir vécue.

Il reprit :

Personne ne fait attention à Schrödinger – la chatte de la maison – à part Mme Tobias. Harry est trop préoccupé de lui-même pour prêter attention à quoi que ce soit. Tu peux très bien rester ici et te faire passer pour Shoe. Après tout, rien ne ressemble davantage à un chat noir qu'un autre chat noir.

Morris ne parut pas apprécier cette remarque.

Et si on nous voit ensemble ? objecta-t-elle. Et puis, il y a mon collier. Est-ce que l'autre chatte en porte un ?

Non. On sera sur nos gardes, pas vrai ? Mme Tobias est vieille ; elle pensera qu'elle voit double. Il n'y a rien de plus facile que de faire croire à quelqu'un qu'il est cinglé, sauf s'il l'est vraiment.

Morris se releva, ses pattes bien rangées devant elle. Mungo se releva également et tenta de ranger ses pattes avec autant de soin, sans succès.

Viens ! dit-il.

Mais Morris ne bougea pas. Assise dans l'herbe, elle souleva une patte, puis l'autre, comme Mungo le faisait lui-même quand il était indécis.

Je veux rentrer chez moi, soupira-t-elle.

Mungo perçut sa tristesse. Celle-ci semblait flotter dans l'air autour d'eux, à présent que la faim s'était évanouie.

Et pour une fois, il ne sut quoi lui répondre.

15

Etait-il illusoire d'espérer, songeait Jury en déchiffrant le message inscrit sur son bloc, ce jeudi matin, que Carole-Anne Palutski écrive un jour dans un anglais correct ? Il croyait avoir mis les choses au point avec elle, mais apparemment, ce n'était pas le cas :

« SW a aplé. La fm du BC boC pour 1 agnc aplé ♥. »

Pourquoi un cœur ? Etait-ce bientôt la Saint-Valentin ? Non, on était en mai. « Le sergent Wiggins a appelé… » Le début, au moins, était compréhensible. Ce qui ne l'était pas, bien entendu, c'était l'objet de son appel.

Exaspéré, Jury décrocha le téléphone et enfonça la touche correspondant au numéro de son bureau. Pas de réponse. Il reposa brutalement le combiné sur la fourche (son appareil datait du pléistocène), ramassa ses clés et quitta l'appartement.

— Un cœur… gloussa Wiggins. Ça, c'est rigolo !

Jury pinça les lèvres, se retenant de hurler.

— Auriez-vous l'obligeance de m'éclairer sur sa signification ?

— Oh, pardon… Le cœur fait référence à Valentine's Escorts. Mariah ne tapinait pas, elle louait ses services à une agence d'escort girls. Un peu plus respectable, sans doute, mais c'est toujours de la prostitution. L'agence a ses bureaux dans Tottenham Court Road.

Enfin !

— Un bon point pour vous, Wiggins. Je vous pardonne le message.

— Je n'y suis pour rien, protesta vertueusement Wiggins. Pour les réclamations, voyez la personne qui l'a écrit.

— C'est déjà fait, mais on dirait que ça n'a pas suffi. Comment êtes-vous remonté jusqu'à cette agence ?

— Je n'ai rien eu à faire. Sa coloc a appelé.

— Adele ?

— C'est ça, Adele Astaire. Vous parlez d'un nom ! Elle a dit qu'elle venait à peine d'apprendre l'affaire par le journal et qu'elle était certaine d'avoir reconnu Stacy.

Jury attendit des précisions. Comme rien ne venait, il demanda :

— Cette Stacy, elle avait un nom ?

— Quoi ? Oh ! Stacy Storm. Encore un nom à coucher dehors. C'est comme ça que Mariah Cox se faisait appeler quand elle montait à Londres… En fait, quand elle montait tout court !

Wiggins sembla trouver la plaisanterie très drôle, Jury beaucoup moins.

— Dites, vous pourriez vous en tenir aux faits ?

— Désolé. Adele Astaire… Ça sent le pseudo. Peut-être qu'elle travaille aussi pour cette agence ? Ces filles-là ne donnent jamais leur vrai nom.

Jury s'abstint de tout commentaire.

— Où cette Adele habite-t-elle ? La tante de Mariah a parlé de Parsons Green ou de Fulham.

— Fulham. Vous comptez lui rendre visite ?

— Evidemment. Filez-moi ça.

Quand Wiggins lui eut donné le morceau de papier sur lequel il avait noté l'adresse, Jury reprit :

— Vous, allez chez Valentine's Escorts. Emportez la liste des Rexroth. La personne qui dirige l'agence…

— Blanche Vann. Mais elle va me brandir à la figure le droit au respect de la vie privée de ses clients et exiger que je produise un mandat.

91

— Sans doute. Quoi qu'il en soit, je vous demande de vérifier si des hommes venus à la soirée des Rexroth sans être accompagnés d'une femme figurent parmi les clients de Valentine's Escorts.

— Vous ne croyez pas qu'ils auront donné un faux nom ?

— Certains, oui. A supposer que Mlle Vann coopère, si les noms ne lui évoquent rien, essayez juste les prénoms. Il n'est pas rare que quelqu'un mente sur son nom mais conserve son prénom.

Wiggins produisit la liste et y jeta un coup d'œil.

— Tenez, dit-il, j'ai là un certain Simon. Un prénom courant. Elle en connaît certainement plusieurs.

— Ça dépend du nombre de ses clients. Les gens qui s'inventent une identité choisissent souvent un nom ridiculement banal, comme Jones. Si vous tombez sur un John Jones, ça devra vous mettre la puce à l'oreille.

Jury se leva et enfila son imperméable, qu'il aimait beaucoup. Il aimait également beaucoup la pluie.

— Adele, fit-il d'un ton songeur. Est-ce qu'elle sait seulement que c'était le prénom de la sœur de Fred ?

Wiggins laissa tomber un sachet de thé dans son mug tandis que la bouilloire électrique glougloutait. Son déjeuner – une chose étrange, enveloppée dans ce qui avait tout l'air d'une feuille de chou vert et provenant de Good Earth, une minuscule boutique d'alimentation diététique dans laquelle Jury s'était juré de ne jamais mettre les pieds – attendait près du mug.

— Fred Astaire, précisa Jury comme son adjoint levait vers lui un regard interloqué. Sa sœur et lui ont longtemps dansé en duo.

— C'est comme nous, dit Wiggins en versant de l'eau bouillante dans son mug.

Puis il se rassit et remua son thé d'un air pensif, fidèle à son habitude.

— Comme nous ? répéta Jury, largué.

— Ma sœur et moi. B. J., on l'appelle – c'est le diminutif de Brenda Jean. Tous les deux, on dansait beaucoup.

Debout sur le seuil, Jury s'efforçait de comprendre – ou plutôt, il avait renoncé à le faire.

— Wiggins, dit-il, je vous parle de Fred Astaire. Fred Astaire, vous saisissez ?

— Je sais, fit Wiggins, pas impressionné pour deux sous. Le danseur de claquettes.

Gardant ses commentaires pour lui, Jury sortit.

16

— Adele Astaire ?

Au-dessus de la chaînette de sécurité, elle acquiesça — du moins la moitié de visage qu'apercevait Jury. Et cette moitié paraissait un peu jeune pour appartenir à une escort girl.

— Commissaire Richard Jury, de Scotland Yard.

Elle ôta la chaînette, ouvrit la porte et prit la carte qu'il lui tendait. Elle l'étudia longuement, comme si elle l'apprenait par cœur, avant de la lui rendre. Cet examen amusa Jury : la plupart des gens y jetaient à peine un coup d'œil.

— Entrez, alors.

Le ton était cordial. La présence d'un policier sur le pas de sa porte ne semblait pas l'alarmer.

Vue en entier, Adele Astaire — elle s'empressa de préciser que ce n'était pas son vrai nom, à croire qu'elle en avait honte — avait toujours l'air beaucoup plus jeune qu'elle ne devait l'être en réalité. Elle avait des couettes et une frange inégale qu'elle repoussait sur le côté. Elle portait une robe chasuble en coton, à rayures blanches et roses, qui masquait ses formes. Jury n'en avait pas vu de semblable depuis des années. Sans doute l'avait-elle dégotée dans une boutique de mode rétro. Ses pieds étaient glissés dans des pantoufles en peluche.

La pièce où elle fit entrer Jury, parfaitement rangée, était meublée de fauteuils usés et d'un petit canapé crème. Sur les rayons d'une bibliothèque encastrée étaient alignées des figurines des personnages de Beatrix Potter. Jury reconnut

Jeannot Lapin, car il en avait eu un exemplaire, enfant. Une lampe Paddington reposait sur une table basse.

— Mon nom, c'est Rose, expliqua la jeune femme. Rose Moss. Mais la plupart des gens m'appellent Rosie.

Jury sourit, songeant à une des petites filles qu'ils avaient sauvées au cours de l'opération de Hester Street. Puis il cessa de sourire, revoyant le placard rempli de vêtements d'enfants, versions miniatures de ceux que Rosie possédait probablement. Hester Street était un repaire de pédophiles. La petite fille en question s'appelait également Rosie.

— Ma patronne, Blanche Vann, nous conseille de travailler sous un faux nom, pour éviter qu'on puisse remonter jusqu'à nous. Comme ça, on est certaines qu'un client ne va pas débarquer chez nous en pleine nuit.

Pour éviter qu'on puisse remonter jusqu'à nous... Aussi nettes soient-elles, les empreintes des sandales Jimmy Choo ne les mèneraient pas nécessairement au meurtrier.

Rosie était prolixe. Elle poursuivit, sans qu'il lui ait posé la moindre question :

— Je trouvais que Rosie était trop enfantin. Pas assez sophistiqué.

En effet, le prénom était parfaitement accordé à son apparence, à la manière dont elle tortillait une mèche de ses cheveux bruns autour de son index en lui parlant. Pas de maquillage. Une peau aussi lisse que le sable quand la mer se retire. Des yeux marron à l'expression étonnée, un nez petit et bien dessiné.

— Le fait est, ajouta-t-elle en prenant place sur le canapé, comme si elle avait lu dans ses pensées, que j'ai beaucoup de succès auprès des clients qui fantasment sur les gamines. Vous voyez ce que je veux dire ?

Il voyait très bien. Des fantasmes qui flirtaient avec la pédophilie.

— Il m'arrive de me déguiser en écolière...

Enfant, elle devait être d'une beauté renversante. Jury rougit à cette pensée. Il se demanda si le pédophile discernait

95

la femme derrière la petite fille, celle-ci tenant celle-là à distance.

— Mais bien sûr, je peux être adulte, si on me le demande, conclut-elle en allumant une cigarette.

Quelle réflexion sordide… Pourtant, Jury ne put retenir un sourire en la voyant recracher la fumée par petites bouffées, le visage tourné de côté pour ne pas l'incommoder. Elle fumait comme Bette Davis dans *Eve*. « J'ai couru tout le long du chemin. » Les paroles qu'avait prononcées Phyllis Nancy, trempée par la pluie, sur le seuil de son appartement. Lu Aguilar, l'accident… Il tenta de chasser ces pensées parasites.

— … me rend un peu nerveuse.

Il avait manqué le début de la phrase.

— Nerveuse ? Pour quelle raison ?

— La visite d'un commissaire de Scotland Yard…

— Je vous en prie, il n'y a pas lieu de vous inquiéter. Ce n'est qu'une visite de routine. Nous aurions juste besoin de quelques renseignements sur Stacy Storm, puisqu'elle se faisait appeler ainsi. Son vrai nom était Mariah Cox.

— Je sais. Mais je ne vois pas comment je pourrais vous aider.

— Votre amitié pourrait se révéler importante. Vous seriez étonnée d'apprendre combien peu nous en savons sur elle.

Rosie fit tinter les glaçons dans son verre – whisky ou thé glacé.

— Je n'appellerais pas ça une amitié. Elle se confiait très peu. C'est à peine si elle parlait de son autre vie.

— Dans ce cas, mettons que vous étiez copines.

Elle avait un accent rugueux, un brin nasal, qui la situait à mille lieues de Chelsea ou Knightsbridge – plutôt du côté de Brixton. Le mot « copine » convenait mieux à ses origines.

— Ouais, possible. On travaillait ensemble… Enfin, pour la même boîte.

— Valentine's Escorts ?

96

— Oui. Je n'ai rien à en dire, sinon qu'ils sont réglo. Ça fait des années que je bosse pour eux.

— Vous avez l'air un peu jeune pour ça.

Elle écrasa sa cigarette.

— Vous me donnez quel âge ?

Jury haussa les épaules et répondit généreusement :

— Vingt ans ?

Deux douzaines de roses n'auraient pas produit un meilleur effet.

— Flatteur, va ! J'en ai trente et un.

Et c'était vrai. Les yeux trahissent toujours l'âge. Les siens n'exprimaient que le dégoût et la lassitude.

— Rosie, c'est incroyable ! Ma parole, vous avez la recette de l'élixir de jeunesse. Dites, vous ne voudriez pas m'en donner un peu ?

A présent, il l'avait dans la poche.

— Pourquoi ? Je vous trouve très bien comme ça, dit-elle, croisant les jambes dans une attitude aguicheuse.

Coupant court à toute velléité de flirt, il demanda :

— Est-ce que Stacy aimait son travail ? Faisait-elle parfois allusion aux hommes avec lesquels elle sortait ?

Rosie se pencha en avant pour prendre une autre cigarette. Après l'avoir allumée, elle eut un sursaut de politesse et poussa le paquet vers Jury, qui déclina la proposition. C'était à croire que toute la population britannique s'adonnait au tabagisme, à part lui-même, Dora et le chien de Harry, Mungo. Et encore, concernant Mungo, il avait des doutes.

Rosie approcha un cendrier en métal qui faisait de la publicité pour un pub, le Batty's (à moins qu'il ne s'agisse d'une marque de bière), et répondit :

— Elle ne me disait jamais leur nom. Il y en avait un qu'elle aimait bien. Elle est sortie un moment avec lui – je veux dire, en dehors du boulot. Normalement, on n'a pas le droit de faire ça.

— C'était sérieux entre eux ?

Rosie dirigea son regard vers la fenêtre.

— Pas vraiment. C'est juste qu'il lui plaisait plus que les autres.

— Elle vous l'a décrit ? Vous savez à quoi il ressemble ?

— Elle a seulement dit qu'il était beau. Il lui faisait des cadeaux. Une fois, elle a dit qu'il se conduisait « comme un prince » avec elle.

Mariah Cox était-elle une Cendrillon en sandales Jimmy Choo ? Dans les contes de fées, les hommes étaient toujours beaux, riches, charmants, et les femmes, toujours en danger. Jury doutait qu'il y ait eu beaucoup de princes charmants parmi les clients de Valentine's Escorts. Eux n'avaient pas besoin des services d'une agence.

— Il y avait un truc marrant, quand même. Il voulait qu'elle s'habille d'une certaine manière et qu'elle change la couleur de ses cheveux.

— Comment ça ?

— Stacy supposait que ça lui rappelait une femme de son passé. Il la voulait rousse. Alors elle se teignait. Plutôt, c'est moi qui le faisais.

— Ah oui ?

— J'ai été coiffeuse, vous savez. J'ai travaillé dans un salon très chic, à Bayswater. Les colorations, c'était ma spécialité. J'étais douée pour le maquillage, aussi.

— Vous voulez dire que chaque week-end, elle vous demandait de la teindre ?

— Si on fait une coloration semi-permanente, ça n'abîme pas trop les cheveux. Mais après, c'était tout un travail pour lui rendre sa couleur naturelle, le châtain foncé. Je devais utiliser un brun cendré pour obtenir la bonne nuance. Ce type, il a dû dépenser une fortune pour l'habiller. Rien que ses chaussures valaient au moins sept cents livres.

Rosie étira la jambe et agita le pied dans sa pantoufle en peluche.

— Moi, j'ai dégoté une paire de Christian Louboutin pas chère dans un dépôt-vente. La boutique s'appelle Deux petits tours et puis s'en vont.

Jury avait l'intuition qu'avec Rosie, c'était plutôt « Un petit tour et puis s'en va ».

— Ça se passe comment, avec les clients ?

— La patronne, Blanche... C'est elle qui nous appelle. Elle nous dit qui on doit retrouver et où. Le type paie toujours d'avance. S'il veut laisser quelque chose à la fille, ça vient en supplément.

— Et vous ? Vous avez déjà rencontré un homme aussi généreux que le bienfaiteur de Stacy ?

— Ah, pas de danger.

De nouveau, elle enroula une mèche de cheveux autour de son index.

— Ça pourrait vous arriver, lui assura Jury.

Parce qu'il était policier, et donc hors d'atteinte, Rosie répondit par un vague grognement.

— Mariah maintenait une frontière étanche entre ses deux identités, reprit Jury. Sa tante ignorait l'existence de Stacy.

— Vous savez, j'ai toujours eu l'impression...

Jury dressa l'oreille, anticipant une révélation a posteriori.

— ... que quelque chose la tracassait. Je l'ai questionnée, mais elle ne voulait pas en parler. Mais quel que soit le problème, je ne pense pas qu'il venait de lui. Il était tellement gentil avec elle... Stacy, c'était un sacré mystère, pas vrai ?

Sachant qu'elle n'attendait pas de réponse de sa part, Jury demanda :

— Cet homme... C'est lui qui lui avait offert la robe qu'elle portait le soir de sa mort ?

— Certainement. La robe, et les chaussures.

La boutique Yves Saint Laurent se trouvait dans Upper Sloane Street, de même que celle de Jimmy Choo.

— Merci beaucoup, Rosie, dit Jury en se levant. Vous m'avez apporté une aide précieuse. Il est possible que j'aie besoin de vous reparler.

— Pas de problème.

Subitement attristée par la mort de son amie, par le départ de Jury, ou les deux – comme s'il lui avait ramené Stacy et qu'il la lui reprenait à présent –, Rosie se leva à son tour et le raccompagna à la porte.

Dans le vestibule, il lui tendit sa carte de visite et lui demanda de l'appeler si d'autres éléments lui revenaient à la mémoire.

Rosie Moss, sa robe à rayures sucre d'orge, ses pantoufles en peluche, ses couettes… Craignant de fondre en larmes, il se détourna et sortit.

17

Une sonnerie discrète salua l'entrée de Jury. Une vendeuse vêtue d'une sublime robe drapée noire vint à sa rencontre. La robe aurait été parfaite sur Phyllis – comme n'importe quel vêtement, d'ailleurs.

Le sourire de la jeune femme s'effaça dès qu'il lui montra sa carte. Elle parut aussi choquée que s'il l'avait giflée. Puis il sourit à son tour, et ce fut comme si le ciel s'éclaircissait.

— Je voudrais juste vous poser quelques questions, mademoiselle...

— Ondine...

Pas possible ! Encore une employée de Valentine's Escorts ?

— ... Overalls.

Ouf !

— Mais appelez-moi Ondine.

— D'accord. Dites-moi, c'est ici la principale boutique Yves Saint Laurent de Londres ?

— Bien sûr ! Nous ne sommes pas une chaîne, vous savez.

Cela avec l'esquisse d'un sourire, pour indiquer qu'elle plaisantait.

— Je m'intéresse à une robe achetée par cette femme...

Jury détestait exhiber des photos de cadavres, mais les seules autres dont il disposait montraient une Mariah Cox par trop différente. Qui plus est, le photographe avait fait en sorte que son modèle n'ait pas l'air trop mort.

Ondine chaussa de minces lunettes à monture d'acier. La tête penchée au-dessus de la photo, elle acquiesça.

— Je me souviens d'elle. Je l'ai prise pour un mannequin professionnel. La manière dont elle bougeait… Nos robes lui allaient à la perfection.

Elle désigna une rangée de mannequins qui, telles les passagères d'un paquebot de luxe appuyées au bastingage, semblaient regarder s'éloigner la côte de leurs yeux aveugles.

Ondine ressemblait elle-même à un mannequin, avec son fond de teint appliqué avec art, ses paupières ombrées de gris à l'aide d'un pinceau souple, ses lèvres soigneusement dessinées.

— Vous voulez dire qu'elle est… morte ?

— Hélas, oui. Tuée par balle.

Ondine promena un regard affolé autour de la boutique, s'attardant sur les mannequins, comme s'ils avaient quelque chose à voir avec l'assassinat de sa cliente. Une main sur la poitrine, elle prit une longue inspiration, puis une autre, avant d'affirmer :

— C'est bien une de nos robes qu'elle porte. La pauvre, elle n'aura plus l'occasion de la mettre.

Ce constat attristé arracha un sourire à Jury.

— A quand remonte sa visite chez vous ?

— C'était… mardi de la semaine dernière. Je m'en souviens parfaitement. Elle a essayé plusieurs robes, qui lui allaient toutes à ravir. Celle-ci, dit-elle en indiquant la photo, était la plus belle.

Elle regarda autour de la boutique, toujours irréprochable et vide, hormis les mannequins, et ajouta à mi-voix :

— Etant donné son prix, ça n'a rien d'étonnant : trois mille sept cents livres.

Jury siffla, impressionné.

— Elle était seule ?

— Oui, mais elle a téléphoné à quelqu'un. Je n'ai pas entendu ce qu'elle disait.

— Elle a utilisé son portable ?

— Sa batterie était déchargée, aussi je lui ai prêté le mien.

— Vous l'avez ici ?

Ondine se dirigea vers un comptoir, glissa une main derrière et apporta son téléphone à Jury. Il afficha l'historique des communications. Il y en avait une bonne cinquantaine.

— Vous avez effacé des appels sortants ?

— Pas récemment. Je n'y pense jamais.

— Jetez un coup d'œil à cette liste, dit Jury en lui rendant l'appareil, et dites-moi si elle contient un numéro que vous ne reconnaissez pas.

Ondine parcourut la liste. Elle allait dire quelque chose quand le carillon de la porte tinta. Un couple entra, âgé, visiblement riche et d'apparence fragile. Ils marchaient le buste légèrement incliné en avant, comme si leur tête cherchait à distancer le reste de leur corps. Tous deux portaient une courte cape grise, celle de l'homme faisant partie de son manteau, celle de la femme constituant son manteau. On aurait dit un couple de mouettes.

— Excusez-moi, souffla Ondine à Jury avant d'aller proposer son aide aux nouveaux clients.

Jury n'entendit rien de ce qu'elle leur dit. Dans ce lieu dédié à l'élégance, tous les sons se réduisaient à un murmure, et c'était agréable. Si fortunée que fût sa clientèle, si coûteux que fussent les vêtements qu'on y vendait, il n'empestait pas encore le matérialisme.

Ondine revint.

— Montrez-moi ça, dit-elle en récupérant le portable.

Presque aussitôt, elle désigna un numéro.

— Ce doit être celui-ci. Il ne me dit rien, et l'heure à laquelle il a été passé doit correspondre à la visite de cette femme.

Jury inscrivit le numéro dans son carnet. Un numéro londonien.

Au même instant, les deux vieux clients levèrent simultanément la main — ils faisaient toujours tout ensemble, aurait-on dit — pour appeler la vendeuse.

— Pardon, chuchota la jeune femme. Je suis toute seule aujourd'hui. Charlotte est encore malade.

Elle avait dit cela avec un soupir exaspéré, comme si Jury connaissait Charlotte et ses prétendus ennuis de santé.

Il la regarda s'éloigner d'un pas gracieux. Les murmures reprirent.

On se serait cru dans un centre de méditation. Jury imagina plusieurs moines bouddhistes assis autour de la pièce sur les coussins en soie et satin. Ondine se dirigea vers le comptoir afin d'y chercher un renseignement, peut-être le prix de la robe – un plissé de mousseline grise – que ses deux clients tenaient entre eux. L'homme semblait parfaitement à l'aise dans cet univers si féminin.

C'est ce moment que choisit Wiggins pour faire son entrée.

— Monsieur, commença-t-il, Blanche…

Wiggins prenait très rapidement l'habitude de désigner les témoins par leur seul prénom.

— … a été très coopérative. Ça se peut que vous ayez raison, pour les noms. Aucun de ses clients ne figurait sur la liste des Rexroth, mais elle a repéré deux Simon : Simon Saint Cyr et Simon Smith.

Wiggins tourna une page de son carnet avant de poursuivre :

— Selon les registres de l'agence, ce Simon Smith serait sorti à cinq reprises avec Stacy Storm. J'ai les dates. Cinq rendez-vous, c'est peu pour une liaison passionnée, mais quelque chose me dit qu'ils n'en sont pas restés là.

— Au dire de Rose Moss, Stacy fréquentait un client en dehors du boulot. J'imagine que Blanche Vann n'a pas pu vous le décrire ?

— Tous les rendez-vous se prennent au téléphone. Le local de l'agence comprend une seule pièce, mais très bien arrangée : vaste, aérée, avec des fleurs et des fruits. Les employées y passent souvent. Blanche les appelle ses « filles ». Une vraie mère poule. J'ai eu l'impression qu'elle avait une réelle affection pour Stacy. Sa mort l'a beaucoup affectée. Et elle a été très étonnée d'apprendre qu'elle menait une double vie.

— Comment l'a-t-elle su ? Par la presse ?

— Par un coup de fil d'Adele Astaire. Blanche dit qu'elle lit très peu les journaux.

— Appelez l'inspecteur-chef Cummins au QG de Thames Valley et demandez-lui de retourner voir les Rexroth. Peut-être sauront-ils qui est ce « Simon Smith ».

Wiggins acquiesça et se dirigea vers la porte tout en composant le numéro sur son portable.

Constatant que le vieux couple tout gris avait libéré Ondine, Jury s'approcha du comptoir. La jeune femme lui adressa un sourire teinté d'espièglerie.

— Comment Stacy Storm a-t-elle réglé l'achat de la robe ? demanda-t-il.

Ondine ouvrit un épais registre noir et parcourut les colonnes avec un ongle laqué de rouge.

— Avec une Barclaycard.

— Elle devait avoir une sacrée marge de crédit.

— Tout ce que je sais, c'est que la transaction a été acceptée.

— Je ne vais pas vous faire perdre plus longtemps votre temps. Merci de votre aide, Ondine, ajouta Jury en lui tendant sa carte. S'il vous revient quoi que ce soit…

— Mon numéro de téléphone, par exemple ? dit-elle avec un grand sourire. Ne craignez rien, ça va me revenir.

Si ce n'était pas un appel du pied…

— J'ai une amie à qui la robe noire dans la vitrine irait à ravir.

Ondine baissa la voix.

— Dites-lui de passer me voir. Je devrais pouvoir lui faire un rabais intéressant.

— Je le lui dirai, murmura à son tour Jury.

Le portier, ou vigile, ou videur posté devant la porte les informa d'un ton glacial que la boutique s'apprêtait à fermer.

— Erreur, répliqua Jury en lui collant sa carte sous le nez.

Ecartant le gorille de son chemin, il pénétra dans l'univers tout de lumière et de légèreté de Jimmy Choo.

Une femme élancée se matérialisa subitement devant eux, les pieds croisés, les mains dos à dos devant elle. Jury se demanda si elle avait été mannequin. Celles-ci semblaient avoir une aptitude naturelle pour les postures les plus improbables et les moins confortables.

Cet intérieur clair et parfaitement ordonné invitait le visiteur ordinaire à reconsidérer son attitude envers le luxe et les biens matériels. Dans un silence de cathédrale, des paires de chaussures aux coloris somptueux, disposées avec goût dans des niches, imitaient des vitraux sur toute la surface des murs.

Ces chaussures paraissaient à la fois incroyablement précieuses et frivoles.

Les modèles exposés dans les minuscules alcôves étaient éclairés comme des œuvres d'art. La comparaison n'était pas exagérée, songea Jury, admirant tour à tour une sandale gris métallique ornée de strass le long du cou-de-pied, une autre en serpent argenté avec un talon de dix centimètres et une bride qui s'enroulait autour de la cheville, une autre encore, en cuir brillant, dont les lanières formaient un lacis inextricable. Chaque modèle était pensé dans les moindres détails. Wiggins, visiblement conquis, les dévorait du regard, presque collé au mur.

Jury demanda à la jeune femme si elle se rappelait avoir vendu à une cliente les chaussures figurant sur la photo qu'il lui montrait, environ une semaine plus tôt. Peut-être Mariah était-elle entrée chez Jimmy Choo juste après avoir acheté la robe.

Il avait vu juste. La vendeuse se souvenait de la cliente, mais pas de l'avoir vue téléphoner. Et, oui, elle avait bien réglé son achat avec une Barclaycard.

Jury s'approcha de Wiggins.

— Vous avez l'intention d'en offrir une paire à votre cousine de Manchester ?

— Sûrement pas ! Vous avez vu les prix ? Ce serait…

Son portable sonna, et il prit l'appel. Au bout de quelques secondes, il remercia son interlocuteur et raccrocha.

— C'était Cummins, annonça-t-il. Apparemment, le vrai nom de Simon Smith est Santos. Il a connu Timothy Rexroth à la City, où il bosse dans les fusions et acquisitions. On a de la veine : il habite tout près, dans Pont Street. J'ai son numéro. Je l'appelle ?

Jury jeta un coup d'œil à sa montre. Presque dix-huit heures. L'heure où l'on se détend devant un verre. Quelles que fussent ses responsabilités à la City, Simon Santos ne devait pas déroger à cette règle.

— Non. On va lui faire une surprise.

18

Simon Santos leur ouvrit avec un verre à la main – un verre droit en cristal qui devait coûter une centaine de livres à lui seul, rempli de ce qui avait tout l'air de whisky. Après tout, c'était Pont Street, à deux pas de Beauchamp Place et de Harrod's, dans le saint des saints de Knightsbridge.

Il avait retroussé les poignets mousquetaires de sa chemise (sa veste en soie reposait négligemment sur la rampe en bois de rose), et ses chaussures italiennes brillaient tellement qu'il aurait pu s'y mirer.

Jury et Wiggins dégainèrent leur carte en même temps. Santos les considéra sans manifester d'étonnement (ni d'animosité, remarqua Jury).

— Je viens à peine de rentrer, dit-il en leur tenant la porte.

Pas du bureau, songea Jury. Rien dans ce qu'il avait aperçu jusque-là de l'intérieur de Simon Santos ne laissait supposer qu'il avait travaillé ne fût-ce qu'un jour dans son existence.

Il les invita à prendre place dans un salon tout droit sorti d'un magazine de luxe. Au-dessus d'une cheminée monumentale avec des accessoires en cuivre, Jury remarqua le portrait d'une très belle femme vêtue de velours vert, dont le teint laiteux contrastait avec la chevelure flamboyante. Sur le tapis de foyer étaient couchés deux labradors chocolat, tellement semblables qu'on aurait dit une paire de chenets. Bien élevés, avec ça. Après un rapide coup d'œil aux intrus, ils bâillèrent et se rendormirent, le menton posé sur leurs pattes. Jury étendit le bras et caressa la tête soyeuse du plus proche, qui répondit par un soupir satisfait.

La décoration mêlait le cuir beurre frais et les étoffes damassées. Une tonne de velours vert s'écoulait le long des fenêtres pour former une flaque sur le sol. Les deux policiers s'abîmèrent dans des fauteuils clubs si profonds que Jury se demanda avec inquiétude s'ils parviendraient à s'en extraire. Pas de doute, il y avait quelques avantages à être riche.

On ne pouvait décrire l'ambiance de la pièce qu'en des termes recherchés : exquise, délectable, sublime, enchanteresse... Le brun profond des murs et les moulures crémeuses donnaient l'impression de s'enfoncer dans de la mousse au chocolat.

— Désirez-vous boire quelque chose ?

— Non, merci, monsieur Santos. Nous enquêtons sur le meurtre d'une jeune femme, Mariah Cox.

Le beau visage de Santos se crispa imperceptiblement pour se détendre dès que Jury eut prononcé le nom de la morte. Il était probable que celui-ci ne lui évoquait rien.

— Je ne connais pas cette personne.

— Mais vous connaissiez Stacy Storm. C'est sous ce nom que Mariah exerçait, si je puis dire.

Cette fois, le visage de Santos se contracta visiblement. Histoire de gagner du temps, il se leva afin de se resservir. Un glaçon tinta dans un verre, le siphon d'eau gazeuse crachota, puis Santos reprit place sur le canapé, le buste penché en avant, ses doigts serrant à peine le verre, au risque de renverser du whisky sur le tapis. Serait-il assez bête pour nier qu'il connaissait Stacy ?

Il but une gorgée avant de parler :

— Ça a été horrible. Sa mort m'a complètement...

Il se redressa et parut considérer son état avant d'achever :

— Anéanti.

Jury scruta son visage, y cherchant des traces d'anéantissement, mais son expression était indéchiffrable.

109

— Vous étiez intime avec elle ? demanda Wiggins.

Un sourire crispé aux lèvres, Santos regarda les deux hommes tour à tour avant de répondre :

— Vous le savez très bien. Sinon, vous ne seriez pas là.

— Tout ce que nous savons, c'est que vous l'avez... engagée à plusieurs reprises par l'intermédiaire de Valentine's Escorts.

— En effet.

La voix de Santos s'était teintée d'amertume.

— Ce que nous aimerions savoir, c'est s'il vous arrivait de la voir « en dehors du boulot », selon les termes de la colocataire de Mlle Storm.

— J'imagine que l'agence ne risque plus de lui causer des ennuis...

— C'est certain. Cette pauvre Stacy ne pourrait pas s'attirer plus d'ennuis qu'elle n'en a à présent.

— A vous entendre, commissaire, on jurerait que sa mort vous touche.

Jury continua à le dévisager sans répondre.

— Nous nous sommes vus plusieurs fois « en dehors du boulot », comme vous dites, reprit Santos.

— Combien de fois ? interrogea Wiggins.

— Ces trois derniers mois, une fois par semaine. Elle ne venait à Londres que le week-end. Je sais pourquoi, maintenant. Si toutefois elle était bien cette autre femme... Mariah, c'est ça ?

— Mariah Cox. Monsieur Santos, est-il exact que vous ayez assisté à une fête organisée par un couple, les Rexroth, samedi dernier ?

Santos acquiesça.

— Et bien sûr, vous vous demandez quel est le lien avec Stacy. Elle devait me rejoindre là-bas. Vous savez, je n'avais aucune idée de l'endroit où elle vivait le reste de la semaine.

— Vous ne saviez pas qu'elle habitait Chesham ?

— Non. Elle ne me disait rien.

— Quand on l'a retrouvée – je parle de Stacy Storm –, elle portait une robe Yves Saint Laurent et une paire de

110

chaussures Jimmy Choo, toutes les deux achetées dans Sloane Street. Vous lui faisiez ce genre de cadeaux ?

— Pas « ce genre de cadeaux ». Seulement ceux-là. Cette robe, ces chaussures. C'était mon idée. Je voulais lui donner le sentiment qu'aucune autre femme présente à cette fête ne lui arrivait à la cheville. Stacy était... Je ne sais comment dire...

Jury attendit que Santos trouve ses mots, en vain.

— Vous avez dit qu'elle devait vous rejoindre chez les Rexroth. Alors comment se fait-il qu'on l'ait retrouvée au Black Cat ?

— Bon sang !

Dérangés dans leur sommeil, les chiens relevèrent la tête et regardèrent leur maître, puis les deux étrangers, comme s'ils les jaugeaient. Ils se rallongèrent quand Santos reprit plus calmement :

— Vous croyez que je ne me suis pas posé cette question des centaines de fois ? Je n'en ai aucune idée !

— Vraiment ?

— Je suppose que le Black Cat appartenait à son autre vie.

Santos avança le buste et fit rouler son verre entre ses paumes, les coudes appuyés sur les genoux.

— Je ne l'ai jamais complètement percée à jour. Il y avait chez elle quelque chose qui m'échappait. Je la soupçonnais de voir un autre homme, ce qu'elle a toujours nié.

— A quelle heure êtes-vous parti de chez les Rexroth ?

— Vers dix heures. Comme elle n'arrivait pas, je n'avais aucune raison de m'attarder.

— Vous êtes alors rentré chez vous ?

La question parut étonner Santos.

— Evidemment !

— Vous auriez pu vous arrêter en chemin pour boire un verre, manger un morceau.

Santos lança un regard aux chiens, profondément endormis, puis il se tourna vers Jury.

— Je me comporte comme un idiot, pas vrai ?

111

Wiggins esquissa un sourire.

— Pourquoi dites-vous cela, monsieur ?

— Bon Dieu, parce que je suis suspect !

Les chiens se réveillèrent de nouveau, inquiets.

Santos se redressa et baissa la voix.

— Un suspect sans alibi. Pour répondre à votre question, non, je ne me suis pas arrêté en chemin. Je suis rentré directement chez moi et suis monté me coucher après un dernier verre. Je n'ai passé aucun coup de fil, je n'ai vu personne, rien.

Sa voix trahissait une profonde tristesse, sans la moindre trace d'autoapitoiement.

— Ai-je raison de supposer que vous étiez très attaché à Stacy ? demanda Jury. Cela allait au-delà d'une simple relation contractuelle, non ?

Santos leva les yeux vers le portrait au-dessus de la cheminée, puis il détourna la tête.

— C'était bien plus que cela, acquiesça-t-il. Du moins en ce qui me concerne. Stacy… Comme je l'ai dit, elle gardait une part de mystère pour moi. Elle se montrait très gentille, alors je me suis peut-être mépris sur ses sentiments. Son autre personnalité, ajouta-t-il après une pause. Mariah Cox… Quel genre de femme était-ce ?

Jury lui fit un résumé de l'existence plutôt étriquée de Mariah — une existence sans glamour, sans Yves Saint Laurent, sans les chaussures précieuses qui recouvraient les murs de la boutique Jimmy Choo — mais il omit de mentionner Bobby Devlin.

Puis il se leva et adressa un signe de tête à Wiggins.

— Nous nous reverrons certainement, monsieur Santos. Vous seriez très aimable de ne pas quitter Londres pendant quelque temps.

Simon Santos s'était levé en même temps que lui. Les mains dans les poches, il paraissait indécis, presque perdu. Il se tenait à présent juste au-dessous du tableau, et Jury fut frappé par sa ressemblance avec la femme à la chevelure flamboyante.

Santos surprit son regard et se retourna vers le portrait.

— Ma mère, Isabelle. Elle était belle, n'est-ce pas ?

La question se passait de réponse.

— Vous lui ressemblez, dit Jury.

Mais pas autant que Mariah Cox, se garda-t-il d'ajouter. Telle devait être l'obsession de Simon Santos.

Jury songea brusquement à Lu Aguilar. Il en connaissait un rayon en matière d'obsession.

— Vous en pensez quoi, monsieur ? Moi, il y a un truc qui m'échappe : voilà un type qui a tout pour lui, en plus d'être plein aux as. Les femmes doivent se bousculer devant sa porte. Alors pourquoi engager une escort girl… une pute ?

Ce n'était pas une pute, pensa Jury, mais comme il n'était pas censé dire cela, il se contenta de répondre :

— Vous avez vu la photo de Stacy ?

— Oui, mais…

— Vous n'avez pas remarqué sa ressemblance avec Isabelle Santos ? Stacy Storm était le lot de consolation de Simon.

Ils se trouvaient à présent dans la rue.

— Vous voulez que je vous dépose à Islington avant de ramener la voiture ? demanda Wiggins.

Jury secoua la tête.

— Je vais prendre un taxi. J'aimerais faire un saut à la City.

— Pour quoi faire ? Il est pas loin de sept heures.

— L'Old Wine Shades.

Wiggins gloussa.

— Harry Johnson, hein ?

— J'ai hâte d'entendre ses explications à propos de ceci, dit Jury en tirant de sa poche la liste d'invités des Rexroth.

— Vous croyez que vous le coincerez un jour ?

— Oh, ne vous en faites pas. C'est moi qui aurai le mot de la fin.

— Espérons qu'on n'en est pas encore là, dit Wiggins en ouvrant la portière de la voiture.

— Où ça ?

— A la fin.

Ils se souhaitèrent une bonne nuit, puis Jury héla un taxi.

19

L'établissement, à ce qu'on prétendait, avait eu Dickens pour client. Plus important encore – du moins aux yeux de Jury –, il était le repaire favori de Harry Johnson. Assis sur son tabouret habituel, celui-ci dégustait un breuvage couleur sang en discutant avec Trevor, le barman.

– Bonsoir, Harry, dit Jury en prenant place sur le tabouret voisin. Comment allez-vous ?

Comme s'il se souciait le moins du monde de la santé de Harry Johnson !

– Vingt-deux, la police ! Ça faisait une éternité qu'on ne vous avait pas vu.

Tout en parlant, Harry avait pris une cigarette dans son étui en argent et il l'alluma.

Avec un sourire parfaitement hypocrite, Jury lui donna une tape sur le bras avec la liste des Rexroth.

– On a fini par vous accorder un mandat de perquisition ? Tant mieux, ça vous évitera de vous introduire chez moi en toute illégalité.

Le sourire de Harry était également un modèle de duplicité.

Jury n'avait jamais pu obtenir le mandat en question au prétexte qu'il n'avait aucun élément contre Harry – rien, nib, peau de balle –, et cet échec lui restait sur l'estomac. Harry avait tué la femme dont on avait retrouvé le corps dans le Surrey, et Jury avait bien l'intention de le prouver.

Mais pour le moment, il devait concentrer ses efforts sur cette liste de noms.

— Où avez-vous passé la soirée samedi dernier, Harry ?

— A Chesham. J'ai assisté à une fête. Vous le savez certainement, sans quoi vous ne m'auriez pas posé cette question. C'est votre enquête, pas vrai ?

Le visage de Harry prit une expression attristée aussi peu crédible que son sourire.

— Je suis désolé pour cette pauvre fille…

C'était faux. Il s'en fichait éperdument.

— … étendue dans la nuit froide derrière le Black Cat, sans presque rien sur elle, qu'un chiffon d'Yves Saint Laurent.

— Comment savez-vous cela, Harry ? La presse n'a pas dévoilé ce détail.

Harry considéra Jury avec l'indulgence qu'on réserve habituellement aux très jeunes enfants.

— Ma parole, vous avez laissé votre cerveau au vestiaire ? Par les Rexroth, bien sûr. Dans leur excitation, ils ne demandaient qu'à se vautrer dans les détails. Il ne se passe jamais grand-chose à Chesham. Je les ai appelés après avoir appris la nouvelle par les journaux

— Comment avez-vous connu les Rexroth ?

— Vous comptez me cuisiner toute la soirée ? J'ai connu Timothy, ou Tip, comme il se fait appeler, ici même. Il a l'habitude d'y déjeuner.

— Où êtes-vous allé après avoir quitté la fête ?

— Chez moi. Voulez-vous un verre de ce vin ? C'est un côte-de-nuits.

Dans un geste d'invitation, il sortit la bouteille du seau dans lequel Trevor l'avait mise.

— Combien de temps êtes-vous resté chez les Rexroth ?

Harry réfléchit.

— Je suis arrivé vers neuf heures et suis reparti environ une heure plus tard. Je ne pouvais pas m'attarder : j'avais rendez-vous avec votre victime pour la tuer.

Jury eut le plus grand mal à se retenir de le jeter au bas de son tabouret.

— Ça devient lassant, reprit Harry en soufflant un rond de fumée parfait. Dès qu'une femme se fait assassiner à moins de cinquante kilomètres de Londres, vous me soupçonnez.

Jury attrapa la bouteille de bourgogne et examina l'étiquette (comme s'il y connaissait quelque chose).

— Aucun arrêt sur le chemin du retour ?

— Aucun. J'étais chez moi à onze heures.

— Vous n'êtes pas allé au Black Cat ?

— Le pub de Chesham ? Certainement pas !

— Vous n'y avez jamais mis les pieds ?

Harry soupira.

— Je vais vous épargner la peine de me tirer le portrait – ou de voler une photo chez moi – pour le montrer à d'éventuels témoins. Je suis allé une fois au Black Cat, fin mars ou début avril. Mais laissez-moi vous dire une chose, ajouta-t-il avec un sourire jovial. Vous n'êtes pas près de découvrir le mobile. Je ne parle pas du mien, puisque ce n'est pas moi l'assassin. Seulement, vous n'avez pas une, mais deux victimes : l'escort girl glamour et la bibliothécaire quelconque.

— Comment savez-vous qu'elle était bibliothécaire ?

— J'ai appris à lire, figurez-vous.

Harry plia avec soin le journal posé sur le bar près de lui et le fit glisser vers Jury. Celui-ci, agacé, l'ignora pour s'adresser à Trevor, qui venait de s'approcher après avoir servi un groupe à l'autre extrémité du comptoir :

— Filez-moi deux doigts du truc le plus fort que vous ayez, Trev.

— Cette jeune femme, reprit Harry, et je tiens ces renseignements du *Daily News*, dont la rigueur professionnelle ne laisse planer aucun doute sur l'exactitude des faits qu'il rapporte…

— Bouclez-la, Harry. Merci, ajouta Jury à l'intention de Trevor, qui venait de déposer devant lui un verre d'un whisky aussi sombre que du goudron.

Bien loin de la boucler, Harry poursuivit :

— Jusqu'ici, le journal avait illustré ses articles avec des photos d'une somptueuse créature. Puis aujourd'hui, il a publié ce portrait d'une jeune femme charmante, quoique assez ordinaire. De toute évidence, elle ne portait pas la robe dans laquelle on l'a retrouvée pour classer des livres.

— Donc, vous ne la connaissiez pas ?

— Je ne connaissais ni l'une ni l'autre.

— Dans ce cas, qui était la femme avec qui vous aviez rendez-vous ?

Harry parut décontenancé.

— Je n'avais rendez-vous avec personne !

— Les Rexroth pensent que si, mentit Jury.

— Faut-il que vous me teniez responsable des erreurs de jugement des uns et des autres ? Si c'est ce qu'ils pensent, eh bien, ils se trompent.

Il fit une pause et souffla un nouveau rond de fumée dont la perfection exaspéra Jury.

— Comment se fait-il qu'on envisage toujours le déguisement comme un ajout ? demanda soudain Harry.

— Je ne vous suis plus.

— Normal, vous êtes trop occupé à m'asticoter.

— Je me demande bien pourquoi. Sans doute parce que vous êtes un menteur pathologique ?

— Trevor ! appela Harry, élevant légèrement la voix. Apportez-moi une bouteille de musigny. Vous savez lequel.

— J'en ai une demie, dit Trevor, s'approchant.

— Seulement une demie ?

— Je peux brosser la poussière d'une bouteille entière, si vous êtes prêt à débourser cent livres de plus.

Harry balaya sa cendre du comptoir.

— Rien n'est trop bon pour mon ami ici présent, dit-il. Apportez-nous la bouteille entière.

118

— Inutile de vous mettre en frais pour moi, objecta Jury en levant son verre, qui ne contenait plus qu'une ombre de whisky.

Harry se préparait à souffler un autre rond de fumée.

— Alors, dites-moi, vous avez trouvé ?

— Quoi donc ?

— Ma parole, vous avez la capacité d'attention d'une mouche ! Mungo aurait déjà trouvé, lui.

— Je n'en doute pas. Où est-il, au fait ? demanda Jury, regardant autour de lui.

— A la maison. Il est très occupé par je ne sais quoi.

— Dites-moi, vous appréciez Mungo pour son indépendance, ou est-il devenu indépendant à force de devoir vous supporter ?

— Les deux.

— Il faut toujours que vous bottiez en touche, hein ?

— Et vous-même, commissaire ? Vous ne pouvez pas monter beaucoup plus haut, non ? C'est quoi, le grade au-dessus du vôtre ?

— Commissaire principal.

— Et encore au-dessus ?

— Commissaire divisionnaire. Londres est divisé en plusieurs districts. Mais vous savez cela.

— J'y connais que dalle, mon vieux ! Tout ce que je sais, c'est que la Cité de Londres a sa propre force de police.

— Un de mes amis, Mickey Haggerty…

Jury s'interrompit. Qu'est-ce qui lui avait pris d'évoquer Mickey ? Des dizaines de fois, il s'était revu sur ce ponton en rêve. Mais dans ses rêves, Mickey et lui retournaient ensemble vers les lumières de la ville, chacun tenant l'autre par l'épaule…

— Vous vous sentez bien ?

— Ce n'est rien. Juste la fin d'une amitié. L'un de nous est mort.

— Vous êtes sûr que ce n'est pas vous ?

Par moments, Harry faisait preuve d'une clairvoyance terrifiante. Jury se demanda s'il disait vrai, si une partie de lui-même était morte cette nuit-là, au bord de la Tamise.

Trevor rapporta la bouteille et deux verres. Il versa un fond de vin dans le verre de Harry, qui le porta à ses narines avant de le goûter.

— Il vaut largement la dépense, Trevor, commenta-t-il.

Le barman remplit les deux verres.

— Mais revenons à nos moutons, reprit Harry. C'est une sacrée histoire, que vous tenez là.

Pour Harry, tout se résumait toujours à une histoire. Pas une enquête policière, une « histoire ».

— Une jeune femme retrouvée morte derrière le Black Cat, à Chesham, vêtue d'une robe Yves Saint Laurent et chaussée de sandales Jimmy Choo...

— La presse n'a pas cité la marque de ses chaussures. On les voyait sur une photo avec la robe, mais M. Choo n'était pas mentionné.

Harry poussa un de ces soupirs exagérés dont il avait le secret.

— J'habite tout près d'Upper Sloane Street. Je suis passé des centaines de fois devant la boutique Jimmy Choo. A force d'étudier la vitrine, j'ai appris à reconnaître ses chaussures. Tout comme vous, j'ai été fasciné par la tenue vestimentaire de la victime. Je n'ai eu qu'à faire un tour sur Internet — vous savez, avec un ordinateur — pour retrouver le modèle. Il vaut dans les sept cents livres, si j'ai bonne mémoire. Donc, nous avons une jeune femme somptueusement vêtue, qui se trouve être également une petite bibliothécaire de rien du tout — ça, c'est pour le background du personnage.

— Je suis au courant de son background, précisa Jury.

— Bien. La question à laquelle vous devez répondre est la suivante : pourquoi cette petite bibliothécaire se mettait-elle sur son trente et un pour se louer comme escort girl à Londres et se donnait-elle un mal de chien pour mener une double vie ?

Jury fit tourner son verre. La condensation s'était accumulée dans le bar.

— J'attends que vous me le disiez.

— Ma foi, je n'en sais rien. Mais ce que je crois, c'est que vous prenez le problème à l'envers.

— A l'envers ?

— Je vous l'ai dit : on envisage toujours le déguisement comme un ajout – masque, perruque, maquillage... Vous vous rappelez ce qu'Hamlet dit à Ophélie ?

— Désolé, je n'ai pas votre culture.

— « Dieu t'a donné un visage et tu t'en fabriques un autre. » Ainsi, la petite bibliothécaire aurait « fabriqué » la superbe call-girl. Mais si c'était l'inverse ?

— Dans ce cas... commença Jury.

— Si ce n'était pas la bibliothécaire, mais la call-girl qui menait une existence secrète ? L'apparence quelconque, l'absence de maquillage... Peut-être était-ce ce visage-là qui lui servait de masque.

Harry pivota sur son tabouret et regarda Jury.

— Vous feriez bien de sauter en selle, mon vieux. M'est avis que vous avez une longue route devant vous.

20

A dix heures et demie, le lendemain matin, Richard Jury sortit sur le seuil de son appartement et attendit le *clop clop* des Tod's de Carole-Anne. Les Tod's, lui avait-elle expliqué sans qu'il ait rien demandé, faisaient fureur en ce moment. En plus, elles étaient assez robustes pour qu'on les porte au travail. L'emploi qu'elle occupait à la boutique Starrdust ne nécessitait guère des chaussures « robustes », mais il n'avait pas relevé.

Clop clop clop… Elle arrivait !

— Tu m'attendais ?

Avec cette robe topaze qui dénudait une de ses épaules, n'importe quel homme aurait poireauté des heures pour voir Carole-Anne. Sans un mot, Jury lui tendit le message crypté avec le cœur.

Elle le prit, le déchiffra en remuant ses lèvres nacrées et le rendit à Jury avec un regard qui signifiait : « Adresse-toi à Jason. »

Puis elle reprit sa descente, *tap tap tap*, et atteignit le rez-de-chaussée avant que Jury n'ait pu la rappeler.

Une fois rentré, il jeta le message à la poubelle et se laissa tomber sur le sofa. Sur la table basse, à côté de son mug de thé, il avait disposé la photo de Mariah Cox, l'instantané de Morris que Dora lui avait collé dans la main, la liste des Rexroth et la carte sommaire qu'il avait dressée de la portion de Lycrome Road comprise entre le Black Cat et

Deer Park House. D'après ses calculs, il fallait moins de dix minutes pour se rendre de l'un à l'autre à pied.

Il reprit la liste et nota les noms des autres hommes qui avaient assisté à la fête sans être accompagnés d'une femme. Certains d'entre eux avaient-ils déjà eu affaire à Valentine's Escorts ? Simon Santos avait admis qu'il avait lui-même rendez-vous avec Stacy Storm, toutefois…

Toutefois, rien. Il décrocha le téléphone et appela Wiggins.

— Retrouvez-moi au siège de Valentine's Escorts dans une demi-heure, d'accord ? Les autres hommes de la liste, ceux qui sont venus seuls et que Cummins a interrogés… Ils ont passé toute la soirée chez les Rexroth, de neuf heures à minuit.

— Pourquoi vous vous intéressez à eux ? La victime avait rendez-vous avec Simon Santos.

Le ton de Wiggins exprimait la perplexité.

— Je sais.

— C'est lui notre suspect numéro un, monsieur.

— Si c'est lui le coupable, il faut qu'il soit bien bête pour ne pas avoir cherché à brouiller les pistes. Il n'a même pas d'alibi !

— La plupart des meurtriers sont idiots.

— Pas faux. A tout à l'heure.

Jury reposa le combiné sur la fourche. Il refusait d'échanger son antique appareil noir contre un téléphone « qu'on peut transporter partout chez soi », comme le lui avait suggéré Carole-Anne.

— Je n'ai pas besoin d'un téléphone qu'on puisse emporter partout chez soi. Quand j'ai un coup de fil à passer, je m'assois, ou du moins je reste là où je suis. Il ne me viendrait pas à l'idée de discuter d'un tueur en série dans ma cuisine, tout en faisant cuire des saucisses.

Même quand il parlait seul, il fallait qu'il râle. Il prit sa veste sur le dossier d'une chaise, empocha ses clés et sortit.

Blanche Vann était plus que coopérative. Jury doutait que beaucoup de directrices d'agences d'escort girls leur auraient proposé des bananes et du café, un café préparé avec une cafetière à piston, s'il vous plaît ! Jury ne savait jamais au bout de combien de temps on devait pousser le piston. En fait, il n'aimait pas beaucoup ce système. Il préférait voir le liquide couler du bec d'une bonne vieille cafetière ordinaire.

— Merci beaucoup, madame Vann. C'est très aimable à vous.

Jury laissa sa banane sur la petite table qu'elle avait approchée de ses visiteurs. Wiggins, lui, avait déjà attaqué la sienne.

— Je me suis entretenu avec Rose Moss, reprit-il. Ou plutôt avec Adele Astaire, puisqu'elle se fait appeler ainsi...

— Un nom ridicule, commenta Blanche Vann. Je lui ai déjà conseillé d'en changer.

— Adele était la sœur de Fred Astaire, expliqua Wiggins en pelant délicatement sa banane. Elle a épousé le fils du duc de Devonshire.

Jury lui adressa un sourire glacial tandis que Blanche Vann s'exclamait :

— Ah bon ? Je l'ignorais.

Wiggins l'ignorait également la veille encore.

— Je l'appellerai Rose, trancha Jury. Elle m'a dit qu'elle avait hébergé Stacy presque tous les week-ends au cours des six derniers mois.

— Pour autant que je sache, c'est la vérité, dit Mme Vann en remuant la crème dans son café.

— Depuis quand Rose travaille-t-elle pour votre agence ?

— Depuis sept, huit ans. Elle est plus âgée qu'elle n'en a l'air. Nous avons un ou deux clients qui apprécient les très jeunes filles.

Elle but une gorgée de café sans montrer la moindre inquiétude quant aux conséquences de cet aveu.

— Rose et Stacy étaient-elles de bonnes amies ?

— Je pense que oui, puisqu'elles partageaient un appartement.

— Seulement le week-end. Vous saviez que le reste du temps, Stacy habitait Chesham ?

Blanche Vann pinça les lèvres, comme pour donner plus de poids à sa réponse, et secoua la tête.

— Elle m'avait donné l'adresse de Rose, à Fulham. Je n'avais aucune raison de douter qu'elle y vivait en permanence.

— Vous auriez pu tenter de l'y joindre en son absence, mettons, pour l'informer d'un rendez-vous.

— En général, ce sont les filles qui appellent. Mais quand j'avais besoin de joindre Stacy, je le faisais sur son portable. Elles travaillent toutes ainsi. Il faut dire qu'elles sont rarement chez elles…

— Ça tombe sous le sens.

Jury promena son regard autour de la pièce, s'attardant sur les moulures en bois sombre, les murs d'un gris perle apaisant, les fauteuils confortables. Qui se serait attendu à découvrir un intérieur aussi cosy dans cet immeuble quelconque de Tottenham Court Road ?

Blanche Vann reprit, regardant pensivement sa tasse :

— Adele m'a confié un jour qu'elle trouvait Stacy mystérieuse.

— Elle n'avait pas tort.

Jury se leva et sourit à la directrice.

— Merci encore, madame Vann. Nous vous rappellerons probablement.

Pendant qu'ils regagnaient leur voiture, Jury demanda :

— Vous avez faim, Wiggins ?

— Oui. Ce n'est pas une banane qui va me caler.

Comme si c'était le but recherché !

— Il est presque deux heures. Je n'ai pas encore fait ma visite hebdomadaire à Danny Wu.

Un sourire fendit le visage de Wiggins tandis qu'il ouvrait sa portière.

— Je vous accompagne. Mais ça va être blindé.

— Comme toujours.

— Bien vu, patron.

Patron ! C'était nouveau, ça.

21

Même à cette heure tardive, la file d'attente devant le Ruiyi s'étirait presque jusqu'au coin de la rue. Les deux policiers la remontèrent jusqu'au début.

Quand le vieux serveur les aperçut devant la porte, il leur fit signe de le rejoindre. Cet abus de pouvoir caractérisé suscita de vives protestations parmi la foule, au point que Jury crut bon d'exhiber sa carte professionnelle. Toutefois, les récriminations des mécontents accompagnèrent les deux hommes jusqu'à leur table. Jury était habitué à ces manifestations, qui se reproduisaient presque à chacune de ses visites.

Leur table était la seule à arborer une pancarte « Réservé ». Le Ruiyi ne prenait pas de réservations, d'où l'affluence sur le trottoir.

— Ils devraient finir par saisir, non ? dit Wiggins avec un regard dédaigneux vers la foule.

— Saisir quoi ? Ils n'ont pas le choix, à moins d'arriver à cinq heures du matin. Comme à un concert de Springsteen.

Le vieux serveur sourit – avait-il seulement compris un mot de leur échange ? – et fit disparaître la pancarte, les invitant du geste à s'asseoir. Il s'éloigna après une courbette. Wiggins se plongea aussitôt dans la lecture du menu, comme il le faisait toujours avant de commander invariablement du poisson frit.

Une petite vieille, probablement apparentée au vieillard qui les avait reçus, leur apporta du thé et prit leurs commandes.

Jury opta pour le tempura de crevettes tandis que Wiggins, les sourcils froncés, se concentrait sur le menu.

— Et pour lui, le poisson frit.

Deux yeux pleins de reproche fixèrent Jury par-dessus le menu.

— Vous pourriez me laisser choisir !

— C'est vrai, mais je ne le ferai pas. De toute manière, vous prenez toujours le poisson frit.

La petite vieille eut un sourire amusé qui compensait un peu les regards assassins qu'on leur jetait toujours depuis la rue. La file d'attente n'avait pas diminué.

— Justement, j'avais l'intention de changer.

— Je n'en doute pas une seconde, ironisa Jury, portant à ses lèvres sa tasse de la taille d'un dé à coudre.

Wiggins reposa le menu avec un soupir de martyr.

— Je crois que je vais prendre le poisson frit.

La petite vieille s'inclina et s'éloigna en traînant les pieds.

Danny Wu, le propriétaire, se matérialisa ensuite près de leur table, comme au cabaret. Ce jour-là, il portait un costume Hugo Boss (une de ses deux marques préférées avec Armani) gris tourterelle avec une chemise bleu iris et une cravate d'un ton plus soutenu. Une vraie gravure de mode. Jury ne connaissait qu'une personne capable d'en remontrer à Danny en matière d'élégance, et c'était Marshall Trueblood. L'antiquaire, toutefois, s'autorisait des extravagances, quand le restaurateur faisait dans le classicisme. Chaque fois qu'il voyait l'un ou l'autre, Jury se faisait la réflexion qu'il était temps pour lui de renouveler sa garde-robe. Mais pour ça, encore aurait-il fallu qu'il en ait une.

— S'agit-il d'une visite professionnelle ? s'enquit Danny.

— Non, nous sommes là en amateurs. Apparemment, on a renoncé à découvrir qui a laissé un cadavre devant votre porte.

L'enquête piétinait depuis plusieurs mois. D'abord confiée au service des stups, elle avait atterri à la criminelle après que la Met eut acquis la conviction que Danny était un baron de la drogue. Jury jugeait cette hypothèse au mieux contestable, pour ne pas dire ridicule. Danny était trop intelligent pour vouloir porter une couronne aussi encombrante. En outre, il était trop pointilleux pour abattre quelqu'un dans son propre établissement.

— Personne n'a la moindre idée de la raison pour laquelle ce type a été tué devant chez vous, reprit Jury.

— Nous sommes à Soho, commissaire. Ici, il n'est pas rare de trouver un mort sur le pas de sa porte. Le meurtre fait partie de la vie du quartier.

— Merci pour cet éclairage sociologique inédit, Danny.

Danny se fendit d'un sourire.

Jury allait poursuivre quand il vit Phyllis Nancy remonter la file pour les rejoindre. Elle semblait à bout de forces. Pourtant, il en fallait beaucoup pour l'épuiser.

— Ah ! s'exclama Danny. Voici notre ravissante légiste.

Il approcha une chaise de leur table et s'inclina avec grâce tandis que Phyllis le remerciait. Il ne lui avait pas échappé que la jeune femme avait une déclaration à faire.

— J'étais sûre de vous trouver là, dit Phyllis. J'arrive de l'hôpital. Désolé, Richard, mais Lu Aguilar est entrée dans le coma ce matin.

Jury la regarda, atterré en partie par cette nouvelle, et en partie par sa propre réaction. Dans cette fraction de seconde qui suit l'annonce d'un malheur arrivé à quelqu'un d'autre, où l'égoïsme et l'insensibilité prennent le pas sur l'image de bonté et de sollicitude que nous entendons donner de nous-mêmes, il avait éprouvé du soulagement. Il se leva d'un bond, résolu à effacer cet instant de sa conscience.

Phyllis lui saisit le poignet.

— Tu ne peux rien pour elle. Elle ne saura même pas que tu es là.

Non, pensa-t-il, considérant froidement cet aspect de lui-même qu'il venait de découvrir. Mais moi, je le saurai.

Puis l'ancien Jury, celui qu'il était encore dix secondes plus tôt, qui souhaitait sincèrement que Lu Aguilar se rétablisse et renoue le fil de son existence, ou du moins se reconstruise dans un autre pays, reprit le contrôle.

Il quitta le restaurant, laissant la voiture à Wiggins, et héla un taxi.

Au bureau des infirmières, le médecin lui avait confié que les chances de voir Lu sortir du coma étaient faibles.

« Pourtant, ne perdez pas espoir. Il arrive que des patients se réveillent. S'ils ne l'ont pas fait au bout de deux ou trois semaines, on peut raisonnablement penser que ça n'arrivera plus. L'entourage l'accepte plus ou moins bien. »

Plus ou moins bien... Quel euphémisme !

Puis le médecin avait ajouté :

« Elle a fait savoir qu'elle refusait toute forme d'acharnement.

— Que voulez-vous dire ? »

Jury avait très bien compris, mais il s'efforçait de tenir cette réalité à distance.

Le médecin était jeune, avec un regard plein de sollicitude. Il avait extrait une feuille d'un dossier et l'avait tendue à Jury.

« Elle ne souhaite pas être maintenue en vie artificiellement. »

A présent, Jury ne voyait plus que du blanc autour de lui, comme s'il avait été projeté dans une contrée polaire. Blancs, les couloirs, les murs, les draps, le visage de Lu.

Un silence absolu régnait dans la chambre, à peine troublé par les bips réguliers des écrans et des machines.

La main de Lu était aussi froide que du marbre. Durant une seconde, il la crut morte et faillit céder à la panique, puis il approcha son visage du sien et perçut un souffle frêle. Lear pleurant Cordélia, le cœur brisé.

— Lu, je t'en prie, réveille-toi.

Il secoua sa main, comme un adulte cherchant à ranimer l'attention défaillante d'un enfant.

Au bout de quelques minutes, il se leva et se mit à marcher de long en large, s'arrêtant parfois pour la regarder. L'autoritaire, l'implacable, l'incomparable inspecteur Lu Aguilar, inerte et réduite à l'impuissance. Jamais il ne parviendrait à démêler les sentiments qu'elle lui inspirait, ni ceux qu'elle éprouvait pour lui. Cette partie de son esprit était également inerte et impuissante.

Il se tourna vers la fenêtre, aperçut de l'herbe au loin et songea qu'elle aurait dû être enfouie sous la neige. La neige effaçait les contours des choses, de même que le drap qui couvrait les épaules de Lu effaçait les contours de son corps.

De temps en temps, une infirmière vêtue de blanc entrait pour vérifier une perfusion et jeter un coup d'œil à un écran. Elle adressait un sourire à Jury avant de sortir. L'une d'elles – à moins que ce ne fût toujours la même – fit une remarque sur l'horaire des visites. Jury n'avait pas écouté, pourtant il acquiesça et resta.

Au bout d'un temps indéterminé, il se leva et déposa un baiser sur le front de Lu. A son grand étonnement, il était tiède, et non froid comme du marbre.

— Réveille-toi, Lu.

Et sa prière était sincère.

22

Après avoir quitté l'hôpital Saint Bart, il marcha tête baissée, longeant des rues étroites et sinueuses qui lui donnaient une agréable sensation claustrophobique, comme s'il s'était enfoncé dans une pelote de ficelle. Fatigué, il s'appuya à un vieux mur de brique.

Soudain les premières notes de *Three Blind Mice* retentirent. Il tira sa saleté de portable de sa poche.

— Oui ?

— Je me trouve dans Bidwell Street, près de Saint Bride. Une femme a été tuée par balle.

— Ce n'est pas notre secteur, Wiggins. Ça dépend du poste de Snow Hill, non ?

— Ils sont déjà sur place.

Jury entendit du brouhaha en arrière-plan.

— Très bien. Mais vous, qu'est-ce que vous faites là-bas ?

— Je glanais des infos sur le meurtre de Mariah Cox. J'ai un ami à Snow Hill. J'étais avec lui quand on l'a mis au courant. Je l'ai accompagné sur place. La victime a dans les trente-cinq ans. Un vrai canon, si j'ose dire, et fringuée… Je me trompe probablement, mais je vois des similitudes avec l'affaire de Chesham.

— OK. Je suis…

Jury regarda autour de lui et reconnut la partie de Clerkenwell Road où Lu Aguilar et lui avaient passé tellement de temps. Il apercevait le Zetter, vers Saint John's Square. Qu'est-ce qu'il fichait là ? Question idiote.

— … dans Clerkenwell Road. Le temps de trouver un taxi et je vous rejoins.

Plusieurs taxis circulaient dans la rue. Il fit signe à l'un d'eux de s'arrêter, fourra son portable dans sa poche et ouvrit la portière.

— Vous connaissez Bidwell Street ? C'est près de…

— Je connais, le coupa le chauffeur avec un sourire.

Jury se laissa aller contre la banquette, à moins que celle-ci ne l'ait attiré comme un aimant. Décidément, ces types connaissaient la moindre allée, ruelle, place de Londres, sans parler des raccourcis.

— C'est bluffant. Comment faites-vous pour savoir autant de choses ?

Le chauffeur éclata de rire.

— On est formés pour. Vous savez, le Knowledge.

— Le Knowledge… Ça pourrait être le nom d'un pub.

— Si ça se trouve, ça l'est déjà.

Knowledge ou pas, ce soir-là, il n'était pas très difficile de trouver Bidwell Street. Véhicules avec gyrophares, policiers en civil ou en uniforme, pompiers, ambulance, photographes, techniciens de scène de crime, médecin : c'est à peine croyable, le remue-ménage que provoque un meurtre commis en pleine rue.

Le médecin, agenouillé près du corps, était inconnu de Jury. Peut-être l'avait-on fait venir de Saint Bart, l'hôpital le plus proche.

— Il s'appelle Bellsin, indiqua Wiggins avec un mouvement de tête dans sa direction. Il est arrivé il y a dix minutes.

Le Dr Bellsin se leva à l'approche de Jury. C'était un petit homme aux yeux tristes, qui donnait l'impression de vivre dans une mélancolie permanente. Les premiers mots qu'il prononça furent « Je suis désolé ». Il serra la main de Jury comme s'il connaissait personnellement la victime.

Jury s'agenouilla près du corps, aussitôt imité par Bellsin.

133

La femme était jeune – dans les trente-cinq ans, comme l'avait avancé Wiggins, un âge qu'on peut encore qualifier de jeune – et jolie. Vivante, ç'avait dû être une véritable beauté. Ses cheveux bruns ondulaient, ses paupières étaient à présent closes.

— La balle mortelle est entrée juste sous le sein droit et est ressortie dans le dos en causant des lésions importantes. Une autre balle – la première, sans doute – a atteint l'estomac. Vous pouvez l'emmener. Je ferai un saut à la morgue.

Bellsin marqua une pause avant d'ajouter :

— Apparemment, elle était habillée pour sortir.

Jury regarda autour de lui. Ni pubs, ni restaurants, quelques rares boutiques.

— Le secteur ne paraît pas très animé, remarqua-t-il, mais ça l'est davantage à quelques rues d'ici. C'est vrai qu'elle est rudement bien sapée.

La robe, bleu nuit, était dans un tissu souple – du crêpe ? Encore des sandales à lanières, celles-ci en satin sombre. Jury se releva et demanda :

— On l'a identifiée ?

Un agent en uniforme lui tendit un petit sac à main noir avec un fermoir argenté, enveloppé de plastique. Jury le remercia et réclama des gants. Après les avoir passés, il déballa le sac et trouva à l'intérieur un tube de rouge à lèvres, un peigne, un paquet de cigarettes et sept cent cinquante livres en liquide.

— Une grosse somme, commenta Wiggins. C'est pas prudent de se promener la nuit, dans une rue déserte, avec autant d'argent dans un sac.

Les billets étaient maintenus par une pince. Jury donna le sac à Wiggins, lequel lui présenta l'homme qui l'avait rejoint entre-temps :

— L'inspecteur-chef Jenkins, monsieur.

Jenkins sourit et tendit la main. Le sourire était sardonique, mais Jury ne se sentit pas visé.

— Dennis Jenkins, précisa l'inspecteur-chef.

Visiblement, il savait mettre ses interlocuteurs à l'aise. Sans doute faisait-il la même impression aux suspects, mais ceux-ci auraient eu tort de s'y laisser prendre : Jenkins avait l'air trop cool pour ne pas être dangereux.

— Et vous êtes le commissaire Jury, enchaîna-t-il, épargnant à Jury la peine de se présenter. J'ai entendu parler de vous.

— Pas par la presse à scandale, j'espère.

De nouveau ce sourire sardonique.

— En partie. Mais surtout par Mickey.

Mickey Haggerty, bien sûr. S'il y avait un sujet sensible pour Jury, c'était bien celui-là.

— Pardon, reprit Jenkins, et il semblait sincèrement désolé.

— Et moi, je vous demande pardon de marcher sur vos plates-bandes.

— Piétinez-les tant que vous voulez. D'après votre sergent, il se pourrait que ce meurtre soit relié à un autre, commis à Chesham.

— C'est exact.

— De quelle manière ?

Jury hésita avant de répondre.

— L'âge de la victime, son apparence physique, peut-être ses activités, ses vêtements… Voyez ses chaussures, par exemple.

Jenkins jeta un coup d'œil aux pieds de la victime, se retourna vers Jury, attendit des explications.

— Des Christian Louboutin. Les semelles rouges… C'est sa marque de fabrique.

— En effet, dit Jenkins, regardant à nouveau. Les chaussures pour femme, j'y connais que dalle. La victime de Chesham portait les mêmes ?

— Non, des Jimmy Choo. Mais toutes deux étaient habillées pour un rendez-vous, une soirée, ou pour rejoindre un client. L'autre victime travaillait pour une agence d'escort girls.

— Dites-m'en plus.

135

Jury hésita. Peut-être faisait-il erreur et n'y avait-il aucun rapport entre les deux meurtres.

— La victime de Chesham s'appelait Mariah Cox, mais elle se louait comme escort girl sous le nom de Stacy Storm. Elle devait retrouver un certain Simon Santos à une soirée, à Chesham, mais elle n'est pas venue. On a eu du mal à l'identifier. Même sa tante, avec qui elle habitait, ne l'a pas reconnue. Les vêtements, la coiffure, même la couleur des cheveux…

Sans trop savoir pourquoi, Jury enchaîna alors sur Santos, sa mère, Isabelle, et le portrait de cette dernière.

— Je pense que c'est pour cette raison que Santos tenait tellement à Stacy. Il lui demandait de se teindre les cheveux afin d'accentuer sa ressemblance avec la femme du portrait…

— *Sueurs froides*, lâcha Jenkins.

— Pardon ?

— Kim Novak. Vous avez vu *Sueurs froides*, non ?

— Oh ! Vous voulez dire le film d'Hitchcock ?

Jenkins acquiesça, puis il reprit :

— Vous m'accorderez que le lien est un peu tiré par les cheveux, mais une chose est sûre : notre cliente transportait un peu trop de liquide pour régler une simple course en taxi. Sept cents livres, c'est le genre de somme qu'on s'attend à trouver dans le sac d'une pute de luxe – à la regarder, je dirais même de grand luxe. Elle était habillée pour une occasion spéciale, mais laquelle ? Une soirée ? Il n'est pas encore dix heures – trop tôt pour rentrer chez soi. Elle se rendait donc quelque part, mais où ? A moins que je ne me trompe, le quartier n'est pas précisément le cœur de la vie nocturne londonienne.

Bidwell Street comportait surtout des petits commerces, pour la plupart fermés à cette heure-ci : une maroquinerie-bagagerie où l'on ne devait pas trouver beaucoup d'articles en cuir, une laverie automatique, un bijoutier qui ne devait pas vendre beaucoup de diamants, une boutique de matériel électronique, une petite épicerie. Seule cette dernière et la laverie étaient encore ouvertes. Une cliente tardive observait le remue-ménage à travers la vitrine de la seconde.

— J'ai envoyé des hommes visiter les logements au-dessus des commerces, poursuivit Jenkins. C'est une rue résidentielle, puisqu'elle possède une épicerie et une laverie. Et je parie que cette brave femme a plein de choses à raconter, ajouta-t-il en désignant de la tête la cliente curieuse.

— De mon côté, je vais rendre visite à l'épicier, annonça Jury.

— Si vous voulez. J'en ai presque terminé ici.

— Pourrais-je avoir une photo de la victime ?

Jenkins se dirigea vers un technicien de scène de crime et revint avec une photo qu'il tendit à Jury.

— Tenez-moi au courant, lui dit-il. J'en ferai autant de mon côté.

L'épicier, grand et mince, avec des yeux sombres au regard inquiet, était indien. En principe, cette partie de Londres accueillait peu d'immigrés, contrairement à des zones plus excentrées telles que East Ham, Mile End ou Watford.

L'homme s'appelait Banerjee. Jury lui demanda s'il avait vu ou entendu quoi que ce soit.

L'épicier secoua vigoureusement la tête :

— Non. Rien du tout.

— Avez-vous déjà vu cette femme ?

M. Banerjee étudia la photo avec soin, sans montrer aucune répulsion devant le spectacle de la mort.

Jury s'attendait à de nouvelles dénégations, pourtant l'homme répondit d'un air pensif :

— Je crois que oui. Ici, à la boutique. Plusieurs fois.

Il se tourna vers la vitrine, comme si quelque chose dans la nuit avait attiré son attention, mais il n'y avait que l'obscurité.

— Vraiment ? Elle habitait Bidwell Street ?

— Je crois, même si j'ai beaucoup de clients qui viennent d'autres rues. Une belle femme, ajouta-t-il tristement en regardant la photo. C'est peut-être pour ça que je me souviens d'elle. Elle m'achetait des cigarettes. Aussi du lait, des œufs, du pain… Mais je ne sais pas son nom. Je regrette de ne pas pouvoir aider plus.

— Vous nous avez déjà beaucoup aidés, monsieur Banerjee. Merci. S'il vous revenait quelque chose…

— Entendu. Je vous appellerais.

Au moment où Jury quittait la boutique, il se mit à pleuvoir, mais doucement. Il y avait moins de véhicules garés dans la rue à présent. Les techniciens de scène de crime avaient levé le camp, le corps avait été évacué. Wiggins était toujours là, en compagnie d'un inspecteur appelé Wilkes et de plusieurs agents en uniforme.

— Rien trouvé jusqu'ici, dit-il à Jury. On a visité deux maisons, ce qui représente quatre ou cinq appartements. Certains n'ont pas de nom sur leur porte, mais ça ne veut pas dire qu'ils sont inoccupés. On a parlé à une vieille dame qui affirme qu'elle n'a rien vu, rien entendu… Le couplet habituel.

— Pas grave. L'épicier nous a donné du grain à moudre. La jeune femme a fréquenté sa boutique à plusieurs reprises. Ça signifie qu'elle vivait dans cette rue, ou du moins dans le voisinage. Continuez à faire la tournée des appartements. Il se pourrait que l'un d'eux ait été le sien. Quant à moi, je rentre me coucher.

— Un collègue peut vous ramener, suggéra Wiggins en indiquant le petit groupe de policiers encore présents.

— Je préfère marcher. Ça va m'éclaircir les idées. Quand je serai fatigué, je hélerai un taxi. Bonne nuit.

— Monsieur !

— Oui ? fit Jury en se retournant.

— On devrait peut-être montrer la photo de la victime. Vous savez, aux tapineuses…

— En effet, mais je suis prêt à parier qu'elle ne faisait pas le trottoir. Pas habillée comme elle l'était, et pas avec une telle somme sur elle.

— Vous croyez que... ?

— Qu'elle se louait comme escort girl ? Possible.

— Si c'était le cas, on pourrait dire qu'on a de la veine, remarqua Wiggins avec un sourire sans joie.

— Je n'appellerais pas ça de la veine.

UN VIEUX CHIEN
DEVANT UNE PORTE

23

Le vieux chien devant la porte s'évertuait vaillamment à se tenir droit sur ses pattes, mais celles-ci finirent par plier sous l'effort, l'obligeant à s'allonger.

La porte était celle d'une maroquinerie de Farringdon Road, dans le quartier de Clerkenwell. La grille de la boutique était fermée. Dans la vitrine, on pouvait admirer une multitude de bagages coûteux, dont toute une gamme de valises bordeaux. Mais qui emportait une telle quantité de valises en voyage ?

— Salut, toi.

Jury s'agenouilla devant le chien, avança une main prudente et lui caressa le flanc. On pouvait lui compter les côtes. Son poil noir avec des marques couleur feu était rêche et restait collé à la main de Jury. Peut-être avait-il la gale. En tout cas, il aurait eu bien besoin qu'on prenne soin de lui.

Le regard de Jury remonta la rue – une rue animée –, cherchant le point de ravitaillement le plus proche, et s'arrêta sur un McDonald's où il avait mangé avec Wiggins quelques semaines plus tôt. Au moins, le service y serait rapide.

Il entra dans le restaurant, commanda trois hamburgers, une bouteille d'eau, et pria la vendeuse aux yeux de glace de lui procurer un bol ou un récipient du même genre. Elle continua à mastiquer son chewing-gum en le dévisageant comme si elle ignorait le sens du mot « récipient ». Quand il lui suggéra un bol à soupe, son regard s'éclaira vaguement et elle alla chercher ce qu'il demandait. Il paya, prit ses achats et sortit.

Le chien était toujours allongé au même endroit, encerclé par les ombres.

Jury commença par verser un peu d'eau dans le bol et le tint juste sous le museau du chien. Celui-ci se mit à boire, d'abord lentement, puis à grands traits. Jury posa alors le bol par terre sans que le chien s'interrompe. Il émietta ensuite la viande sur une serviette en papier. Le chien flaira mais ne mangea pas.

Ce manque d'intérêt pour la nourriture inquiéta Jury. Le chien avait besoin de voir un vétérinaire, et vite. Il sortit son portable, espérant que la batterie n'était pas déchargée, ce qui était évidemment le cas. Saleté d'engin ! Soudain il repensa au chauffeur du taxi qui l'avait conduit à Bidwell Street, et au Knowledge. Il ramassa le bol, la bouteille, roula la viande dans deux serviettes qu'il glissa dans la poche de son imper.

Le chien était si léger qu'il n'eut aucun mal à le soulever. Dans Clerkenwell Road, il trouva un taxi arrêté et demanda au chauffeur s'il connaissait une clinique ou un cabinet vétérinaire ouvert tard le soir.

— Votre chien, il est malade ?

— Oui, très malade.

Le chien ne semblait même pas avoir remarqué qu'il venait de prendre place à bord d'un taxi noir.

— Vous en faites pas, on trouvera. Je sais qu'il y en a une pas loin d'ici, sur North Road.

La clinique en question était fermée, mais le chauffeur en connaissait une autre dont il était sûr qu'elle ouvrait vingt-quatre heures sur vingt-quatre.

Pourvu que ce soit vrai, pensa Jury… Et encore merci, mon Dieu, d'avoir créé le Knowledge !

L'enseigne lumineuse de la clinique rayonnait dans la nuit.

Jury remercia le chauffeur, lui laissa un gros pourboire et le complimenta sur sa parfaite connaissance de la ville.

— Le Knowledge, monsieur… C'est la base du métier. Sur ce, bonne nuit !

Jury suivit la voiture du regard tandis qu'elle s'éloignait. Combien de personnes cet homme avait-il et allait-il encore tirer d'affaire grâce au plan de Londres que renfermait son cerveau ?

Jury signala à la réceptionniste, trop jeune pour offrir un visage aussi revêche, que le chien avait un besoin urgent de soins. Il y avait déjà plusieurs personnes dans la salle d'attente, et la fille était tout sauf coopérative.

— Asseyez-vous, marmonna-t-elle sans lever les yeux de sa grille de mots croisés.

— Ce chien va très mal. Je…

Cette fois, elle daigna le regarder.

— Pourquoi avez-vous attendu pour l'amener, alors ?

— Parce que j'ai dû faire tous les pas de porte de Clerkenwell avant d'en trouver un avec un chien malade dessus.

Jury avait haussé la voix. Il entendit pouffer derrière lui.

Apparemment, la fille n'était pas habituée à ce que la clientèle lui tienne tête. Elle lui jeta un regard noir avant de franchir une porte derrière elle.

Portant toujours le chien, Jury s'assit à côté d'une femme en tailleur noir qui s'efforçait de sauvegarder les apparences, en dépit de son âge avancé. Au bout de quelques secondes, elle posa une main sur la tête du chien qui ouvrit péniblement les yeux.

— Pauvre bête ! Vous l'avez vraiment trouvé devant une porte ?

Jury sourit, sachant à présent qui avait pouffé.

— Oui, à Clerkenwell.

— On trouve vraiment de tout, là-bas.

Jury rit à son tour.

145

— Vous avez raison, il a besoin d'être soigné, reprit la vieille femme. En tout cas, c'est un très beau chien. Je ne connais pas cette race.

La réceptionniste apparut sur le seuil de la porte qu'elle avait franchie quelques minutes plus tôt et appela, visiblement heureuse d'interrompre leur conversation :

— Madame Bromley ! Le docteur va recevoir Silky.

— Mon chat, murmura Mme Bromley à Jury.

Mais au lieu de se lever, elle répondit à la fille :

— Je laisse mon tour à ce monsieur. Son chien a davantage besoin du docteur que Silky.

— Mais...

La vieille femme se leva.

— Maureen... commença-t-elle.

Elle ne mesurait pas plus d'un mètre soixante, mais il émanait d'elle une force granitique sur laquelle Maureen se serait cassé les dents si elle avait tenté de lui résister, ce qu'elle se garda bien de faire.

— C'est bon, maugréa Maureen, puis elle fit signe à Jury d'entrer.

Il remercia Mme Bromley avec un visage radieux.

— Tout ce que je souhaite, lui dit-elle, c'est que votre chien aille mieux.

Le Dr Kavitz était d'un abord nettement plus aimable que Maureen. Il examina le chien, palpant, écoutant, les yeux à demi fermés, comme s'il s'efforçait de distinguer le plan d'un tableau abstrait ou l'écho des dernières notes d'une œuvre musicale. Il était question d'art ici.

Au bout de quelques minutes de palpation et de réflexion intense, il déclara :

— Ce chien n'a rien. Certes, il est très déshydraté...

— Je lui ai donné de l'eau. Il a bu longuement.

— Bien. Toutefois il a besoin d'une intraveineuse. Et il faudrait qu'il s'alimente.

— Il n'a pas voulu manger. Peut-être n'a-t-il pas aimé ce que je lui ai donné...

Le vétérinaire sourit à la vue des débris de hamburger sur la serviette en papier.

— Pas étonnant qu'il n'en ait pas voulu. Il y a de quoi vous couper l'appétit.

Il gratta le cou du chien, qui avait les yeux grands ouverts à présent.

— Nous allons le garder cette nuit en observation, veiller à ce qu'il s'alimente et se réhydrate. Il a eu beaucoup de chance. Si vous ne l'aviez pas trouvé, il est probable qu'il n'aurait pas tenu jusqu'au matin.

Jury frissonna rétrospectivement.

— Je me disais aussi qu'il n'avait pas l'air bien.

— Et vous aviez raison. Vous savez ce que vous allez en faire ? Si vous ne pouvez pas le garder, vous avez toujours la possibilité de le confier à un refuge. Sinon, je connais quelqu'un qui recherche un chien comme lui. Je peux lui en toucher un mot…

— Un chien comme lui ?

— Un bouvier de l'Appenzell. Un des plus rares et des plus recherchés parmi les chiens de troupeau.

— Il est de race pure ?

— Oui, et d'une race peu commune, comme je vous l'ai dit.

— Qu'est-ce qu'un chien pareil faisait tout seul dans la rue, sans médaille ni collier ?

— Il en a déjà porté un, remarqua le Dr Kavitz. Regardez, le poil présente des marques de frottement autour du cou. C'est peut-être son propriétaire qui le lui a enlevé avant de l'abandonner. Quelle tristesse…

Possible, pensa Jury. Il savait de quoi les hommes sont capables.

— Ou alors, il s'est échappé, dit-il. Je devrais passer une annonce dans le journal, non ?

— Bonne idée.

— Je reviendrai le chercher demain matin.

Après une dernière caresse au chien, Jury remercia le vétérinaire. Il se dirigeait vers la porte quand il entendit un *wouf* sonore derrière lui.

Le Dr Kavitz rit.

— Les appenzells ont un aboiement particulièrement puissant. Ça, ce n'est qu'un échauffement. Bonne nuit.

— Bonne nuit, docteur. Et encore merci.

Jury s'attarda un moment dans la rue obscure. Il se sentait soulagé d'un poids.

Certains jours, on a juste besoin de sauver une vie.

24

— Un chien ? s'exclama Carole-Anne, puis elle répéta :
Un chien ?

Elle regarda autour d'elle, comme si le chien en question
allait brusquement surgir du néant pour appuyer l'annonce
que venait de lui faire Jury. Ne voyant rien, elle reprit :

— Nous avons déjà un chien.

— Non, « nous » n'en avons pas, lui rétorqua Jury. Stone
appartient à Stan Keeler, ajouta-t-il en indiquant le plafond.

Carole-Anne polissait ses ongles à l'aide d'une lime
géante. Jury lui avait déjà suggéré de la glisser dans un
gâteau au cas où on le mettrait en cabane.

— Mais nous n'avons pas besoin d'un chien de plus,
objecta-t-elle. Surtout un chien qui a traîné Dieu sait où.

Jury buvait sa tasse de thé matinale avant de se rendre à
la clinique vétérinaire quand Carole-Anne avait débarqué.
La jeune femme avait du mal à accepter la moindre évolu-
tion dans l'organisation de leur petit immeuble : quatre
appartements, quatre occupants – cinq en incluant Stone.
C'était comme ça, et il n'était pas question que ça change
un jour.

— Je m'étonne que tu ne montres pas davantage de
compassion à une pauvre bête abandonnée, dit Jury.

En réalité, cela ne l'étonnait pas tant que ça. La vision
d'un chien en détresse aurait ému Carole-Anne, mais elle
avait du mal à appréhender les notions abstraites telles que
l'abandon. Pour cela, il fallait qu'elle les vive *in situ*.

— Tu n'es pas là de toute la journée. Qu'est-ce que la pauvre bête ferait en ton absence ?

— Elle se promènerait avec Stone et toi.

Carole-Anne eut un sursaut indigné. Un authentique sursaut, qui souleva la poussière du canapé, dispersa les coussins et fit voler ses boucles d'un roux doré. Jury apprécia le spectacle.

— Je te signale que j'ai un travail, moi aussi.

— Oui, mais plus aléatoire que le mien.

Comme si c'était possible !

— Aléatoire ? Figure-toi qu'Andrew est très strict sur l'horaire.

Andrew Starr était le propriétaire de la petite boutique de Covent Garden où travaillait Carole-Anne.

— Andrew, répliqua Jury, est très strict sur les positions de la lune, du soleil, des étoiles et des planètes périphériques, mais pas avec ses employés.

Andrew était un astrologue très apprécié, sans doute parce qu'il était un véritable astrologue, héraut de la fortune, bonne ou mauvaise, mais surtout bonne.

— Tout ce que je voulais dire, c'est que ton horaire est plus flexible que le mien.

Mais à quoi bon l'asticoter ? Ce matin-là, à la première heure, il avait passé une annonce dans plusieurs journaux. Le chien ne verrait probablement jamais son appartement. Dès qu'il l'aurait récupéré, il le conduirait au refuge mentionné par le Dr Kavitz. Toutefois, il devait en parler à Carole-Anne, au cas où. Au cas où quoi ?

— Il faut que j'aille le chercher à la clinique, annonça-t-il, prenant son imperméable et ses clés.

Carole-Anne continua à manier la lime. Apparemment, elle n'avait pas l'intention de partir.

— A plus, lui lança-t-elle.

— Inutile de me raccompagner. Je trouverai la sortie tout seul.

Jury trouva le chien transformé : son poil était plus soyeux, presque lustré, et sa tête – comment avait-il pu ne pas le voir plus tôt ? – parfaitement proportionnée.

– Ces chiens ont une faculté de récupération impressionnante, dit le Dr Kavitz. Ils sont incroyablement robustes et résistants. Mais ils ne sont pas adaptés à la ville. Il leur faut la campagne, les grands espaces.

– J'ai passé une annonce dans le *Times* et le *Telegraph*, expliqua Jury. Mais je me posais une question : au cas où quelqu'un y répondrait, comment m'assurer qu'il s'agit bien de son maître ? Je n'ignore pas qu'il existe un trafic de chiens pour les laboratoires.

Il se sentait stupide. Lui, un commissaire de police, il n'était pas capable de reconnaître un imposteur d'un authentique propriétaire de chien ? Quelle honte !

– Bonne question, dit le vétérinaire, occupé à examiner les dents du chien. Comment est rédigée votre annonce ?

– Taille moyenne, pelage noir, blanc et cuivré, pas de collier. Trouvé dans Farringdon Road.

– Vous n'avez pas précisé que c'était un bouvier de l'Appenzell ?

– Non.

– Dans ce cas, si quelqu'un se manifeste, demandez-lui la race du chien. Compte tenu de sa rareté, il ne risque pas de la citer au hasard. Et s'il vous répond qu'il n'en sait rien, qu'il appelle pour le compte du propriétaire, dites-lui d'aller se faire… Vous m'avez compris.

Tout en parlant, le vétérinaire avait introduit le chien dans une caisse de transport avec des ouvertures pour respirer et regarder à l'extérieur.

Jury le remercia une fois de plus de son dévouement.

– Bah ! Je n'ai fait que mon métier. Un véto est sans cesse confronté à des situations urgentes. Un policier aussi, j'imagine. Voici l'adresse du refuge les Vrais Amis, à Battersea. Voulez-vous que je leur passe un coup de fil pour les avertir de votre venue ?

– Merci, ce serait gentil.

— Eh bien, bonne chance.

Le Dr Kavitz approcha sa main de la caisse pour permettre au chien de la lécher une derrière fois.

— Si ma maison n'était pas aussi petite, je l'aurais bien pris, avoua-t-il à Jury. Mais ces chiens ont besoin d'espace. Si ça se trouve, il s'ennuyait chez lui, alors il s'est enfui et n'a pas retrouvé son chemin.

Jury eut l'impression que le Dr Kavitz avait du mal à les laisser partir.

La qualité de l'accueil au refuge les Vrais Amis était très supérieure à celle de la clinique. La réceptionniste affichait une humeur enjouée, presque radieuse, que Jury jugea plus en accord avec la vocation de l'établissement.

Tandis qu'elle ouvrait la caisse, elle lui confirma que le Dr Kavitz l'avait prévenue de sa visite.

— Vous l'avez trouvé dans la rue, c'est ça ?

Après l'avoir caressé, elle fit sortir le chien, dont les yeux – ils étaient d'un beau brun noisette – se mirent à briller. Après l'avoir hissé sur son épaule, elle entreprit de remplir un formulaire. Des casquettes avec le nom du refuge écrit en bleu sur le côté étaient empilées sur le comptoir.

— Le docteur vous a dit que c'était un bouvier de l'Appenzell ? demanda Jury. Nous pensons qu'il s'est enfui de chez lui, en quête de distraction.

La jeune femme rit.

— Les chiens de montagne ne sont pas faits pour la ville, ni même pour la banlieue.

— En effet. Sachant qu'il avait de la valeur, je me suis dit que son propriétaire devait le chercher et j'ai passé une annonce dans plusieurs journaux.

La réceptionniste tourna légèrement la tête vers le chien.

— Vous avez bien fait. Beau comme il est, il n'aura pas de mal à trouver une nouvelle famille. Il vous aime, ça se voit, ajouta-t-elle en inscrivant quelque chose sur le formulaire.

— Moi ? Ce n'est pas sur mon épaule qu'il prend ses aises. Si c'est son bonheur qui vous importe, vous allez devoir vous installer chez moi avec lui.

Rougissante, elle reprit :

— Je sais que vous ne pouvez pas le garder, mais nous avons mis en place un programme d'accueil temporaire, où les gens hébergent l'animal juste le temps que nous lui trouvions une maison.

— L'ennui, c'est que j'ai un horaire de travail très irrégulier et que je ne suis presque jamais là…

Devant l'air peiné de la jeune femme, il eut brusquement l'impression d'être une sombre crapule.

— Bon, c'est d'accord.

Le visage de la réceptionniste s'éclaira, comme si le soleil venait de se lever.

— C'est très généreux de votre part, monsieur. Je vais procéder aux arrangements nécessaires.

Elle allait s'éloigner quand Jury l'arrêta.

— Je ne peux pas l'emmener tout de suite. Je dois quitter la ville et je ne sais pas quand je serai de retour.

Un nuage éclipsa le soleil.

— Oh !

De nouveau, il eut l'impression d'être une sombre crapule. Pourtant, il n'avait pas menti. Il devinait que la jeune femme avait l'habitude des bobards. Sans doute lui amenait-on fréquemment des animaux en pleine forme et bien nourris en prétendant les avoir trouvés dans la rue. Et combien lui avaient juré la main sur le cœur qu'ils reviendraient, avant de franchir définitivement la porte ?

— Je suis policier, expliqua-t-il. J'ai une enquête en cours qui m'oblige à m'éloigner de Londres.

Les yeux de la jeune femme s'agrandirent quand il lui montra sa carte professionnelle.

— Je comprends, mons… inspecteur.

— Commissaire Jury. Je vous promets de revenir.

— Nous prendrons bien soin de lui en vous attendant.

Elle prit le chien dans ses bras et le souleva du comptoir.

153

— Il faudrait lui trouver un nom, reprit-elle. J'imagine que vous n'y avez pas réfléchi. Comment pourrions-nous l'appeler ?

— Je n'en sais rien. Quel est votre prénom ?

Elle rit.

— Joely. Mais je suis une fille.

— Je vois ça. Un prénom ravissant. Que diriez-vous de Joey ?

Joely plongea son regard dans celui du chien, comme si elle sollicitait son avis, avant d'acquiescer.

— Maintenant, il a une médaille attestant qu'il a été vacciné contre la rage. Mais il a besoin d'un collier.

— Un collier à son nom, oui.

Joely réfléchit un moment en considérant Jury, puis elle s'exclama :

— Je sais ! Attendez-moi une seconde.

Elle sortit, emmenant Joey avec elle, et revint quelques minutes plus tard avec une boîte à cigares qu'elle posa sur le comptoir en même temps que le chien.

— Certains des chiens qu'on nous amène ont un collier. Quand c'est le cas, on le leur enlève et on le range ici. Tenez !

Elle montra à Jury un collier en cuir usé avec une plaque en métal.

— Regardez ce qui est écrit : « Joe ». Et maintenant…

A l'aide d'un petit outil pointu, elle ajouta un *y* au nom. Puis elle fit voir le résultat à Jury – et à Joey.

— Ce n'est pas du travail de pro, mais bon…

Jury sourit. Pas du travail de professionnel, certes, mais néanmoins soigné.

— Vous êtes géniale, dit-il.

Le chien ne montra aucune résistance quand il lui passa le collier.

Tandis qu'ils admiraient l'ouvrage de la jeune femme, celle-ci demanda :

— Le Dr Kavitz vous a parlé des chiens de montagne ?

— Un peu. Il m'a dit que cette race en particulier – le bouvier de l'Appenzell, c'est ça ? – était plutôt rare.

— En tout cas à Londres. Vous voulez bien dater et signer ? dit-elle en poussant le formulaire complété vers Jury.

Pendant qu'il s'exécutait, elle reprit :

— Ce sont des chiens de troupeau – vaches, moutons, chèvres… Des chiens très actifs. Si vous habitez un appartement, il vaudrait mieux choisir une autre race.

Elle semblait oublier ce qui l'avait amené au refuge. Il n'avait jamais demandé à avoir un chien. Ayant récupéré le formulaire, elle prit la casquette sur le dessus de la pile, la lui tendit et dit en riant :

— Je ne pense pas que vous connaissiez quelqu'un qui possède un vaste terrain, des moutons ou des chèvres ?

Jury coiffa la casquette, réfléchit une seconde et sourit.

— C'est drôle que vous me posiez cette question.

Son portable sonna comme il rentrait chez lui.

— Jury.

— C'est moi, Wiggins. On a fait du porte-à-porte, interrogé trois locataires, mais aucun ne connaissait la victime. Vous ne croyez pas que l'épicier a pu se tromper ?

— Non. Il était catégorique. Elle lui achetait non seulement des cigarettes, mais aussi du pain, du lait – le genre de courses qu'on fait juste avant de rentrer chez soi. Peut-être n'habitait-elle pas Bidwell Street, mais une rue voisine… A moins qu'elle n'ait rendu visite à un ou une amie.

— Possible. Ou alors, elle faisait des achats pour quelqu'un. Je vais continuer à chercher. Au revoir.

25

— Vous aviez raison, patron. Elle était bien escort girl.

Jury venait d'entrer dans le bureau et retirait son manteau.

— Dites-moi qu'elle travaillait pour la même agence.

— Non. Celle-ci est à Chelsea. La Compagnie de King's Road : un nom respectable pour une activité qui l'est beaucoup moins. La fille s'appelait Kate Banks. « La meilleure sur le marché », à en croire la directrice.

Comme s'il s'agissait d'un produit...

— Blanche Vann disait plus ou moins la même chose de Stacy Storm, remarqua Jury.

— Kate était très réclamée, elle pouvait demander jusqu'à six cents livres pour une heure. En une semaine, elle gagnait dans les cinq mille.

— Cette personne a-t-elle au moins eu une pensée pour la pauvre Kate ?

Jury s'assit et regarda Wiggins remuer son thé. Pour une fois, il utilisait une cuillère, et non une racine ou Dieu sait quoi.

— A l'entendre, c'était plutôt « pauvre Una ». Una Upshur, c'est son nom.

— Je doute que ce soit celui que lui ont donné ses parents.

Il songea brusquement à Joey.

— Vous avez réussi à en tirer quelque chose, à part des considérations sur la valeur marchande de Kate ?

— Presque rien. Kate venait de Slough. En soi, c'est une bonne raison pour faire le tapin.

— Qu'est-ce que vous avez tous contre Slough ? protesta Jury tandis que Wiggins manquait de s'étrangler de rire en buvant son thé. J'adore Slough. C'est un endroit charmant.

Wiggins leva les yeux au ciel.

— Toujours selon Una, Kate avait une vingtaine d'années quand elle s'est installée à Londres. Elle travaillait pour l'agence depuis trois ans, mais elle avait un autre emploi de secrétaire, officiel celui-là.

— Qui était son client d'hier soir ?

— Una affirme qu'elle n'était pas en mission pour l'agence

— Ce devait être rare, compte tenu de son succès. Donc, soit elle n'avait pas rendez-vous avec un client, soit elle faisait des extras pour son compte personnel. A voir comment elle était habillée et l'argent qu'elle avait sur elle, je pencherais pour la seconde hypothèse. Encore un point commun avec Stacy. J'imagine que Mme Upshur s'est fait tirer l'oreille pour vous confier ses fichiers ?

— « Mes clients peuvent compter sur mon absolue discrétion », minauda Wiggins en remuant son thé.

— Jusqu'au jour où il lui prendra l'envie d'en faire chanter certains. Procurez-vous un mandat, Wiggins.

— Ça va pas être facile. Les présomptions sont minces.

— Vous trouvez ? Kate avait probablement rendez-vous avec un client. Même si elle le voyait pour son compte, son nom doit figurer quelque part dans les registres de la Je-ne-sais-quoi de King's Road.

— La Compagnie. A ce propos, Una a tenu à préciser qu'elle ne faisait pas commerce du sexe.

Jury eut un gloussement incrédule.

— Dans ce cas, qu'est-ce qu'elle vend ?

— Tout est dans le nom de l'agence : de la compagnie.

— Ben voyons !

— Vous ne croyez pas qu'il existe des types qui s'en contentent, patron ?

C'était quoi, cette nouvelle manie de l'appeler « patron » ? Avec ça, Wiggins défendait ses opinions avec davantage d'ardeur que par le passé. Il réfléchissait, et ça se voyait sur son visage.

— Rassurez-moi, Wiggins, vous n'êtes pas en train de prendre la grosse tête ?

Wiggins haussa les sourcils.

— Pourquoi cette question ?

— Vous parlez comme les flics dans les séries télé façon *Suspect n° 1*.

— Dans *Suspect n° 1*, c'est une femme. Helen Mirren.

— Je sais qu'Helen Mirren est une femme, merci. Il n'empêche que son équipe l'appelle « chef » ou « patron ».

— Quel mal y a-t-il à ça ?

— Aucun. Sauf que vous donnez davantage l'impression d'être de notre côté.

La perplexité de Wiggins s'accrut.

— Mais… de quel côté voulez-vous que je sois, sinon le nôtre ?

— Celui des pauvres gens qui nous subissent. J'ai peur que vous vous éloigniez du peuple.

Wiggins réfléchit, puis il secoua la tête.

— M'éloigner du peuple ? Là, je ne vous suis plus, patron.

— Je sais, et c'est justement ce qui vous rend si précieux. Venez.

Jury se leva et décrocha son imper du portemanteau avant d'ajouter :

— Allons voir ce qu'on arrive à tirer de cette chère Una.

La Compagnie de King's Road occupait une banale maison mitoyenne à Chelsea. Una Upshur reçut ses visiteurs dans une pièce tranquille à laquelle il ne manquait rien : cuir d'Italie, rideaux damassés, photographies de beautés renversantes — sans doute les filles de l'agence — exposées au mur.

— C'est une tragédie, déclara-t-elle en se penchant au-dessus de son bureau.

158

Le bois en était si beau, si lisse, qu'on se serait attendu à ce qu'il s'enfonce sous la pression du doigt. Mme Upshur, à l'inverse, semblait aussi dure que la pierre, bardée dans une robe de lainage gris comme dans une cotte de mailles.

Elle lançait sans cesse des regards furtifs vers le sergent Wiggins, qui s'était levé et se promenait à travers la pièce, examinant les photos.

— Mme Upshur, vous avez dit au sergent que Kate Banks ne se trouvait pas avec un client de l'agence hier soir.

— C'est exact. Voyez vous-même.

Elle orienta un cahier de rendez-vous ouvert à la page de la veille vers Jury.

Celui-ci y jeta à peine un coup d'œil, Wiggins ayant déjà procédé à ces vérifications.

— Vous vendez du sexe.

Elle se laissa aller contre le dossier rembourré de son fauteuil en cuir, apparemment abasourdie par cette affirmation.

— Certainement pas ! Les jeunes femmes qui travaillent pour nous accompagnent des gentlemen à des soirées privées, des vernissages, des représentations théâtrales, ou simplement au restaurant.

— Vous avez dit au sergent Wiggins que Kate Banks demandait jusqu'à six cents livres pour une heure. C'est cher payé pour un bras sur lequel s'appuyer tout en déambulant parmi des Van Gogh ou des Sargent.

Una Upshur pinça ses lèvres minces, puis elle prit la mesure de la situation et se radoucit.

— Vous savez, dit-elle, il y a beaucoup d'hommes seuls et fortunés pour qui six cents livres ne sont qu'une bouchée de pain.

— Sérieusement, madame Upshur... Aucun homme n'est prêt à débourser une telle somme pour une simple présence.

— On voit que vous ne connaissiez pas Kate.

— Et croyez bien que je le regrette. Malheureusement, cela ne risque plus d'arriver.

Wiggins revint s'asseoir, ayant apparemment fait son choix.

Ignorant Jury, la patronne de l'agence s'adressa à lui :

— Elles sont charmantes, hein ? Les plus belles de Londres, si vous voulez mon avis.

— Je n'ai vu Kate Banks nulle part, dit Wiggins, pointant le pouce dans la direction du mur.

Una Upshur détourna le regard.

— C'est parce qu'elle venait de faire réaliser un nouveau portrait. Je n'ai pas eu le temps de l'exposer avec les autres.

— Pourquoi avoir enlevé le précédent, alors ? demanda Jury.

N'obtenant pas de réponse, il reprit :

— Elle avait cessé de travailler pour vous, pas vrai ?

— Pas du tout !

— Elle était consciente de sa valeur marchande et jugeait votre commission trop élevée.

Wiggins tenta une diversion :

— Elle habitait Crouch End, je crois ?

— En effet.

— C'est loin du centre.

— J'imagine que ça lui convenait. Elle vivait là-bas depuis des années.

— Elle n'avait pas un pied-à-terre près de l'hôpital Saint Bart, par hasard ?

— Non, du moins pas à ma connaissance. C'est là qu'on l'a trouvée, je crois ?

Jury acquiesça.

— Revenons-en à vos clients, voulez-vous ? L'un d'eux pouvait-il avoir des raisons d'en vouloir à Kate ?

— Oh non ! Je n'ai jamais eu une seule plainte à son sujet. Non, je ne peux pas croire que l'un d'eux lui ait fait du mal…

Elle produisit un mouchoir en papier et renifla sans verser de larmes. Apparemment, c'était le maximum que pouvait faire Una Upshur en matière d'affliction.

— Et les autres filles ?

— Elles aimaient toutes beaucoup Kate.

160

— Permettez-moi d'en douter. Quand même, c'était elle la star.

Una Upshur garda le silence, l'air morose.

— Vous avez peut-être évité des ennuis parce que les filles ont rarement l'occasion de se rencontrer, glissa Wiggins. En réalité, elles n'ont même pas besoin de venir ici. Je me trompe ?

Il avait parlé sur le ton de la conversation, avec une bonhomie qui n'appartenait qu'à lui.

Le sourire d'Una était un peu crispé, mais Jury n'en avait pas obtenu autant.

— Non, vous avez raison. Il leur arrive de passer, mais ce n'est pas régulier. En général, c'est moi qui les appelle.

Jury se leva. Cet entretien ne les mènerait nulle part.

— Nous aurions besoin d'une photo de Kate Banks, si cela ne vous ennuie pas.

— J'ai ce qu'il vous faut.

Elle passa dans la pièce voisine. Jury l'entendit ouvrir puis refermer un classeur métallique. Elle revint, apportant un portrait au format argentique.

— Elle date d'il y a un an, précisa-t-elle.

Kate était belle, sans aucun doute. Elle n'avait pas l'air aigrie, usée ou malheureuse. Jury empocha la photo.

— Merci. Il se peut que nous vous rappelions.

Wiggins se leva à son tour et ils sortirent.

— Je vous ai trouvé impatient, chef. Un peu de dyspepsie, peut-être ?

— Plus qu'un peu.

Quand Jury s'aperçut que Wiggins le regardait avec insistance, cherchant probablement à évaluer l'état de son estomac, il se dépêcha d'ajouter :

— Je ne veux pas de vos foutus remèdes homéopathiques, pousses de ceci, racines de cela, biscuits ou poudre de gloubi-boulga. Sur ce, déposez-moi au poste de Snow Hill, vous voulez bien ?

26

— Deux balles, récapitula Dennis Jenkins, montrant deux douilles dans une pochette en plastique. L'une a atteint l'estomac, l'autre le thorax. L'arme était un pistolet de petit calibre, le genre qu'on peut glisser dans un sac à main, dit-il en montrant la pochette ramassée près du corps. Pas très puissant, mais à bout portant et en visant les tissus mous, il peut causer pas mal de dégâts, comme nous l'avons vu.

— Vous croyez qu'il appartenait à la victime ? demanda Jury.

— Impossible à dire tant qu'on ne l'a pas retrouvé. Mais étant donné son activité, il n'y aurait rien eu d'étonnant à ce qu'elle se promène avec un flingue pour se défendre. C'est l'usage principal de ce type d'arme.

— Il ne serait pas rentré dans le sac de Kate Banks, pas avec tout l'argent qu'elle avait sur elle.

Jenkins approuva de la tête.

— Mariah Cox a été tuée par un 9 mm, reprit Jury. Pourtant, je reste persuadé que c'est la même personne qui a tiré.

— La femme aux deux visages… Fascinant.

Jury crut d'abord que Jenkins faisait de l'ironie, puis il étudia son demi-sourire et conclut qu'il était sincère.

— Vous croyez que c'est ça qui la motivait ? Ni le sexe, ni l'argent, mais la double vie ?

— Je l'ignore. Son petit ami – celui de Chesham, je veux dire – me l'a dépeinte sous un tout autre jour. Il n'était pas préparé à cela – pas seulement la mort de Mariah, mais sa ou plutôt ses vies.

– Vous vous rappelez Kim Novak dans *Sueurs froides* ?

– Vous y avez fait allusion hier soir. Vous pensez que Kate Banks a été précipitée du haut de la tour d'une église ?

– Il y a quelque chose de tordu dans ce film.

– Vous voulez parler du personnage de James Stewart ?

– Pas seulement. Le fait que la femme rentre dans son jeu, tout ça.

Tout en parlant, Jenkins faisait rouler un crayon sur le dos de sa main, d'avant en arrière. Soudain il demanda :

– Vous ne vous êtes jamais interrogé sur l'obsession ?

– Seulement sur les miennes.

– Vous avez raison, les flics deviennent facilement obsédés. Ça n'a pas grand-chose à voir avec l'amour ou n'importe quel autre sentiment. L'obsession se nourrit d'elle-même.

– Désolé, j'ai perdu le fil.

Jenkins soupira.

– Moi aussi.

Il lança le crayon en l'air et le rattrapa au vol.

– Attendez, je l'ai retrouvé ! Hitchcock a raté le personnage de Stewart. Prenez Norman Bates, dans *Psychose*… Lui est complètement givré. Alors que Bruno, dans *L'Inconnu du Nord-Express*, l'est seulement à moitié. Or, ces deux personnages sont beaucoup plus crédibles que celui de James Stewart.

Une femme policier frappa au chambranle de la porte (qui était ouverte), entra et tendit un dossier à Jenkins. Elle sourit à Jury avant de ressortir.

Jenkins ouvrit le dossier et parcourut son contenu en hochant la tête.

– C'est à propos de Kate ? demanda Jury.

Wiggins semblait déteindre sur lui, avec son habitude de désigner les victimes par leur prénom.

Jenkins acquiesça.

— Pas de révélation. On n'a retrouvé aucune balle sur la scène de crime. Les deux mentionnées dans le dossier ont été extraites du corps. Le seul lien entre cette affaire et celle de Chesham est l'activité des deux victimes.

— Et le fait qu'il ne se soit rien passé.

— Pardon ? fit Jenkins, décontenancé.

— Les deux femmes ont juste été tuées. Il n'y a pas eu de viol ni de vol, ce qui est encore plus curieux, compte tenu des sept cent cinquante livres que transportait Kate Banks. Et toutes deux étaient habillées comme si elles se rendaient à une soirée.

— Les meurtres, en revanche, ont eu lieu dans des endroits complètement différents : l'un au centre de Londres, l'autre à l'extérieur. On pourrait en déduire qu'on n'a pas affaire à un tueur en série, mais à deux affaires indépendantes.

— Mais ce n'est pas votre avis ?

— Je pense qu'il existe un lien entre les deux.

Jenkins s'abîma dans le silence, comme s'il réfléchissait à quelque chose. L'obsession, sans doute.

— Vous avez dit que l'obsession se nourrissait d'elle-même, dit Jury. Qu'est-ce que vous entendiez par là ?

— Prenez Iago, par exemple.

Passer de Hitchcock à Shakespeare, c'est ce qu'on appelle faire le grand écart !

— Rien n'explique son comportement. Les raisons qu'il avance lui-même ne tiennent pas la route. C'est comme Hamlet : rien dans la pièce n'éclaire ses actions. Iago n'agit pas par jalousie ou par vengeance. Il est juste Iago.

— Tout cela est très intéressant, mais si nous revenions à notre propre drame ? Parlons un peu de nos deux victimes.

Jenkins avait l'air sincèrement étonné.

— C'est ce que nous faisions, non ?

— Donc, vous pensez que notre meurtrier est obsédé par le sexe, par les prostituées, ou… ?

Jenkins secoua la tête.

— Je ne crois pas qu'il sache lui-même pourquoi il a agi ainsi, dit-il.

Jury eut un rire bref.

— Ça devient trop compliqué pour moi. Bientôt midi, ajouta-t-il après avoir jeté un coup d'œil à sa montre. Je dois aller retrouver mon propre Iago dans un pub et avoir une explication avec lui. A bientôt, Dennis.

27

— Où étiez-vous hier soir, Harry ?

A l'intérieur de l'Old Wine Shades, Harry Johnson fumait langoureusement un mince cigarillo. Jury n'avait même pas pris la peine de le saluer. En revanche, il avait dit bonjour à Mungo.

— Où voulez-vous que je sois allé, et à quelle heure ? demanda Harry, soufflant un rond de fumée. Il y a eu un nouveau meurtre, dirait-on ?

— Juste à deux pas d'ici.

— Cette distance correspond au quartier de Londres présentant le taux de criminalité le plus élevé de la ville. Peut-être cela explique-t-il votre nouveau meurtre ? A moins que vous n'ayez l'intention de le relier à celui de Chesham ?

Mungo se leva brusquement et se figea tel un chien d'arrêt, comme si Chesham venait de surgir du néant devant lui.

— Ça ne va pas ? s'enquit Jury.

— Non. Arrêtez de…

— Je parlais à Mungo.

— Mungo est sur les nerfs en ce moment, Dieu seul sait pourquoi.

Mungo se détendit un peu, mais garda les oreilles dressées. On aurait dit que quelque chose l'effrayait.

— Vous n'avez toujours pas répondu à ma question, reprit Jury. Où étiez-vous hier soir ?

Harry soupira.

— Ici. Demandez à Trev, ajouta-t-il en désignant de la tête le barman, occupé à servir un couple à l'autre extrémité du comptoir.

— Je n'y manquerai pas. Vous y avez passé toute la soirée ?

— Vous voulez savoir si je crèche ici ? La réponse est non.

— Ne faites pas le malin. A quelle heure êtes-vous arrivé et reparti ?

— Je suis arrivé à neuf heures et suis reparti à dix, onze heures. Est-ce que ça colle avec l'emploi du temps de votre tueur ?

— Pas loin. Dix, onze heures, avez-vous dit... C'est vague.

— Si ça vous arrange, je peux répondre autre chose. Goûtez donc cet excellent bordeaux.

Entre-temps, Trevor s'était approché et avait déposé un verre devant Jury.

— C'est une façon bien cavalière de traiter un double meurtre, remarqua ce dernier.

— N'ayant commis ni l'un ni l'autre, je peux me permettre d'être cavalier.

Harry secoua la cendre de son cigarillo, examina celui-ci et l'écrasa dans le cendrier.

— Pourtant, vous êtes allé à Chesham. Vous avez été au Black Cat...

De nouveau, Mungo se dressa entre les deux tabourets et resta figé.

Harry le regarda et ordonna :

— Assis, Mungo.

Tu peux toujours courir...

— Vous donnez des ordres à Mungo, maintenant ?

— Je voulais voir s'il obéissait.

— C'est raté.

— En effet.

— Alors, Harry ? Le Black Cat ?

167

Mungo tressaillit.

— Je trouve intéressant qu'un chat noir ait disparu du pub, reprit Jury. Je me demande si cela a un rapport avec le meurtre.

— Il est peut-être en vadrouille, suggéra Harry.

Mungo se mit à tourner sur lui-même.

— On dirait que Mungo tente de dire quelque chose, signala Jury.

Il se pencha vers le chien.

— Qu'est-ce qu'il y a, mon garçon ?

Mungo se hérissa : *Mon garçon ?*

— La petite fille qui réside actuellement au pub est persuadée qu'on a enlevé ou tué son chat, poursuivit Jury. Elle affirme aussi que le chat noir qu'on trouve maintenant là-bas n'est pas le sien, qu'il y a eu substitution…

Jury jeta un regard intrigué à Mungo. Le chien griffait la jambe de son pantalon, ce qui ne lui ressemblait pas. Il lui caressa la tête, et Mungo s'affala sur le sol.

Harry secoua la tête et alluma un nouveau cigarillo, faisant jaillir une minuscule flamme de son briquet en or.

— Vous avez lu Edgar Allan Poe, je suppose ? *Le Chat noir* ? Une histoire captivante, enchaîna-t-il sans attendre la réponse de Jury. Très malsaine, mais on est chez Poe, pas vrai ? Le narrateur possède un chat noir. Tous deux sont inséparables. Le chat le suit partout comme son ombre. Puis le type se met à boire, il sombre dans l'alcoolisme. Il fait quelque chose d'horrible au chat et finit même par le pendre. C'est une histoire macabre, je vous l'avais dit.

— Pourquoi agit-il ainsi ?

— Le narrateur professe que l'on fait le mal pour le seul amour du mal. L'homme n'a pas besoin d'autre justification.

Jury repensa à la conversation qu'il avait eue un peu plus tôt avec Jenkins.

— Pour ma part, reprit Harry, cette attitude relève plus de la psychologie que du spirituel. Le mal pour le mal… Intéressant. Evidemment, le chat noir revient le hanter de la pire manière. La seule chose que je n'aime pas chez Poe, c'est la morale. Le coupable est toujours châtié à la fin. Pas très crédible. Cette petite fille dont vous parliez, ajouta-t-il après un instant de réflexion. Qui vous dit qu'elle n'a pas inventé cet enlèvement ?

Mungo s'était relevé et avait recommencé à tourner sur lui-même.

— Car enfin, poursuivit Harry, qui irait enlever un chat ? C'est grotesque. Autant que l'autre histoire...

— Vous voulez dire, celle que vous m'avez racontée ? L'enlèvement de Mungo, sa réapparition miraculeuse... L'histoire dont vous m'avez rebattu les oreilles, rencontre après rencontre, dîner après dîner, et que j'ai été assez bête pour gober ?

Harry exhala un rond de fumée.

— Vous ne l'avez toujours pas digérée, dirait-on. On va finir par la graver sur votre tombe : « Le chien est revenu. »

Couché sur le sol, Mungo semblait se couvrir les yeux avec sa patte.

Jury secoua énergiquement la tête.

— Non, sur la vôtre, Harry... J'y veillerai personnellement.

Harry soupira.

— Il est temps de tourner la page, vous ne croyez pas ? Vous ne vous êtes jamais dit que votre mémoire vous avait peut-être joué un tour, et que cette histoire improbable n'était jamais arrivée ? Comme celle de l'enfant...

Jury regarda Harry Johnson lever son verre de vin vers la bande de lumière qui tombait du plafonnier au-dessus de leurs têtes.

— Il existe tellement de versions des histoires que vous racontez, dit-il, qu'il est presque impossible de savoir à laquelle vous faites allusion. Mais si vous voulez parler du témoignage de Tilda, je vous serais reconnaissant de m'éviter ce cliché éculé : la mémoire du témoin est forcément fautive.

Harry faisait tourner son verre comme s'il espérait qu'il décompose la lumière.

— Et pourquoi pas ? Proust en était bien convaincu, lui.

— D'abord Poe et maintenant Proust ?

Tandis que Jury buvait une longue gorgée de vin, Harry posa son verre et se tourna vers lui avec un mince sourire ironique.

— Rassurez-moi, vous avez lu Proust ? demanda-t-il.

— *Du côté de chez Swann*, comme presque tout le monde. Mais je me suis arrêté vers la page trente, au moment où il trempe son cake dans son thé.

— En réalité, il s'agit d'un morceau de madeleine, dont la saveur fait resurgir tout un monde dans l'esprit du narrateur. Dommage que vous n'ayez pas persévéré. Vous devriez au moins essayer *Le Temps retrouvé*. Une trentaine de pages, c'est trop peu pour saisir la pensée de Proust. Tout au long de l'œuvre, il sème des épisodes similaires à celui de la madeleine. Par exemple, Swann vit une expérience semblable à celle du narrateur en assistant à un récital de piano, par la grâce de quelques notes – la « petite phrase », comme il l'appelle. Dans *Le Temps retrouvé*, alors qu'il s'apprête à entrer chez les Guermantes, le pied du narrateur heurte un pavé mal équarri de la cour, et cet incident ravive sa mémoire. Plus tard, c'est une nappe empesée qui lui sert de déclic. Fascinant, non ?

— C'est tout le contraire de votre théorie sur la mémoire fautive. Chez Proust, il est question de souvenirs perdus, pas de souvenirs fabriqués.

— Ma parole, Richard, vous avez découvert ça en ne lisant que trente pages ? Mais ce n'est qu'un aspect de la question. Pour que le souvenir enfoui ressurgisse, il faut un élément déclencheur : la madeleine, la petite phrase musicale, la nappe…

Jury l'interrompit :

— Il ne s'agit pas de souvenirs enfouis, bon sang ! Vous vous appuyez sur de prétendues défaillances de la mémoire pour déconstruire le témoignage de Tilda !

Il contempla son verre d'un air maussade, à deux doigts de frapper Harry.

— Prenez le cas de cette autre petite fille. Comment s'appelle-t-elle ? Ainsi, nous éviterons les confusions entre les deux histoires.

— Dora. Des histoires ? C'est tout ce que ça représente pour vous ?

— Voyons l'histoire de Tilda sous un autre éclairage, reprit Harry, faisant tourner son verre de manière qu'il accroche la lumière. Un après-midi, une petite fille joue avec ses poupées ou ses peluches à proximité d'une grande maison inhabitée. Soudain elle lève les yeux vers le parc à l'abandon...

— Oh, cessez de vous noyer dans les détails ! Vous n'étiez pas...

Jury se mordit la langue.

— Ah ! s'esclaffa Harry. Vous avez failli dire que je n'y étais pas. Excellent ! Surtout que les « détails » que vous me reprochez tendraient à prouver ma présence sur les lieux.

— Vous étiez là, insista Jury, se retenant de briser son verre sur la tête de Harry. N'essayez pas de m'étourdir avec vos raisonnements. Ça ne marche pas.

— Loin de moi cette idée ! Mais laissez-moi finir, voulez-vous ? Donc, la petite fille promène son regard sur le parc silencieux et aperçoit un homme... Pardon, il y avait deux enfants. J'oubliais le garçon.

— Timmy.

— C'est ça. On se croirait dans *Le Tour d'écrou*. Avec moi dans le rôle du sinistre Peter Quint.

— Vous feriez un très mauvais Peter Quint. Il n'avait pas votre caractère, et en plus, il était mort.

Jury vida son verre. Harry éclata de rire et fit signe à Trevor.

— Ensuite, la petite fille affirme que l'homme en question les a poursuivis, son compagnon et elle, avant de les séquestrer. Maintenant, dites-moi : cette touche jamesienne n'est-elle pas la marque d'une imagination trop fertile ?

— Vous n'avez pas mentionné le bandeau sur les yeux et la cave.

171

— Mon Dieu, oui ! Comment ai-je pu les oublier ? Ils ajoutent une note réaliste à ce récit.

Trevor s'approcha avec une bouteille. Il adressa un clin d'œil à Jury et demanda :

— M. Johnson vous raconte un de ses contes à dormir debout ?

— Exactement, acquiesça Harry. Sauf que le conte n'est pas de moi, mais de quelqu'un d'autre. Tout ce que vous avez, reprit-il à l'intention de Jury, c'est le témoignage de deux gosses incapables de décrire leur ravisseur.

— Ces « gosses » ont un nom. Ils s'appellent Timmy et Tilda.

— Ce ne serait pas plutôt Hansel et Gretel ? Mais qu'est-ce que j'en sais ? ajouta-t-il avec un sourire. Je ne les ai jamais rencontrés.

28

Joey jaillit de la voiture dès que Jury eut ouvert la portière. Il fila comme une flèche à travers la vaste pelouse d'Ardry End et tourna le coin de la maison.

Où courait-il ainsi ? Partout et nulle part. A l'écurie ? A l'ermitage ? M. Blodgett, l'ermite en titre du domaine, était invisible, mais Jury (et Joey aussi, probablement) aperçut Chagriné, le cheval de Melrose Plant, et Chaviré, son bouc, en train de paître devant l'écurie.

Jury traversa le vaste potager qui s'étendait derrière la maison et trouva un inconnu devant la porte de la cuisine. L'homme était vêtu de manière pour le moins bigarrée : une veste en velours violet râpée qui avait sans doute fait partie d'un smoking, un gilet en satin, un foulard de couleur vive. Un pantalon à carreaux complétait son accoutrement, digne d'un clown ou d'un artiste de music-hall à l'ancienne. Le goulot d'une demi-bouteille (du Cinzano, aurait-on dit) dépassait de sa poche.

Joey se mit à courir en rond autour du bouc et du cheval, aboyant avec mesure, comme s'il tentait de leur faire passer un message.

L'inconnu inclina légèrement la tête pour saluer Jury, qui en fit autant. Au même moment, la porte s'ouvrit sur Ruthven, le majordome de Melrose Plant. Ruthven parut décontenancé à la vue du duo. Les deux hommes donnaient l'impression d'être venus ensemble.

— Commissaire Jury ! Entrez, je vous prie...

Ruthven ne manifesta aucune surprise devant la tenue du second visiteur. Jury en conclut que celui-ci était un familier de la maison.

— … et vous aussi, monsieur Jarvis.

Comme il passait le seuil, Jury dit à Ruthven :

— Il y a un chien qui importune les animaux. C'est peut-être le sien ? ajouta-t-il quand Jarvis fut hors de portée d'oreille.

— Je l'ignore. Lord Ardry vous attend au petit salon. Si vous voulez bien me suivre…

— Ne vous embêtez pas pour moi, Ruthven. Je connais le chemin. Occupez-vous plutôt de votre visiteur.

Ruthven inclina le buste et se dirigea vers la cuisine.

Debout près d'une des immenses fenêtres de l'élégant salon, Melrose parlait à quelqu'un qui se trouvait à l'extérieur – M. Blodgett, sans doute. L'ermite avait l'habitude de s'approcher des fenêtres pour adresser des grimaces à la tante de Melrose, Agatha, ou informer son employeur des événements survenus sur sa propriété. Evidemment, l'événement du jour était la présence d'un chien inconnu.

— Ma parole, vous avez raison, Blodgett, dit Melrose. Vous croyez qu'il est enragé ?

Penché vers l'extérieur, il semblait converser avec le ciel ou le sol.

— Ne dis pas de bêtises, protesta Jury, le rejoignant devant la fenêtre. Ce n'est qu'un vieux chien. Il doit appartenir à l'homme qui se trouve à la cuisine. Jarvis, je crois ?

— Je ne t'ai pas entendu sonner. Depuis quand es-tu là, et comment se fait-il que tu en saches plus que moi ?

— Ce n'est pas difficile.

Jury s'accouda à la rambarde, poussant légèrement Melrose. A présent, Joey coursait Chaviré sous l'œil indifférent de Chagriné. A vrai dire, Jury ne pouvait pas voir l'expression du cheval, mais l'inclinaison de sa tête suggérait l'indifférence. D'ailleurs, au bout de quelques secondes, il recommença à paître.

— Ce chien s'amuse, c'est tout. Bonjour, monsieur Blodgett.

— Content d'vous r'voir, m'sieur Jury. Bon, faut que j'vous laisse. Je voulais juste vous mettre au courant, pour le chien. On dirait un peu un chien de berger, ajouta l'ermite, qui ne montrait aucune envie de s'en aller.

Ruthven entra alors. Melrose lui fit signe d'approcher.

— Il y a un chien dehors, Ruthven. Vous savez d'où il vient ?

Le majordome semblait glisser sur le tapis turc comme une barque à la surface de l'eau.

— Je suppose qu'il appartient à l'homme qui se trouve dans la cuisine, Jarvis.

— Oh ! D'abord je découvre un chien sur ma pelouse, puis j'apprends qu'il y a un homme dans ma cuisine. Une armée d'elfes pourrait s'emparer de cette maison que j'en serais le dernier informé. Le revoilà !

Les trois hommes – quatre, en comptant M. Blodgett, à l'extérieur – se déplacèrent jusqu'à la fenêtre de l'autre côté de la cheminée, qui offrait une meilleure vue sur l'écurie. Joey tentait toujours d'encercler Chaviré, le bouc. Chagriné observait placidement la scène.

— Non mais, regardez-le ! Il aboie après Chaviré. Pour qui se prend-il ?

— Pour un chien, répondit Jury. Il essaie de rassembler son troupeau.

Devant le regard interloqué de Melrose, il développa :

— Blodgett a raison, c'est un chien de berger. Chaviré et Chagriné ne semblent pas avoir peur de lui.

— Si c'est un border collie, intervint Ruthven, il ne renoncera pas tant que…

Se rappelant qu'il n'était pas là pour donner son avis, le majordome se tut et fit mine de s'éloigner.

— Attendez, le rappela Melrose. Qui est à la cuisine ?

— Jarvis, monsieur. Vous savez…

— Oh, lui ! Alors, c'est son chien ?

— On dirait que oui. Martha lui a servi à manger.

175

— Apportez-nous une bouteille de médoc – vous savez lequel –, et dites à Jarvis de récupérer son chien avant de partir.

Joey et Chaviré se reposaient, étendus sur le sol. Debout, Chagriné paissait tranquillement. L'herbe qu'il broutait était d'un vert si vif qu'on l'aurait crue vernie. Les feuillages des érables et des saules miroitaient dans la lumière du début d'après-midi.

— D'ici, on ne voit pas s'il a un collier, dit Melrose, appuyé au mur.

Ruthven revint presque aussitôt, apportant une bouteille et des verres sur un plateau.

— M. Jarvis dit qu'il n'a rien à voir avec ce chien. Mais s'il vous gêne, il propose de l'emmener.

— Je ne crois pas que ce soit une bonne idée, objecta Jury. Il appartient sans doute à un touriste de passage et il aura échappé à son maître.

Après avoir débouché la bouteille, Ruthven versa le vin dans les verres.

— Je partage l'avis de M. Jury, monsieur.

— Quand avez-vous aperçu un touriste pour la dernière fois, Ruthven ? Long Piddleton n'est pas à proprement parler une destination touristique. Mais vous avez sans doute raison.

Ruthven fit passer les verres sur le plateau, et les deux hommes se servirent. Melrose le remercia et lui demanda de veiller à ce que le chien dîne en même temps que le cheval et le bouc.

— Et sortez la vaisselle des grands jours pour l'occasion, ajouta Jury.

Ruthven s'autorisa un sourire avant de sortir.

Melrose se laissa tomber dans son fauteuil à oreilles. Des angelots imperturbables l'observaient depuis le plafond.

— Je devrais mettre une annonce dans le journal, non ?

— C'est ce que je ferais à ta place, répondit Jury. Il a une médaille indiquant qu'il a été vacciné contre la rage. Je l'ai vu de près pendant que j'attendais à la porte, ajouta-t-il, devançant les légitimes interrogations de son ami. Il a aussi un collier avec une plaque à son nom. Il s'appelle Joey.

Plus tard, après avoir bu et longuement parlé du chien et de Jarvis – un pauvre hère qui faisait parfois halte à Ardry End (aux yeux de Jury, cette visite paraissait encore plus improbable que celle d'un touriste égaré) –, ils allèrent se promener et traversèrent la route de Northampton après le passage d'un groupe de motards bardés de cuir noir.

Jury avait l'impression de rêver tout éveillé. Des motards ? Encore plus invraisemblable qu'une troupe de vagabonds !

Melrose les suivit du regard, pensif, puis il dit :

— Tu sais, j'ai lu un poème d'un Américain. Il y compare l'approche de la nuit à celle d'un peloton de motards sur une route bitumée. Avant, je détestais ces engins, mais depuis, je ne les vois plus de la même manière. Je leur trouve une sorte de beauté exotique. Comme s'ils annonçaient une chose qu'il nous faudrait absolument connaître.

— La prochaine révélation. C'est à ça que devrait servir la poésie : annoncer la prochaine révélation.

Ils atteignirent le cottage de Lavinia Vine et s'arrêtèrent pour admirer le jardin, véritable symphonie printanière.

— Regarde un peu ces roses abricot ! s'exclama Melrose. Et ces tulipes !

Déployant une profusion de couleurs allant du bleu pâle à un rouge si sombre qu'elles semblaient trempées dans le sang, un carré de tulipes éclipsait toutes les fleurs qui les entouraient. Jury aurait voulu pouvoir penser à autre chose qu'à la mort en les regardant. La prochaine révélation…

Un couple de papillons ivres folâtrait parmi les fleurs jaunes d'un arbuste. Une bordure de pivoines et des nuées d'hydrangéas blancs poussaient le long d'un muret.

— Tous ces parfums, c'est grisant, s'enthousiasma Jury. C'est sans doute ce qui a assommé le chat, ajouta-t-il, désignant un gros matou endormi au sommet d'un pilier en pierre.

— Desperado est un dur à cuire. Je l'ai vu tenir tête à des chiens.

Ils poursuivirent leur chemin.

— A propos de chien, reprit Melrose, le nouveau va avoir besoin d'un nom. Je propose un concours.

— Il s'appelle Joey, je te l'ai dit.

Ils approchaient du centre de Long Piddleton, si toutefois le village en avait un. Sur le terrain communal, un étang peu profond accueillait une famille nombreuse de canards dont quelques-uns nageaient en rond, apparemment aussi pompettes que les papillons. Jury tourna son visage vers le ciel, regrettant que les hommes ne puissent pas s'enivrer rien qu'en respirant l'air.

— Tu n'as pas parlé de ton amie, l'inspecteur Aguilar, remarqua soudain Melrose. Toujours à l'hôpital ?

— Oui. Ça ne va pas mieux. Elle est dans le coma.

Melrose s'immobilisa.

— Seigneur, quelle horreur ! Je suis désolé.

Ils se remirent en route. Mlle Tooley, la bibliothécaire, les salua à travers sa fenêtre. Melrose lui rendit son salut sans entrain.

— Quelle chance a-t-elle d'en sortir ?

— Très faible. Mais au cas où elle ne se réveillerait pas, elle a signé un papier disant qu'elle refusait toute forme d'acharnement. D'après le médecin, si elle n'est pas sortie du coma d'ici quelques semaines, on ne pourra plus rien pour elle.

— Je suis désolé, répéta Melrose.

La maison de Vivian Rivington se dressait de l'autre côté du terrain communal.

— Quel endroit magnifique, soupira Jury. J'aimerais bien une maison comme celle-ci.

— Epouse Vivian. Je suis sûr qu'elle serait ravie.

Espèce d'idiot, va, pensa Jury.

— Et moi, je suis persuadé du contraire. Je lui ai déjà proposé le mariage, et elle m'a gentiment éconduit.

Melrose s'arrêta brusquement.

— Ce n'est pas vrai !
— Si tu te rappelles, elle était fiancée à Simon Matchett.
Pourtant, elle ne l'aimait pas, cela crevait les yeux.
— Je n'ai jamais compris ce qu'elle avait dans la tête.
— Je sais. C'est parce que tu n'es qu'un âne bâté.

29

Melrose frappa légèrement à la fenêtre à vitraux de plomb du Jack and Hammer. Le groupe attablé près de la baie vitrée regarda dans sa direction et le salua de la main, à l'exception de Marshall Trueblood. S'étant levé, l'antiquaire se mit à agiter les bras de manière désordonnée, comme s'il n'avait pas terminé sa séance de gymnastique matinale.

Une fois entré, Melrose demanda :

— Bon sang, Marshall, tu te prends pour un sémaphore ?

— Je vous faisais signe de vous éloigner, expliqua Trueblood. Theo Wrenn-tiret-Brown vous a repérés. Maintenant, il ferme sa boutique pour venir nous rejoindre. La barbe !

Jury dit bonjour aux quatre personnes présentes – non, cinq : Dick Scroggs, le patron, s'approchait de la table, apportant une nouvelle tournée... Non, six : Mme Withersby, la femme de ménage, se dirigeait vers eux en traînant la savate. Une cigarette coincée derrière l'oreille, elle espérait bien leur en soutirer une deuxième, en plus de se rincer le gosier gratis.

— Wrenn-tiret-Brown ? C'est quoi, cette histoire ?

— Il trouve qu'un nom composé fait plus chic.

— Figurez-vous que je me retrouve en charge d'un chien, annonça Melrose. Un vagabond s'est présenté à ma porte. Je suis sûr que le chien est arrivé avec lui, mais il a prétendu le contraire, aussi n'avons-nous pas la moindre idée de son origine. Il s'est peut-être perdu, ou alors il a échappé à ses maîtres.

— Quelle race ? demanda Diane Demorney.

— Un chien de berger.

— Un chien de montagne, précisa Jury, qui était resté debout.

Melrose se tourna vers lui.

— Quelle est la différence ?

Jury haussa nonchalamment les épaules.

— Il suffit de le regarder.

Melrose plissa le front, puis il dit :

— Pour l'amour du ciel, tu veux bien t'asseoir ? Ça nous rend nerveux de te voir piqué là.

Jury sourit à la vue des buveurs avachis sur leurs chaises.

— En effet, je ne vois que des paquets de nerfs autour de cette table.

Diane Demorney, qui savourait un martini, reprit :

— Ce chien, il a un nom ?

— Pas encore, répondit Melrose.

— Joey, affirma Jury, couvrant la voix de son ami.

Tous les regards se braquèrent sur lui, réclamant des preuves.

— C'est écrit sur son collier.

— Quand l'as-tu vu ? l'interrogea Melrose.

— Je te l'ai dit : il s'est approché de moi pendant que j'attendais à la porte.

— Il s'est arrêté devant vous ? intervint Vivian Rivington.

— Pas exactement...

Les regards s'étaient teintés de soupçon. Jury devinait la raison de cette hostilité : ses affirmations contrariaient leur projet de concours pour le choix du nom.

Soudain Trueblood parut prendre une décision.

— Il va falloir trouver un nom à ce chien, annonça-t-il.

Theo Wrenn-Brown était entré pendant leur discussion. Il introduisit de force une chaise entre celles de Trueblood et de Diane, feignant de croire qu'il était le bienvenu, et commanda un gimlet à Dick Scroggs qui lisait le journal local, penché au-dessus du comptoir. Il aurait eu de

181

meilleures chances d'être servi s'il avait simplement soufflé dans un violon.

Puis il se mit en devoir d'attirer l'attention sur lui :

— Alors, commissaire ? Vous avez arrêté beaucoup d'assassins ces derniers temps ? Hi-han !

« Hi-han » était l'exacte transcription phonétique du rire de Theo.

— Où est mon cocktail ? enchaîna-t-il. Dick ?

Dick se moucha bruyamment et retourna à son journal.

Ulcéré, Theo repoussa sa chaise et marcha d'un pas lourd vers le comptoir.

— On procède comment ? demanda Joanna Lewes, l'auteur à succès. Comme pour Chaviré ?

— Cette fois-là, personne n'avait gagné, lui objecta Diane. Melrose avait rejeté toutes nos suggestions pour imposer son propre choix.

— C'était mon bouc, lui rappela l'intéressé. En plus, c'est Agatha qui lui a donné son nom — involontairement, bien sûr. Quand elle a appris que j'avais un bouc, elle en a été toute chavirée.

— Silence, tout le monde !

Trueblood se pencha vers la table voisine, y prit quelques serviettes en papier et les leur distribua comme s'il s'agissait de cartes.

— Je ne peux pas rester, dit Jury. On m'attend à Chesham.

— Vous voulez dire, à Amersham ? interrogea Trueblood.

— Non, à Chesham. Merci !

Ceci s'adressait à Dick Scroggs, qui venait de lui tendre une pinte d'Adnams.

— En outre, reprit Jury, le chien a déjà un nom : Joey.

— Rien ne dit que ce soit vraiment le sien, remarqua Diane, tapotant sur le bord de son verre la pique en bois qui avait accueilli l'olive de son martini.

Toute tentative pour raisonner cette bande de fous était vouée à l'échec, Jury le savait. Pourtant, sa profession le condamnait à essayer.

— Et « Chagriné » ? Et « Chaviré » ? Vous trouvez que c'est un nom, pour un bouc ?

— Bien sûr, puisqu'on l'a appelé ainsi.

Son raisonnement se tenait. Jury but la moitié de son verre puis il le posa.

— Je dois y aller, répéta-t-il. Mon sergent m'attend à Chesham.

— Vous ne nous avez toujours pas dit ce qui se passait là-bas.

— Un concours. Pour trouver le nom d'un assassin. Au revoir, tout le monde.

Tous le regardèrent bouche bée, se demandant s'il parlait sérieusement, et il les laissa s'interroger.

30

Mungo faisait les cent pas depuis si longtemps qu'il lui semblait que ses coussinets étaient usés.

Morris l'observait, étendue sur le tapis du salon de musique. Elle bâilla et ferma lentement les yeux. Elle trouvait cette agitation fatigante. En vérité, presque tout la fatiguait.

Soudain Mungo s'immobilisa et lui adressa un message :

Pourquoi est-ce à moi de tout faire ? On discute de ton avenir, là. Ce n'est pas moi qui veux retourner à Amerchose.

Amer-sham. Et d'abord, c'est Chesham. Je te l'ai dit je ne sais combien de fois.

Mungo s'allongea et tenta de replier ses pattes contre sa poitrine.

Enfin, comment fais-tu ? demanda-t-il. Tu as des articulations supplémentaires ?

Morris bâilla de nouveau.

Qu'est-ce que j'en sais ? Eh bien, comment comptes-tu me ramener à Chesham ?

Sans répondre, Mungo se dirigea vers le secrétaire en noyer et jeta un œil au tiroir du bas, cherchant Elf parmi le fouillis de chatons. Il avait besoin de passer ses nerfs. Les chatons étaient empilés les uns sur les autres. Nom d'un homme, le vaste monde n'était donc peuplé que de chats noirs ? Pas étonnant que Mme Tobias ait pris Morris pour Schrödinger. Mungo se demandait comment les deux chattes pouvaient coexister dans cette maison sans que personne ne se doute de rien.

Mungo écarta deux chatons qui lui soufflèrent au nez avant d'extraire Elf du tas.

Qu'est-ce que tu fabriques avec ce chaton ? lui lança Morris.

Moi ? Rien.

Tenant Elf dans sa gueule, Mungo regarda autour de lui, cherchant une cachette. Cette activité avait sur lui un effet relaxant ; il pouvait s'y adonner tout en retournant un problème dans sa tête. Il passa la pièce en revue. Pas le piano à queue – déjà fait. Idem pour le seau à charbon, le porte-parapluie, les cache-pots…

Pose-le tout de suite, ordonna Morris.

Quelle rabat-joie… Mais après tout, Mungo s'en fichait. Il n'avait pas si envie que ça de cacher Elf, alors il le laissa tomber.

Le chaton déguerpit vers le tiroir, s'efforçant de former des pensées hostiles à l'égard de son tortionnaire, mais il était trop petit et son esprit encore trop rudimentaire pour adresser des messages.

Le limier avait évoqué une enquête à Chesham, avant d'enchaîner sur les deux enfants – quelle aventure, celle-là ! S'il menait une enquête à Chesham, peut-être avait-elle un lien avec Morris ? Mungo se tourna vers la chatte, qui piquait un somme – merci pour l'aide ! Si elle n'avait pas directement assisté au meurtre, elle avait certainement vu le corps.

Tout excité, Mungo souleva une patte, la reposa, souleva l'autre, et ainsi de suite. Puis il recommença à faire les cent pas, tête baissée, comme s'il voulait enfoncer un… Minute ! Peut-être Morris avait-elle vu quelque chose sans savoir quoi. Absurde : qui pourrait assister à un meurtre sans en avoir conscience ?

Il trottina vers la chatte et la poussa du museau.

Réveille-toi !

Morris bougea et se roula plus étroitement en boule.

185

Réveille-toi, et réfléchis ! Est-ce que tu as vu commettre un meurtre ?

La chatte plissa les yeux.

Bien sûr que non ! J'ai vu quelqu'un allongé par terre, puis la femme est arrivée avec son chien.

Mungo se remit à marcher de long en large, regrettant de ne pas fumer le cigare. Il se serait planté devant la baie vitrée, en secouant pensivement sa cendre au-dessus de la rambarde. En fin de compte, Morris n'avait peut-être rien vu. Mais si c'était le cas ? Devait-il l'emmener au poste de police afin qu'elle témoigne ?

Il s'arrêta brusquement. Si le limier apercevait Morris, comment réagirait-il ?

Peut-être que...

Qu'avaient-ils à perdre ?

Rien du tout.

Mungo se laissa tomber sur le sol devant Morris.

Ecoute bien. Voilà ce qu'on va faire : Harry a ses habitudes dans un pub appelé l'Old Wine Shades – le Shades, pour faire court...

Je préférerais revoir mon pub à moi.

Cesse de pleurnicher, tu veux ? C'est déjà assez difficile comme ça.

Dora me manque.

Mungo soupira. Un jour, pensa-t-il, je me tirerai de cette maison de fous pour devenir chien errant.

Mais il savait qu'il n'en ferait rien : la nourriture était bonne ici, et les lits moelleux. Et puis, il y avait Elf et ses frères.

Le Shades, répéta-t-il.

31

Comment Sally Hawkins avait-elle pu croire qu'elle allait tromper son monde en substituant un imposteur à Morris ? Il fallait qu'elle soit aveugle, ou alors elle s'en fichait.

Attablé à l'intérieur du Black Cat, Jury attendait Wiggins en buvant sa bière et en pensant à Joey. Le vieux chien aurait démasqué Morris bis au premier coup d'œil. Il imagina ses amis du Jack and Hammer, en train de choisir un nom probablement absurde.

Soudain son portable fit entendre les premières notes de *Three Blind Mice*. Jury se dépêcha de le faire taire en prenant l'appel.

— Je me trouve dans un taxi, annonça Wiggins. Je serai bientôt là, mais je tenais à vous dire que M. Barnejee, l'épicier, s'était souvenu d'un détail. J'aime bien sa boutique. Très indienne.

— C'est sans doute parce que M. Banerjee est lui-même indien.

Jury surveillait Morris bis en parlant. Le chat sauta sur la table, fixant le téléphone plaqué contre son oreille.

— La prochaine fois, on fera une téléconférence, d'accord ?

— Une téléconférence ? Pourquoi ?

— Pardon, Wiggins. Ce n'est pas à vous que je m'adressais.

— Il y a quelqu'un avec vous ?

— Non. A tout de suite.

Morris bis avait entrepris de faire sa toilette. Une ruse. En réalité, il attendait que Jury éloigne le regard de sa bière et le téléphone de son oreille.

— A tout de suite, répéta Wiggins.

Jury referma le clapet de son portable et le reposa sur la table. Le chat cessa de se lécher la patte, considéra Jury, puis l'appareil. Il semblait réfléchir à la signification de la comptine qui lui tenait lieu de sonnerie quand David Cummins entra.

Jury lui trouva l'air tendu, et triste.

— Il m'avait semblé voir votre voiture dehors, dit Cummins en approchant.

— Oh ! Vous voulez parler du véhicule banalisé avec des impacts de balle sur le pare-brise ? Qu'est-ce qui a pu vous faire croire que c'était le mien ?

David rit, et son visage s'éclaira un peu.

— Asseyez-vous, reprit Jury. Vous avez une mine affreuse. Vous voulez boire quelque chose ? J'attends mon sergent.

Cummins s'assit, tira une cigarette d'un paquet de Rothman et leva un regard interrogatif vers Jury, qui garda une expression neutre.

— Si vous voulez, je peux vous en allumer une, dit-il. Comme Paul Henreid.

Avec un sourire las, Cummins tourna ensuite la tête vers le comptoir, cherchant Sally Hawkins. Ne la voyant pas, il haussa les épaules.

— Je me demandais, est-ce que vous pourriez passer à la maison ? Chris voudrait vous parler. Elle a eu une idée… Mais elle vous racontera ça elle-même.

— D'accord, répondit Jury, intrigué. Nous passerons dès que le sergent Wiggins sera là. D'ici vingt-cinq, trente minutes ?

Cummins se leva.

— Merci.

Il esquissa un salut de la main avant de sortir.

Dix minutes plus tard, Morris bis remontait sur le bord de la fenêtre, tendant le cou pour apercevoir un nouvel arrivant.

Wiggins s'arrêta sur le seuil et promena son regard autour de lui, plissant les yeux comme si la salle était pleine de monde et de fumée. A part Jury, il n'y avait que trois clients assis à une table et un type complètement imbibé, accoudé au comptoir.

— Ah, vous voilà, patron.

Wiggins tira une chaise. Morris bis, qui venait de se l'approprier, souffla et en sauta.

— En voilà un gentil minou !

— Je ne vous ai pas parlé de Morris ? Je pense que dans une vie antérieure, ce chat a appartenu à Sweeney Todd, le diabolique barbier de Fleet Street. Morris déteste tout le monde, sans exception.

— Il a dû être victime de mauvais traitements, petit.

— S'il continue comme ça, il va l'être à nouveau. Une bière ?

Le Wiggins à l'ancienne mode était davantage porté sur la limonade.

— Un peu tôt pour moi.

— Allons donc ! Il est plus de cinq heures.

Wiggins fit osciller sa main, tentant d'exprimer une idée que Jury ne parvint pas à décrypter. Puis il pêcha son carnet dans sa poche intérieure et l'ouvrit.

— L'épicier a réfléchi depuis que vous lui avez montré la photo. Il s'est rappelé que Kate Banks était entrée plusieurs fois dans sa boutique durant l'année écoulée, pour acheter des produits de base – vous savez, du pain, du lait, du beurre. Très gentille, d'après lui, mais pas du genre à bavarder. Mais un jour, elle a pris un bocal de cornichons au curry. Quand il lui a dit que c'étaient ses préférés, elle a répondu qu'une « amie » les aimait beaucoup aussi. Il en a déduit qu'elle faisait les courses pour quelqu'un. Ce n'est pas grand-chose, mais ça veut dire que quelqu'un dans le voisinage la connaissait bien.

— Et ce quelqu'un pourrait bien attendre ses sept cent cinquante livres. Là, je m'avance un peu. Il est possible que cette somme ait été remise à Kate par le client avec lequel elle avait passé la soirée… à moins qu'elle ne l'ait transportée sur elle pour la donner à quelqu'un. A votre avis, dans quel rayon réside la clientèle régulière d'une boutique telle que celle-ci ? Je ne pense pas qu'il soit très étendu.

— Je dirais, cent cinquante, deux cents mètres maximum. Il y a une autre épicerie trois rues plus loin et une supérette un peu plus au nord. M. Banerjee dit que Kate Banks arrivait toujours de la même direction, le nord. A deux reprises, il l'a même vue traverser St Bride Street pour venir chez lui.

Jury fit tourner son verre entre ses mains.

— On dirait bien que Kate veillait sur une parente ou une amie. Est-ce que quelqu'un a identifié le corps ?

— Oui, Una Upshur, mais elle n'est pas de la famille. Kate était assez seule, dirait-on.

— Peut-être la personne pour qui elle faisait les courses va-t-elle se manifester auprès de la police. Venez, Wiggins. L'inspecteur-chef Cummins et sa femme nous attendent.

Jury finit son verre. Quand Wiggins se leva, Morris bis surgit du néant et se faufila entre ses jambes, manquant de le faire tomber.

— Saloperie de chat ! s'exclama-t-il en se cramponnant au dossier de sa chaise.

32

Une fois le thé servi, Chris Cummins adressa un sourire rayonnant à Jury et Wiggins, comme si elle les devinait aussi fiers de sa collection qu'elle-même.

Cela semblait être le cas du sergent Wiggins, qui manifestait la même fascination devant son exposition de chaussures que devant celle de la boutique Jimmy Choo. Il n'aurait pas montré une attirance plus grande pour la collection de racines, de poudres et de parties d'animaux séchées d'un apothicaire. Pour le moment, il étudiait une sandale à semelle rouge, avec un talon aussi haut qu'un pic montagneux, qu'il avait prise dans son box. L'originalité du modèle résidait dans les lanières vert pré entrecroisées qui montaient jusqu'à la cheville.

— Sergent, souffla Jury, sachant qu'il n'avait aucune chance d'arracher Wiggins à sa transe.

Etait-ce pour cela que Chris Cummins souhaitait les voir, pour parler chaussures ?

La jeune femme coupa court aux interrogations de Jury en déclarant :

— Christian Louboutin. Mon styliste préféré.

Elle leva le bras et cueillit sur une étagère un escarpin de satin bleu, puis son frère jumeau. Retournant les deux chaussures, elle les montra à Wiggins.

— Des semelles rouges... Comme toujours, chez Louboutin.

191

— Je me demande ce qu'on ressent à marcher avec, s'interrogea Wiggins.

— Ça, répondit Chris avec bonne humeur, ce n'est pas moi qui peux vous le dire.

Apparemment inconscient de la boulette qu'il venait de commettre, Wiggins tira à lui une autre paire, à l'extrémité de l'étagère inférieure. De simples chaussures en cuir noir verni, nettement moins attrayantes que les autres.

— Oh non, pas celles-ci ! Elles sont de Kate Spade. Je n'ai jamais aimé ce qu'elle fait. Sans intérêt. Désolé, chéri, ajouta-t-elle à l'intention de son mari.

Puis elle se retourna vers Wiggins, avec qui elle semblait avoir établi une sorte de complicité, et expliqua :

— David les a achetées par erreur. Je l'avais envoyé chez Casadei, et il est revenu avec ça.

Elle repoussa négligemment les intruses.

David Cummins ne parut pas apprécier le ton moqueur de sa femme. Jury crut même le voir pâlir.

Wiggins perçut le malaise et détourna la conversation.

— Vous avez été en poste à Londres, je crois ? demanda-t-il à Cummins.

— Oui, à South Kensington. J'étais simple inspecteur à l'époque. J'ai été promu inspecteur-chef en arrivant ici.

Wiggins soupira et déclara d'un air sombre :

— Garde-toi de formuler des vœux.

Jury tiqua.

— Ça veut dire quoi, au juste ?

— Je pensais aux responsabilités supplémentaires, c'est tout. Je l'ai vécu, vous savez.

— Si tu en venais au fait, chérie ? reprit Cummins tandis que Jury levait les yeux au plafond. Chris adore ménager ses effets, expliqua-t-il aux deux hommes.

— C'est plus fort que moi.

Chris approcha son fauteuil de l'extrémité de l'étagère, tendit le bras et attrapa une chaussure de forme arrondie en serpent marron foncé.

192

— Manolo Blahnik ! annonça-t-elle — on aurait dit qu'elle avait attendu toute sa vie de pouvoir prononcer ce nom.

Devant l'expression atone de Wiggins, Jury intervint :

— Manolo Blahnik, le célèbre créateur de chaussures.

Cette précision lui valut un regard approbateur de Chris, tandis que Wiggins semblait nourrir des doutes sur la santé mentale de son supérieur.

— Ma voisine en possède une paire, expliqua Jury. Elle m'en a parlé en long et en large.

Carole-Anne était intarissable quand il s'agissait de sa garde-robe.

— Mais j'ai peur de ne pas vous suivre, madame Cummins, reprit Jury.

— Je vous en prie, appelez-moi Chris. Moi qui croyais avoir affaire à deux fins limiers ! Chéri, donne-nous la photo, tu veux ?

Cummins prit dans le dossier Mariah Cox un cliché qu'il tendit à sa femme.

— Vous voyez cette marque, là ? dit Chris, désignant l'empreinte d'une chaussure, ou plutôt de son talon, dans la terre et les feuilles. Eh bien, elle pourrait avoir été faite avec ceci, ajouta-t-elle en montrant la chaussure de Manolo Blahnik.

David Cummins avait sorti une loupe qu'il tendit sans un mot à Jury.

Jury compara l'empreinte avec le talon, puis il passa photo et loupe à Wiggins.

— On a réalisé un moulage ? demanda-t-il à Cummins.

L'inspecteur-chef acquiesça.

— Si c'est bien une chaussure, comment se fait-il que l'empreinte soit tronquée ?

— La semelle a dû porter sur une surface dure. A cet endroit, il est presque impossible de distinguer la pierre du sol.

— Que dit la police scientifique ?

193

— Qu'il est possible qu'il s'agisse d'une empreinte de talon. En réalité, ils sèchent. Ils se demandent si la marque ne pourrait pas provenir d'un engin de chantier.

Chris poussa un soupir exaspéré.

— C'est l'empreinte d'une Manolo Blahnik, je me tue à vous le dire.

Jury n'était pas entièrement convaincu, pourtant il félicita la jeune femme. Devant son air radieux, il se retint d'ajouter qu'on aurait pu avancer au moins une dizaine d'autres explications à l'empreinte sur la photo. Toutefois, il était impressionné par son sens de l'observation.

— Vous pensez que l'assassin était une femme ? l'interrogea-t-il.

— Les femmes ont de multiples talents, commissaire, répondit Chris Cummins d'un ton lourd d'ironie, que ce soit pour le ménage, la pâtisserie ou le meurtre. Vous avez bien résumé mon opinion : une femme chaussée de Manolo Blahnik.

Son mari intervint :

— Ce n'est pas aussi net, Chris...

— Puis-je vous emprunter ceci ? demanda Jury, montrant la chaussure.

— Bien sûr. Je me doutais que cette collection servirait un jour à quelque chose, ajouta-t-elle, promenant un regard satisfait sur les rayonnages.

— Où faut-il chercher, à votre avis ? A Londres ?

— Vous ne risquez pas d'acheter ce genre de chaussures à Amersham. Si j'étais vous, je commencerais par Sloane Street. C'est là que se trouve la boutique Manolo Blahnik. Sinon, avec beaucoup de chance, on peut trouver des modèles dégriffés. Moi-même, j'en ai dégoté plusieurs paires dans une boutique de Kensington High Street, Design Edge.

— Vous faites du shopping à Londres ?

— Oh, vous voulez parler de ça ?

Chris donna une tape sur l'accoudoir de son fauteuil et sourit.

— Je ne me déplace pas facilement, mais Davey va à Londres quand il a des jours de congé. Rappelez-vous, c'est lui qui m'a rapporté les Kate Spade.

David se rembrunit de nouveau. Visiblement, il trouvait la plaisanterie éculée.

Chris approcha son fauteuil de la table et y prit un livre grand format dont la couverture glacée montrait une paire d'escarpins vert émeraude qui semblaient avoir été négligemment ôtés : l'un d'eux était renversé sur le côté.

Jury jugea le titre – *Chaussuremania* – un peu racoleur.

— C'est une allusion à la maladie dont vous souffrez ? demanda-t-il à Chris.

— Bien vu, commissaire ! Davey me l'a acheté hier chez Waterstone's. Un livre exquis.

— Mais pas autant que la réalité, remarqua Jury en promenant son regard sur le mur de chaussures. Merci pour le thé, ajouta-t-il en se levant, et pour nous avoir fait part de vos réflexions. Nous allons fouiller de ce côté.

Chris soupira.

— On dirait que ma théorie est bonne pour les oubliettes.

— Pas du tout. On y va, Wiggins ?

Le sergent semblait toujours absorbé dans la contemplation des chaussures.

— Qu'est-ce que vous pensez de cette histoire de talon, Wiggins ? Vous croyez que c'est juste un effet de son obsession ?

— Cette collection, ça représente beaucoup d'argent. J'ai compté, il y a quatre-vingts paires. Mettons que chacune vaille entre cinq cents et mille livres ; le total avoisine les soixante mille.

— Vous les avez comptées ? Je pensais que vous les admiriez.

— Dites pas de bêtises, chef. Ça carbure tout le temps, là-dedans, affirma Wiggins en désignant sa tête. On va où, maintenant ?

Wiggins fit ronfler le moteur pour tester l'accélération puis relâcha la pédale.

— Chez les Rexroth, le couple qui recevait le soir du premier meurtre. Leur maison se trouve sur cette route, un peu après le pub.

— Pour en revenir aux chaussures… commença Wiggins.

Jury leva les yeux au ciel. Oh non, pas encore !

— J'ai une copine qui serait sensationnelle avec la paire d'escarpins à paillettes aux pieds.

Jury ignorait que Wiggins avait une « copine », surtout une copine sensationnelle en escarpins.

— Un inspecteur-chef ne gagne pas autant de fric, reprit Wiggins.

— En effet. Mais apparemment, la famille de sa femme est pleine aux as.

— Oh !

Wiggins se renfrogna et fit démarrer la voiture.

33

Ils trouvèrent Kit Rexroth seule chez elle. Tip, son mari, était à la City, en train de s'adonner aux mystérieuses activités financières qui lui procuraient sa fortune.

Wiggins colla son mandat sous les yeux de Kit, si près qu'elle aurait pu l'embrasser.

— Vous avez d'autres questions, commissaire ? Nous vous avons dit tout ce que nous savions l'autre jour. Mais asseyez-vous, je vous prie. Du thé ?

La question était à peine posée que Wiggins s'en empara, répondant que oui, volontiers.

— Ne vous dérangez pas pour nous, dit Jury, s'attirant un regard de reproche de la part de son sergent.

— Cela ne me dérange pas, ce n'est pas moi qui le prépare.

Kit Rexroth saisit une clochette sur la table entre eux et la fit tinter.

Jury pensait que ce genre d'accessoire relevait du folklore, mais apparemment, il avait tort. Une domestique entra aussitôt, à croire qu'elle attendait derrière la porte. Kit lui demanda d'apporter du thé ainsi que « ces petits gâteaux dont la cuisinière a toujours une réserve ».

Une esquisse de révérence, et la bonne sortit.

La parfaite représentation de la demeure campagnarde anglaise et de ses usages… Mais bien sûr, ce n'était qu'une illusion. Dans ce monde idéal, les domestiques étaient censés dissimuler leurs humeurs, tandis que la bonne qu'ils venaient de voir donnait l'impression de sucer un citron. Qui sait si elle n'allait pas cracher dans la théière ?

— Eh bien, commissaire, qu'est-ce qui vous amène ?

Le ton de la voix ne trahissait aucune hostilité, juste une curiosité sincère.

— Votre réception, madame Rexroth…

La perplexité se peignit sur le visage de Kit Rexroth.

— Celle que nous donnions le soir du meurtre ? Vous allez me demander si j'ai vu cette jeune femme, si elle était présente ?

— Vous avez déjà répondu à cette question. C'est d'un autre invité que je souhaite vous parler : Harry Johnson.

— Harry Johnson, dites-vous ? Je ne crois pas… Comme vous le savez, il y avait beaucoup de monde à cette soirée, des amis de mon mari, voire des amis d'amis.

— Toutefois, vous avez affirmé que la victime n'était pas là.

— Plus exactement, j'ai dit que si elle était venue, je l'aurais remarquée. Ce n'était pas une femme qui passait inaperçue. Mais ce Harry Johnson…

— Son nom figurait sur votre liste. A peu près aussi grand que moi, des cheveux très blonds, des yeux très bleus. Selon lui, votre mari aurait l'habitude de déjeuner dans un pub de la City, l'Old Wine Shades.

Kit se caressa pensivement le menton, les yeux à demi fermés.

— Je poserai la question à Tip.

— Johnson dit qu'il était présent et qu'il vous connaît, quoique de loin.

Pourquoi Harry aurait-il menti, alors qu'il était facile de vérifier ses propos ? Peut-être parce que ce n'était pas si facile que cela, justement. A l'en croire, il avait passé à peine une heure chez les Rexroth. Compte tenu du nombre important d'invités, il était plausible que ses hôtes ne l'aient pas vu. L'insouciance du vieux couple s'accompagnait d'un certain flou dans la pensée. Et en matière de flou, nul ne pouvait égaler Harry Johnson.

Le thé fut servi, et Wiggins but sa tasse de bon cœur, en dépit des trois qui l'avaient précédée. Ils prirent congé aussitôt après.

— Harry Johnson s'est-il rendu à cette soirée, oui ou non ? demanda Jury, davantage pour lui-même que pour Wiggins.

Ils étaient attablés au Black Cat, en train de manger le genre de choses que l'on sert dans les pubs.

— Tout ce qu'on sait, c'est qu'il était invité, répondit Wiggins. Mais ce type est plus glissant qu'une anguille.

Jury eut un rire amer.

— Je ne vous le fais pas dire ! Une anguille qui aime raconter des histoires, en plus.

Il repensa soudain au conte gothique de Winterhaus, ce récit dans le récit dans le récit. Melrose Plant avait fait remarquer un jour que tous ces cercles concentriques s'éloignaient un peu plus du centre chaque fois qu'une nouvelle pierre heurtait la surface de l'histoire de Harry.

— Plant n'est pas persuadé que le récit à tiroirs imaginé par Harry ait un rapport avec le meurtre de Rosa Paston.

Wiggins portait une frite molle à sa bouche quand il interrompit son geste.

— Il n'a peut-être pas tort, lâcha-t-il après quelques secondes de réflexion.

De saisissement, Jury laissa tomber son couteau sur le bord de son assiette.

— Ne dites pas de conneries, Wiggins !

Puis il retourna à son sandwich au fromage et aux pickles Branston.

— S'il n'a pas assisté à cette soirée, pourquoi prétendre le contraire ? Pour faire porter les soupçons sur lui ?

— Je n'en serais pas étonné. Il cherche à me pousser à bout, pour voir comment je vais me dépêtrer de cette affaire.

— Et pour ça, il irait jusqu'à vous faire croire qu'il est impliqué dans le meurtre de Mariah Cox ? Ma parole, ce type est cinglé !

Jury sourit.

— Ça, ça ne fait aucun doute, Wiggins.

Mungo sortit de la cuisine et regagna le salon de musique en trottinant.

La voie est libre, annonça-t-il. Allons dîner ; on a une tonne de trucs à faire.

Morris le suivit avec réticence. Elle n'aimait pas faire une tonne de trucs, surtout quand les « trucs » en question se révélaient compliqués.

Dépêche-toi, la houspilla Mungo. Mme Tobias risque de revenir d'une minute à l'autre.

Morris accéléra l'allure.

Sur le comptoir en granit de la cuisine était alignée une profusion de petits paquets et boîtes blancs, tous ouverts. Un tabouret était commodément placé devant cette collation froide. Il y avait du hareng, deux sortes de fromages, des tranches de jambon de Westphalie fines comme de la dentelle, du saumon fumé, un saumon sauvage d'Alaska (ou ce qu'il en restait), de la saucisse d'été tranchée.

Morris se mit à piétiner sur place.

D'où vient toute cette nourriture ? demanda-t-elle.

Du traiteur chic de Sloane Street. Il faut allonger une semaine de salaire rien que pour passer la porte de la boutique. Mais Harry est riche ; il s'en fiche. Ne reste pas plantée là, monte sur le tabouret.

Mungo se réjouissait sincèrement de l'agilité de la chatte. Lui-même détestait faire des bonds pour atteindre le comptoir.

Tel un éventail qui se déplie, Morris se hissa sur le comptoir d'un seul mouvement, sans passer par le tabouret. C'était incroyable ce que les chats arrivaient à faire – se coucher les pattes en rond, sauter sur une table depuis le sol...

Vas-y, balance-moi des trucs. Je voudrais de la saucisse, du jambon et aussi un peu de saumon.

Sur la pointe des pattes, Morris remonta toute la rangée de paquets, s'arrêtant çà et là pour renifler.

Ta saucisse, tu la veux comment ? Fumée ou non ?

N'importe, je ne suis pas difficile. Ne t'embête pas avec les boîtes, elles contiennent surtout des salades.

Celle-ci est au foie.

La chatte glissa la patte dans l'emballage et ramena une bouchée de saucisse.

Miam !

Eh ! C'est ma saucisse que tu manges ?

Oh pardon !

Elle fit glisser deux tranches de saucisse au bord du comptoir. Mungo les rattrapa dans sa gueule.

Bien joué ! apprécia Morris.

Mungo était de son avis. Il mastiqua tout en repassant les détails de son plan.

Délicieux, ce hareng. Tiens, goûte !

Un morceau de hareng fut poussé dans le vide ; Mungo le rabattit vers le sol d'un coup de patte.

Ils mangèrent en silence pendant une minute, puis les oreilles du chien se dressèrent.

On ferait bien d'y aller, je crois que je l'entends... Qu'est-ce que tu fabriques ?

Je range un peu, pour qu'elle ne se doute de rien.

T'inquiète, elle accusera Schrödinger.

Des pas résonnèrent dans l'escalier.

Vite, filons !

Morris se laissa glisser au sol d'un mouvement fluide – sans tenir compte du tabouret, remarqua Mungo avec envie.

Ils jaillirent de la cuisine et traversèrent la salle à manger juste avant que Mme Tobias n'apparaisse, Schrödinger marchant sur ses talons.

La porte de la cuisine se referma derrière elles.

Soudain un grand cri s'éleva :

— Regarde ce que tu as fait !

Caché sous le canapé du salon de musique avec Morris, Mungo eut le plaisir de voir Schrödinger expulsée de la cuisine dans un concert de feulements. C'était presque aussi drôle que de regarder Jasper tomber sur les fesses.

Puis il passa aux choses sérieuses :

Harry va bientôt rentrer. Ce soir, il va prendre la voiture pour aller à l'Old Wine Shades. Le plan, c'est que tu y montes...

Pourquoi ?

Tu verras bien. La vitre côté passager est bloquée à mi-hauteur. Une fois entrée, va à l'arrière et couche-toi sur le sol. Il ne remarquera rien quand il montera avec moi.

Tu ne m'as toujours pas dit pourquoi on doit aller là-bas.

Parce qu'avec un peu de chance, le limier y sera aussi.

Comment vais-je pouvoir sortir de la maison sans que Harry me voie ?

C'est simple. Quand il entrera, j'aboierai et je sauterai partout, comme si j'étais content de le revoir – pas de danger que ça arrive ! –, histoire de faire diversion. Tout ce que tu auras à faire, c'est te coller contre le mur derrière la porte et te faufiler dehors quand il l'aura ouverte. Même s'il t'aperçoit, il croira que c'est Schrödinger. Elle a l'habitude de se sauver.

En tirant sur la bande Velcro, ils avaient réussi à enlever son collier bleu à Morris, si bien que Mme Tobias était à présent incapable de la distinguer de l'autre chatte. Quant à Harry, c'est à peine s'il était conscient de son existence. Morris aurait pu se balader avec l'Union Jack accroché dans le dos, personne ne l'aurait remarqué. Mme Tobias était bien trop absorbée par ses tartes et son saumon poché, et Harry... Eh bien, Harry ne se préoccupait que de lui-même.

Ils durent patienter encore une heure dans le salon, assis côte à côte sur une banquette de fenêtre.

Enfin, la Jaguar se gara le long du trottoir. Il ne faisait pas encore nuit, mais presque. La lumière déclinait, devenait plus bleue.

En position ! ordonna Mungo.

Ils sautèrent de la banquette, se ruèrent vers le vestibule, Mungo fermement planté devant la porte, Morris plaquée contre le mur. Quand la porte s'ouvrit, Mungo se mit à pousser des aboiements tonitruants tandis que la chatte se faisait aussi plate qu'une limande afin de la contourner et de se glisser dehors. Elle n'aperçut de Harry qu'une chaussure en cuir de veau brun clair avec un pied à l'intérieur.

Ouah ! Ouah !

— Eh bien, qu'est-ce qui te prend ?

Tu serais bien étonné si tu l'apprenais…

Bien sûr, Harry ne capta pas le message, parce qu'il appartenait à l'espèce humaine (même si Mungo avait parfois des doutes à ce sujet). Mungo courut ensuite au salon et sauta sur la banquette. Morris n'était pas encore dans la voiture, mais elle s'apprêtait à y entrer. Premier essai… Raté ! Deuxième essai… Oups ! Presque. Encore un effort. Morris se ramassa sur elle-même comme savent le faire les chats, tous ses muscles tendus, jusqu'au plus minuscule, et calcula son élan… Bravo ! Ses deux pattes agrippèrent le rebord de la vitre, et elle se coula à l'intérieur. S'il l'avait pu, Mungo aurait applaudi.

Harry revint avec la laisse ridicule que Mungo l'autorisait parfois à accrocher à son collier. S'il s'imaginait le contrôler avec ça ! Mungo dégringola de la banquette et gambada vers son maître, suivant les règles de la bienséance canine, du moins telles que les conçoivent les humains. Toutefois, il se retint d'agiter la queue. Pas question de tomber aussi bas.

Ils sortirent et se dirigèrent vers la voiture. Sitôt la portière ouverte, Mungo sauta sur la banquette arrière et aperçut Morris, paisiblement couchée sur le sol, les pattes bien rangées contre la poitrine.

C'est encore à moi de tout faire, pensa-t-il.

Puis il adressa un message à la chatte :

Quand on sera arrivés, tu referas la même chose, mais à l'envers. Tu attendras qu'on soit descendus pour sortir par la fenêtre et nous suivre à l'intérieur.

Aucune réponse.

Elle ne dormait quand même pas, si ?

L'Old Wine Shades se trouvait dans la City, pourtant Harry Johnson le fréquentait aussi assidûment que s'il s'était agi d'un pub de quartier. Ce soir-là, le trajet lui prit moins de quinze minutes, grâce à son habitude de laisser l'épaisseur d'une feuille de papier entre sa voiture et le reste du monde – autres véhicules, piétons, bordures de trottoirs, chats, chiens. Mungo était toujours étonné d'arriver en vie. La Jaguar se glissa entre l'Embankment et la Tamise tel le curseur d'une fermeture éclair, débaula dans King William Street, puis dans Arthur Street.

Harry gara la voiture sur un emplacement interdit tout à côté du pub, en vertu du droit divin qui l'autorisait à stationner où bon lui semblait.

Mungo répéta son message à Morris : Attends que nous soyons descendus.

Tu me l'as déjà dit.

Le ton était agressif. Mungo aurait apprécié un peu de gratitude.

A l'intérieur, sitôt installé sur son tabouret préféré, Harry se lança dans une conversation œnologique avec Trevor, le barman.

Mungo ne quittait pas la porte des yeux. Où était passée cette fichue chatte ? A tous les coups, elle n'avait pas été assez rapide et s'était retrouvée coincée dehors. Quel boulet !

Trevor s'éloigna, revint avec une bouteille, et les deux hommes gaspillèrent encore de précieuses minutes à disserter sur celle-ci.

O Ennui, je te salue !

Et le limier, où était-il ? Là ! En train de franchir la porte, suivi de Morris. Mais le limier ne la vit pas. Incroyable ! Il était de la police ; il aurait dû s'apercevoir qu'un chat le filait. Mungo commençait à se demander s'il n'avait pas placé de trop grands espoirs en lui.

— Salut Harry... et Mungo.

Jury jeta son manteau sur un tabouret et se pencha afin de caresser la tête de Mungo. C'est alors qu'il vit Morris.

— Qu'est-ce que votre chat fabrique ici, Harry ? dit-il dans un éclat de rire.

Harry baissa les yeux.

— Ce n'est pas Schrödinger, affirma-t-il.

Bien ! pensa Mungo. Tu as raison, ce n'est pas elle.

Le pli qui barrait le front de Harry se creusa.

— Enfin, je ne crois pas, ajouta-t-il.

Pas ça ! Faites-moi confiance, Harry est incapable de reconnaître son propre chat.

— Schrödinger, reprit Jury, riant de plus belle. Le chat à la fois mort et vivant.

Noooon... Ils ne vont pas remettre ça ?

— Comment diable es-tu arrivée ici, Shoe ? fit Harry, perplexe.

Non, non, non, non !

Assise aux pieds de Jury, Morris le soumettait à un feu roulant de messages, espérant que son insistance finirait par pénétrer la masse compacte de son cerveau humain. Je ne suis pas Schrödinger. Je ne suis pas Shoe. Je suis Morris, Morris, Morris du Black Cat, à Chesham...

— C'est quoi, ce truc ? demanda Jury après avoir goûté le vin que Trevor venait de lui servir. C'est bon.

Trevor, l'expert, leva les yeux au plafond et dit :

— Surprise, commissaire, surprise...

Mungo s'assit à côté de Morris et joignit ses efforts aux siens : Regarde-la, mais regarde-la ! Ce n'est pas Schrö-dinger, ce n'est pas Shoe, non, non, non, c'est Morris, Mor-risss, MORRIS, M-O-R-R-I-S...

Harry, ayant complètement oublié la chatte, s'était une fois de plus embarqué dans un discours à la louange de la dive bouteille.

— Du nouveau à propos de vos deux meurtres ? demanda-t-il soudain.

Dressé sur ses pattes arrière, Mungo prit appui sur le bord du tabouret de Jury. Ce n'est pas Shoe, je te dis... Ecoute donc ! Le Black Cat, le Black Cat, le pub de Chesham...

Morris renchérit : Black Cat, Black Cat, Dora, le chat de Dora...

— Qu'est-ce qui arrive à Mungo ? demanda Jury. Il a l'air préoccupé.

Tandis qu'il caressait la tête du chien, la voisine de Harry se pencha vers la chatte et minauda :

— Oh le joli minou ! Il s'appelle comment ?

— Schrödinger. C'est une chatte.

Pas Schrödinger, Morris. Mor-ris !

— Quel drôle de nom ! s'exclama la femme. Ça veut dire quoi ?

Jury devina que Harry testait la pointe de chacun de ses mots avant de les lancer au visage de l'importune, tel un bouquet de fléchettes.

— Ça veut dire « chat » en physique quantique, répondit-il sans la regarder.

— Pas très liant, à ce que je vois !

Avec un air pincé, la femme quitta son tabouret pour une table.

Une fois débarrassé d'elle, Harry relança la conversation :

— Si vous ne vous dépêchez pas de l'arrêter, vous allez avoir un nouveau Jack l'Eventreur sur les bras. La victime a-t-elle « subi des sévices sexuels », suivant la formule consacrée ?

— Vous vous imaginez que je vais vous donner des détails ?

Mungo décrivait des cercles aux pieds de Jury tandis que Morris semblait vouloir escalader sa jambe. Un instant, le

207

chien fut même tenté d'aboyer. Quand est-ce que le limier allait enfin comprendre ?

— Et pourquoi pas ? répliqua Harry. Les tabloïds en feront bientôt leurs choux gras.

Mungo se demanda comment on épelait « Black Cat ». Morris était censée hypnotiser le limier, mais elle paraissait plutôt dormir debout. Elle aurait quand même pu faire un effort !

Soudain Jury regarda Morris, puis Mungo, qui lui rendit son regard. Le chien eut l'impression de voir tourner les rouages de son esprit : Un chat noir... et Mungo qui semble vouloir dire quelque chose. *Clic*. Une seconde ! Le pub, le Black Cat... *Clic*. Dora. Le chat de Dora... *Clic, clic, clic*. Nom de Dieu ! Et si c'était...

Oui, oui, oui, OUI !

A présent, le limier avait l'air de réfléchir intensément. Mungo attendit qu'il prononce les mots qui allaient rendre Morris à Dora.

Enfin, il ouvrit la bouche :

— Ça demande beaucoup de boulot, un chien ?

Mungo s'affala sous le tabouret, les yeux cachés derrière sa patte.

35

Ce foutu feu avait apparemment décidé de ne plus jamais passer au vert.

J'en ai ma claque de vous tous. Vous croyez que je vais changer de couleur rien que pour vous faire plaisir ? Eh bien, vous pouvez toujours vous brosser !

Jury frappa le volant du poing. Il perdait la boule ou quoi ? Voilà qu'il s'imaginait lire les pensées d'un feu de signalisation. D'ici peu, ce serait la cabine téléphonique à l'air dépressif, là-bas, qui lui adresserait des messages.

Cela lui rappela Mungo et Schrödinger.

Le feu finit par passer au vert (à contrecœur ?), et il tourna dans Upper Street. Ces deux-là avaient tenté de lui dire quelque chose, sans aucun doute. Cela ne l'étonnait pas de Mungo, mais du chat noir ?

Le chat noir…

Un chat qui semblait s'entendre à merveille avec Mungo. On aurait dit deux conspirateurs.

Toujours plongé dans ses pensées, il gara la voiture devant son immeuble, verrouilla les portières et monta les marches deux à deux. Ce soir-là il n'avait pas envie de bavarder avec Mme Wassermann et espérait qu'elle ne l'avait pas vu entrer.

Il regardait la lune par la fenêtre, réfléchissant.

Le chat noir n'était pas Schrödinger.

Schrödinger et Mungo s'entendaient comme chien et chat, à en croire Harry, tandis que ces deux-là… Ils paraissaient sur la même longueur d'onde.

Ce n'était pas le chat de Harry.

C'était quoi, alors ? Un chat errant ? Ridicule. Comme si Harry Johnson allait introduire un chat errant à l'Old Wine Shades…

Jury savait où le menait ce raisonnement. Harry était allé à Chesham. Harry était allé au Black Cat. Et Harry aurait volé la sébile d'un mendiant aveugle pour servir ses desseins.

Justement, quels étaient-ils, ses desseins ? A quoi le chat de Dora pouvait-il lui être utile ?

Il fut tenté d'aller à Belgravia et de demander à Harry de lui donner le chat. Si ce n'était pas le sien, pourquoi aurait-il refusé ?

A cet endroit de ses réflexions, on frappa à la porte.

— Entrez ! cria-t-il.

Telle une apparition céleste, Carole-Anne se matérialisa dans l'encadrement de la porte. Sa chevelure flamboyait comme si la lune se trouvait juste dans son dos. Cette clarté surnaturelle provenait en réalité de l'applique du palier. Il était déjà difficile de garder la tête froide face à Carole-Anne toutes lumières éteintes, mais ainsi éclairée, elle devenait purement irrésistible.

— Tu viens ? On a un rancard, tu te rappelles ?

Jury avait oublié, et cela devait se lire sur son visage car Carole-Anne poussa un soupir tragique. Elle jeta un coup d'œil à sa petite montre-bracelet.

— Bientôt dix heures. Je trouve ton oubli vexant.

— Il le serait s'il s'agissait d'un oubli, ce qui n'est pas le cas. Nous n'avions pas rendez-vous.

— Si. Pour boire un verre au Mucky Duck.

Jury réprima un sourire.

— Ça non plus, je ne l'aurais pas oublié. Je ne peux pas croire que tu sois tombée aussi bas : inventer un rendez-vous… Et éloigne-toi de cette porte, s'il te plaît. La lumière me fait mal aux yeux.

Boudeuse, elle s'avança vers l'intérieur de la pièce.

Là encore, le spectacle valait le coup d'œil : une robe qui passait du bleu turquoise au vert marin au gré de ses mouvements, un gloss nacré donnant l'illusion que l'océan venait de déposer un baiser sur ses lèvres, des pendants d'oreilles longs et fins qui jetaient des éclats de lumière tremblants.

— Moi, inventer un rendez-vous ? dit-elle, scandalisée. Franchement…

Elle se laissa tomber sur le sofa, prit un miroir de poche dans son sac et s'examina dedans. Apparemment, elle n'y vit rien de choquant car elle le referma d'un coup sec et reprit :

— Une amie à toi a appelé.

Elle désigna le téléphone comme si l'amie en question était enfermée à l'intérieur.

— Et… ?

— Quoi ?

— Cette amie, c'était qui ?

— Qu'est-ce que j'en sais ?

Après le miroir, elle sortit une lime de son sac et entreprit de se faire les ongles.

— C'est quand même toi qui as pris le message.

— Une certaine… Fiona ? Felicia ?

— Phyllis ?

— Possible. Bon, on y va ?

Ayant rangé la lime, elle se leva et passa la main sur une étagère vierge de poussière.

— Phyllis voulait que je la rappelle ?

Le Dr Phyllis Nancy était la plus compétente, la plus fiable et la plus arrangeante de tous les médecins légistes, pathologistes et coroners exerçant dans les îles Britanniques. Quand Phyllis promettait un compte-rendu d'autopsie à Jury, il était certain de l'avoir à l'heure dite. On aurait pu régler sur elle l'horloge de l'Observatoire royal de Greenwich.

Jury était en train d'enfiler sa veste, résigné à terminer la soirée au Mucky Duck.

— Pas exactement.

— Et quelle était la raison de son appel, approximativement ?

Carole-Anne bâilla d'un air indifférent.

— Un dîner. Ou un déjeuner, je ne sais plus. Tu avais convenu d'un rendez-vous avec elle, peut-être ? Ou pas. Je n'ai pas tout compris. Quoi qu'il en soit, elle voulait s'assurer que tu n'avais pas oublié.

Ils se trouvaient à présent dans l'escalier. Carole-Anne portait ses sandales Manolo Blahnik – celles des grandes occasions, Jury en aurait mis sa main à couper. Le talon en était moins massif que celui du modèle que leur avait montré Chris Cummins.

— Elle était, ajouta Carole-Anne, poursuivant son analyse critique de l'appel de Phyllis, aussi évasive que toi.

Le Mucky Duck – le « Canard boueux » – méritait bien son nom, malgré l'absence de palmipède : l'atmosphère de la salle était imprégnée de fumée et d'effluves de bière.

Tous les hommes reluquèrent Carole-Anne quand elle entra, espérant probablement que Jury était son père. Elle s'assit à une table et réclama une pinte de Bass.

— Un demi serait plus féminin, remarqua Jury, admirant secrètement son mépris des préjugés.

— Pinte ou demi, tu vas le prendre en pleine figure si tu ne me lâches pas.

— Tu es bien désagréable, ce soir.

— Tu le serais tout autant si la personne avec qui tu avais rancard t'avait fait l'affront de l'oublier.

Le miroir jaillit de nouveau de son sac, et elle reprit son inspection, cherchant des défauts qui lui auraient échappé la première fois.

Autant chercher des poux dans la chevelure de la *Beatrix* de Rossetti, avec laquelle Carole-Anne offrait d'ailleurs une ressemblance frappante.

Le miroir se referma.

— Tu es toujours là ?

— Je cherche à graver ton image dans ma mémoire avant d'aller commander.

Les sourcils de Carole-Anne frétillèrent — elle avait des sourcils très expressifs.

Jury se leva et crut voir six types en faire autant, prêts à rappliquer à leur table. Quand il se retourna, les six se rassirent précipitamment.

Sans doute avait-il rêvé. Toutefois, il garda un œil sur la jeune femme tandis qu'il attendait au bar.

A son retour, il posa les deux pintes sur la table avant de se rasseoir. Puis il croisa les bras et se pencha vers sa compagne.

— Maintenant qu'on est là, de quoi veux-tu parler ?

Carole-Anne trempa délicatement les lèvres dans sa bière et demanda :

— Qui est Phyllis ?

36

A l'évidence, Wiggins connaissait les lieux. Il savait où était rangée chaque chose dans la cuisine et semblait même être devenu indispensable à Myra Brewer. Wiggins avait le contact avec les gens ordinaires, c'est ce que Jury avait tenté de lui faire comprendre plus tôt.

C'était le lendemain matin, et ils rendaient visite à Myra Brewer.

— On n'a plus de biscuits, annonça Wiggins.

« On »… Jury adorait ça.

— C'est vrai, mais il reste des Choc-o-lot. Ceux à la guimauve.

— Trouvés !

On entendit de l'eau couler, pour remplir une bouilloire. Cette attention portée à la préparation du thé alors que la mort venait de frapper ne dérangeait pas Jury et ne diminuait en rien sa compassion pour Myra Brewer. La vieille dame paraissait très affectée par la disparition de Kate Banks et par les circonstances de cette disparition.

Le thé, surtout préparé par Wiggins, constituait le meilleur antidote possible au malheur. Jury se disait parfois que seuls les rituels permettaient de surmonter les épreuves de la vie.

Il occupait un fauteuil gris bruyère à l'étoffe un peu rêche dans le petit appartement de Saint Bride Street, à une centaine de mètres à peine de l'épicerie de M. Banerjee. Myra Brewer, la marraine de Kate Banks, habitait au deuxième étage et avait du mal à monter l'escalier, scandaleusement inadapté à son âge, disait-elle. En outre, la rampe entre le rez-de-chaussée et le premier était cassée et n'avait jamais été réparée. A quatre-vingts ans passés, Myra Brewer n'était plus aussi « alerte », et cet aveu tenait de l'euphémisme.

— Je n'ai jamais connu de jeune femme plus gentille que ma Kate. C'était une perle, cette petite. Qu'il pleuve ou qu'il vente, elle venait de Crouch End au moins une fois par semaine pour m'apporter mes courses. Jamais un mot plus haut que l'autre, toujours prête à donner un coup de main : « Repose-toi, Myra. Je vais passer l'aspirateur. » Je n'ai jamais eu beaucoup de chance, vous savez, mais je remerciais le ciel de m'avoir donné Kate. Le plus difficile, quand on vieillit, ce n'est pas le manque d'argent ni la maladie, c'est la solitude. Les gens oublient que vous existez.

C'était la définition de la vieillesse la plus poignante que Jury eût jamais entendue. En même temps, cela sonnait comme une épitaphe. Kate disparue, Myra s'attendait à sombrer dans l'oubli, mais elle gardait cette pensée pour elle-même. Elle n'était pas du genre à s'apitoyer sur son sort.

Wiggins, en bras de chemise, apparut sur le seuil, portant fièrement un plateau qu'il déposa sur une petite table basse.

— Et voilà le travail ! Madame est servie.

Jury cueillit un Choc-o-lot sur une assiette.

— J'ai aussi beurré quelques tartines, précisa Wiggins. Du bon pain aux céréales.

Wiggins disposa les tasses sur les soucoupes, versa un peu de lait dans chacune et montra le sucrier d'un air interrogateur. Myra y puisa deux cuillerées de sucre, Jury une, Wiggins quatre.

Après avoir remercié, la vieille dame porta sa tasse à ses lèvres et but en faisant un peu de bruit.

Jury reposa la sienne.

— Madame Brewer, vous avez dit que Kate était la fille d'une amie ?

— C'est ça, acquiesça Wiggins, apparemment persuadé qu'il faisait partie de la famille.

Jury le fusilla du regard.

— Eugenie, répondit Myra Brewer. Eugenie Muldar.

— Son nom de jeune fille était Kate Muldar, donc. Il y avait toujours quelque chose entre elle et son mari ?

— Oh non ! Kate et Johnny étaient divorcés depuis plus de dix ans.

— Il n'avait pas de rancœur contre elle à cause de ce divorce ?

— Non. Ils s'étaient mariés très jeunes. Ils étaient tous les deux soulagés quand ça a été fini.

— Je vois.

Jury marqua une pause, se demandant comment enchaîner.

— Savez-vous si Kate avait une deuxième activité ?

L'étonnement se peignit sur le visage de Myra Brewer.

— En plus de son travail de secrétaire ? Non, je ne vois pas. Pourquoi cette question ?

— Beaucoup de femmes qui occupent ce genre d'emploi font de petits travaux pour leur propre compte.

— Comme taper des manuscrits, poursuivit Wiggins, ou des lettres pour des hommes d'affaires en déplacement. Beaucoup d'hôtels proposent des services de secrétariat à leur clientèle. Kate faisait peut-être des heures sup pour arrondir ses fins de mois. Dans ce cas, ça vaudrait le coup de rechercher si un de ses employeurs occasionnels avait des raisons de lui en vouloir.

— Oh, alors vous pensez que Kate connaissait la personne qui l'a tuée. Je m'étais imaginé qu'elle avait été victime d'une... comment dit-on déjà, d'un vol à main armée ?

— Kate n'a pas été volée, répondit Jury. On a retrouvé une somme importante sur elle. Peut-être vous était-elle destinée ? Vous avez besoin d'argent ?

Myra eut un rire bref.

— Moi ? Toujours.

Jury insista :

— D'une somme précise ? Un propriétaire qui vous harcèle, une facture en retard ? Quelque chose qui vous empoisonne la vie ?

De nouveau ce rire sans joie.

— On peut dire ça, oui. Le syndic — c'est comme ça qu'ils se font appeler, ces vautours —, il a essayé de m'extorquer deux mois de loyer, alors que je ne lui dois rien. J'ai été voir un avocat. Il a dit que je devais payer, si je ne voulais pas retrouver mes affaires sur le trottoir avec les ordures. C'est gentiment dit, hein ?

— Ça doit vous causer du souci, non ? Combien vous réclame-t-on ?

— Sept cents livres.

Jury hocha la tête.

— Kate vous avait-elle dit qu'elle vous apporterait cet argent ?

— Kate ? fit Myra, sincèrement étonnée. Kate n'avait pas une telle somme… Même si elle était très généreuse, ajouta-t-elle après un temps de réflexion. Comme je l'ai dit, elle faisait les courses pour moi et n'acceptait jamais un penny de ma part. C'était vraiment une bonne fille.

— A vous entendre, ça ne fait aucun doute, dit Wiggins en se resservant du thé.

Il ajouta un nuage de lait, du sucre, et remua sa tasse d'un air pensif.

— On a découvert… commença-t-il.

Jury lui fila un coup de pied sous la table.

— Elle était drôlement bien habillée, enchaîna Wiggins.

— C'est vrai, Kate était toujours bien mise. Elle trouvait de jolies choses chez Oxfam.

— Pas ses chaussures, ne put s'empêcher de dire Wiggins. Des Christian Louboutin ? Ça m'étonnerait qu'ils aient ça, chez Oxfam !

Jury lui lança un regard noir et suggéra :

— C'était peut-être une fin de série.

Myra Brewer semblait décontenancée par la tournure qu'avait prise la conversation.

— Vous connaissiez Kate depuis toujours, n'est-ce pas ? reprit Jury.

— Oui. Mais je suis restée de longues périodes sans la voir. Sa mère, Eugenie, elle ne tenait pas en place. Quand elle déménageait, parfois elle emmenait les enfants, parfois non. Dans ces cas-là, en général, elle me les confiait. On était toujours amies, même si je désapprouvais sa façon de faire. Mais j'étais la marraine de Kate ; c'était à moi de m'en occuper.

— Kate avait combien de frères et sœurs ?

— Seulement un frère. On l'appelait Boss, ne me demandez pas pourquoi. Faut dire qu'il avait un drôle de prénom : Brent. Je n'ai jamais su d'où ça venait.

Wiggins avait sorti son carnet, ce qui l'avait obligé à poser sa tasse.

— Où pourrait-on trouver votre amie Eugenie et son fils ? demanda-t-il.

— Hélas, monsieur Wiggins ! Ils sont morts tous les deux, Eugenie d'un cancer des poumons et Brent dans un accident de voiture. Il avait encore dû faire une virée avec ses copains. Sa mère l'avait pourtant mis en garde…

Sa voix s'estompa, comme si elle en avait dit plus qu'elle ne le souhaitait et contemplait le passé à travers la vapeur qui s'élevait de sa tasse de thé.

— Je vais peut-être vous choquer, poursuivit-elle, mais ça ne m'a pas fait grand-chose quand Eugenie est morte. Comme si je l'avais laissée partir, vous voyez ?

Elle avait posé la question dans le vide, sans attendre de réponse.

— Plus tard, je me suis reproché de ne pas avoir su la retenir. Maintenant, ça me ferait plaisir de les revoir tous. Ces choses-là, on les comprend toujours trop tard.

Il y eut un silence.

— J'imagine que c'est pareil pour tout le monde, dit Jury. On prend conscience de nos véritables sentiments quand il est trop tard. Vous n'y pouvez rien, ça fait partie de la condition humaine. Kate n'avait pas d'autre famille ?

Myra secoua la tête.

— Elle n'avait plus que moi. C'est sans doute pour ça qu'elle venait me voir aussi souvent.

Elle porta une main à son front. Jury lui accorda quelques secondes puis il demanda :

— Et les hommes ? Il y avait quelqu'un dans sa vie ?

— Elle n'en parlait jamais. Je lui disais : « Katie, tu devrais sortir un peu, prendre du bon temps. » Ça la faisait rire. Elle répondait : « Je n'ai encore jamais rencontré d'homme capable de rester une demi-heure assis avec un livre à la main. » Je ne sais pas trop ce qu'elle voulait dire. Kate était une grande lectrice ; elle adorait les livres. Ce qu'elle préférait à Londres, c'était cette grande librairie à Piccadilly, Waterstone's.

La vieille dame s'interrompit et regarda tour à tour les deux hommes avec une expression troublée.

— Vous… vous croyez qu'elle connaissait celui qui lui a fait ça ? Vous avez dit qu'elle était bien habillée. Peut-être qu'elle avait rendez-vous avec un homme ? Mais alors, qu'est-ce qu'elle faisait dans le quartier ?

— Peut-être avait-elle l'intention de vous rendre visite après avoir quitté l'homme avec qui elle avait rendez-vous, suggéra Wiggins.

— Alors, ce n'était pas un inconnu ? Si ça se trouve, il l'a accompagnée jusqu'ici. Quelle horreur ! Comme si c'était arrivé juste devant ma porte.

— Ça peut aussi être quelqu'un qui savait où elle allait. C'est pourquoi nous devons nous renseigner sur ses amis.

Pensant qu'ils en avaient terminé, du moins pour le moment, Jury prit une carte de visite dans sa poche intérieure et la tendit à la vieille femme.

— S'il vous revient quoi que ce soit d'intéressant, appelez-moi. A n'importe quelle heure.

Wiggins rangea son carnet et finit sa tasse.

— Merci, Myra, dit-il en désignant le plateau.

219

— C'est vous qui avez tout préparé, monsieur Wiggins.
Revenez donc un de ces jours, si vous avez un moment.
Wiggins sourit.
— Je n'y manquerai pas, promit-il.
L'ancien Wiggins était de retour.

37

Mungo aurait bien voulu savoir pourquoi Harry avait sorti le panier de transport pour chat – ou pour chien, mais il n'était pas question que lui, Mungo, aille quelque part. La caisse trônait sur le tabouret du piano. Mungo lui lança un regard soupçonneux. Harry savait à présent qu'il y avait deux chats noirs dans la maison ; il avait mis le collier bleu à l'un des deux. Afin de les différencier, sans doute. Ce manège intriguait le chien.

Il retira Elf du tiroir du secrétaire et le promena à travers le salon, cherchant une cachette. S'il parvenait à soulever le dessus de la banquette de fenêtre, il pourrait le lâcher à l'intérieur. Sauf que Morris était couchée sur la banquette en question.

Pourquoi fais-tu ça ? demanda-t-elle.

Pour m'aider à réfléchir, répondit Mungo.

Il mentait. Il le faisait uniquement pour s'amuser. Elf crachait et agitait ses pattes minuscules. C'était nouveau, ça.

Ce n'est pas ça qui va me ramener chez moi, reprit Morris.

Mungo secoua la tête (et Elf avec). Des reproches, toujours des reproches. C'était ainsi depuis leur expédition de la veille à l'Old Wine Shades. Renonçant à chercher une cachette inédite, Mungo laissa tomber Elf dans le seau à charbon. Le chaton était aussi noir que les morceaux de charbon qui l'entouraient. C'était rigolo.

221

Que veux-tu que je te dise ? rétorqua-t-il à Morris. Je pensais que le limier comprendrait. Il est intelligent, pourtant. Enfin, il l'était à une époque.

Pour comprendre, il aurait fallu qu'il lise dans nos pensées. Regarde-le fixement, tu disais. Comme si ça pouvait suffire...

Morris appuya le menton sur ses pattes tendues (une position qu'elle avait piquée à Mungo), puis elle ajouta : Je veux rentrer chez moi.

Et gnagnagna... Mungo se mit à marcher de long en large, griffant le parquet. Soudain il s'immobilisa : il y avait du raffut dans la cuisine, et Mme Tobias élevait la voix. Sans doute Schrödinger était-elle montée sur le comptoir pour chaparder. Le vacarme s'intensifia.

Vite ! fut le message qu'il adressa à Morris. Cache-toi !

Morris sauta de la banquette et se glissa sous le bureau comme une anguille. Les chats... pensa Mungo. Plus vifs que l'éclair. Avec eux, le temps rétrécissait et les aiguilles des horloges tournaient à l'envers.

Ses réflexions philosophiques furent interrompues par l'apparition de Shoe qui fuyait la cuisine avec un hareng fumé en travers de la gueule, tel un couteau.

Mme Tobias poursuivait la chatte, brandissant une poêle à frire.

Schrödinger traversa le salon telle une flèche et s'évanouit dans le néant.

Mungo trouvait la scène cocasse. On se serait cru dans un vieux dessin animé.

— Où est cette maudite bête, que je la tue ? fit la voix de Mme Tobias dans le couloir. Je vais te flanquer dehors en moins de temps qu'il n'en faut pour piquer un poisson, ma vieille ! cria-t-elle en direction de l'étage.

Elle fit volte-face et vit Mungo assis près de la porte de la cuisine (vers laquelle il s'était précipité afin de l'éloigner du bureau).

— Shoe a volé un hareng, lui expliqua-t-elle en agitant la poêle. Elle a volé le dîner de ton maître !

Son *maître* ? Et puis quoi, encore ?

— En parlant de lui, qu'est-ce qu'il peut bien fabriquer ? Il m'avait dit qu'il serait rentré pour dîner, et il est déjà sept heures et demie !

Elle regagna la cuisine en ronchonnant.

Mungo savait que l'apparition du panier de transport ne présageait rien de bon. Oh, pas pour lui. Pourtant, parfois, il se disait que c'était un miracle que Harry ne l'ait jamais battu, ou pire, durant toutes ces années. Ce qui était sûr, en revanche, c'est qu'il y avait autant de chances que Harry emmène lui-même son chat chez le vétérinaire que de le voir adopter un orang-outan paralytique.

En levant les yeux, Mungo vit Shoe descendre l'escalier, fière comme un pou. Elle lui décocha un regard venimeux au passage, puis elle entra dans la salle de musique et se mit à compter ses chatons. Un, deux, trois, quatre... Il en manquait un. Elle se précipita au salon, fit la tournée des cachettes habituelles, trouva Elf dans le seau à charbon et l'en retira. L'ayant ramené dans la salle de musique, elle le laissa tomber dans le tiroir. D'une démarche chaloupée, elle gagna ensuite son endroit préféré — sous le petit sofa, près du secrétaire — où elle ne tarda pas à sombrer dans un sommeil aussi profond qu'un coma.

Mungo regarda Schrödinger, puis le panier. Il courut jusqu'au salon et dit à Morris de sortir de dessous le bureau.

Harry mijote quelque chose.

Quoi ? demanda la chatte.

Le regard du chien tomba sur le collier bleu, et un déclic se fit dans son esprit.

Enlève ça !

Comme Morris restait sans réaction, il donna un coup de patte au collier, en coinça l'extrémité entre ses dents et tira pour le détacher. Puis il se rua vers la salle de musique, s'approcha furtivement du sofa, vérifia que Schrödinger dormait toujours et laissa tomber le collier près de sa tête. Il aurait pu s'agir d'une grenade dégoupillée, elle n'aurait pas bronché. Mungo se dirigea ensuite vers le secrétaire,

223

récupéra Elf dans le tiroir et regagna le salon juste comme la porte s'ouvrait.

Mme Tobias aussi semblait avoir entendu Harry arriver, car elle surgit de la cuisine tel un destrier, sans cesser de parler :

— Ah ! Vous voici enfin, monsieur. Figurez-vous que cette saleté de chatte…

Ses protestations s'éloignèrent.

Mungo lâcha Elf.

Aie l'air en colère, murmura-t-il à Morris.

Pourquoi ?

Fais ce que je te dis !

Tandis qu'Elf filait entre les jambes de Harry et de Mme Tobias, Morris cracha et donna des coups de patte dans le vide près de la tête de Mungo.

Harry dit à la cuisinière que de toute manière, il avait l'intention de manger à l'extérieur. Puis il s'adressa à Morris :

— Comme ça, tu as mangé mon dîner ?

Enfin il se tourna vers Mungo :

— Nom d'un chien, tu ne pourrais pas fiche la paix à ce chaton ?

Mais son sourire carnassier indiquait que rien de ce qui se passait sous son toit ne l'affectait réellement.

Oh, comme Mungo aurait voulu pouvoir lui retourner son sourire… Un sourire carnassier, évidemment.

Mme Tobias, vêtue d'un manteau en lainage brun – trop chaud pour la saison, mais elle portait le même toute l'année –, traversa le salon sans accorder un regard à Morris, ignorant qu'une seconde chatte noire était vautrée sous le sofa de la salle de musique.

— Puisque monsieur sort, dit-elle d'un air pincé, il n'a plus besoin de moi ce soir.

C'est ça, pensa Mungo, file. Il avait hâte que le rideau se lève sur l'acte suivant.

Celui-ci s'ouvrit sur un concert de jurons. Harry avait affaire à forte partie.

Enfin, il réapparut, traînant la caisse de transport derrière lui. Mungo sauta sur la banquette de fenêtre auprès de Morris. Assis côte à côte, ils regardèrent Harry descendre les marches, éclairé par l'applique près de la porte, et s'avancer dans le halo nébuleux du lampadaire. Il hissa la caisse à l'intérieur de la voiture avant d'y monter.

Puis ils se regardèrent, satisfaits, et ils auraient souri sans retenue si le Créateur l'avait voulu.

Toutefois, leurs esprits exultaient à l'unisson.

38

Une jeune femme aux cheveux noirs lustrés, vêtue d'une jupe ultracourte et perchée sur des talons interminables, hésitait devant l'entrée du poste de police de Snow Hill, à deux pas de l'endroit où Kate Banks avait été tuée – trop flippant, non ? Elle mastiquait un chewing-gum (elle le jetterait avant de rejoindre son client, qui avait horreur de ça) et se cherchait une bonne raison d'aller raconter ce qu'elle savait aux flics. Qu'est-ce que les poulets avaient jamais fait pour elle et ses copines, à part les traiter de putes ? Le regard levé vers les lettres noires épelant le mot « Police », elle pesait le pour et le contre.

L'idée d'entrer ne l'aurait même jamais effleurée s'il s'était agi de quelqu'un d'autre. Mais Kate était une fille bien, le genre à vous inviter à déjeuner ou à vous avancer du fric quand vous êtes raide. Ça oui, on pouvait toujours compter sur Kate.

D'abord, elle n'avait pas tilté, puis tout s'était éclairé. Personne n'aurait prêté la moindre attention à ce détail, à part elle. Et bien sûr, ces connards de flics avaient tout faux. Pour eux, le boulot d'une escort girl, c'était de coucher, point barre.

Soudain deux flics en uniforme sortirent du bâtiment et la matèrent. C'est pas vrai, pensa-t-elle. Pas moyen de faire trois pas dans la rue sans être accostée.

— Salut, beauté, dit le plus mignon des deux.
— Reste pas là, chérie, ajouta l'autre.

Je t'emmerde, brûlait-elle de rétorquer. Allez vous faire foutre, toi et ton cheval. Continuez à pédaler dans le yaourt, espèces de trouducs.

Leurs sourires vicelards la dégoûtaient. Mais elle n'était pas du genre à battre en retraite à la première difficulté. Elle plongea la main dans son sac en bandoulière (fait de disques argentés qui se chevauchaient comme les écailles d'un poisson) et en sortit son miroir de poche. Pas pour inspecter ses yeux, ses lèvres ou la coupe de cheveux branchée qui lui avait coûté une fortune, mais pour affirmer son droit à être là, dans l'espace public.

Les deux flics continuèrent à la reluquer avec des sourires narquois. Ils semblaient insinuer que malgré ses efforts pour avoir l'air respectable, elle ne serait jamais digne d'entrer.

S'ils avaient su... S'ils avaient su qu'elle détenait une information susceptible de booster leur carrière, de leur valoir immédiatement leurs galons de capitaine ou d'inspecteur, non seulement ils lui auraient déroulé le tapis rouge, mais ils l'auraient accompagnée jusqu'à la place d'honneur et lui auraient servi une coupe de champagne.

Elle jeta un coup d'œil à sa montre, une petite montre en platine sertie de pierres dont elle ne connaissait pas le nom (tout ce qu'elle savait, c'est que ce n'étaient pas des diams), cadeau d'un client.

Elle ne pouvait pas rester là indéfiniment, face à ces deux blaireaux qui s'imaginaient que leurs flingues, leurs matraques et leurs insignes « Police de la City de Londres » faisaient d'eux des cadors, meilleurs même que les flics de la Met.

Mais une petite voix – sa conscience ? – l'exhortait à franchir la porte du bâtiment avant que ces deux abrutis ne lui barrent le passage. Puis elle pensa à Kate, la meilleure d'entre elles, qui travaillait le jour comme secrétaire et qui aimait ça. Si Kate était devenue escort girl, ce n'était pas par goût, mais pour mettre de l'argent de côté et prendre soin d'une vieille dame qui n'était même pas de sa famille – sa marraine, ou quelque chose comme ça. Franchement, qui se souciait d'une vieille marraine ? Mais Kate était comme ça. Ce qu'elle aimait dans le travail de secrétaire, c'était sa banalité : prendre le métro chaque matin, se faire bousculer et comprimer avant de jaillir à l'air libre et « fantasque », disait-elle, de Piccadilly... Elle appréciait même ce que cette existence pouvait avoir de terne. Mais peut-être les choses ternes brillent-elles comme de l'or quand on les considère avec bienveillance ? La jeune femme s'attarda un instant sur cette idée. Voilà qu'elle faisait de la philosophie, maintenant !

Les deux flics n'avaient pas bougé et continuaient à la narguer.

Alors elle leur tourna le dos et s'enfonça dans la nuit. L'époque du smog était depuis longtemps révolue – et de toute manière, elle était trop jeune pour l'avoir connue – mais un épais brouillard montait de la rivière toute proche.

Beaucoup de filles avaient pris des vacances depuis que les flics les avaient averties du danger : les deux récents meurtres désignaient un tueur ciblant les escort girls, et ils avaient agité le spectre de Jack l'Eventreur – plutôt, les journaux l'avaient fait.

Elle fit halte dans Newgate Street pour ajuster la lanière d'une de ses sandales. Pas très confortables, mais elle n'allait pas loin, à Saint Paul. Peut-être que son client avait la foi ? Ce serait marrant !

Il lui avait donné rendez-vous le long du mur sud de la cathédrale. Si elle arrivait la première, elle devait l'attendre sur un banc, près de la statue de Becket. Il était toujours en retard, mais elle s'en fichait. De toute manière, il lui paierait le temps qu'elle aurait passé à poireauter.

Elle se remit en marche, ses chaussures étant de nouveau sous contrôle. De belles chaussures, pas faites pour marcher. Saint Paul se dressait devant elle. Ce spectacle lui filait toujours la chair de poule. Un jour, il faudrait quand même qu'elle visite la galerie des Murmures. Elle avait vécu toute sa vie à Londres (à Camden Town, puis à Cricklewood), et elle n'avait pas vu un dixième de ce que voient les touristes.

Son client n'était pas arrivé – quelle surprise ! Elle flâna aux abords de la cathédrale, trouva la statue. Elle ne savait pas qui était Becket, mais le pauvre faisait pitié à voir, on aurait dit qu'il allait tomber en morceaux. Au même moment, les cloches se mirent à sonner. L'écho la fit sursauter, et elle plaqua les mains sur ses oreilles. Neuf heures. Encore cinq coups.

Une voix perça le vacarme :

— DeeDee !

Deirdre fit volte-face et sursauta de nouveau.

Un flingue… Elle hurla. Les cloches sonnaient toujours.

39

L'imperturbable inspecteur-chef Dennis Jenkins, du poste de police de Snow Hill, expliqua à Jury :

— On l'a très vite identifiée parce qu'elle était enregistrée. Elle avait fait la demande il y a quatre ans, à Shepherd Market. Deirdre Small. Elle avait ses papiers dans son sac.

Jenkins désigna un paquet d'écailles argentées entre les mains d'un technicien. Plusieurs autres ratissaient le sol de l'allée dans laquelle gisait le corps de Deirdre Small.

— Encore une pro qui travaillait pour une agence d'escort girls.

— La même ?

Jenkins secoua la tête.

— Celle-ci s'appelle High Society. Ça fleure bon la haute, pas vrai ? Pourtant, je vous fiche mon billet qu'on ne décolle pas du bitume. Shepherd Market… Quitte à faire le trottoir, autant choisir ceux de Mayfair, vous ne croyez pas ?

Jury esquissa un sourire presque penaud, comme si Deirdre Small l'avait pris sur le fait en ouvrant les yeux.

— On dirait que le mode opératoire est le même. Le tueur a tiré à bout portant en visant la poitrine. Les analyses diront s'il s'agit de la même arme. La mort est survenue aux environs de vingt et une heures.

— Vous avez fait vite, s'étonna Jury. Il est à peine vingt et une heures quarante.

Les cloches de la cathédrale avaient sonné la demie dix minutes plus tôt.

— La personne qui l'a trouvée nous a prévenus aussitôt. Le grand type dégarni, là-bas. C'était son petit ami, ou plutôt son client. Il lui avait donné rendez-vous ici à neuf heures, et il avait sept ou huit minutes de retard. Pour un peu, il aurait pu croiser le tueur, si toutefois Deirdre Small était à l'heure. Selon lui, elle était très ponctuelle. A mon avis, l'assassin a profité de ce que les cloches sonnaient pour masquer le bruit de la détonation.

Un technicien plaça quelque chose dans la main de Jenkins avant de s'éloigner.

— Dans ce cas, remarqua Jury, le client aurait pu arriver pile au moment du meurtre... A moins que ce ne soit lui qui ait tiré.

— Mon instinct me dit que non, objecta Jenkins. Il a tout de suite appelé les secours. Il aurait pu prendre la fuite et laisser le soin de découvrir le corps à ces braves gens...

D'un mouvement de tête, il indiqua le cercle de badauds maintenus à l'écart par le ruban de scène de crime et la demi-douzaine d'agents en uniforme qui montaient la garde autour.

— D'un autre côté, reprit Jenkins, il devait se douter que son nom figurait dans le registre de l'agence et qu'il se trouverait dans de sales draps une fois qu'on serait remontés jusqu'à lui. Malgré tout, je n'y crois pas.

— Si vous avez raison, l'assassin, qui qu'il soit, a pris des risques énormes. Ou alors, il était au courant.

— Au courant de quoi ?

— Des retards chroniques de notre homme.

— Ça voudrait dire qu'il connaissait l'un des deux, conclut Jenkins.

— Elle ou lui ?

— Il est marié. Evidemment.

— Une épouse jalouse ?

Jenkins haussa les épaules.

— Possible. Ça se peut aussi qu'il ait été suivi. Ou elle.

Deux infirmiers chargeaient un brancard métallique à l'arrière d'une ambulance.

231

— J'aimerais dire deux mots à ce brave homme, si vous n'y voyez pas d'inconvénient.

Jenkins écarta les bras, lui donnant carte blanche.

— Il s'appelle Nicholas Maze, précisa-t-il.

Jury le remercia et se dirigea vers le banc le plus proche de l'ambulance juste comme celle-ci déclenchait sa sirène. Un son strident déchira la nuit.

— Nicholas Maze ? Commissaire Jury, de New Scotland Yard.

— Dites, vous pourriez empêcher les journaux d'ébruiter cette affaire ?

Toujours la même préoccupation. Surtout, qu'on ne cite pas mon nom.

— Je ne peux rien vous promettre. Je suis désolé, pour votre amie. Vous la connaissiez depuis longtemps ?

Nicholas Maze avait l'air moins triste que mal à l'aise. Avec son col déboutonné, sa cravate de travers, mais toujours serrée, il donnait l'impression d'avoir tenté de s'étrangler lui-même.

— Un peu plus d'un an, marmonna-t-il.

— Vous l'aviez rencontrée plusieurs fois avant ce soir ?

Maze acquiesça. On aurait dit un tic nerveux.

— Une douzaine de fois, non, une vingtaine. On avait passé un arrangement, voyez-vous.

Dis plutôt que la situation t'arrangeait, toi.

— Vous êtes marié ?

De nouveau ce mouvement saccadé de la tête.

— Votre femme sait que vous louiez les services d'une escort girl ?

— Bien sûr que non !

— Vous êtes certain qu'elle ne se doutait de rien ?

— Certain. Elle ne…

Maze leva brusquement les yeux vers Jury.

— Vous ne croyez quand même pas que ma femme…

Il eut un rire bref.

— Ann est la dernière personne capable de tuer par jalousie.

— Qu'est-ce que Deirdre Small vous a dit sur elle-même ?

— Elle m'en a dit plus que je n'aurais voulu en savoir.

La froideur de cette réponse choqua Jury.

— DeeDee avait la langue bien pendue, ajouta Maze.

Jury attendit qu'il développe, en vain.

— Pourriez-vous être plus précis, je vous prie ?

— Eh bien, elle m'a raconté je ne sais combien de fois qu'elle était née à Londres – à Cricklewood, je crois –, qu'elle y avait passé toute sa vie... Elle n'était pas très instruite. Elle avait quitté l'école à seize ans.

— Rien sur les gens qu'elle fréquentait ?

— Ecoutez, Dee était un moulin à paroles. Elle n'arrêtait pas. Pour être franc, ça rentrait par une oreille et ça sortait par l'autre.

— Seulement, voyez-vous, tous les renseignements que nous pourrons recueillir sur son entourage comptent pour...

Maze lui coupa la parole :

— Vous voulez dire qu'il ne s'agit pas d'un meurtre aveugle, l'acte d'un fou qui l'aurait tuée parce qu'elle se trouvait au mauvais endroit au mauvais moment ?

— Nous pensons que l'assassin avait préparé son coup. Il savait où la trouver. Vous croyez que quelqu'un qui voudrait tuer au hasard choisirait la cathédrale Saint Paul pour ça ?

Jury décida de passer sous silence les meurtres de Bidwell Street et Chesham.

— Dites, je peux y aller ? demanda Nicholas Maze. J'ai déjà dit tout ce que je savais à votre collègue.

— J'aimerais que vous repensiez à tout ce que Deirdre a pu vous raconter.

Les témoins faisaient-ils jamais cet effort ? Ils se dépêchaient de tout oublier, plus probablement.

— Avant de vous laisser partir, je dois m'entretenir avec l'inspecteur-chef Jenkins.

— Qui ça ?

Décidément, l'homme avait la capacité d'attention d'un poisson rouge.

Les techniciens de scène de crime étaient partis ou s'apprêtaient à le faire, les curieux s'étaient dispersés. Jenkins, une jeune femme policier et les agents en uniforme s'attardèrent. Le ruban resta en place. Il nécessiterait une surveillance policière le lendemain. La cathédrale Saint Paul était une attraction touristique en soi, à plus forte raison maintenant qu'elle avait été le théâtre d'un meurtre.

— Laisse filer le témoin, Ruthie, dit Jenkins à la femme policier. Dis-lui de ne pas quitter Londres, au cas où on devrait l'interroger à nouveau.

Elle acquiesça et s'éloigna. Jolie fille. Jenkins n'était pas insensible à son charme, cela se voyait à la façon dont il la suivait du regard.

— On n'est pas plus avancés pour le moment, dit-il en rangeant son carnet de notes dans la poche de son manteau. Demain j'enverrai mes hommes chez High Society. A votre avis, on a affaire au même tueur ?

— Qu'à Bidwell Street, certainement. Mais je cherche encore le lien avec Chesham.

— Les trois victimes étaient escort girls.

— Oui, mais c'est le lieu qui ne colle pas. Mariah Cox se trouvait à Londres la moitié du temps. Pourquoi ne pas l'y avoir tuée, comme les deux autres ? Alors, on aurait pu affirmer qu'on avait affaire à un tueur en série.

— J'espère que la presse ne va pas retenir cet angle. Je vois d'ici les gros titres : « Escorte mortelle ».

Jury sourit.

— Vous avez remarqué les chaussures de la victime ? demanda-t-il.

— Ses chaussures ? Vous n'allez pas remettre ça ?

— Des sandales à lanières… « Strappy », comme on dit dans les magazines de mode.

234

Il jeta un coup d'œil à sa montre, bien que ce fût inutile, car les cloches de la cathédrale sonnaient précisément dix heures. Puis il pensa à l'Old Wine Shades. Le pub n'était pas loin de Saint Paul. Pas très loin non plus de Bidwell Street, d'ailleurs. Il décida de s'y arrêter.

— Vous connaissez l'Old Wine Shades ? dit-il à Jenkins. C'est un pub.

— Hum… Dans Martin's Lane ?

— Ça vous dirait d'y boire un verre ? J'aimerais vous présenter un ami.

— Je vous remercie, mais il faut que je rentre. Une autre fois, d'accord ?

— Quand vous voudrez.

— Ça me ferait vraiment plaisir de rencontrer votre ami.

— Je ne crois pas que vous le regretterez. Bonne nuit.

Jenkins lui adressa un petit salut de la main puis ils se séparèrent.

— En général, le lundi, il arrive vers neuf heures. Mais ce soir, je ne l'ai pas vu.

Trevor avait versé un peu de vin dans le verre de Jury tout en parlant.

— Cadeau de la maison, annonça-t-il.

Il attendit que Jury boive, pour voir comment son palais réagirait au haut-médoc.

Jury fut sensible à cette marque d'estime, sachant combien il lui en aurait coûté s'il en avait été de sa poche.

— C'est très généreux à vous, Trevor, dit-il en levant son verre. A la vôtre ! Merveilleux, ajouta-t-il après avoir goûté.

— C'est un des crus préférés de M. Johnson.

— Vous le connaissez depuis longtemps ?

Trevor produisit une autre bouteille et la frotta énergique-ment pour en ôter la poussière. L'établissement était presque désert ce soir-là. Seulement deux couples attablés et trois hommes debout à l'autre extrémité du comptoir. Le serveur semblait considérer que la question de Jury relevait de la pure rhétorique, car il répondit :

— M. Johnson ? Un connaisseur. Un jour, il m'a énuméré tous les premiers crus bordelais.

Après l'avoir dépoussiérée, il déboucha la bouteille et l'emporta à l'autre bout du comptoir, attrapant deux verres au passage.

Pour la millionième fois au moins, Jury regretta de ne pouvoir échanger une de ses oreilles contre une cigarette. Comme il comprenait Van Gogh ! Le pauvre gars avait certainement arrêté de fumer juste avant son suicide.

Trois femmes. Trois agences d'escort girls. Si les journaux évoquaient un tueur en série, si l'un d'eux faisait le lien avec le meurtre de Chesham, la population paniquerait. Les deux meurtres de Londres semblaient avoir été commis par la même personne, mais rien ne permettait de lui imputer aussi celui de Mariah Cox.

Trevor revint et remplit le verre de Jury.

— Stop, Trevor ! Je n'en ai pas les moyens.

— Oh, ne vous en faites pas. M. Johnson a réservé cette bouteille pour ce soir. Il devrait déjà être là, mais… Tenez, quand on parle du loup !

Jury se retourna tandis que Trevor remarquait :

— Vous arrivez bien tard, monsieur Johnson. Qu'est-ce qui vous a retardé ?

Harry se jucha sur le tabouret voisin de celui de Jury, souriant.

— Rien qui puisse me causer du tort si cela paraissait demain dans le *Times*, répondit-il.

Il retourna la bouteille afin de voir l'étiquette.

— Le saint-seurin. Bien ! Je vois que vous lui avez dit deux mots en m'attendant. Apportez-moi un verre, Trevor. Grands dieux ! s'exclama-t-il, regardant Jury. Vous avez une tête de déterré.

Lui, en revanche, paraissait très en forme.

— La mort me fait toujours cet effet, répliqua Jury. Pas à vous ?

Harry sortit une cigarette de son étui. Aussitôt, Trevor prit une allumette dans une pochette sur laquelle on pouvait lire « Olde Wine Shades » et l'enflamma. Jury n'avait encore jamais remarqué le *e* à la fin du mot « Olde ». En effet, le pub était très ancien. Sa construction datait du grand incendie. Peu de bâtiments à Londres pouvaient se targuer d'une telle longévité.

Harry détourna la tête pour éviter de souffler la fumée au nez de Jury et dit :

— Vous avez raison, la mort prend un malin plaisir à nous gâcher la vie. Mais c'est un réconfort de savoir que c'est vous qui menez l'enquête.

— Quelle enquête ?

— Celle qui vous occupe, quelle qu'elle soit.

Harry leva son verre, le respira et goûta.

— J'arrive de la cathédrale Saint Paul, dit Jury.

Qu'est-ce qui lui avait pris de parler de ça ? Sans doute espérait-il que Harry se trahirait. Mais il aurait tout aussi bien pu lui annoncer qu'il débarquait de la navette spatiale ou de Pluton. Impossible d'arracher une réaction à Harry Johnson.

— On peut se confesser aussi tard ? plaisanta Harry. Je devrais y faire un saut, alors. Dites-moi, que s'est-il passé à Saint Paul ?

— Vous l'apprendrez bien assez vite par les journaux.

Jury fit tourner son verre de vin puis il demanda :

— Où étiez-vous il y a une heure, Harry ?

— Laissez-moi réfléchir… Il y a une heure, je devais traverser Watford.

— Et qu'est-ce que vous faisiez à Watford ?

— Rien. J'aime prendre ma voiture et rouler au hasard pour me vider l'esprit.

— Vous avez vu ou parlé à quelqu'un ?

Harry fit un signe à Trevor qui approcha, portant une bouteille enveloppée dans une serviette de table. Il la présenta à son client comme s'il s'agissait d'un nouveau-né emmailloté dans une couverture.

— Un chassagne-montrachet. Très agréable.

C'est ça, gagne du temps…

Harry acquiesça de la tête, et Trevor déboucha la bouteille.

— Si j'ai parlé à quelqu'un ? reprit Harry à l'adresse de Jury. Non. Question suivante : Ai-je un alibi pour la période concernée ? Pourquoi ? On a tué quelqu'un dans la chapelle de saint Dunstan ? Encore une femme ? Une prosti… pardon, une escort girl ?

Jury ne répondit pas. Il secoua la tête quand Trevor posa un verre propre devant lui.

— Pas pour moi, il faut que j'y aille.

Trevor servit Harry.

— Cette fois, c'est sûr, dit celui-ci, nous avons affaire à un tueur en série. Mais dites-moi, commissaire Jury : me croyez-vous sincèrement capable d'assassiner trois femmes par jeu ?

Jury se laissa glisser de son tabouret.

— Je n'en serais pas autrement étonné, Harry. Bonne nuit.

40

Le lendemain matin, à la première heure, Jury se trouvait au poste de police de Snow Hill, en grande conversation avec Dennis Jenkins.

— Qu'avons-nous appris sur la première victime, Kate Banks ? demanda Jenkins, fouillant dans le dossier ouvert sur son bureau. Vous avez parlé à Myra... Brewer, c'est bien ça ?

— Oui. Mais à mon avis, Kate Banks n'était que la deuxième victime. Stacy Storm — je pense que c'était elle la première.

Jury produisit des photocopies de documents provenant de Chesham et reprit :

— Les trois travaillaient comme escort girls pour des agences différentes. On n'a pas trouvé le client avec qui Kate Banks a passé sa dernière soirée. Notez qu'il ne s'agit que d'une supposition : à en croire l'agence, Kate Banks n'était pas en mission ce soir-là. Et Stacy Storm ?

— Elle ne travaillait pas non plus le soir où elle a été tuée. Evidemment, leurs directrices s'abritent derrière le « secret professionnel ». On croirait entendre des ténors du barreau. Comme... comment s'appelle-t-il déjà ? Cochran ? L'avocat d'O. J. Simpson. Il était coupable, c'est évident.

— Qui ça ?

— O. J.

— Sans doute, mais sauf si c'est lui le client mystère de Kate, je m'en fiche un peu. Ce qui me chiffonne, c'est que je sèche toujours sur le mobile.

Assis dans son fauteuil, Jenkins feuilletait son dossier. Il s'arrêta sur une page et leva le regard vers Jury.

— Vous ne croyez pas qu'il pourrait y avoir plus d'un tueur ?

— Non. Les trois femmes pratiquaient la même activité, et les trois meurtres obéissent au même mode opératoire.

— Ils ont été commis avec des armes différentes.

— Exact. Mais dans les trois cas, le tueur se trouvait tout près de la victime. Pour Deirdre Small, on peut même dire qu'il était collé à elle. Si ce n'était pas son petit ami – ou plutôt, son client –, alors qui ?

La tête penchée en avant, les bras croisés sur la poitrine, Jenkins réfléchit.

— Dans *Assurance sur la mort*, Fred MacMurray abat Barbara Stanwyck au beau milieu d'un baiser. Une scène géniale. Mais ici, ajouta-t-il en brandissant une photo de Stacy Storm à la morgue, le tueur n'était pas aussi proche. On pouvait voir le jour entre la victime et lui.

L'expression plut à Jury.

— Trop loin pour une étreinte ou un baiser, mais assez près pour qu'on en déduise que la victime connaissait son meurtrier. Chacune des trois femmes s'est laissé approcher.

Jury poursuivit en se levant :

— Je vais en toucher un mot à notre légiste. Merci.

— Qu'est-ce que tu en dis ? De la proximité entre le tueur et la victime ?

Phyllis Nancy détacha les yeux du corps de Deirdre Small et le recouvrit d'un drap.

— Si tu n'as pas bien compris, reprit Jury, je peux te faire une démonstration.

Phyllis lui décocha un regard qui voulait dire : Grandis un peu.

240

Honteux d'avoir plaisanté devant une jeune femme que plus personne ne serrerait jamais contre lui, Jury s'excusa :

— Pardon. Je déraille.

— C'est normal. Tu te fais du souci pour Lu Aguilar. Voyons ceci, ajouta-t-elle en parcourant rapidement le rapport d'enquête. « On pouvait voir le jour entre eux. » Comme c'est joliment tourné ! Je vois ce qu'il veut dire. L'un des deux était penché vers l'autre. Mettons que l'homme attendait, assis à une table, quand la femme est arrivée du parking. « Salut, mon cœur... »

Jury sourit.

— Ce n'est pas à toi que je parlais ! Mais j'imagine Mariah Cox, ou Stacy Storm, s'approchant de lui et se penchant pour l'embrasser. L'autre lève le canon de son arme vers elle et tire. Bien sûr, ce n'est qu'une hypothèse. Mais si ça s'est bien passé comme ça, alors oui, on pouvait voir le jour entre eux... Sauf qu'il faisait nuit. Et dans les trois cas, l'assassin était l'amant de la jeune femme.

— La proximité n'implique pas forcément ce genre de relations, objecta Jury. Il pourrait s'agir d'un ami, d'une connaissance... En plus, la femme de l'inspecteur de Chesham prétend avoir repéré sur une photo l'empreinte du talon d'une chaussure Manolo Blahnik.

Phyllis parut à la fois surprise et dubitative.

— Elle pense que les meurtres ont été commis par une femme ? Bien sûr, une femme peut tirer aussi bien qu'un homme, mais ça ne cadre pas avec la psychologie féminine.

— Je suis d'accord. Et l'empreinte de talon n'est pas vraiment probante. Mais le contact physique avec la victime, si notre théorie est juste, n'accuse pas nécessairement un homme. J'ai connu des femmes qui me prenaient par les épaules et me serraient contre elles pour me dire bonjour.

Vraiment ? Il tenta de se rappeler lesquelles, à part Phyllis et Lu, et la douleur l'obligea à fermer brièvement les yeux.

— Richard ? Ça va ?

Le regard de Phyllis exprimait l'inquiétude, pas le reproche. C'était une des choses qu'il appréciait, non, qu'il aimait chez elle. Jamais elle ne vous jugeait. Il esquissa un sourire.

— Oui, je te remercie. Bon, il faut que j'y aille.

— Alors, au revoir.

Arrivé à la porte, il se retourna.

— Au revoir, mon cœur.

41

Jury reprit ses réflexions entre la morgue et son bureau. Carole-Anne ? Non. Mme Wassermann ? Encore moins ! Une petite fille, peut-être. Gemma ? Abby ?

Il adressa un vague bonjour à Wiggins, occupé à brancher la bouilloire électrique, et s'assit sans enlever son manteau. Puis il saisit un trombone et entreprit de le déplier, se sentant inutile dans cet univers vide de contact féminin.

Wiggins l'observait, remuant les sourcils.

— Quoi ?

— Rien.

Jury enfonça la touche du téléphone correspondant au numéro de Melrose Plant.

Ruthven décrocha, s'annonça d'une voix de stentor et laissa éclater sa joie d'entendre Jury, comme si celui-ci avait fait naufrage au large des côtes écossaises. C'est alors que Melrose reprit l'appel.

— Tu fais quelque chose, là ? lui demanda Jury.

— Je joue avec mon chien.

Jury pinça les lèvres.

Melrose reprit :

— Figure-toi qu'on était sur le point de clore le concours quand Dick Scroggs – incroyable, non ? – s'est mis à déblatérer contre Lambert Strether : « Y a ben assez de chahut ici sans que ce Strether vienne y fourrer son nez. » Et là, je me suis dit : Ça y est, tu tiens le nom de ton chien.

— Strether ?

Melrose souffla des jurons exaspérés comme la fumée d'un cigare.

— Mais non, voyons ! Chahut. Ecoute : Chagriné, Chaviré, Chahut.

— C'est le nom de chien le plus stupide que j'aie jamais entendu. Et d'abord, il s'appelle Joey.

— Ou plutôt, c'est comme ça que l'appelait le chemineau.

— C'est le nom qui est gravé sur son collier.

Jury déplia un second trombone.

— Et alors ? Le chemineau est parti en le laissant et il n'est pas revenu le chercher.

— Plus personne ne dit « chemineau ».

— Qu'est-ce qu'il faut dire, alors ? Mendiant ? Galvaudeux ? Pauvre hère ?

— Tu le sais parfaitement. Sans domicile fixe.

Jury entendit des aboiements à l'arrière-plan.

— Pourquoi Joey n'est-il pas dehors, en train de courir après ton bouc ? Tout cet espace pour s'ébattre, c'est uniquement pour ça que j'ai...

— Que tu as ?

— Que j'ai admis que tu veuilles adopter un autre chien. Au fait, que devient Mindy ? Ça fait des siècles que je ne l'ai pas vue.

— Elle traîne au Man with a Load of Mischief.

— Tu devrais mieux veiller sur elle. Elle est vieille. Nous le sommes tous. Ecoute, il faut que je file à Chesham. Pourrais-tu interrompre tes jeux et m'y rejoindre ? J'aimerais que tu fasses quelque chose pour moi.

— Quoi ? demanda Melrose d'un ton soupçonneux.

— Je te le dirai là-bas.

Un silence.

— Eh bien...

Jury commençait à perdre patience.

— Ne te cherche pas d'excuses. Ça représente à peine une heure de route. Tu n'auras qu'à me retrouver au Black Cat.

— Bon, d'accord. A plus tard.

Chahut… Jury raccrocha si violemment que Wiggins sursauta.

— Pardon, mais parfois, Plant me met hors de moi.

Pour quelle raison ? Jury ne le savait pas au juste. Il croisa les bras et glissa ses mains sous ses aisselles pour les réchauffer.

— Du nouveau ?

— A propos de l'enquête ?

— Evidemment, à propos de l'enquête ! A votre avis, qu'est-ce que je fous ici ?

Wiggins fit la bouche en cul-de-poule.

— La nouvelle agence, reprit Jury. High Society… Vous deviez aller les voir avec quelqu'un de la City.

— En effet.

Wiggins sortit son carnet et débrancha la bouilloire, qui produisait le même vacarme qu'un Shinkansen entrant dans Kyoto.

— La directrice de l'agence s'appelle Alva Rooney. Elle semblait horrifiée par la disparition de Deirdre. Bien entendu, elle a invoqué le secret professionnel pour ne pas divulguer le nom du client avec lequel elle avait rendez-vous le soir où elle a été assassinée : Vous comprenez, le respect de la vie privée, et patati et patata. Toujours le même refrain. Je lui ai demandé si elle connaissait un certain Nicholas Maze. Elle a immédiatement reconnu le nom, et a manifesté un étonnement sincère en apprenant qu'on le soupçonnait d'avoir tué Deirdre.

— Je ne crois pas que ce soit lui. Elle le connaît si bien que ça, pour réagir ainsi ?

— Faut croire.

— Deirdre Small avait d'autres clients attitrés ?

Wiggins regarda son carnet avant de répondre :

— Oui, plusieurs : William Smythe, Clement Leigh, Jonathon Midges.

Jury esquissa un sourire.

— Dois-je comprendre que vous n'avez pas eu à la menacer de revenir avec un mandat ?

— Oh, non ! Elle nous les a sortis d'un trait, sans même consulter ses archives. Quelle mémoire ! Et elle a elle-même fait remarquer que, beaucoup de ses clients utilisant une fausse identité, elle doutait que ces noms nous soient très utiles.

— Elle n'avait pas de photos ?

— De ses clients ? Non. Mais même si elle en avait eu, sans le véritable nom des types, vous n'auriez pas pu en faire grand-chose.

— J'étais parvenu à cette conclusion tout seul, Wiggins. Ce qui me titille, c'est que cette Mme Rooney se dévoue à son travail au point de garder ce genre de détails en mémoire. J'en conclus que ses « filles » ont l'habitude de lui faire des confidences. Elle vous a parlé de Deirdre Small ?

— Pas beaucoup. Elle a répondu à mes questions, mais la conversation a rapidement dévié vers le client, Maze : « Un homme poli, aimable, du moins au téléphone… » Vous croyez qu'il ait pu être jaloux des autres hommes que voyait Deirdre – même si c'était son boulot, après tout ?

— Je ne pense pas que Nicholas Maze soit le genre d'homme à perdre la tête pour une femme. Il est trop centré sur lui-même pour ça. Peut-être devrions-nous retourner voir Mme Rooney, à mon retour de Chesham.

Jury se leva et décrocha son manteau de la patère.

— Vous ne trouvez pas bizarre qu'une de ces femmes ait été tuée à Chesham et les deux autres à Londres ? reprit Wiggins.

— Bien sûr que si. J'achoppe sans cesse sur ce point.

Wiggins poursuivit ses réflexions :

— On a déjà vu des tueurs en série avec un rayon d'action très étendu. Même si, à la réflexion, je serais incapable de vous en citer un seul. L'éventreur du Yorkshire ? Son parcours est évident. Même chose pour les tueurs de la lande. Vraiment, je ne vois pas.

246

— Moi non plus. Pour résumer, ces trois meurtres sont à la fois liés et pas liés. A plus tard, Wiggins.

Dans sa voiture, Jury repensa à ce qu'il venait de dire à son sergent : les trois meurtres étaient à la fois liés et pas liés. Il avait la sensation d'avoir mis le doigt sur quelque chose, mais quoi ? Il resta plongé dans ses réflexions jusqu'à ce qu'un concert de klaxons l'avertisse que le feu était passé au vert.

T'attends quoi, bordel ? T'es daltonien, ou quoi ?

Qui venait de parler ? Le conducteur de la voiture qui le suivait ou le feu tricolore ?

42

Cependant, au Black Cat, Melrose éprouvait une impression de déjà-vu : attablé au centre de la salle, le vieux Johnny Boy marmonnait tout seul, ou bien il parlait à son chien revêche, Horace. La vieille femme sirotait un sherry en déchiffrant un formulaire de pari hippique. Et lui-même, Melrose, était assis à la même table, près de la même fenêtre que lors de sa première visite.

Et la jeune Dora le dévisageait tandis qu'il se cachait derrière le *Times*.

— Pourquoi est-ce que vous n'avez pas encore retrouvé Morris ? lui lança-t-elle d'un ton accusateur.

Il abaissa le journal.

— Tu sembles oublier que tu as raconté ton histoire à un commissaire de police. C'est lui qui était censé mener l'enquête.

— Vous aussi, vous deviez la chercher, lui rétorqua-t-elle.

— Mon ami travaille pour Scotland Yard, alors que je ne suis qu'un simple propriétaire terrien.

Si seulement elle avait pu diriger ailleurs son regard inquisiteur… Il secoua le journal, marqua le pli central avec le tranchant de la main, furieux de ne pas apparaître comme le sauveteur de Morris.

Elle soupira, secoua la tête, franchissant un degré supplémentaire dans la déception.

— S'il travaille pour Scotland Yard, il devrait être fichu de retrouver un chat ! Comment se fait-il qu'on ne l'ait pas encore viré ?

Melrose prit son ton le plus condescendant pour répondre :

— Il doit rechercher des personnes disparues. Il n'a pas que...

— S'il est incapable de retrouver un chat, comment pourrait-il retrouver des gens ? C'est plus difficile !

— Pardon, mais il est beaucoup plus difficile de retrouver un chat qu'une personne. Un chat est plus petit, et il peut se cacher dans des endroits pour nous inaccessibles.

— Oui, mais un chat ne peut pas lire les panneaux, alors il ne sait pas où il est.

— Ne dis pas de bêtises, les chats se repèrent à l'instinct, ils n'ont pas besoin des panneaux.

Que cherchait-il à prouver au juste ? Il l'avait oublié. Il défroissa son journal.

Au même moment, à sa grande consternation, un second chat noir surgit de derrière le bar. Etait-ce Morris bis ? Il s'assit, comme s'il surveillait la salle. C'est alors que le chat n° 1 passa en courant.

Melrose pressa l'épaule de Dora.

— Attends... une... seconde. Il y a deux chats noirs maintenant ! L'un des deux est nouveau.

Les deux chats étaient identiques, hormis d'infimes détails. Pour les différencier, il aurait fallu les voir côte à côte, mais ils s'évitaient soigneusement. Le nouveau chat (si c'était bien lui le nouveau) avait un comportement frénétique. Il courait en tous sens, comme s'il cherchait quelque chose.

Dora se retourna vers lui et déclara :

— Ce n'est pas non plus Morris.

Melrose reposa son journal, songeant : Mais qu'est-ce que je fiche ici, moi ?

LE CHAT EST REVENU

43

Il aurait certainement battu en retraite si, à cette seconde précise, Richard Jury n'était entré dans le pub.

Sally Hawkins choisit également ce moment pour apparaître derrière le comptoir. Elle fit signe à Dora d'approcher, l'appela, mais la gamine l'ignora.

— J'ai la sensation étrange d'avoir déjà vécu cet instant, dit Melrose.

Jury posa une main sur l'épaule de Dora, sourit et s'assit.

— Tu pourrais être plus précis ?

— Il y a un nouveau chat noir, et Dora affirme que ce n'est pas non plus Morris. Ça dépasse l'entendement. Le cosmos comprend des milliards de chats noirs, et aucun n'est Morris. Pourtant, c'est forcément elle.

— Tu ne crois pas que Dora l'aurait reconnue ?

— Non, répliqua Melrose d'un ton qui n'admettait aucune contestation.

Entre-temps, la gamine était venue se placer à côté de Jury.

— Il m'a dit que si vous n'aviez pas encore ramené Morris, c'est parce que les chats sont trop difficiles à retrouver, rapporta-t-elle.

— Ah bon ? Pourtant, si j'en crois mon expérience, c'est tout le contraire. Pourrais-tu demander à Sally de me servir une pinte de quelque chose ?

Dora se précipita vers le bar. Sally acquiesça et dressa le pouce, comme si le fait que Jury ait commandé une pinte représentait une victoire pour tous les deux.

— Alors, où est-il, ce nouveau chat ? demanda Jury.

— Il vient de filer. Tu ne l'as pas vu ? Il s'est réfugié dans un renfoncement près de la cheminée.

Jury se retourna. Le renfoncement en question faisait la taille approximative d'un tiroir. Ce détail le fit réfléchir.

Dora lui apporta sa bière avec précaution.

— Tu es trop jeune pour faire ça, commenta Melrose. Une barmaid de sept ans à peine…

Sitôt assise, la gamine ramena le chat sur le tapis :

— Il a dit aussi, reprit-elle avec un coup d'œil incisif en direction de Melrose, que les policiers de Scotland Yard n'étaient pas capables de retrouver les chats.

— C'est faux ! Je n'ai jamais dit…

Dora se dressa sur sa chaise, les poings sur les hanches.

— Si, vous l'avez dit !

Jury intervint.

— Inutile de vous disputer. J'ai retrouvé Morris.

Melrose et Dora se tournèrent vers lui d'un même mouvement, bouche bée de stupeur.

Dora fut la première à se ressaisir. Elle regarda autour d'elle.

— Où est-elle ?

— A Londres. Ne t'inquiète pas, elle va bien.

— Pourquoi ne l'as-tu pas ramenée ? interrogea Melrose d'un ton glacial – apparemment, Jury ne devait pas espérer des félicitations de sa part.

— Parce que j'ai encore besoin d'elle à Londres.

— Quoi ?

— Quoi ?

Les deux exclamations se télescopèrent. Jury se retint d'éclater de rire. Melrose et Dora semblaient avoir procédé à un échange de personnalités. A cet instant, il paraissait sept ans et elle quarante-sept, le regard effaré, son petit front barré d'un pli profond.

— Ce nouveau chat, quand est-il apparu ? demanda Jury, même s'il connaissait déjà la réponse.

— Aujourd'hui... Non, hier soir. Il ne fait que courir partout, sauf quand il se cache dans le creux près de la cheminée. On dirait qu'il est fou. En plus, il a mauvais caractère. Sally pense qu'il appartient à quelqu'un parce qu'il avait un collier quand il est arrivé, mais il l'a perdu.

— J'aimerais voir ce collier.

— Pourquoi ? fit Melrose.

— Pièce à conviction.

Tandis que Melrose levait les yeux au ciel, Dora se précipita vers le comptoir.

Jury se tourna vers la cheminée et appela :

— Schrödinger !

Le vieux Johnny Boy et la turfiste le regardèrent comme s'il avait perdu la tête. Schrödinger jaillit de sa cachette, vint lui renifler les pieds et s'enfuit à nouveau.

Dora leur rapporta le collier.

Il était bleu, et identique à celui du chat noir qui était apparu à l'Old Wine Shades en compagnie de Mungo. Jury sourit. Comment deux animaux avaient-ils pu concevoir pareil stratagème ? Comment ? Le fait est qu'ils avaient réussi leur coup.

— Schrödinger ? répéta Melrose. Dis-moi si je perds la boule...

— Je ne voudrais surtout pas te contredire.

— Très amusant... Mais la dernière fois que j'ai entendu ce nom, c'était celui du chat de Harry Johnson.

— Un drôle de nom, remarqua Dora.

— Son maître est lui-même un drôle de numéro.

— Mais moi, c'est Morris que je veux, réaffirma Dora juste avant que Sally Hawkins ne la rappelle.

Morris, Joey, ou quelqu'un... Jury baissa les yeux vers sa pinte de bière.

— Tu veux dire que c'est le chat de Harry Johnson ? insista Melrose.

Jury acquiesça et but une gorgée.

— Qu'est-ce qu'il fiche là ?

— Je suppose que c'est Harry qui l'y a amené.

Melrose laissa tomber sa tête entre ses mains.

— Pourquoi ? Pourquoi ? Pourquoi ? Note que je ne suis pas sûr de vouloir connaître la réponse.

— Et tu as sans doute raison. C'est encore une de ses facéties. « Le chat est revenu. » Rappelle-toi qu'il m'a embarqué dans son histoire par la magie de cette seule phrase : « Le chien est revenu. »

— Il aurait fait ça par jeu ?

— Hmm-hmm. Il y a eu un meurtre à Chesham, et l'enquête piétine. Harry le sait. Alors il se venge, parce que je le soupçonne toujours.

— Ce type est cinglé. Pourquoi a-t-il amené son chat ici ?

— Il ne savait pas que c'était le sien. Il croyait ramener Morris.

— Il n'est pas fichu de reconnaître son propre chat ?

— Lui ? Bien sûr que non. C'est pourquoi il a mis un collier à Morris, pour distinguer les deux chats l'un de l'autre. Ce qui m'épate, c'est que le collier en question se soit retrouvé sur Schrödinger. Je soupçonne Mungo d'être l'auteur de ce tour de passe-passe. Le Velcro est assez facile à défaire. Nous ne saurons probablement jamais toute la vérité.

— Tu vas laisser Schrödinger ici et Morris à Londres, chez Harry ?

— Sûrement pas. Mais c'est toi qui vas ramener Morris.

Melrose se figea, le regard fixé non sur son ami, mais sur la scène impossible qui se déroulait au même moment dans son esprit. Puis il fourra ses cigarettes et son briquet dans ses poches, finit sa bière et annonça :

— Je rentre chez moi.

Il voulut se lever, mais Jury le tira par la manche pour l'obliger à se rasseoir.

— C'est d'une simplicité enfantine, plaida-t-il. Tu n'auras qu'à te pointer chez Harry. J'ai un panier pour animaux dans ma voiture…

— On peut savoir pourquoi tu trimballes un panier pour animaux dans ta voiture ?

— Il est à... Wiggins. Pour son hamster. On va le transporter dans ta voiture. Tu logeras au Boring's.

Satisfait, Jury but une gorgée de bière.

— Tu as encore beaucoup de projets de ce genre pour moi ? Et d'abord, pourquoi devrais-je loger au Boring's ?

— Parce que tu vas aller à Londres.

— Il n'est pas question que j'aille à Londres.

— Mais si. Autre chose : as-tu déjà fait appel à une agence d'escort girls ?

Melrose considéra Jury d'un air soupçonneux, les yeux à demi fermés.

— Non, et je n'ai aucune intention de le faire dans un avenir proche ou lointain.

— Il n'y a que les imbéciles qui ne changent pas d'avis. High Society, Valentine's Escorts, ou la Compagnie de King's Road : tu as le choix.

— Merci beaucoup, mais c'est non. Le sexe payant, ce n'est pas mon truc.

— Ce n'est pas une obligation.

— Quoi, de payer ?

— Non. Le sexe.

— C'est pourtant la raison d'être de ces agences, non ?

— Pas forcément. Tu peux engager une escort girl pour quantité de raisons. Un dîner au restaurant, une promenade à Green Park, un concert au Royal Albert Hall...

— Tu me vois emmener une femme de cette sorte au Royal Albert Hall ?

— Bon sang, je ne te savais pas aussi snob !

— Si, tu le savais.

— En réalité, tu ne l'es pas tant que ça. Rappelle-toi, tu t'entendais comme larrons en foire avec les Cripps. Un homme capable de s'acoquiner avec Ellie et Ash le Flash est tout sauf snob. Sans parler de Pete le Pisseur, ajouta Jury avec un rire bref qui fleurait la bière. Et Bea ? Tu n'as pas eu peur de t'afficher avec elle à la National Gallery.

257

— Bea est une artiste.

— Ça n'empêche qu'elle parle avec l'accent de Brixton. Alors, ton choix ? High Society, Valentine's ou la Compagnie de King's Road ?

Melrose continua à le regarder sans répondre.

— C'est bon, soupira Jury, je me jette à l'eau.

Il avait la certitude que Rosie Moss en savait plus qu'elle ne lui en avait dit. C'était le moment ou jamais de la rappeler. Ce qu'il fit sur-le-champ.

— Rosie ? Salut, c'est Richard Jury... Lui-même. Dites, si vous n'avez rien de mieux à faire, ça vous dirait de prendre un verre avec moi demain soir ? Après-demain, alors ?

Melrose l'observait avec une expression méfiante.

— Ça marche. A jeudi, donc. Tu vois ? dit-il après avoir raccroché. C'est aussi simple que ça. Rosie travaille pour Valentine's Escorts. Choisis une des deux autres.

— Qu'est-ce qui me prouve que tu parlais à quelqu'un ? Si ça se trouve, tu faisais semblant.

Jury ne daigna pas répondre.

— D'accord, d'accord ! Va pour High Society. Le nom me plaît davantage.

Jury reprit son portable.

— Minute, protesta Melrose. Tu ne crois quand même pas que je vais appeler maintenant, devant tout le monde ?

— Pourquoi pas ? Je l'ai bien fait, moi.

— Tu n'as pas confiance en moi, c'est ça ?

— En effet.

— Merde !

Melrose saisit le portable et demanda :

— C'est quoi, le numéro ?

Jury fit glisser vers lui une page de son carnet.

— N'oublie pas que l'indicatif de Londres a changé.

— Tu me prends pour un gosse ?

Melrose composa le numéro et attendit la sonnerie.

— Allô ? Oui, bonjour. Je dois me rendre à Londres...

Jury lui présenta une feuille sur laquelle il venait d'écrire quelque chose.

— ... demain, et je souhaiterais, euh, recourir aux services de votre agence.

Jury écrivit autre chose.

— Je me demandais quelle était la procédure... Oui... Oui...

Jury leva la feuille devant les yeux de son ami. *Elle va te demander quel genre de fille tu veux*, pouvait-on y lire.

— Oh, je n'ai pas d'exigences particulières... Non, attendez. Disons, blonde, plutôt grande, jolie. Mais bien sûr, vous n'employez que de jolies filles, pas vrai ? Ah ! ah !

Un gazouillis jaillit de l'appareil.

— Ça me paraît parfait. Où je loge ? A mon club. Le Boring's. A Mayfair... Oh, je pense que nous prendrons un verre et dînerons quelque part... Au club ? Euh... Ecoutez, je vous rappellerai sitôt arrivé à Londres pour vous indiquer un lieu de rendez-vous. C'est ça...

Il déclina ensuite ses nom et adresse, de même que le numéro d'une carte de crédit qu'il eut du mal à extraire de son portefeuille en cuir. Après avoir dit au revoir, il rendit le téléphone à son propriétaire avec un regard noir. Jury sourit et empocha l'appareil.

Dora revint s'asseoir près de Jury, en dépit des avertissements de Sally Hawkins.

— Pendant que vous serez à Londres, dit-elle à Melrose, vous irez chercher Morris chez l'homme dont vous parliez ?

— Non, répondit Melrose.

Ignorant la mine dépitée de la gamine, il se tourna vers Jury :

— Alors, quelles sont tes instructions ? Je veux dire, comment se comporte-t-on à un premier rendez-vous ?

— Fais ce que tu veux, du moment que tu me rapportes l'information qui m'intéresse. Maintenant, je dois te laisser. J'ai quelques visites à faire avant de regagner Londres.

— Et qu'en est-il de ton autre plan machiavélique, l'enlèvement de Morris ? Quand suis-je censé m'en occuper ?

— Après ton rendez-vous galant, soit après-demain. Surtout, ne prends pas la Rolls, mais une autre épave de ta

259

collection. La Bentley, par exemple. Si je me rappelle bien, c'est une antiquité.

— Ou la Jaguar.

— Tu n'as pas de Jaguar.

— Je pourrais en acheter une. Autant faire les choses bien, non ?

— Comment se fait-il que tu sois plein aux as alors que j'arrive tout juste à joindre les deux bouts ?

Melrose haussa les épaules.

— C'est peut-être qu'il y a une justice divine, répondit-il. Si tu la veux, je te donne ma Bentley.

— Non merci. Et n'oublie pas, il ne s'agit pas d'un enlèvement. Dans cette histoire, le kidnappeur, c'est Harry. Je t'indiquerai à quel moment tu devras te présenter chez lui. Il habite Belgravia. J'imagine que tu sais où ça se trouve.

— « J'imagine que tu sais où ça se trouve », l'imita Melrose. Oui, mon brave, je le sais. Quelle adresse ?

Jury la lui donna.

— Quand Harry m'ouvrira – car entre nous, je crains qu'il n'ait pas oublié notre petite comédie à l'Old Wine Shades…

Le sourire de Jury s'élargit.

— Il n'y a aucun risque que Harry t'ouvre. Il sera ailleurs.

44

— « Mortels rendez-vous ». Sous-titre : « Un tueur en série en liberté ? » Au moins, ils ont mis un point d'interrogation...

L'inspecteur-chef Cummins avait retourné le journal vers Jury pour lui montrer le titre et les photos qui l'accompagnaient. On y voyait l'extérieur des agences Valentine's Escorts et High Society, ainsi que des portraits de Deirdre Small et Mariah Cox, cette dernière étant présentée comme « Stacy Storm ». Il manquait Kate Banks et la Compagnie de King's Road. Sous les photos des deux victimes, il y en avait une plus petite de Rose Moss, qui « aidait la police dans son enquête ».

Les deux hommes se trouvaient à la station de Chesham. Cummins reprit :

— Je pense que les trois affaires sont liées, seulement...

— Seulement quoi ? Votre raisonnement m'intéresse.

Cummins se gratta l'oreille. Il avait l'air terriblement jeune. Jury lui envia la fraîcheur presque adolescente qui affleurait encore sous le policier aguerri. Puis il pensa à Rose Moss. Pour dire la vérité, il s'inquiétait pour elle. Il craignait de lui donner de faux espoirs en l'invitant à prendre un verre.

— Eh bien, je ne crois pas qu'on ait affaire à un tueur en série.

— Pourquoi ?

— Parce que Mariah a été tuée à Chesham, pas à Londres.

— Très juste. Mariah Cox a été tuée parce qu'elle était Mariah Cox, pas Stacy Storm, l'escort girl. De là à en déduire que les deux autres meurtres obéissent au même schéma… Les trois victimes étaient liées, non par leur activité, mais par autre chose. C'est cette autre chose qu'il nous faut découvrir.

David Cummins sourit.

— Chris pense aussi que les meurtres n'ont rien à voir avec l'activité d'escort girl. Pour elle, la clé de l'énigme, ce sont les chaussures.

Jury rit de bon cœur, pour la première fois depuis long-temps.

— Dites-lui que je peux envoyer quelqu'un cuisiner Jimmy Choo.

— Et Louboutin, le type aux semelles rouges. Ses chaus-sures donnent toujours l'impression d'avoir trempé dans le sang.

Quand Edna Cox lui ouvrit, il lui trouva la mine un peu moins défaite, mais à peine. Etrangement, elle parut contente de le voir, peut-être parce qu'il faisait partie des rares personnes qui la reliaient toujours à Mariah. Il espéra qu'il n'était pas le seul.

Une tasse de thé à la main, il attendit qu'elle cesse de s'affairer et s'assoie à son tour pour lui parler de sa nièce et des autres victimes.

— Les deux autres jeunes femmes, Deirdre Small et Kate Banks… Est-ce que leurs noms vous évoquent quelque chose ?

Elle secoua la tête. Un exemplaire du journal que Cummins avait montré à Jury reposait sur une ottomane couleur rouille. Edna Cox le ramassa.

— Non. Mais elle, je l'ai déjà vue.

Comme l'avait fait Cummins, elle retourna le journal vers Jury et lui indiqua la photo de Rosie Moss.

— Ici, ils l'appellent Adele Astaire. Pfff ! Je vous demande un peu...

— Vous l'avez vue ? répéta Jury, surpris. Je croyais que vous ne connaissiez d'elle que son nom.

— C'est exact. Je n'ai jamais vu aucune de ces jeunes femmes, du moins leur photo. Mais Adele Astaire est un faux nom, comme Stacy Storm.

Elle fit une pause pour boire une gorgée de thé, puis elle reprit :

— Elles pourraient imaginer quelque chose de mieux, vous ne croyez pas ?

— Cette Adele Astaire... Vous vous rappelez où vous l'avez vue ?

Edna posa sa tasse, visiblement déterminée à se creuser la tête.

— Je n'arrête pas d'y penser depuis que je l'ai reconnue dans le journal, mais ça ne me revient pas.

— Se pourrait-il qu'elle soit déjà venue ici, enfin, à Chesham, avec Mariah ?

Edna Cox ferma fort les yeux, comme si elle cherchait à exprimer jusqu'à la dernière goutte de souvenir de sa mémoire.

— Non. En tout cas, ce n'est pas ici que je l'ai vue.

Jury attendit, mais comme elle gardait le silence, il reprit :

— Son vrai nom est Rose Moss. Ça vous dit quelque chose ?

Edna baissa les yeux et regarda ses mains, à moins qu'elle n'ait étudié les roses cent-feuilles du tapis, puis elle inclina légèrement la tête, comme si elle tendait l'oreille vers un bruit lointain ou indistinct. Soudain ses yeux s'agrandirent.

— Un film ! Je l'ai vu il y a longtemps avec ma sœur, la maman de Mariah. A l'époque, elles habitaient Londres. Mariah nous a entendues en parler et elle a dit que le titre du film – *Moss Rose* – était à l'envers. Ça l'a beaucoup fait rire.

— Vous croyez qu'elle connaissait déjà Rose Moss ?

— C'était peut-être une camarade d'école ? Mariah devait avoir huit ou neuf ans. Mais vous avez interrogé cette fille. Qu'est-ce qu'elle vous a dit ?

— Rose était une relation de Stacy Storm. Mais quand je lui ai indiqué le vrai nom de votre nièce, elle n'a pas dit qu'elle la connaissait.

Edna Cox appuya le menton sur son poing, lequel serrait un mouchoir. Une larme glissa lentement sur sa joue.

— Quand je pense que Mariah se cachait derrière ce nom, ça me rend triste. Il sonne tellement faux… Un faux nom d'actrice de cinéma. Ma Mariah…

Jury pouvait comprendre qu'elle ait concentré son attention sur le nom pour se distraire de cette sinistre comédie. Le déni, supposa-t-il, était l'ultime refuge des malheureux.

— A votre avis, demanda-t-il, pourquoi Mariah se donnait-elle autant de mal pour paraître, disons, quelconque, alors qu'elle possédait une beauté aussi éclatante ?

Ou était-ce la beauté éclatante, l'escort girl, la vraie Mariah ?

Les deux identités étaient-elles également vraies ? Ou également fausses ?

Edna Cox secoua la tête.

— Elle était plus jolie enfant, répondit-elle. Je ne sais pas comment ça se fait, mais en grandissant, elle est devenue insignifiante. Petite, déjà, elle était très calme, presque éteinte. Jamais elle ne se plaignait. L'autre elle-même… Je me demande d'où elle venait.

— Peut-être souffrait-elle de schizophrénie ? Vous savez, un dédoublement de personnalité ?

— Oh non ! En tout cas, on n'a jamais vu ce genre de chose dans la famille.

Jury acquiesça. Même si Mariah avait été schizophrène, cela n'aurait eu aucune incidence sur l'affaire. Aucune de ses personnalités n'avait pu assassiner les deux autres jeunes femmes. Mariah était morte la première.

Jury remercia Edna et lui promit de faire tout son possible pour elle, même s'ils savaient l'un comme l'autre qu'il ne pouvait rien. Néanmoins, il devait le proposer.

— Vous avez ma carte ? Surtout, n'hésitez pas à m'appeler si vous avez besoin de quoi que ce soit.

Son insistance parut apporter un peu de réconfort à Edna.

45

Le Dr Phyllis Nancy se dépouilla de ses gants verts ultrafins et les laissa tomber dans le bac de la table sur laquelle gisait Deirdre Small, amincie, évidée, rétrécie par la mort.

— Je voulais vérifier l'aspect des blessures et la trajectoire de la balle, expliqua-t-elle en jetant un coup d'œil à ses notes. Ton suspect, son client — si toutefois il est suspect...

— Nicholas Maze. L'inspecteur-chef Jenkins ne croit pas à sa culpabilité.

— Et il a probablement raison. Maze est très grand, me semble-t-il, alors que la victime était toute petite. Si c'était lui, la trajectoire serait différente.

— Même à bout portant ?

— Oui. On verrait quand même une différence.

Jury considéra le visage de Deirdre Small, vierge de toute expression. Sans doute portait-elle un masque de son vivant, pour répondre aux contraintes du monde dans lequel elle évoluait. A cause de ses origines, de son travail, de sa petite taille, elle avait dû faire beaucoup de concessions. Davantage que Kate Banks, si belle et intelligente, ou que Mariah Cox, si ambiguë.

Trois femmes mortes pour rien, parce qu'elles constituaient une gêne, victimes de la cupidité, de la colère, de la peur ou de la mauvaise conscience de quelqu'un. Qu'avaient-elles en commun ? Qu'est-ce qui les reliait les unes aux autres ?

— Elle t'a appris quelque chose ? demanda-t-il, indiquant le corps.

— Rien que tu ne saches déjà, répondit le Dr Nancy avec un mince sourire. On va dîner ?

Il acquiesça. Elle ôta son tablier, ramassa ses affaires, et ils quittèrent la morgue.

— Les neurologues ne sont pas très optimistes, dit Phyllis. Mais ce n'est pas une surprise, hein ?

Jury examina son poisson frit. La commande habituelle de Wiggins, pas la sienne. On aurait dit un puzzle.

Phyllis le dévisageait. Ressemblait-il lui aussi à un puzzle ? Il tardait à réagir à sa remarque sur le pronostic des neurologues parce qu'il ne savait pas quoi dire.

— Tu n'y peux rien, Richard, reprit-elle, la tête légèrement inclinée. Pas plus aujourd'hui qu'hier.

— Je sais. Ce qui me perturbe, c'est moins mon impuissance que mes sentiments – ou plutôt, que les sentiments que je n'ai pas.

Jury leva les yeux de son assiette, puis les baissa à nouveau. Il n'avait pas très faim.

— L'ambivalence est…

— C'est plus que ça. Ou moins.

Il se redressa et regarda la salle, comme toujours bondée. Mais ici la foule ne le dérangeait pas. Les autres clients, ces parfaits étrangers, lui paraissaient familiers. Le brouhaha des conversations préservait l'intimité de chacun. Il aperçut Danny Wu qui accordait toute son attention à un couple, penché au-dessus de la table. Danny savait manœuvrer son public aussi bien qu'un politicien.

— Cet endroit a quelque chose de réconfortant, observa-t-il.

— Tu as raison. On s'y sent chez soi, quel que soit le sens qu'on donne à cette expression. Il y a dans mon quartier une pharmacie qui me procure la même sensation. Elle ne paie pas de mine, pourtant j'aime y passer du temps. Je m'assois dans un fauteuil et je déchiffre les étiquettes.

Jury s'esclaffa :

— Phyllis !

Cette confidence l'étonnait moins qu'elle ne le ravissait. Cette femme était incomparable. Belle, et riche, en plus. Il s'était toujours demandé d'où elle tenait son argent.

— D'autres ressentiront la même chose dans une boutique en particulier, ou une librairie. En fait, ça n'a pas besoin d'être un endroit. Un peintre éprouvera ce sentiment devant un tableau, un écrivain devant des mots.

Elle soupira et croqua une bouchée de poisson.

— Je suis allée à l'hôpital ce matin, reprit-elle. Un des médecins de Lu est un bon ami. Elle peut encore se réveiller, Richard. C'est ce qui rend la décision si difficile. Son oncle était là.

Jury attendit qu'elle poursuive.

— Il est sa plus proche famille. C'est du moins ce qu'il affirme.

— Tu l'as vu ?

— Oui. Je l'ai trouvé avec le Dr McEvoy – mon ami.

— Lu a fait quelques allusions à son oncle devant moi. Elle l'aimait beaucoup. Sinon, elle ne parlait jamais de sa vie.

Il saisit maladroitement ses baguettes.

— Sa vie… Qu'est-ce qu'il en reste, maintenant ?

— Je suis sincèrement désolée, Richard.

Et elle l'était.

L'hôpital n'était certainement pas un endroit où l'on se sentait chez soi, mais les efforts du personnel soignant, sembla-t-il à Jury, évitaient au visiteur de s'y sentir complètement perdu.

Une infirmière petite et replète, aux allures de grand-mère, dont le badge indiquait qu'elle s'appelait Mae Whittey, lui annonça que Mlle Aguilar avait changé de chambre quelques heures plus tôt et qu'elle allait le conduire à la nouvelle. Il n'osa pas demander si elle avait également changé de service, craignant de s'entendre répondre qu'on l'avait mise avec les malades incurables.

Les semelles de crêpe de l'infirmière faisaient un petit bruit de succion sur le sol. En passant devant une chambre, elle lui signala que celle-ci allait être « rafraîchie », d'où l'épais plastique tendu en travers du chambranle à la place de la porte. Cette vision rappela à Jury les tentes provisoires sur les sites archéologiques.

— Faites attention, lui dit-elle, désignant un seau et des outils contre un mur.

On aurait vraiment dit qu'elle le guidait à travers un chantier de fouilles.

Leurs pas résonnaient dans le couloir silencieux. Jury s'interrogea sur cette absence de bruit, la plupart des portes des chambres étant entrouvertes.

— Vous y êtes, dit l'infirmière.

Elle aurait dû dire « Nous y sommes », car elle entra avec lui.

Comme si elle faisait partie de leur petite famille, elle demeura à ses côtés tandis qu'il contemplait la forme immobile de Lu Aguilar, aussi paisible qu'un gisant. Etrangement, Jury ne trouvait pas sa présence dérangeante. Il lui était même reconnaissant de rester là. Il n'avait pas oublié la solitude écrasante qu'il avait ressentie deux mois plus tôt quand sa cousine Sarah était morte à Newcastle. Il avait erré dans Londres pendant des heures, incapable de se réfugier dans un parc, un bar, ou dans ses pensées. Cette solitude, c'était celle que devaient éprouver les orphelins.

Cette chambre était identique à la précédente, à part la gerbe d'orchidées, les plus magnifiques qu'il eût jamais vues, qui trônait dans un vase sur la table de nuit. En les voyant, il se fit la réflexion qu'il venait toujours les mains vides.

— On dirait qu'elle a eu de la visite, remarqua-t-il. Ça vient de son oncle ?

— Les fleurs ? Oh non, c'est le Dr Nancy qui les a apportées. Elles sont belles, n'est-ce pas ? Toutes ces nuances de rouge... Elle a dit que c'était des orchidées du Brésil. Il semble que Mlle Aguilar soit originaire de là-bas. Le Dr Nancy trouvait qu'il lui fallait quelque chose de son pays pour lui tenir compagnie. Ça lui ressemble bien, ajouta l'infirmière avec un sourire. Au Dr Nancy, je veux dire. Mais vous la connaissez, je crois ? Il me semble l'avoir entendue prononcer votre nom. J'ai d'abord cru que c'était une amie de la patiente, mais elle m'a dit que non, qu'elle était une très bonne amie d'un de ses très bons amis.

— C'est vrai, acquiesça Jury.

— Je suis vraiment désolée, dit Mae Whittey. Elle est si jeune, ajouta-t-elle, regardant Lu.

Le règlement aurait voulu qu'elle sorte et le laisse seul. Pourtant, ils restèrent là un long moment, dans un silence qui faisait du bien à Jury, même s'il ignorait pourquoi. Peut-être Mae Whittey avait-elle le même effet sur tous les visiteurs.

Pendant qu'elle procédait à des ajustements microscopiques avec les draps du lit, Jury s'approcha de la fenêtre. Une vue différente et pourtant semblable. Quand il se retourna, l'infirmière arrangeait les orchidées qui flamboyaient dans ce décor incolore. Prométhée offrant le feu aux mortels ignorants.

— Vous savez, lui dit-il, il y avait une grande actrice qui portait le même nom que vous, à deux lettres près : dame May Whitty.

— Oui, je me la rappelle très bien. Elle a tourné dans un film où elle montait à bord d'un train. Puis elle disparaissait, non ?

— C'est un film d'Hitchcock, répondit Jury, le regard tourné vers la fenêtre. *Une femme disparaît.*

46

Alice Dalyrimple.

Comment prendre au sérieux une escort girl affublée d'un nom aussi victorien qu'Alice Dalyrimple ?

« Mlle Dalyrimple sera votre escorte », lui avait annoncé Mlle Crick, de l'agence High Society. « Alice Dalyrimple », avait-elle prononcé avec un accent snob. Mlle Crick tenait le registre des rendez-vous. Melrose s'était demandé s'il n'avait pas atterri au beau milieu d'un roman de Jane Austen.

« Monsieur Plant, j'aurais besoin de quelques renseignements supplémentaires. Quel est votre prénom ? »

Mais qu'est-ce qui lui avait pris de donner son vrai nom ? Les hommes qui faisaient appel à ces agences indiquaient certainement une fausse identité. Au moins, il pouvait mentir sur son nom de baptême :

« Algernon. »

De Jane Austen à Oscar Wilde.

« Algernon. Parfait. »

Fallait-il que son prénom reçoive l'approbation de Mlle Crick ?

« Maintenant, nous devons décider d'un endroit pour le rendez-vous. »

Melrose avait envisagé plusieurs solutions, depuis le Hole in the Wall, face à la gare de Waterloo, jusqu'au palais de Buckingham, où il s'était imaginé présentant Mlle Dalyrimple à la reine. En désespoir de cause, il avait considéré la poignée de vieillards amorphes, plongés dans des états de torpeur plus ou moins profonds, qui l'entouraient, et avait dit :

« Au Boring's, à Mayfair. C'est mon club.

— Oh ! Le règlement le permet ? »

La question de Mlle Crick était lourde de sens : en dépit de son intitulé, High Society n'était pas répertoriée dans le *Who's Who.*

« Bien sûr, hasarda Melrose. Nous formons un groupe très ouvert, très dynamique… »

Cette précision lui avait été inspirée par la vue d'un des vieillards qui émergeait de son coma en reniflant. En réalité, les membres du Boring's étaient à peine moins dynamiques que les occupants de la crypte de Westminster.

Melrose avait repris :

« Elle n'aura qu'à…

— Vous voulez dire, Mlle Dalyrimple ? »

Diable ! Avait-il enfreint l'étiquette des agences d'escort girls par un usage trop ouvertement familier du pronom « elle » ?

« Mlle Dalyrimple n'aura qu'à se présenter à la réception, et on m'informera de son arrivée.

— Vous ne l'accueillerez pas personnellement à l'entrée ? »

Ça, c'est le travail du portier, figurez-vous.

« Je me trouverai au salon.

— Une dernière chose : j'aimerais vérifier le numéro de votre carte de crédit.

— Il me semble l'avoir déjà donné.

— Pas à moi. »

N'était-ce pas ce que disaient les flics quand un suspect se plaignait de devoir toujours répondre aux mêmes questions ? Cette femme aurait dû entrer dans la police.

« Je croyais que le paiement avait lieu à l'issue de la mission.

— En effet. C'est juste une précaution, au cas où. »

Au cas où il succomberait à un infarctus foudroyant en pleine action ? Au cas où Mlle Dalyrimple découvrirait qu'il l'avait attirée non dans un club sélect, mais dans un salon de piercing ? Au cas où Londres serait submergée par une véritable marée de rats ? Melrose avait fait son choix dans le paquet de cartes qui garnissaient son portefeuille, récité le numéro, puis Mlle Crick et lui s'étaient dit au revoir.

A présent, dans l'atmosphère somnolente du Boring's, il tentait de se concentrer sur sa lecture en attendant Mlle Alice Dalyrimple. Le programme de la soirée était simple : cocktails, puis dîner. On ne pouvait rêver d'un endroit plus paisible pour discuter meurtres. Certainement, la jeune femme avait la mort de ses consœurs présente à l'esprit. Comment pouvait-elle savoir que ce n'était pas lui l'assassin ? Ces filles sortaient et avaient des relations sexuelles avec des tueurs en série potentiels, et l'on aurait dit que ça leur était égal. Mlle Crick avait-elle manifesté la moindre inquiétude ? Non. Evidemment, ce n'était pas elle qui risquait sa vie.

Toutefois, Jury ne pensait pas que le danger résidait dans l'activité même d'escort girl.

Si les trois victimes n'avaient pas été tuées à cause de leur profession, que devait-on en conclure ? Qu'elles avaient autre chose en commun, forcément.

— Ma foi, ne serait-ce pas lord Ardry ?

— Colonel Neame ! Justement, je me demandais si vous étiez dans les parages.

Melrose se leva afin de serrer la main du vieil homme aux pommettes roses, un ancien pilote de la RAF.

— Toujours, mon garçon, toujours… Je ne m'éloigne du Boring's que pour faire un petit tour au Ritz ou chez Fortnum.

Le Ritz pour le thé, Fortnum & Mason pour les costumes en soie peignée et le comptoir du caviar.

— Votre itinéraire quotidien doit susciter l'envie du Tout-Londres. Quant à cet endroit, ajouta Melrose en désignant la pièce, c'est ici qu'est la vraie vie.

— On s'y repose bien, assurément. Mais un peu plus d'animation serait la bienvenue. Eh bien, eh bien ! s'exclama le colonel, le regard tourné vers la porte.

Une blonde à la poitrine généreuse, vêtue d'une robe arachnéenne qui semblait faite de foulards en mousseline, venait d'apparaître sur le seuil. La lente révolution du venti-lateur en bambou au plafond agitait son vêtement. Quant au balancement de ses seins rebondis et de ses hanches, elle en était l'unique responsable.

— Qui diantre cela peut-il être ? demanda le colonel avec une note d'approbation.

Qui, sinon Mlle Dalyrimple ?

— Sauf erreur de ma part, répondit Melrose, il doit s'agir de mon invitée.

— Oh oh ! Bravo, mon garçon, bravo !

Melrose se retint de lui révéler qu'il n'avait aucun mérite, que n'importe qui possédant un annuaire pouvait en faire autant. Si quelque chose pouvait encore tirer tous les dormeurs du val du Boring's de leur sommeil, c'était assuré-ment le spectacle d'Alice Dalyrimple se dirigeant vers lui d'une démarche chaloupée, juchée sur les talons de ses sandales argentées.

— Mademoiselle Dalyrimple ? Je suis Algernon Plant.

Le colonel Neame eut une mimique étonnée.

— Ça roule ?

La description pour le moins sommaire que Mlle Crick lui avait livrée de son escorte avait fait naître chez Melrose l'espoir flou d'un simulacre acceptable de bonne éducation. Mais Mlle Dalyrimple, avec son déhanchement et son déguisement, ne faisait aucun effort pour paraître distin-guée. Le dernier cheval à avoir remporté l'Ascot Gold Cup aurait pu lui donner des leçons de bonnes manières. Les quelques illusions que Melrose entretenait encore à son sujet avaient volé en éclats dès qu'elle avait ouvert la bouche. Même Marilyn Monroe, avant de prendre des cours de chant, possédait une voix moins éraillée.

Melrose présenta la jeune femme au colonel Neame, dont les yeux semblaient sur le point de jaillir de leurs orbites.

— Bien, bien, dit le vieil homme d'un ton bourru. Enchanté.

— Pareil, répondit Alice.

Ils s'assirent tous les trois, Alice dans un envol d'étoffes vaporeuses. Pourvu qu'elle n'entame pas un strip-tease et n'enroule pas ses foulards autour du colonel, songea Melrose.

— Mademoiselle Dalyrimple…

— Tu peux m'appeler Alice, tu sais.

Assise près de Melrose sur le sofa, la jeune femme glissa son bras sous le sien et lui pressa le biceps.

— Je crois qu'on va bien se marrer tous les deux. Pas vrai, chéri ?

Ses paupières étaient tellement chargées de fard vert et doré qu'elles se fermaient toutes seules, comme de minuscules stores. Il émanait d'elle une multitude de parfums qui se combattaient violemment, chacun cherchant à supplanter les autres.

— Vous voulez boire quelque chose ? demanda Melrose.

— C'est pas de refus. Une margarita, je te prie.

Cette requête parut amuser le colonel Neame.

— Je doute fort qu'on vous serve ici une boisson aussi sophistiquée, mademoiselle.

— Sophisti-quoi ?

Melrose vint au secours de la jeune femme :

— Le colonel veut dire qu'en matière d'alcools, le Boring's se limite aux valeurs sûres : whisky et gin.

— Va pour un gin, alors.

Melrose et le colonel manifestèrent une fois de plus leur fidélité au Macallan 18 ans. Le petit serveur roux prit leurs commandes avant de s'éclipser.

Melrose ouvrit la bouche pour exprimer une pensée encore informe et la referma aussitôt : Polly Praed venait d'entrer, et elle était tout l'opposé d'Alice Dalyrimple. Elle portait son éternel tailleur moutarde, une couleur à laquelle Melrose avait en vain tenté de la faire renoncer car elle ne rendait pas justice à ses yeux, les plus beaux qu'il eût jamais vus. Pour l'heure, ces yeux d'améthyste insondables semblaient le fixer d'un air accusateur, même s'il était trop loin pour pouvoir l'affirmer.

Polly ne se trouvait pas là par hasard. Melrose avait sollicité son aide. Nul mieux qu'un auteur de romans policiers, avait-il plaidé, n'était apte à cuisiner une jeune femme exerçant la même activité que trois malheureuses victimes de meurtre.

« Tu me rendrais un fier service, Polly, lui avait-il dit la veille.

– D'accord. Mais à charge de revanche. »

Celle-là, il ne l'avait pas vue venir. Etant l'obligé de Polly, il ne pourrait décemment pas refuser de lire le manuscrit de son prochain livre. Jusque-là, il était toujours parvenu à couper à cette corvée – il trouvait déjà assez pénible la lecture (ou la non-lecture) de ses romans déjà publiés. Le dernier en date reposait sur un coussin à côté de lui. Cette fois encore, il devrait faire preuve de persuasion pour convaincre son auteur qu'il l'avait lu. Sa méthode habituelle consistait à parcourir les premières pages puis à laisser courir son imagination.

Il se hâta de glisser le livre entre le coussin et l'accoudoir du sofa. Le titre à lui seul était un crime contre l'intelligence : *A l'ombre des jeunes stèles en fleurs*. Le précédent – qu'il n'avait également pas lu – s'intitulait *Le Côté des gourmands*. Apparemment, Polly avait décidé de poursuivre sa propre Recherche du temps perdu. Il fallait souhaiter qu'elle n'y trouve pas matière à pondre encore une douzaine de bouquins. A en croire la jaquette du dernier, l'intrigue reposait sur une méprise funeste, un mort enterré à la place d'un autre. Pourquoi Polly s'obstinait-elle à gâcher ainsi son talent ? Car elle avait du talent, sans aucun doute. Mais elle n'en faisait rien, le laissait dériver au fil de l'eau, tel Moïse dans son berceau.

Il la héla comme s'ils se trouvaient sur le pont du *Queen Elizabeth* :

— Polly ! Par ici !

Polly s'avança vers eux. A présent, Melrose pouvait lire le soupçon sur son visage.

Avant qu'il ait pu dire quoi que ce soit pour alléger l'atmosphère, le colonel Neame se releva d'un bond et se cramponna à la main de Polly, s'écriant :

— Mademoiselle Praed ! Nous avons été présentés lors de votre dernière visite, vous vous rappelez ? Je tenais à vous dire combien j'avais apprécié *Le Côté des gourmands*.

Melrose frissonna. Le roman au sujet d'un repas mortel, dont le titre contenait déjà un clin d'œil à Proust.

Après avoir remercié le colonel, Polly prit place dans le fauteuil voisin de celui du vieil homme. Son regard allait de Melrose à Alice, occupée à siffler son gin. Le rouquin servit les deux hommes et attendit la commande de leur seconde invitée.

— Je ne veux rien... Non, attendez, apportez-moi un sherry. Ce que vous avez.

— Ça fait plaisir de te voir, Polly. Tu dînes avec nous ? Vous ne voyez pas d'inconvénient à ce que Mlle Praed se joigne à nous ? demanda Melrose à Alice.

Les deux femmes le regardèrent, décontenancées. Il leur adressa un sourire stupide. Vous attendiez quoi, d'un idiot comme moi ? Polly, il le savait, s'empresserait d'accepter, mais Alice risquait de se froisser.

La jeune femme, guère ravie, haussa les épaules et marmonna :

— C'est comme tu veux.

Elle arrangea ensuite son décolleté. Celui-ci pouvait-il être encore plus plongeant ? Pouvait-il dévoiler encore davantage son anatomie ? La réponse aux deux questions était oui. Ses petites mains posées sur ses genoux, elle considéra d'un air maussade la femme en tailleur moutarde à laquelle le serveur apportait son verre de sherry. Puis, retrouvant subitement sa bonne humeur, elle donna une tape complice sur la cuisse de Polly, qui sursauta.

— J'ai capté ! Vous deux, vous êtes des marrants.

Melrose et Polly échangèrent un regard interloqué. Alice se pencha alors vers le colonel Neame, riant si fort qu'on aurait dit que des bulles sortaient de son nez, et lui dit :

— T'as qu'à venir aussi, mon chou. Comme ça, on fera une partie carrée ! Mais je vous avertis, ça va vous coûter un max.

Son rire était presque cristallin, à présent qu'il était question d'argent.

Ils gagnèrent la salle à manger sans incident supplémentaire (et sans partie carrée). Ce dîner promettait d'avoir la saveur de l'impromptu, pour autant que l'impromptu ait jamais eu droit de cité au Boring's.

Higgins le Jeune, le doyen des serveurs, ne l'aurait pas permis. Si Mlle Dalyrimple avait exécuté la danse des sept voiles devant lui, il serait resté aussi impassible que les gardes du palais de Buckingham.

Le vieillard annonça le menu :

— Ce soir, milord, nous avons des petits-gris. Des escargots, précisa-t-il devant la moue perplexe d'Alice.

Melrose sourit, soulagé de découvrir que Higgins le Jeune montrait les mêmes dispositions que lui pour la communication avec les classes inférieures.

— Va pour les petits-gris, dit-il. Oh, pardon, Polly... Qu'est-ce que tu prendras ?

— Une soupe, répondit sèchement Polly.

— Pas d'entrée pour moi, déclara Alice. Je surveille ma ligne. Ressers-moi plutôt à boire, mon chou.

Elle tendit son verre vide à Higgins le Jeune, qui le prit avec un reniflement désapprobateur.

— Bien, madame.

Tous les trois choisirent ensuite le rosbif.

Assez joué, pensa Melrose. Venons-en au fait.

— Polly écrit des romans à énigme, annonça-t-il, se penchant vers Alice par-dessus la table.

— Le livre dont parlait le colonel, c'est vous qui l'avez écrit ? fit la jeune femme, impressionnée. Chapeau !

— Polly est une experte en meurtres, ajouta Melrose, se penchant encore plus vers le décolleté troublant d'Alice.

— Ah ben ça alors ! Et vous allez écrire sur nous ?

Higgins le Jeune apporta leurs commandes : soupe pour Polly, escargots pour Melrose, un verre de gin pour Alice. Puis il s'éloigna sans bruit. Cet intermède laissa à Polly le temps de s'interroger sur l'identité du « nous » en question.

— Nous, les escort girls, expliqua Alice.

— Possible, répondit Polly à mi-voix. C'est pourquoi je me trouve à Londres, pour effectuer des recherches. C'est une chance pour moi de vous avoir rencontrée.

Piquant un radis apparemment aussi dur que de l'émail dans la petite assiette de crudités qui complétait les entrées, Alice ajouta sur le même ton :

— Si vous voulez mon avis, celui qui a fait ça, c'est un maniaque sexuel.

Une conclusion intéressante…

— Qu'est-ce qui vous fait dire ça ? demanda Melrose. On pourrait croire au contraire que le meurtrier agit par refus de la sexualité. En outre, l'aspect sexuel de ces meurtres est loin d'être avéré.

— Ça, c'est vrai, acquiesça Alice. Les gens sont pleins d'idées fausses sur notre boulot, ajouta-t-elle à l'intention de Polly. Ils croient qu'on vend du sexe.

Ah bon ? pensa Melrose. Ce n'est pas que cela ? Ils mangèrent en silence durant plusieurs minutes.

Comme Higgins le Jeune apportait la suite du repas, Polly s'enhardit à demander :

— Mais vous vendez bien du sexe, non ?

— Ab-so-lu-ment pas, répliqua Alice d'un ton sans appel. Regardez-nous, tous les trois : on est en train de dîner, non ? Ce qui se passera après, ça dépend de vous deux. Oh, le beau rosbif ! T'as de la sauce tomate, mon chou ?

Higgins le Jeune n'était pas habitué à ce qu'on l'appelle « mon chou », et le regard glacial qu'il lança à

Mlle Dalyrimple indiquait qu'il n'entendait pas en faire une règle. A moins que son visage de marbre ne s'expliquât par la requête sacrilège de la jeune femme. Sitôt après avoir déposé les assiettes sur la table, il se tourna vers la bouteille de pinot noir qui rafraîchissait dans un seau.

Melrose et Polly le regardèrent servir le vin d'un œil distrait, encore sous le coup de la remarque d'Alice : « Ce qui se passera après... » Pour éviter d'éclater de rire, Melrose prit son verre et le vida d'un trait. Le vin ressortit par ses narines. Il toussa.

Polly fut la première à se ressaisir :

— Qu'est-ce qui vous fait croire que l'assassin est un maniaque sexuel ?

— C'est probable qu'il peut pas, vous savez, accomplir l'acte. Ça m'étonnerait pas que ce soit un client de Valentine's Escorts, ou d'une autre agence. DeeDee – Deirdre Small, la dernière victime – était pas d'accord. Elle disait : « Si ça se trouve, c'est mon régulier ! »

Alice pouffa et s'interrompit aussitôt. Sans doute venait-elle de se rappeler ce qui était arrivé à Deirdre.

Bingo ! Melrose aurait sauté au cou d'Alice Dalyrimple, s'il n'avait craint de se retrouver sous la table deux secondes plus tard.

— Vous connaissiez Deirdre Small ?

— Bien sûr. On bossait pour la même agence, je te signale. Une chouette fille, DeeDee. Quel malheur qu'elle soit morte...

Elle coupa un morceau de rosbif qu'elle dévora sans ketchup.

— Vous la connaissiez bien ? insista Melrose.

— Très. Des fois on se faisait une toile ensemble, ce genre de trucs.

— Quand l'avez-vous vue pour la dernière fois ? interrogea Polly.

— Il y a environ une semaine. Juste avant qu'elle se fasse tuer.

Alice reposa son verre vide, puis elle reprit :

— Y avait quelque chose qui la turlupinait.

Melrose saisit la balle au bond :

— Quoi ?

— Elle m'a rien dit, d'accord ?

Polly prit le relais :

— Vous pensez que ça pourrait être un de ses... clients qui lui a fait ça ? Quelqu'un qui aurait été jaloux des autres hommes qu'elle fréquentait ?

Alice plissa le front.

— Vous voulez dire, quelqu'un qui lui en voulait personnellement ?

— Pourquoi pas ? Rien ne prouve qu'on ait affaire à un maniaque.

— C'est dur d'imaginer que DeeDee ait pu s'attirer des ennuis. Une fille aussi sympa... Maintenant, je connaissais pas tous les types qu'elle voyait. Les flics ont arrêté le client avec qui elle avait rendez-vous ce soir-là, non ?

— Pour ce que j'ai pu en lire, répondit Melrose, ils se sont contentés de l'interroger.

— Si c'était Nick, ils peuvent laisser tomber. D'après DeeDee, il était emmerdant comme la pluie. Et geignard, avec ça. Il arrêtait pas de se plaindre, de sa bonne femme, de son boulot... « Nick, il a autant de nerf qu'un spaghetti trop cuit », voilà ce qu'elle disait de lui. Non, ce qui la turlupinait, c'est qu'elle savait un truc et qu'elle hésitait à aller trouver les flics...

Melrose était tout ouïe :

— Vous n'avez pas la moindre idée de ce que ça pouvait être ?

Alice secoua la tête et se mit à jouer avec sa fourchette, visiblement troublée.

— Ces meurtres, ça te passionne, on dirait, déclara-t-elle soudain.

Polly réagit au quart de tour :

— Lui, non, mais moi, oui. Est-ce que vous avez parlé de DeeDee à la police ?

— Non. J'aime pas beaucoup les poulets.

281

Après un silence, Alice reprit :

— L'autre fille, celle qui a sa photo dans le journal… Elle aussi, je la connais. Adele Astaire, elle se fait appeler. Vous savez, nous autres, on est, comment dire ? Une sorte de club. C'est pour ça qu'on se serre les coudes. A entendre les gens, on dirait qu'on racole à Shepherd Market ou sous le pont de Londres, ajouta-t-elle avec un petit rire alcoolisé. Mais c'est pas du tout le même travail.

— Vous connaissez Adele Astaire ? fit Melrose, de plus en plus abasourdi.

Alice acquiesça à contrecœur, comme si elle répugnait à se laisser entraîner sur ce terrain.

Polly reprit la main :

— Donc, vous n'avez pas dit à la police que vous connaissiez ces deux femmes ?

— Pourquoi j'aurais fait ça ? Qu'ils se débrouillent ! En plus, je sais rien, moi.

— Mais à nous, insista Polly, vous pouvez nous dire ce que vous savez sur cette Adele Astaire.

— Y a pas grand-chose à dire. On était à l'école ensemble. A l'époque, Adele – c'était quoi son vrai nom, déjà ? – avait un culot monstre. J'imagine qu'elle a pas changé. Elle voulait être danseuse. C'est sans doute pour ça qu'elle est devenue escort girl, pour se payer des cours. Ça m'étonnerait que ça ait marché, mais j'en sais rien. Ça fait des années que je l'ai pas vue.

Alice repoussa son assiette et souffla bruyamment, comme si elle venait de courir un 1 500 mètres.

— Y a quoi, après ? demanda-t-elle.

Le dessert – un pudding gluant au chocolat – fut englouti en deux temps, trois mouvements.

Polly posa sa serviette et annonça qu'elle allait aux toilettes – une manière de laisser à Melrose le temps de se débarrasser d'Alice. Il n'y arriva pas sans peine. Son meilleur argument était que la présence de Polly les empêchait, Alice et lui, de prolonger la soirée en privé. La jeune femme s'étonna qu'il n'ait pas pris les dispositions nécessaires auparavant et argua qu'ils pouvaient encore... Non, vraiment, il ne fallait même pas y penser. Melrose lui donna discrètement la somme convenue. Il avait l'impression de s'en tirer à bon compte. Les renseignements qu'elle lui avait fournis valaient facilement le double.

A la réflexion, il lui versa le double de la somme convenue.

— Polly, tu as été formidable.

Ils finissaient de boire un cognac dans la grande salle. Polly devait prendre le dernier train pour Littlebourne.

— Tu n'arrêtes pas de regarder ta montre, remarqua-t-elle. J'en déduis que tu es impatient de faire ton rapport au commissaire Jury.

Ils se levèrent du même mouvement. Melrose se rappela alors le livre qu'il avait fourré entre un coussin et l'accoudoir du sofa. Il le sortit de sa cachette et le tendit à son auteur. Naturellement, il n'avait pas poussé sa lecture assez loin pour en dire quoi que ce soit d'intelligent.

— Tu veux bien me le dédicacer ? demanda-t-il.

Polly regarda le livre, puis Melrose, et rétorqua :

— Quand tu l'auras lu.

Puis elle sortit.

47

Jury raccrocha et fixa son regard sur Wiggins. Il ne voyait pas vraiment le sergent, seulement les images qui défilaient dans son esprit après la révélation que venait de lui faire Melrose Plant.

— Quoi ? fit Wiggins, agacé de ne pas comprendre pourquoi la prise de la bouilloire électrique fonctionnait mal. Quoi ? répéta-t-il.

Jury se secoua. A cet instant, Wiggins était aussi éloigné de ses préoccupations que pouvait l'être la bouilloire électrique.

— Pardon. Je viens de parler avec Plant. Il dit que la femme avec qui il a dîné hier soir connaît Rose Moss, alias Adele Astaire.

Wiggins cessa de tripoter la prise.

— Qu'est-ce qu'il a appris d'elle ?

— Qu'elles ont été à l'école ensemble. Cette jeune femme – le rendez-vous de Melrose Plant – travaille pour High Society.

Wiggins gloussa.

— Je n'arrive pas à imaginer M. Plant – je devrais dire lord Ardry – passant la soirée avec une putain.

Mais apparemment, il n'avait aucun mal à imaginer la scène, car il sembla soudain de bien meilleure humeur.

— N'allez pas croire je ne sais quoi, Wiggins. Il l'a fait à ma demande. La jeune femme en question s'appelle Alice Dalyrimple, précisa Jury avec un sourire.

— Mais... Deirdre Small aussi travaillait pour High Society.

— Précisément. Et DeeDee – c'était son surnom – était préoccupée par quelque chose au point d'envisager d'aller trouver la police.

— Cette Alice, elle est impliquée dans l'affaire ?

— Je ne crois pas. Elle était simplement en mission pour l'agence.

— Si elle connaît la fille Moss, peut-être connaissait-elle aussi Stacy Storm... Mariah Cox ?

— Non.

— Dans ce cas, ça ne signifie pas grand-chose, patron.

Il parvint enfin à brancher la bouilloire pleine.

— Au contraire. Comme les trois victimes travaillaient pour des agences d'escort girls, on en a conclu un peu rapidement que le point commun entre ces meurtres, c'était leur activité commune, et les journaux ont fait tout ce qu'il fallait pour enfoncer cette idée dans la tête des gens. Mais peut-être que le lien entre les trois affaires, ce sont les victimes elles-mêmes. On a fouillé leur passé sans rien trouver, sans doute parce qu'on ne savait pas ce qu'on recherchait. J'aimerais que vous retourniez chez Myra Brewer. Elle doit avoir des albums de photos, peut-être des souvenirs de l'époque où Kate allait encore à l'école. J'aimerais savoir si elle connaissait les autres victimes.

Jury s'était levé et s'escrimait à enfiler son manteau.

— Je vous laisse, reprit-il. Je déjeune avec Harry Johnson.

— Sauf votre respect, patron, vous m'avez l'air obsédé par ce Harry Johnson.

La bouilloire fit entendre son sifflement familier. Vite, Wiggins laissa tomber un sachet de Typhoo dans une tasse et versa de l'eau par-dessus. La satisfaction se peignit sur son visage tandis que le thé infusait.

Ayant enfin réussi à mettre son manteau, Jury s'approcha du bureau du sergent et se pencha vers celui-ci.

— Harry Johnson est allé à Chesham le soir où Mariah Cox a été abattue, lui rappela-t-il. Il se trouvait chez lui – en l'absence de tout témoin, hormis Mungo – au moment où Kate Banks était tuée, et le soir où Deirdre Small a été assassinée aux environs de vingt et une heures, il est apparu à l'Old Wine Shades, à quelques rues de Saint Paul, un peu avant vingt-deux heures. Je le sais, j'étais là.

— Mais… Pourquoi aurait-il fait ça ?

Jury se retourna avant d'atteindre la porte et eut un sourire sardonique.

— Parce qu'il le pouvait.

Le déjeuner – ou ses préliminaires, qui revêtaient la forme d'une bouteille de château-latour – était placé sous la surveillance de Mungo. Le chien, couché entre les pieds du tabouret de son maître, se leva et se mit au garde-à-vous à l'entrée de Jury.

— Comment ça va, Mungo ?

Jury le gratta entre les oreilles, et le chien se rassit, balayant le sol avec sa queue.

— Et comment se porte votre enquête ? demanda Harry.

Sachant qu'il n'obtiendrait pas de réponse, il enchaîna :

— Vous vous rappelez le conte d'Edgar Poe, *Le Chat noir* ? Vous croyez aux esprits maléfiques ?

— Seulement quand il est question de vous, Harry.

Jury adressa un signe de tête à Trevor, qui posa alors un verre devant lui et le remplit de bordeaux.

— Je vous apporte vos déjeuners.

— Fromage et pickles ? proposa Harry. C'est ce que j'ai commandé.

— Parfait.

Trevor s'éloigna afin d'aller chercher leurs assiettes.

— Ce que je voulais dire, reprit Harry, c'est que le rôle du chat dans cette affaire est peut-être plus important que vous ne l'imaginez.

Jury leva son verre vers la lumière et admira la robe rubis chatoyante du vin.

— Ah oui ?

— Le chat a disparu juste après que… Comment s'appelait-elle, déjà ?

Harry fit claquer ses doigts, le front plissé, comme s'il faisait un effort de mémoire.

— Stacy Storm.

— Quel nom ridicule ! Bref, le soir où elle…

Jury vida la moitié de son verre.

— Ce soir-là, vous étiez à Chesham, où vous assistiez à la fête des Rexroth. Mlle Storm devait également y aller, mais on va dire qu'elle en a été « empêchée ».

Trevor revint avec deux assiettes blanches ovales contenant des tranches de fromage (cheddar, stilton, derbyshire), du pain, des pickles, des oignons au vinaigre, et les posa devant les deux hommes.

Harry haussa les sourcils.

— Est-ce un fait établi ?

— L'homme avec lequel elle avait rendez-vous ce soir-là s'y trouvait.

— Maintenant que vous l'avez pincé et cuisiné, vous pourriez peut-être me lâcher ?

— Si ça se trouve, c'est vous qu'elle devait voir.

— Ne dites pas de bêtises.

Harry posa un oignon en équilibre sur un morceau de fromage, lui-même étalé sur une épaisse tranche de pain.

Trevor réapparut avec des verres propres et une bouteille d'un autre bordeaux dont Jury n'avait jamais entendu parler, mais c'était le cas de la plupart des vins.

Il montra l'étiquette à Harry, qui acquiesça, puis il déboucha la bouteille et remplit les verres.

Il y en avait quatre à présent sur le comptoir. Jury passait un excellent moment. Ils mangèrent et burent dans un silence presque amical, bientôt rompu par Harry.

— Pour en revenir au chat noir…

— Celui du pub ?

— Celui du conte. Ce qui est fascinant, c'est le caractère gratuit du crime.

287

— Vous voulez dire qu'il paraît n'obéir à aucun mobile ? C'est le cas de n'importe quel crime dont l'auteur semble avoir choisi arbitrairement sa victime, non ?

— Je suppose que oui. Mais faire quelque chose juste parce que vous en avez le pouvoir doit vous procurer un sentiment de puissance extraordinaire, vous ne croyez pas ?

Avec un sourire, Harry vida son verre et jeta sa serviette chiffonnée sur son assiette.

— Ah, ça fait du bien ! Maintenant, excusez-moi mais je dois me sauver.

— La police voudrait vous parler, Harry.

— Ce n'est pas ce que vous êtes en train de faire ?

Si Jury avait escompté le déstabiliser, c'était raté.

— Vous serez chez vous cet après-midi ? Il se pourrait que l'inspecteur-chef Jenkins, de la City, passe vous voir. Avec moi.

— Je n'y vois aucun inconvénient.

— Oh ! fit Jury, comme s'il venait de se rappeler quelque chose. Je suis allé à Chesham hier. Au Black Cat.

— Ah bon ?

— Oui. J'y ai vu un chat noir.

Harry sortit des clés de sa poche. On aurait dit un magicien tirant un lapin d'un chapeau. C'était quoi, son truc ? Puis il se leva et enfila le manteau en cachemire noir qu'admirait tant Jury.

— Etant donné le nom du pub, ça n'a rien d'étonnant, si ?

— En effet. Mais il y avait deux chats noirs. Il y en a même un troisième, mais on ne va pas entrer dans les détails. Le chat que j'ai vu hier n'était pas le même que lors de ma dernière visite. Ou plutôt, ils étaient tous les deux là.

— Le chat est revenu ! Ça ne vous évoque rien ?

Faisant tourner les clés autour de son index, Harry sourit et s'approcha de Jury.

— Rassurez-moi : vous n'avez pas encore tout foiré ?

Il traversa la salle, riant aux éclats, et passa la porte.

Jury sourit aux vestiges du déjeuner. Non, espèce de sociopathe criminel, je n'ai pas encore tout foiré.

Au poste de police de Snow Hill, à cinq minutes de Saint Paul et à dix de l'Old Wine Shades, l'inspecteur-chef Jenkins réfléchissait aux paroles de Jury en se mordillant la lèvre.

— Je ne vous cache pas que n'importe quel suspect, fût-il le Premier ministre en personne, tomberait à pic pour calmer la hiérarchie.

— Et Nicholas Maze ?

— On n'en a tiré que dalle. Votre type se trouvait à Chesham au moment où Mariah Cox se faisait descendre. Vous pensez que c'est une raison suffisante pour le coffrer ? C'est un peu tiré par les cheveux, vous ne trouvez pas ?

— Il n'y a pas que ça. Il assistait à la fête des Rexroth, où l'on suppose que Mariah devait se rendre. Je ne crois pas que Harry Johnson fréquente beaucoup ce genre de soirées.

Jenkins, jusque-là penché en arrière sur sa chaise, reposa les pieds de celle-ci sur le sol.

— S'il avait l'intention de buter Mariah-Stacy, pourquoi se montrer à tous ces gens ?

— Je n'en sais rien, avoua Jury, dépité.

— Il n'avait pas d'alibi pour les deux autres meurtres. Mais là encore, est-ce une raison valable…

Jury approcha sa chaise et se pencha vers Jenkins, les bras croisés sur son bureau.

— Si on ne parlait pas de Harry Johnson, je vous l'accorde, ce serait un peu tiré par les cheveux. Mais il a assassiné une femme dans le Surrey. Je n'ai pas pu le prouver. Il a également enlevé deux gosses ici, à Londres, et les a séquestrés dans la cave de sa maison de Belgravia…

Jury se tut. Pas question de dire à Jenkins que les deux enfants avaient été délivrés par un chien. Une fois de plus, il butait sur le caractère invraisemblable de toute cette affaire. Il reprit néanmoins :

— Il m'a mené en bateau avec une histoire abracadabrante à propos de la femme d'un de ses amis, leur fils et leur chien… « Le chien est revenu. »

289

Il lui semblait encore entendre Harry prononcer cette phrase.

— « Le chien est revenu » ?

— C'est ça.

Le chat est revenu... Harry, espèce de porc ! Jury connaissait le fin mot de l'histoire, mais il ne le dirait pas à Jenkins. Le but de l'opération, c'était qu'il l'apprenne de la bouche même de Harry. Parce que le chat était l'alibi de celui-ci.

— Qu'est-ce qu'il y a de drôle ? demanda Jenkins.

Jury effaça le sourire de son visage.

— Rien. Même si les présomptions ne suffisent pas à le coffrer, elles justifient un interrogatoire, non ?

Jenkins acquiesça puis se leva.

— Vous ne m'avez toujours pas dit ce qu'il y avait de drôle.

— Vous, alors... Vous ne lâchez jamais le morceau ?

— Jamais.

48

Le sergent Alfred Wiggins était le genre d'homme à ôter son chapeau pour saluer une dame, mais pour cela, il aurait fallu qu'il en porte un. D'ailleurs, il donnait l'impression de regretter cette absence.

— Ça alors, monsieur Wiggins ! s'exclama Myra Brewer en ouvrant la porte. Comme c'est gentil de passer me voir !

— Tout le plaisir est pour moi, Myra.

— Vous tombez bien, je venais de préparer du thé.

— J'en boirais volontiers une tasse. Il fait frisquet, aujourd'hui.

Myra prit le manteau de Wiggins et le lissa du plat de la main.

— C'est vrai, hein ? Dire qu'il faisait si doux ces derniers jours… Enfin, si on ne peut plus se fier au temps, il nous reste au moins le thé.

Après avoir remis le temps à sa place et accroché le manteau dans la penderie, elle se dirigea vers la cuisine.

— Mettez-vous à l'aise, je vous apporte votre thé.

S'il y avait une chose que Wiggins savait faire, c'était se mettre à l'aise. Avec un soupir, il prit place dans le même fauteuil que la fois précédente et ferma brièvement les yeux, savourant le silence de la pièce, à peine troublé par les bruits qui lui parvenaient de la cuisine. Assurément, il était là dans son élément.

Les jambes croisées au niveau des chevilles, il promena son regard autour de lui, non en policier mais en casanier accompli. Une petite pendule égrenait les secondes sur un bahut ; des bibelots trônaient sur les étagères encastrées, à droite de la cheminée électrique. Au-dessus de celle-ci, un tableau bucolique montrait des vaches dans un pré et des moutons se prélassant sous un chêne. Le cadre était légèrement de travers. Sans doute avait-il besoin d'un crochet supplémentaire. Avec un marteau, il aurait arrangé ça en deux secondes.

Un tintement de vaisselle lui annonça le retour de la vieille dame. Il se releva vivement, lui prit le plateau des mains et l'installa sur la table entre les deux fauteuils.

— Merci. J'ai apporté un paquet de Choc-o-lot, ceux que vous aimez tant.

— C'est un cake aux graines de pavot que j'aperçois là ?

— Il sort du four.

Ça expliquait l'odeur délicieuse qui l'avait accueilli.

La conversation qui suivit aurait paru sans intérêt à quelqu'un incapable d'apprécier une tasse de Ceylan accompagnée d'une tranche d'un délicieux gâteau.

S'il était revenu, expliqua-t-il, ce n'était pas « pour raviver la douleur liée à la disparition de votre filleule, mais – vous vous souvenez du commissaire Jury ? ». Comment l'aurait-elle pu, alors qu'assis là, dans son fauteuil, il l'avait presque oublié lui-même ?

— Il recherche des éléments sur le passé de Kate. J'imagine...

Wiggins se resservit du gâteau, se demandant comment aborder la question des activités nocturnes de Kate.

— Sans doute avez-vous lu les journaux. Si oui, vous devez savoir quel était le deuxième métier de Kate...

Myra Brewer était plus solide que ne le supposait Wiggins. Elle acquiesça sèchement et dit :

— Elle travaillait pour une agence d'escort girls. De quel droit je la jugerais ? Ça n'enlève rien à ce qu'elle était.

Wiggins admira son attitude.

— On a découvert qu'une fille travaillant pour une autre agence connaissait la dernière victime. Le commissaire Jury pense qu'il pourrait exister d'autres liens entre les trois femmes. C'est le meilleur cake aux graines de pavot que j'aie jamais mangé.

Myra Brewer sourit, sa tasse et sa soucoupe posées sur les genoux, puis elle redevint sérieuse.

— Est-ce que Kate connaissait les deux autres ? Ça se peut, mais je ne le crois pas. De toute manière, c'est trop tard pour le savoir.

Elle baissa les yeux vers sa tasse.

— Je comprends. Mais nous pensions que vous auriez peut-être des photos de Kate avec des amies.

— Je dois avoir un ou deux albums…

— Se pourrait-il qu'elle ait été à l'école avec Mariah Cox – celle qui se faisait appeler Stacy Storm – ou Deirdre Small ? Elles avaient toutes les trois à peu près le même âge.

— Kate a fréquenté plusieurs écoles. Entre autres, elle est allée à Roedean. Attendez-moi une minute…

— Roedean ? répéta Wiggins, surpris. Mais c'est une des meilleures écoles du pays !

Myra, debout, le regarda, toujours assis, une tranche de cake à la main.

— Vous pensiez qu'une fille qui faisait ce métier, escort girl, n'était pas assez intelligente pour Roedean, c'est ça ?

— Je ne l'aurais pas exprimé dans ces termes, mais…

Myra secoua la tête.

— Je me moque de ce qu'on peut raconter sur elle. Kate Muldar était une jeune fille brillante. Je vous l'ai dit, elle adorait cette grande librairie à Piccadilly, Waterstone's. Elle s'asseyait dans leur café avec des livres et elle lisait. Voilà ce qu'elle faisait quand elle avait du temps à elle. Elle n'allait pas dans les pubs, les boîtes de nuit, ce genre d'endroits. Elle préférait les librairies.

Elle soupira.

— Je vais vous chercher cet album.

49

Son portable était chargé mais Jury l'avait éteint, ne voulant pas être dérangé pendant qu'il interrogerait Harry Johnson.

Tandis que Wiggins savourait le cake aux graines de pavot de Myra Brewer, Jury savourait la vue de Belgravia depuis l'escalier flanqué de deux lions de pierre de la maison de Harry.

La petite Mme Tobias leur ouvrit, Mungo à ses côtés, ou à ses pieds. Evidemment, elle se souvenait du commissaire Jury, mais elle prit le temps d'étudier le mandat que lui présenta l'inspecteur-chef Jenkins.

— Je crois que M. Johnson nous attend, lui dit Jury.

— Oh oui, monsieur. Entrez, je vous prie.

Elle les conduisit au salon. Plutôt, ce fut Mungo qui leur montra le chemin, car il précédait la brave femme.

Harry, assis sur un canapé devant un service à café en argent, se leva à leur entrée et les accueillit chaleureusement.

Jury se fit la réflexion qu'il avait déjà vécu la même scène quelques semaines plus tôt, quand l'inspecteur-chef Tom Dryer et lui s'étaient présentés chez Harry avec l'intention de lui passer les menottes. Le canapé, le service à café, le *Times*, le coffret à cigarettes en argent... Tout était identique, dans les moindres détails. Dans quelques secondes, il leur proposerait du café. Et des cigarettes.

— Du café, messieurs ?

Ils déclinèrent l'invitation. Harry prit une cigarette dans le coffret et tendit celui-ci à Jenkins, sachant que Jury le refuserait.

— Asseyez-vous, je vous en prie, dit-il en leur désignant deux fauteuils en cuir sombre.

Jenkins s'exécuta, Jury resta debout sur le seuil de la pièce, appuyé au chambranle.

— Monsieur Johnson, commença Jenkins, j'enquête sur le meurtre d'une jeune femme, à l'extérieur de la cathédrale Saint Paul, il y a deux jours.

— Ah oui, j'ai lu ça, en effet.

Harry agita le journal, indiquant ses sources.

Jenkins reprit :

— Elle s'appelait Deirdre Small. Le commissaire Jury suppose que vous la connaissiez.

Harry lui décocha un sourire d'une blancheur aveuglante.

— Le commissaire Jury suppose que je connaissais toutes les personnes assassinées à Londres ces derniers temps.

— C'est le cas ? demanda Jenkins d'un ton merveilleusement suave, avant de croiser les jambes.

Jury se promit de le recommander pour une citation.

— Non, évidemment ! s'esclaffa Harry.

— Et Mlle Small ?

Harry secoua la tête.

— Non, désolé.

Mungo, qui avait quitté la pièce, revint avec Morris (mais sans le collier bleu, qui se trouvait à Chesham). Tous deux s'assirent aux pieds de Jury et le regardèrent fixement, sans cligner des yeux.

— Vous ne la connaissiez pas, donc ? insista Jenkins.

— Je viens de vous dire que non.

— Et les deux précédentes victimes, Stacy Storm et Kate Banks ?

— Non plus. Pourquoi ces questions ? La police me suspecterait-elle de ce triple meurtre ?

Il souriait, sans la moindre trace d'inquiétude. C'était le sourire d'un homme qui vient de faire une bonne blague à deux copains — du moins est-ce ainsi que Jury interprétait son attitude, et il avait probablement raison.

— Parce que si c'est le cas, poursuivit Harry, je crains de ne pouvoir fournir d'alibi.

— Qu'est-ce qui vous fait dire ça ?

— Si les informations publiées dans la presse sont exactes, au moment des meurtres, je me trouvais seul chez moi. Sauf la nuit où Deirdre Small a été tuée. J'étais alors à Chesham.

— A Chesham ?

— Exactement.

Il y eut un silence, puis Jenkins remarqua :

— Si vous vous êtes arrêté quelque part, quelqu'un vous aura probablement vu et pourra en témoigner.

— Ça m'étonnerait.

Harry faisait durer le plaisir. Contrairement au commun des gens, il semblait se délecter de son statut de suspect.

— Pourquoi êtes-vous allé à Chesham, monsieur Johnson ?

— A cause du chat.

Jenkins se tourna à demi vers le chat posé telle une statue aux pieds de Jury.

— Pas celui-ci, dit Harry. Il est à moi. Non, je vous parle d'un autre chat noir. Demandez au commissaire Jury. En venant ici, il savait déjà que je m'étais rendu à Chesham à cause du chat, je n'en doute pas.

Jenkins regarda Jury, attendant une confirmation de sa part.

— Quel chat ? fit le commissaire.

50

C'était la première fois que Jury voyait Harry Johnson perdre contenance.

— C'était une plaisanterie, inspecteur, expliqua Harry à Jenkins. Et le commissaire était dans le secret.

Jury avait beaucoup travaillé ses expressions faciales au fil des ans, mais l'air perplexe qu'il affichait à présent était probablement sa plus grande réussite dans ce domaine.

— Une plaisanterie ? Croyez-moi, j'avais largement de quoi m'occuper avec ces trois meurtres sans monter des canulars.

Quel dommage qu'il ait arrêté de fumer ! Allumer une cigarette, négligemment appuyé au chambranle, en parfaite incarnation du flic dur à cuire... Si Trevor était apparu avec une bouteille de montrachet, il l'aurait vidée jusqu'à la dernière goutte.

Mungo et Morris semblaient partager son excitation ; leurs pattes s'agitaient comme s'ils allaient esquisser un pas de danse.

— Très amusant, commissaire, grinça Harry. C'est une longue histoire, ajouta-t-il à l'intention de Jenkins.

— J'aime les longues histoires, monsieur Johnson. Si vous voulez bien nous accompagner au poste, je serai ravi d'écouter la vôtre.

— Vous m'arrêtez ?

— Pas du tout. Disons que vous allez nous aider à faire progresser notre enquête.

Harry soupira.

— C'est parfaitement ridicule. Tout ça à cause d'un fichu chat...

A l'extérieur, Jury pensa à allumer son portable et constata qu'il avait manqué une demi-douzaine d'appels. Tous provenaient de Wiggins. Il pria Jenkins de l'excuser et s'éloigna afin de rappeler son sergent.

— J'ai une photo que j'aimerais vous montrer, patron. C'est important.

Wiggins refusa de lui en dire davantage – afin de ménager le suspense, apparemment. Non, il fallait que Jury voie cette photo, car lui-même avait des doutes.

— J'arrive dès que j'en aurai terminé avec Harry Johnson, promit-il.

Puis il se retourna et chercha la voiture de Plant du regard. Une vieille Bentley était garée le long du trottoir opposé. Une main apparut à la portière côté conducteur, faisant le V de la victoire. Jury leva les yeux au ciel. Au moins, il n'était pas obligé de traverser pour échanger une poignée de main secrète.

Il prit place dans la voiture à côté de Jenkins.

Melrose attendit que la voiture se fût éloignée, emmenant les trois hommes, pour prendre la caisse de transport et la casquette du refuge les Vrais Amis sur la banquette arrière.

Il orienta le miroir de courtoisie vers lui afin de s'y regarder. Il avait l'air d'un parfait crétin. La casquette évoquait un frêle esquif voguant sur les flots pâles de... Par pitié, il se sentait assez ridicule comme ça, pas la peine d'en faire tout un poème !

Il repoussa le miroir. Il n'avait pas le choix. Il existait de nombreux rôles qu'il se savait incapable d'endosser, et celui de sauveteur animalier figurait en tête de la liste, juste après celui de Niels Bohr. S'il avait interprété ce dernier, c'était déjà pour permettre à Jury de s'introduire chez Harry Johnson. Allaient-ils passer le reste de leur vie à concevoir des plans pour pénétrer chez Harry ? Celui-ci, en tout cas, avait grandement apprécié sa performance d'acteur.

Son costume en laine et soie était trop coûteux pour le maigre salaire d'un employé de refuge. Il échangea la veste contre une vieille en toile, assez empesée pour résister à une meute de chiens d'attaque. Ainsi affublé, il descendit de la voiture, tirant la caisse derrière lui.

Jury n'avait-il pas dit que Wiggins venait d'acheter un hamster ? Ça semblait invraisemblable.

Melrose gravit les marches. C'était une magnifique maison en brique, avec un escalier qui semblait récuré de frais et des lions en pierre qui parvenaient à compléter l'harmonie du bâtiment sans paraître prétentieux.

Il actionna la sonnette, priant pour que personne ne réponde. Raté. La porte s'ouvrit sur une femme minuscule à l'air étonné – la gouvernante, sans doute.

– Madame Tobias ? Melrose Pierce. Je suis là pour le chat de M. Johnson.

L'étonnement de Mme Tobias céda la place à la suspicion.

– Pour son chat ? Vous êtes venu chercher Schrödinger ? Ne me dites pas que… Oh, et puis, bon débarras ! Vous la trouverez par là. Je vous laisse, j'ai un gâteau au four.

Melrose la regarda s'éloigner. C'était aussi simple que ça ? « J'ai un gâteau au four » ? Et lui qui s'était préparé à jouer la comédie… En définitive, il aurait pu s'épargner cette affreuse casquette. Il n'aurait eu qu'à forcer le passage avec un masque et un revolver, et elle lui aurait dit sur le même ton : « Prenez l'argenterie. Je vous laisse, j'ai un gâteau au four. »

Soudain il la vit devant lui : Morris, vêtue de probité candide et de fourrure noire.

Et à ses côtés, un chien qui ne pouvait être que l'incomparable Mungo.

– Très honoré, dit Melrose en s'inclinant.

On se connaît ? pensa Mungo. Le nouveau venu avait quelque chose de familier. Il portait un drôle de chapeau avec un bec, comme un canard ou un ornithorynque. Et voilà qu'il fourrait Morris dans une boîte ! Pourquoi Mme Tobias le laissait-elle faire ? Il est vrai qu'elle croyait qu'il s'agissait de Schrödinger. Daffy Duck referma la boîte, et Mungo ne vit plus que l'œil de Morris.

Non, non, non, non ! L'ornithorynque ouvrit la porte et sortit, portant la boîte. Mungo réussit à se glisser dehors avant que la porte ne se referme. Il descendit discrètement les marches, juste sur les talons du canard géant. Combien de temps passerait-il inaperçu, en plein jour et sur un escalier en marbre ? Mais, par miracle, le canard ne remarqua rien.

Le canard ouvrit la portière avant de sa voiture, côté conducteur. Après une seconde d'hésitation, il ouvrit la portière arrière et se pencha vers l'intérieur avec la boîte.

Vite, Mungo sauta sur le siège du conducteur.

Le canard se retourna vers l'avant de la voiture. Mungo se faufila à l'arrière juste avant qu'il ne s'assoie derrière le volant, ne ferme la portière et ne démarre le moteur.

Ma parole, ces gens étaient tous aveugles ! L'arche de Noé tout entière aurait pu descendre l'escalier derrière le canard sans qu'il s'en aperçoive. Les hommes étaient-ils tellement centrés sur eux-mêmes qu'ils ne voyaient rien de ce qui les entourait ?

Cette diatribe ne s'adressait pas à Morris, toutefois elle répondit : Oui.

Etendu sur la banquette à côté de la boîte, Mungo contemplait l'œil de la chatte. Il ne pouvait pas voir son corps, pourtant il devina qu'elle était couchée, les pattes repliées.

On m'enlève encore ? demanda-t-elle. Une fois, ça ne suffisait pas ?

Il faut croire que non.

Peut-être qu'on me ramène à la maison ?

A la maison… Si Hansel et Gretel avaient dû compter sur les hommes pour rentrer chez eux, ils auraient eu intérêt à semer des cartes d'état-major à travers la forêt.

Mungo redressa la tête et regarda par la vitre. Il lui sembla reconnaître Westminster. Ils n'avaient pas quitté Londres.

Il se rallongea. L'œil de Morris n'était plus visible. Sans doute dormait-elle.

Mungo soupira. Pourquoi était-ce toujours à lui de tout faire ?

51

Harry fumait avec nonchalance. Non, il ne souhaitait pas la présence de son avocat. Il n'avait rien fait, à part emprunter un chat pour quelques jours.

— Le terme exact est « enlever », remarqua Jenkins, assis face à lui. Ou « voler ». Dans un cas comme dans l'autre, c'est illégal. Votre chien, Ringo... Comment réagiriez-vous si on...

Ringo... Jury pouffa intérieurement.

— Mun-go, rectifia Harry. Comment réagirais-je si on enlevait Mungo ? Ça ne risque pas d'arriver. Il est trop intelligent pour ça. Sinon, ce ne serait pas mon chien.

Jury étouffa un soupir. Appuyé contre le mur, il laissait la conduite de l'interrogatoire à Jenkins.

— Revenons-en à la soirée de lundi, monsieur Johnson. Vous étiez à Chesham, mais il n'y a personne pour confirmer vos dires ?

— C'est lassant, à la fin. Vous n'avez aucune charge contre moi. Vous ne pouvez pas prouver que je connaissais cette Debra...

— Deirdre Small.

— ... et encore moins que je l'ai tuée.

— Parlons un peu de la première victime, Mariah Cox, ou Stacy Storm, comme elle se faisait appeler. Elle devait se rendre à la soirée des Rexroth... soirée à laquelle vous assistiez.

Harry haussa les sourcils.

— Et… ?

— Pure coïncidence ?

— Certainement, puisque je n'ai jamais rencontré cette femme. Je ne l'ai même pas aperçue !

Jury vint s'asseoir sur le coin de la table.

— Vous savez ce qui me chiffonne dans cette histoire, Harry ?

Harry vérifia que sa cigarette était allumée en soufflant doucement dessus.

— Quoi donc ?

— Vous n'allez jamais dans ce genre de soirée.

Jury sourit devant l'expression médusée de Harry.

— Vous insinuez que je n'étais pas à celle-ci ?

— Vous y étiez, ça ne fait aucun doute. Mais je me demande pourquoi. Vous connaissez un certain Simon Santos ?

— Jamais entendu ce nom.

— C'était l'homme que Stacy devait retrouver ce soir-là.

Harry regarda les deux hommes tour à tour.

— Dans ce cas, pourquoi m'avoir traîné ici pour répondre à vos questions ? C'est lui votre homme, ça me paraît évident.

— A moins que vous n'ayez considéré Stacy comme votre propriété personnelle et que vous n'ayez vu d'un mauvais œil son rendez-vous avec M. Santos.

— Bordel, vous savez bien que je ne suis pas comme ça !

— Ah bon ? fit Jury, et il paraissait sincèrement étonné.

Jenkins reprit :

— Vous ne connaissiez aucune de ces femmes ?

— Puisque je vous dis que non !

— Vous êtes allé à Chesham pour y ramener un chat – celui que vous aviez volé. Pourquoi ne pas l'avoir gardé, ou vous en être débarrassé ? En le confiant à un refuge, par exemple.

Jenkins perdait son temps à chercher une explication à une conduite purement irrationnelle. Mais cela, il l'ignorait.

— Parce que je voulais qu'il réapparaisse, comme ça. Je vous l'ai dit, c'était une blague. Une farce, destinée au commissaire Jury.

— Le commissaire n'a pas l'air de comprendre la plaisanterie.

— Oh, il l'a très bien comprise, au contraire. Et maintenant, il me rend la monnaie de ma pièce.

Harry se retourna à demi sur sa chaise, juste assez pour faire comprendre à Jury qu'il sentait sa présence dans son dos.

Jury sourit mais ne dit rien.

— D'accord, reprit Jenkins d'un ton qui indiquait que la réponse de Harry lui semblait parfaitement stupide. Peut-être quelqu'un vous a-t-il vu. Un homme trimballant un chat dans une caisse, ça ne passe pas inaperçu.

— Personne ne m'a vu, inspecteur. J'avais pris mes précautions.

L'allusion à la caisse de transport incita Jury à jeter un coup d'œil à sa montre. Presque dix-sept heures. Cela faisait une heure qu'ils avaient quitté la maison de Harry. Plant devait être en route pour Chesham.

— Parlons un peu de la deuxième victime, Kate Banks... La nuit où elle a été tuée, vous vous trouviez chez vous ?

— Pour la millième fois, oui.

— Vous étiez seul.

Harry acquiesça.

— Connaissez-vous une agence d'escort girls appelée la Compagnie de King's Road ? Et High Society, Valentine's Escorts ?

— Inspecteur, répondit Harry avec dédain, de toute ma vie je n'ai jamais fait appel à une de ces agences. Leurs services sont hors de prix, et il s'agit ni plus ni moins de prostitution organisée.

— Pas toujours. La Compagnie de King's Road affirme ne rien vendre d'autre que cela : une compagnie, en tête en tête ou en société. A les entendre, il n'est pas question de sexe.

— Et vous les croyez ?

— J'y serais enclin, après avoir parlé à plusieurs de leurs employées. Leur agence a l'air différente.

Jury se demanda si cette différence était significative. Pauvre Kate... Sa mort le touchait davantage que celle des deux autres. A cause de sa gentillesse, peut-être.

Un quart d'heure plus tard, il quittait le poste de police de Snow Hill.

— Vous savez qu'on ne pourra pas le retenir beaucoup plus longtemps, lui dit Jenkins.

— Faites de votre mieux.

Jury jeta son manteau sur une chaise en entrant dans le bureau.

— Il fait froid, ou c'est moi qui vieillis ? Vous n'êtes pas obligé de réfléchir avant de répondre, Wiggins. Alors, cette photo ?

D'un geste théâtral, Wiggins abattit la photo sur le bureau de Jury.

— Elle a été prise à Brighton, sur la jetée, expliqua-t-il. Ces filles sont des amies de Kate Banks. Attendez-vous à une surprise, patron.

Jury examina la rangée de jeunes filles.

— Je ne vois ni Deirdre Small ni Mariah Cox.

— Je n'ai jamais dit qu'elles y étaient. Regardez mieux.

Jury s'exécuta. Son regard s'arrêta sur le visage grave d'une des jeunes filles — un visage agressivement grave, si cela existait. On aurait dit qu'elle haïssait la personne qui tenait l'appareil.

— Merde, Chris Cummins !

— A l'époque, on l'appelait Crystal. Crystal North. Ça explique qu'on soit passés à côté de Mme Cummins en cherchant dans le passé des victimes. Vous en dites quoi, patron ?

— Je n'en sais rien. Je n'ai pas la plus petite idée de ce que cela signifie, Wiggins.

305

— C'est peut-être une coïncidence, même si vous détestez ce mot...

— A aucun moment Chris Cummins n'a laissé entendre qu'elle connaissait Kate Banks.

— Peut-être qu'elle n'a pas fait le rapprochement entre la Kate qui a été assassinée et son ancienne copine de Roedean. D'ailleurs, rien ne dit qu'elles se soient connues là-bas.

— David Cummins a parlé d'une « école chic sur la côte ». Roedean est proche de Brighton. Ça pourrait coller.

— Il existe des tas d'écoles chics. Là encore, il s'agit peut-être d'une coïncidence.

— Possible, mais...

Jury jeta un coup d'œil à sa montre et se leva.

— Presque six heures. Il faut que je rentre me changer. J'ai rendez-vous avec la fille de Valentine's Escorts, la coloc de Stacy Storm.

— Adele Astaire ?

— Alias Rose Moss.

Il ramassa son manteau qui avait glissé de la chaise.

— Vous avez fait du bon boulot, Wiggins.

— Et Harry Johnson ?

— Jenkins l'a interrogé. « Pour faire progresser l'enquête ».

— Vous croyez vraiment qu'il a tué ces femmes ?

— Non.

52

En à peine une demi-heure de présence au Black Cat, Mungo avait déjà soulagé un gros homme assis au comptoir d'une demi-saucisse et s'était vu offrir un œuf dur (qu'il avait refusé) ainsi qu'une généreuse portion de haricots et toasts (il avait mangé les haricots et laissé le pain) par un couple qui dînait tranquillement près de la cheminée.

Sally Hawkins, qui avait tenté à plusieurs reprises d'éloigner Mungo des tables, se plaignit amèrement auprès de Melrose :

— C'est qui, ce chien qui embête mes clients ?

Melrose posa son livre et la regarda avec étonnement.

— Quel chien ?

— Là ! dit-elle en pointant un index belliqueux. Ce corniaud n'arrête pas de mendier.

Melrose se leva, espérant que le terme « corniaud » n'avait pas atteint les oreilles de Mungo. Celui-ci avait délaissé le couple pour un homme attablé devant un journal et une assiette de fromages et pickles. L'homme lui tendit un morceau de fromage.

Melrose redressa ses lunettes, comme si cet infime réajustement allait lui rafraîchir la mémoire.

— Je n'en ai pas la moindre idée.

— Pourtant, il est entré avec vous, lui lança Sally, les poings sur les hanches.

— Avec moi ? Vous devez faire erreur. J'ai seulement ramené son chat à Dora.

Son ton blessé suggérait que cet acte de bravoure et de compassion était bien injustement récompensé.

— Elle doit être contente, ajouta-t-il.

— Ce que j'ai vu, moi, c'est que ce chien accompagnait Morris.

— Accompagner Morris ? s'esclaffa Melrose.

Il prodigua une caresse à la chatte qui avait retrouvé ses habitudes près de la fenêtre peu à peu envahie par le crépuscule.

— J'imagine mal Morris se liant d'amitié avec un chien errant.

Il reprit son livre, justement intitulé *Une vie de chien*.

— Vous croyez qu'il est perdu ?

Melrose ferma les yeux, apparemment à bout de patience.

— Je ne crois rien du tout, sinon que je n'ai aucune raison de connaître la provenance de cet animal. Il paraît bien élevé – il n'agresse pas votre clientèle. J'en déduis qu'il appartient à quelqu'un, ici, à Chesham.

— Il réclame à toutes les tables.

— Tant qu'il ne mange pas avec une cuillère runcibelle…

— Une quoi ?

Melrose fut dispensé de réciter *La Chatte et le Hibou*, le poème d'Edward Lear, par le retour de Dora. La gamine bondit littéralement sur la chaise la plus proche de Morris, ignorant son bienfaiteur.

Mungo choisit ce moment pour s'approcher également de leur table. Manquait plus que lui !

S'étant hissé auprès de Morris, il se coucha et tenta de replier ses pattes contre sa poitrine.

— Ces deux-là ont l'air d'être copains comme cochons, remarqua Sally.

A cet instant, Schrödinger (si c'était elle) passa en trombe devant eux, pourchassée par l'autre chat noir (où était-ce lui Schrödinger ?). Ils filèrent sous la table de la vieille turfiste, qu'ils faillirent renverser en mêlant leurs huit pattes aux deux siennes.

— Fichue vermine ! maugréa-t-elle, agitant un formulaire de pari pour éloigner les chats. Madame Hawkins, je vous signale qu'il y a trois chats dans ce pub. A votre place, je m'en inquiéterais davantage que de la présence d'un unique chien.

Melrose regarda discrètement sa montre. Pourquoi Jury ne l'appelait-il pas ? Nom de Dieu, qu'est-ce qu'il était censé faire maintenant ?

53

Sur le chemin d'Islington, Jury sortit son portable et appela Melrose.

— Où es-tu ?… Encore à Chesham ? Tu devrais être en route pour Londres avec Schröd… Comment ça, tu n'arrives pas à les distinguer ?… Leurs yeux, ils sont de quelle couleur ?… « Plus ou moins jaunes » ? Ça veut dire quoi ?… Bon sang, on ne pourra pas retenir éternellement Harry…

Du côté de Melrose, cela donnait à peu près :

— Je ne pouvais pas savoir qu'il y aurait trois chats… Dora ? Evidemment, je lui ai demandé. Elle a identifié Morris, mais c'est tout. Elle reconnaîtrait Morris par une nuit sans lune, dans une ruelle pleine de chats noirs, mais pas Schrödinger. Quant au troisième, c'est celui que Sally Hawkins a fait venir…

— Ecoute-moi, le coupa Jury. Prends un des deux, n'importe lequel, fourre-le dans la caisse et ramène-le à Belgravia. Tu as une chance sur deux de tomber juste, comme d'habitude. Et même si tu te trompes, si ça se trouve, Harry n'y verra que du feu… au moins pendant quelque temps.

— C'est bon c'est bon c'est bon... Ça veut dire quoi, « comme d'habitude » ?

Le téléphone de Melrose resta muet. Il le secoua, comme s'il espérait voir Jury en tomber, puis il le lança sur la table et se tourna vers Dora, qui avait écouté la conversation avec beaucoup d'intérêt. C'est fou ce que les adultes pouvaient raconter comme bêtises...

— Vous allez faire quoi, maintenant ?

— Voici ce que *nous* allons faire : tu vas m'aider à mettre ces deux chats dans la caisse et à les transporter jusqu'à ma voiture.

Ils vérifièrent ensemble que Morris était sur son rebord de fenêtre. Bien !

Schrödinger et Morris bis (ou l'inverse), cachés derrière le bar, tiraient quelque chose — ficelle, morceau de viande, poisson ? – dans des directions opposées.

— Tu attrapes un des deux et moi l'autre. Je n'ai pas trouvé de meilleure méthode.

— Je vais me faire griffer, protesta Dora.

Melrose ne répondit pas et sortit la caisse de sous sa table.

— Je vais la poser de l'autre côté du bar, pour qu'ils ne la voient pas, expliqua-t-il.

Ils se dirigèrent vers le comptoir, et Melrose ouvrit la caisse.

— On va procéder en douceur.

Dora avait l'air sceptique.

Ils s'approchèrent sur la pointe des pieds.

Melrose saisit un des deux chats, qui tenta de lui lacérer l'oreille.

— Je le tiens ! s'écria Dora, plaquant le second contre le sol.

— C'est bon, on embarque les deux !

Melrose tira la caisse vers lui et aida Dora à y faire entrer le chat qu'elle tenait d'une main ferme, puis le second qui se débattait et miaulait furieusement. Il referma ensuite la caisse, la souleva et prit, une fois de plus, la direction de sa voiture et de Londres.

54

Le téléphone sonna pendant que Jury nouait sa cravate. Il décrocha celui-là en examinant celle-ci d'un œil critique, se demandant si elle envoyait le bon signal. Elle était décorée de bunny girls – minuscules, certes, mais parfaitement visibles de près. Comment était-il entré en possession de cette chose ?

C'était l'inspecteur-chef Jenkins qui l'appelait depuis le poste de Snow Hill.

— Je n'ai aucun motif valable pour le retenir plus longtemps.

— Laissez-le filer. Ce n'est pas lui l'assassin.

Pendant le court silence qui suivit, Jury se demanda une fois de plus d'où il tenait cette cravate. Etait-ce une tache d'œuf, là, ou une autre bunny ?

— Vous vous appuyez sur des éléments concrets pour l'affirmer ?

— Non, mais j'en suis presque certain.

« Presque » était un euphémisme.

Jenkins reprit :

— Personne ne l'a vu à Chesham parce qu'il s'est donné un mal de chien pour ça. Il ne voulait pas qu'on puisse l'associer à – je cite – « une saleté de cochonnerie de chat »...

— « Cochonnerie de chat » : ça me plaît. Poursuivez.

Le fil du téléphone était assez long pour lui permettre d'atteindre la bouteille de Macallan sur la table basse devant la fenêtre – c'était tout ce qui lui importait, comme il l'avait confié à Carole-Anne. Il s'en versa une mesure.

– Il prétend toujours que c'était une farce, et que vous le saviez.

C'était l'exacte vérité, mais Jenkins semblait prêt à croire Harry, ce menteur pathologique, et cela ennuyait Jury.

– Je ne vois pas du tout de quoi il parle.

Son verre était trop haut pour un verre à whisky. Il fallait qu'il s'en procure de plus adaptés.

– C'est en rapport avec le chien, insista Jenkins. Celui qu'on a vu chez lui et qui semblait bien vous aimer.

– Mungo ?

– Il dit qu'il vous a raconté une histoire embrouillée à propos d'une amie à lui qui aurait disparu en même temps que ce chien. Pour être franc, il m'a paru un peu dérangé.

– Il l'est. Il est même complètement cinglé. En effet, il m'a raconté cette histoire. Plus tard, il a nié l'avoir fait. Plutôt une succession d'histoires, à vrai dire. Ne le laissez pas vous embobiner, Dennis. C'est un embobineur-né.

– En tout cas, je ne crois pas pouvoir en tirer autre chose.

– Merci de vos efforts. Je suis désolé de vous avoir fait perdre votre temps avec lui.

Comme il prononçait ses mots, Carole-Anne fit irruption dans le salon, toute disposée à lui faire perdre le sien.

– Ne vous excusez pas, dit Jenkins. C'était intéressant de l'écouter. Il me rappelle Bruno. Vous savez, le salopard manipulateur de *L'Inconnu du Nord-Express* ?

– Je n'y avais pas pensé, mais maintenant que vous le dites… Bonne nuit, Dennis.

Il raccrocha et lança à Carole-Anne :

– Ne te gêne pas, fais comme chez toi.

Assise sur le canapé, Carole-Anne feuilletait le magazine qu'elle y avait trouvé – un magazine à elle. Jury n'avait pas pour habitude de lire *Beauté PLUS*.

– Pourquoi as-tu mis ton plus beau costume ? demanda-t-elle d'un ton lourd de soupçons.

— Parce que je sors.

— Tu sors ? répéta-t-elle, sincèrement étonnée qu'il puisse avoir une vie sociale. Avec quelqu'un ?

— Oui. Tu ne la connais pas.

Elle ferma les yeux le temps de digérer cette information. Non seulement il allait retrouver une femme, mais une femme nouvelle, à croire qu'il en faisait collection.

— C'est qui ?

— Je te l'ai dit, tu ne la connais pas.

Carole-Anne tourna brusquement une page de *Beauté PLUS*. Comme si elle pouvait être encore plus belle... Dans ce cas, le noyau de l'immeuble serait certainement entré en fusion.

Jury se pencha pour nouer ses lacets, ce qui amena son regard au niveau des sandales or et argent de Carole-Anne. Des sandales strappy.

— Tes chaussures, c'est quelle marque ?

Elle referma le magazine et regarda ses pieds, comme si elle avait besoin de se rafraîchir la mémoire.

— Manolo Blahnik.

— Encore ? Tu es si riche que ça ?

— Je les ai trouvées dans une friperie d'Upper Street.

Jury se demanda quels revers de fortune pouvaient obliger une femme à revendre ses Manolo Blahnik.

— Dis-moi, qu'est-ce qui peut pousser une femme à dépenser plusieurs centaines de livres pour une paire de chaussures, alors qu'on trouve la même, en parfait état, à l'Armée du salut ?

— Tu es bête ou quoi ?

Jury attendit qu'elle éclaire sa lanterne, en vain.

— Pourquoi ? demanda-t-il. C'est une question sensée, non ?

Carole-Anne rouvrit *Beauté PLUS* et recommença à en parcourir les pages à la recherche de pépites.

— A te voir, remarqua Jury, on dirait que la réponse va de soi.

— Evidemment !

Elle étendit la jambe et balança sa sandale au bout de son pied.

Des jambes très haute couture, sans aucun doute.

— Tu as déjà vu ce genre de chaussures à l'Armée du salut ?

— Non, mais je t'avoue que je n'ai pas cherché.

— Crois-moi, tu n'as aucune chance d'en trouver.

Considérant qu'elle avait répondu à sa question, elle reposa le pied au sol.

— Compris, mademoiselle je-suis-incollable-sur-les-chaussures. Maintenant, écoute bien ceci : trois femmes ont été tuées. Leurs seuls points communs, c'est qu'elles étaient toutes trois escort girls et portaient des chaussures de styliste.

— Ce sont elles dont parlent les journaux ? demanda Carole-Anne.

Comme Jury acquiesçait, elle reprit :

— Alors ? Raconte !

— Impossible. L'enquête est en cours.

— Les chaussures, elles étaient de qui ? fit Carole-Anne, visiblement froissée.

— Jimmy Choo.

— Trop bien !

— Pas pour la victime ; elle est morte.

— En tout cas, ce n'est pas Jimmy Choo qui l'a tuée. Les trois portaient ses chaussures ?

— Non. L'une d'elles avait des sandales de ce styliste français, Christian quelque chose…

Carole-Anne consulta sa banque de données mentales sur les chaussures et ses yeux s'agrandirent.

— Christian Louboutin ? Les semelles rouges ?

— C'est ça.

— Ses modèles valent une fortune. Ce n'est pas madame Tout-le-monde qui peut se les offrir.

— Elle peut toujours les voler. Et puis, je ne suis pas sûr qu'une escort girl dispose du même budget que madame

Tout-le-monde. Ces filles doivent avoir des clients riches. Tu brilles de mille feux ce soir. Où vas-tu ?

— En boîte.

Elle s'étendit sur le sofa, les chevilles croisées. Elle devait être la seule femme de Londres à s'apprêter jusqu'à incarner la perfection pour s'affaler ensuite comme une poupée de chiffon.

— Je le connais ?

— Non. Tu ne connais pas mon rancard, je ne connais pas le tien.

La tête calée sur l'accoudoir du sofa, elle leva le magazine vers la lampe. Ses cheveux flamboyaient dans la lumière.

— Le tien a un nom ?

— Monty.

— Et ce Monty fait quoi dans la vie ?

— Il vend des voitures de luxe. Tu es bien curieux, ce soir. Je t'en pose, moi, des questions ?

— Non. Mais si j'ai un rendez-vous, ce n'est pas pour le plaisir. C'est pour les besoins de mon enquête.

Carole-Anne parut s'illuminer, ce qui constituait un exploit : sa chevelure était déjà en feu, sa robe et ses sandales argentées semblaient vouloir s'embraser à leur tour.

— Eloigne-toi de cette lampe. Tu vas finir par tous nous faire sauter.

— Hein ?

Elle planta les talons de ses Manolo Blahnik dans le sol et se pencha vers lui, les coudes sur les genoux.

Le spectacle ne manquait pas d'attrait. Encore heureux qu'elle ait eu l'âge d'être sa fille ! Pardon, mon vieux, mais en quoi est-ce une bonne chose ?

— Ton rendez-vous, tu y vas incognito ?

— Non, tout ce qu'il y a de « cognito ».

Carole-Anne plissa vaguement le front.

— Tu veux dire que cette fille sait qui tu es ?

— En effet. Ce qu'elle ignore, c'est pourquoi je l'ai invitée à prendre un verre. Elle croit m'avoir tapé dans l'œil.

316

— Et ce n'est pas le cas.

Il ne s'agissait pas d'une question.

— Elle est un peu jeune pour moi.

— La reine aussi. Elle ressemble à quoi ?

— A une collégienne. Apparemment, ses clients apprécient.

— Bande de pervers !

L'interphone buzza à l'entrée de l'immeuble.

— Ça droit être Monty. Tu me raconteras le reste plus tard.

S'étant levée, elle rajusta ses sandales et tira sur sa robe en se tortillant.

— Sois prudente, lui dit Jury.

— Prudente ?

— Je n'arrive pas à m'ôter ces trois femmes de l'esprit. Si elles ne sont plus là, c'est parce qu'un type les a tuées.

Elle ramena ses cheveux en arrière.

— Pas Monty. Et d'abord, qui te dit qu'il s'agissait d'un homme ? Je connais des filles qui tueraient pour une paire de Christian Louboutin. Bonne soirée.

Elle sortit et descendit l'escalier en faisant claquer ses talons de dix centimètres sur les marches, laissant Jury méditer ses paroles.

55

Le temps que Melrose parvienne à Belgravia, le crépuscule avait fait place à la nuit, ou presque. Assis dans sa voiture avec les deux chats, il observait la maison de Harry Johnson, de l'autre côté de la rue. Il avait dû libérer un de ses deux captifs pour éviter qu'ils ne s'entretuent. Son plan consistait à apporter la caisse à l'arrière de la maison et à se débarrasser du chat restant en le faisant passer par la chatière, s'il y en avait une.

Il pouvait aussi coiffer de nouveau sa casquette d'employé de refuge, à moins que Harry ne fût déjà rentré.

Il prit son portable et composa le numéro de la maison en déchiffrant le morceau de papier sur lequel il l'avait griffonné.

Quand la gouvernante décrocha, il demanda à parler à M. Johnson. Malheureusement, il était absent.

— Non, je n'ai pas de message pour lui. Je le rappellerai. Merci.

Il se retourna vers le chat dans la caisse. Le second, tout aussi furieux, le fixait d'un œil torve sous la banquette.

L'autre – il y avait une chance sur deux que ce fût Schrödinger – n'appréciait pas davantage sa compagnie. Chaque fois qu'il le regardait, il lui crachait au visage. Cette attitude irritait profondément Melrose. Avec tout le mal qu'il se donnait pour lui !

Il descendit de voiture et ouvrit la portière arrière, suscitant un concert de miaulements rageurs. Enfonçant la casquette du refuge sur sa tête, il tira la caisse vers lui. Le chat à l'intérieur feula.

— Oh, mets-la en sourdine ! lui dit-il avant de claquer la portière.

— Madame... Toby ? demanda Melrose, soulevant sa casquette.

— Tobias.

Elle regarda la caisse et ajouta :

— Je me réjouis qu'il ne soit rien arrivé à Schrödinger.

Elle mentait. Tout son visage exprimait la contrariété.

— Je suis vraiment désolé de cette méprise, dit Melrose.

— Une méprise ? Je ne comprends pas.

— On m'a donné une fausse adresse. Ce n'était pas le chat de M. Harry Johnson que je devais récupérer, mais celui d'un certain *Howard* Johnson, habitant Cadogan Square. C'est trop bête. Je vous ai ramené votre chat. Vous pourriez vérifier que c'est bien le vôtre ?

Sinon, pas de souci : j'en ai un autre dans ma voiture.

Mme Tobias se pencha vers la caisse et fut récompensée par un miaulement hargneux.

— Pas de doute, c'est Schrödinger. Je reconnais bien son mauvais caractère.

— Je ne vous le fais pas dire.

Melrose ouvrit le panier. Le chat fila directement au secrétaire qu'on apercevait par une porte ouverte, de l'autre côté du couloir.

— On dirait que ses chatons lui ont manqué, soupira Mme Tobias.

Délivré d'une partie de son fardeau, Melrose renouvela ses excuses à la petite gouvernante.

— Il n'y a aucun mal, monsieur. Tout ce qui compte, c'est que la chatte soit revenue avant M. Johnson.

Elle s'effaça pour laisser sortir Melrose, puis s'avança sur le seuil et balaya la rue du regard.

— Je me demandais… Vous n'auriez pas vu un petit chien, par hasard ?

— Un chien ?

Et voilà… Il était sûr que cela finirait par des pleurs.

56

Le Cigar était un club du West End tellement tranquille et discret qu'on pouvait passer devant sans soupçonner son existence.

C'est d'ailleurs ce qui arriva à Jury. Il y vit une métaphore de l'existence : la plupart du temps, on passait devant les choses importantes de la vie sans même les remarquer.

Sa façade en brique, sa minuscule plaque en cuivre (presque invisible au-delà d'un mètre), sa grille en fer forgé, son portier en civil − à moins de considérer son pull à col cheminée noir, sa veste de lainage noire, son jean noir, tout cet étalage de noirceur, comme un uniforme − contribuaient à faire de l'endroit un must.

Le portier tout de noir vêtu inclina imperceptiblement la tête avec une esquisse de sourire. Il n'était pas là pour contrôler l'identité des arrivants, mais pour leur garantir qu'ils se trouvaient à Mayfair, et que le Cigar était un établissement sélect.

A l'intérieur, Jury hésita à confier son manteau à la jeune femme blonde du vestiaire et décida finalement de le garder, pour le cas où il devrait sortir rapidement. Il avait quelques minutes de retard. Rosie Moss devait être déjà arrivée, à moins qu'elle n'ait décidé de le laisser poireauter.

La salle lui évoqua immédiatement le Londres du siècle dernier, avant le déclin du chauffage au charbon. Le club méritait bien son nom. Son regard perça l'épais nuage de fumée. Au bar, une ravissante brune avait les yeux fixés sur lui. A une table de jeu, une rousse flamboyante observait un croupier à tête de crapule qui faisait tourner la roulette. Assises côte à côte, deux blondes pareilles à des silhouettes découpées dans du papier exhibaient une quantité phénoménale de bijoux.

Il regarda à nouveau. Sans doute avait-il manqué Rosie, de même qu'il avait failli manquer l'entrée du club. Mais comment le lui reprocher ? C'était elle, la ravissante brune qui lui souriait depuis le bar. Les couettes avaient cédé la place à des boucles folles, la robe chasuble à un top noir, une longue jupe noire fendue au genou, un châle noir et une paire de chaussures Christian Louboutin vert jade dont l'une se balançait négligemment à la pointe de son pied. Telle était la véritable Rosie Moss : chevelure brune, vêtements noirs, semelles rouges.

Un look de tueuse.

— Vous ne m'avez pas reconnue.
— Vous pouvez le dire.
— Je n'ai pas toujours l'air d'avoir douze ans.
— Je vois ça.

D'un pied solidement chaussé, elle poussa vers lui le tabouret voisin du sien.

— Tenez, je l'ai gardé pour vous. J'ai dû éconduire quelques types.
— La moitié de la population masculine de Londres, plus probablement.

Le barman s'approcha, vêtu d'un gilet en velours rouge sang. Répondant au regard interrogateur de Jury, Rosie leva son verre : martini. Jury commanda un whisky. Comme le barman restait là, il comprit qu'il attendait qu'il précise. Evidemment, ce n'était pas Trevor.

— Macallan ?

Le barman s'éloigna en direction de la crypte dans laquelle devait vieillir le whisky.

— Vous vous transformez toujours aussi facilement ? demanda Jury à Rosie.

Elle prit une cigarette et tendit l'étui en ébène à Jury. Bien qu'il lui en coûtât, il refusa, pour la millième fois au moins en trois ans.

— Qui vous a dit que c'était facile ?

— J'observais simplement vos talents de caméléon.

— J'ai d'autres talents, encore plus remarquables.

Apparemment, la soirée serait placée sous le signe du double sens. Jury ne se sentait pas d'attaque pour ça.

— Ça vous ennuie si je vous appelle Rosie et non Adele ?

Elle haussa les épaules, visiblement déçue qu'il n'ait pas de question plus intéressante à lui poser.

— Comment avez-vous débuté dans ce métier ?

— En me déshabillant.

Le barman revint avec le whisky commandé. On pouvait dire qu'il tombait à pic. Jury vida la moitié de son verre.

— Et vous avez vu votre avenir.

— Plus ou moins.

Son sourire semblait forcé, comme si elle avait un goût désagréable dans la bouche. Elle buvait à petites gorgées son cocktail d'une couleur étrange – sans doute un de ces martinis mutants, tellement prisés par les buveurs qui n'aimaient pas le martini.

Jury tenta un coup de poker :

— Vous ne l'aimiez pas beaucoup, hein ?

Rose leva ses sourcils parfaitement arqués.

— Stacy ? Elle ne me dérangeait pas. Je la connaissais à peine. Selon vous, je devrais être inconsolable ? Me couvrir la tête de cendres et me jeter dans le vide du haut de la colonne Nelson ?

Jury éclata de rire.

— Non. Mais à vous écouter, on dirait bien que cette idée vous a traversé l'esprit.

La pâleur qui avait envahi le visage de la jeune femme s'estompa, comme la neige chassée par le vent. Une réaction spectaculaire, mais moins que le geste qu'elle eut alors.

Se penchant vers Jury, elle posa une main sur son poignet et remonta lentement son bras.

— Arrêtons ça, d'accord ? Vous et moi, on va boire quelques verres, bavarder un peu, dîner, et ensuite… Qui sait ?

Etrangement, il n'éprouvait aucun désir pour elle. Il ressentait une froideur presque clinique. Comme il l'avait dit à Carole-Anne, il était là pour des raisons strictement professionnelles. Mais cela n'expliquait pas l'impression d'être un bloc de glace. Se sentait-il coupable à cause de Lu Aguilar ? Non, car son accident ne l'avait pas empêché de coucher avec Phyllis (cette seule pensée provoqua chez lui un début de dégel). Il y avait autre chose en jeu.

C'est ça, pensa-t-il. Elle joue un rôle. Elle non plus ne le désirait pas. Bien sûr, c'était le b.a.-ba de son boulot. Sauf qu'elle ne se trouvait pas là en tant qu'escort girl, ni lui en tant que client. C'était un rancard classique. Alors pourquoi avait-elle besoin de feindre ?

— Le fiancé de Stacy… commença Jury.

Brusquement, Rose vida son verre d'un trait et le tendit au barman afin qu'il le remplisse.

— Son « fiancé » ? cracha-t-elle. Ne dites pas de conneries ! C'est ce qu'il vous a raconté ?

Elle écrasa sa cigarette et reprit :

— Elle se fichait pas mal de Bobby. Elle restait avec lui pour le fun, c'est tout.

Bobby Devlin, tellement sensible et sérieux, n'était pas le genre de garçon qu'une jeune femme aurait fréquenté « pour le fun ». Rose n'avait rien compris. C'étaient les autres hommes, avec qui Stacy couchait contre de l'argent, qu'elle voyait pour le fun.

— Il n'était même pas son type, poursuivit Rosie. Et son numéro de petit garçon paumé…

Elle en avait trop dit.

Jury assista, muet, à ses efforts pour se rattraper.

— En tout cas, c'est l'impression que j'avais en écoutant Stacy.

— « Son numéro de petit garçon paumé » ? A vous entendre, on dirait que vous l'avez vu de vos yeux, et non que vous rapportez les propos de quelqu'un – à plus forte raison ceux de Mariah. Alors, dans quelles circonstances avez-vous rencontré Bobby Devlin ?

Elle laissa son regard errer à travers la salle.

— Je suis tombée sur lui une fois par hasard.

— Bobby vient rarement à Londres ; il m'a confié qu'il détestait cette ville. J'en déduis que vous êtes « tombée sur lui » à Chesham. C'est d'autant plus curieux que vous avez prétendu ne rien savoir de la vie de Mariah. Vous avez menti, n'est-ce pas ? Vous la connaissiez intimement. Elle était très discrète sur sa relation avec Bobby.

Dédaignant le martini que le barman avait posé devant elle, Rose rangea son étui à cigarettes dans son sac, puis elle récupéra son châle en pashmina sur le dossier de son tabouret.

— C'est rasoir, à la fin. Je n'ai pas envie de passer la soirée à parler de Stacy Storm.

— Personne ne vous y oblige. Si vous ne voulez pas en parler maintenant, nous le ferons plus tard, au poste de police.

Le regard de Rosie se durcit.

— Ça n'a jamais été un rancard, pas vrai ? Tout ce qui vous intéressait, c'était de me tirer les vers du nez.

Elle enroula le châle autour de ses épaules et se pencha vers Jury :

— Maintenant, vous allez m'accuser de l'avoir tuée ?

— Non. Vous vous trouviez à Londres ce soir-là. Ne vous inquiétez pas, on a vérifié votre alibi.

Elle semblait tellement contente d'elle que Jury eut le plus grand mal à garder son sérieux.

— Vous me voyez rappliquer à Chesham en Manolo Blahnik pour descendre Stacy ? Non ? Encore heureux ! Merci pour les martinis.

Elle se laissa glisser de son tabouret et se dirigea vers la sortie à travers la foule de plus en plus nombreuse.

C'est à peine si Jury remarqua son départ.

En Manolo Blahnik ?

Il se dirigeait vers la station de métro de Green Park quand son portable carillonna. Il envisagea sérieusement de le jeter sur le trottoir devant le Mayfair Hotel et de le piétiner jusqu'à ce que mort s'ensuive.

Mais trêve d'enfantillages...

— Oui ?

— C'est moi, fit la voix de Wiggins. J'ai retrouvé un ancien professeur de Roedean. Elle y enseignait il y a une vingtaine d'années, et elle se souvient parfaitement de ses « filles », comme elle dit. Surtout de Kate Banks. Elle s'appelle Shirley Husselby et habite Brighton.

— Vous avez son adresse ?

Wiggins la lui indiqua.

— Vous allez lui rendre visite ? demanda-t-il.

— Dès demain matin. Merci, Wiggins.

Jury décida d'accorder un répit à son portable.

57

Pourquoi certains endroits paraissaient-ils immuables ? En tout cas, c'était bien agréable, songeait Jury en contemplant la mer au-delà de la plage de galets. Le temps semblait s'être arrêté ici et, sans même s'en apercevoir, y avoir élu domicile.

Il se retourna et marcha le long de King's Road, qui bordait le rivage. Il était déjà venu là des années plus tôt, pour les besoins d'une enquête, une des plus tristes de sa carrière. Mais ne l'étaient-elles pas toutes ?

Il n'eut aucun mal à trouver la maison. Située dans une rue étroite donnant sur Marine Parade, elle jouissait d'une vue dégagée sur la mer. Elle faisait partie d'une longue rangée de maisons identiques, aux numéros bien visibles sur des piliers blancs. Il actionna le heurtoir en forme de dauphin, se demandant pourquoi ces mammifères marins connaissaient une telle popularité dans cet emploi. Il entendit des pas, puis l'écho d'une discussion animée, et la porte s'ouvrit d'un coup sec.

La femme qui l'avait ouverte, âgée, d'apparence fragile, devait être Shirley Husselby. Jury lui montra sa carte et se présenta :

— Commissaire Richard Jury. Mon sergent vous a appelée ?

Pourquoi en avoir fait une question, sinon pour laisser à la vieille dame la possibilité de répondre : « Non, je ne crois pas » ?

— Ah oui ! Désolée de vous avoir fait attendre, mais cette porte me donne bien des soucis.

Elle décocha un coup de pied à la porte récalcitrante.

— Vous ne ressemblez pas à un commissaire. Je vous imaginais petit, gros, grisonnant et louchant légèrement.

Jury sourit. Le portrait craché de Racer.

L'ayant invité à entrer, Shirley Husselby se lança dans une explication :

— Voyez-vous, c'est le titre de « commissaire » qui m'a étonnée. Un grade aussi élevé, occupé par quelqu'un d'aussi jeune…

— Moi ? Mais je ne suis pas jeune, j'ai…

Elle mit un doigt sur ses lèvres.

— Commissaire, ne dites jamais votre âge. Ça ne regarde personne. Moi, je ne dis jamais le mien. En tout cas, vous avez l'air jeune et vous êtes très séduisant. Par ici, je vous prie, ajouta-t-elle, le guidant vers le salon. Faites attention au tapis. Les franges ont tendance à se prendre dans les pieds et à vous faire trébucher.

Jury la remercia de son avertissement. Le tapis, lui, ne dit rien.

Dans le salon, la vieille dame lui déconseilla le fauteuil à gauche de la cheminée, à moins d'avoir envie de se faire piquer les fesses.

— Les ressorts sont capricieux, on ne sait jamais comment ils vont réagir. Venez plutôt à côté de moi sur le sofa. Apparemment, il est dans un bon jour.

La pièce, très ordinaire, respirait le confort : le feu crépitant, les meubles anciens mais robustes, la jolie nappe ivoire, les housses de fauteuils imprimées de tulipes composaient un décor accueillant, mais apparemment plein de chausse-trapes.

— J'ai préparé du café, annonça Shirley Husselby.

Le service était posé sur une table basse devant le sofa. De la fumée s'échappait du bec de la cafetière. Sur le plateau d'argent, il y avait également un pot de crème, un sucrier et une assiette de biscuits. Le tout avait l'air parfaitement inoffensif.

— Méfiez-vous du café. Il est plus chaud qu'il n'y paraît. De la crème ? Du sucre ?

Jury refusa l'un et l'autre, mais prit sa tasse et sa soucoupe avec précaution. Le café n'était pas plus chaud que nécessaire. La vieille dame l'observait d'un œil vigilant, prête à appeler les urgences s'il s'écroulait sur le sol, les bras en croix, à la première gorgée.

— J'imagine que vous êtes au courant de la série de meurtres qui ont eu lieu à Londres ces derniers temps ? demanda-t-il.

— Oui. Vous êtes là pour me parler de Kate Banks, sans doute ?

Sa tasse tinta contre la soucoupe quand elle la reposa.

— Une des meilleures élèves que j'aie jamais eues. La nouvelle de sa mort m'a bouleversée. Je ne voulais pas le croire. Qui a bien pu… ?

Elle secoua la tête, les lèvres serrées, comme si elle cherchait à contenir un trop-plein d'émotions.

— Vous trouvez invraisemblable qu'on l'ait tuée ?

— Bien sûr ! A Roedean, elle était unanimement appréciée. Vraiment, c'était une personne remarquable.

Mlle Husselby se leva et s'approcha de la cheminée, expliquant :

— Ce feu est incroyablement paresseux. Parfois, il s'éteint sans prévenir !

Elle tisonna les bûches qui n'en faisaient qu'à leur tête. Dans le monde de Mlle Husselby, les objets refusaient de coopérer.

Jury attendit qu'elle se fût rassise pour reprendre :

— Vous voulez bien me parler encore de Kate ?

— Elle était très intelligente, brillante, et bonne. Comme je l'ai dit, tout le monde l'aimait. Elle avait l'art de désamorcer les tensions. Les autres filles avaient confiance en elle, et elle le méritait.

329

Elle but une gorgée de café avant de poursuivre :

— Quel dommage que sa mère ait été aussi... inconstante. On ne pouvait jamais compter sur elle. Tout le contraire de sa fille. Kate était un roc. On pouvait se reposer sur elle, malgré son jeune âge.

— Il y avait une autre jeune fille, une de ses amies, je crois. Crystal North.

— Oh ! Crystal.

Le ton avait changé du tout au tout.

— Je ne dirais pas qu'elle était l'« amie » de Kate, même si elle aurait souhaité le devenir. En fait, je pense qu'elle aurait voulu être Kate. Celle-ci ne l'appréciait guère, mais Crystal avait l'habitude qu'on cède à tous ses caprices. Elle ne supportait pas la frustration. Et elle n'hésitait pas à jouer avec la vie des autres.

— Comment ?

— Un jour, pendant un contrôle, elle avait copié sur sa voisine. L'autre jeune fille était venue s'en plaindre à moi. L'une d'elles avait triché, mais laquelle ? Le professeur chargé des travaux dirigés était prêt à disculper Crystal – c'était une grande manipulatrice, voyez-vous. Il a fini par leur poser un ultimatum : si la coupable ne se dénonçait pas, il sanctionnerait les deux. Crystal ne s'est pas dénoncée. Elle savait qu'elle serait punie de toute manière, donc elle estimait n'avoir rien à gagner à dire la vérité. C'est une chose de se conduire bêtement quand on est seul concerné, c'en est une autre de faire payer un innocent pour une faute qu'il n'a pas commise.

Jury pensa au passage piétons, il vit Chris Cummins tendre le bras afin d'arrêter les voitures, puis la collision. La fausse couche.

Mlle Husselby reprit :

— Crystal sortait avec un jeune homme de Brighton, le fils unique d'un marchand de primeurs. Sa famille était pauvre, alors que les North, les parents de Crystal, vivaient dans l'opulence. Cela m'a étonnée quand Crystal s'est amourachée de lui, mais il faut dire qu'il était charmant. J'achetais mes fruits et mes légumes chez eux. Charmant et joli garçon.

Disant cela, elle regarda Jury, comme si elle le rangeait dans le cercle très fermé des beaux garçons pleins de charme.

— Plusieurs jeunes filles étaient folles de lui. C'est sans doute ce qui le rendait tellement attirant aux yeux de Crystal. Elle avait réussi à lui mettre le grappin dessus quand il a rencontré Kate. Elle a tout fait pour le décourager, mais il ne voulait rien savoir. Kate était pareille à un champ de lavande : il suffisait de la respirer pour en être enivré.

La vieille dame eut un petit rire satisfait, savourant l'analogie.

— Quand il a rompu avec elle, Crystal en a eu le cœur brisé. Mais elle ne pouvait rien y faire.

Elle soupira, fixant du regard le mur au-dessus de la cheminée, ou plutôt, le tableau accroché à cet endroit.

— Voilà que ça recommence !

S'étant levée, elle s'approcha du tableau et le redressa du bout du doigt. A peine eut-elle tourné le dos que le cadre recommença à pencher.

— Je vous prie de m'excuser. Qu'est-ce que je disais ?

— Vous parliez de Kate et de ce jeune homme qui l'aimait.

Jury passa le champ de lavande sous silence.

Avec un nouveau soupir, Mlle Husselby remplit leurs deux tasses de café. Jury savait qu'il serait tiède, mais ça lui était égal.

— Après cela, je suis restée plusieurs années sans avoir de nouvelles de Kate. Quant à Crystal, je l'ai complètement perdue de vue.

Jury produisit le cliché montrant les jeunes filles sur la jetée.

— Reconnaissez-vous Crystal sur cette photo ?

331

La vieille dame acquiesça.

— C'est celle qui a l'air fâchée, ici. Ce sont bien les amies de Kate. Mais je ne la vois… Bien sûr, c'est elle qui prenait la photo. Ça explique que Crystal ait fait cette tête.

— Vous n'êtes pas au courant de l'accident ?

— Quel accident ?

— Celui de Crystal.

Mlle Husselby écouta le récit de Jury en ouvrant de grands yeux.

— Quelle horreur ! Mais quelle idée, aussi, de traverser sans se soucier de la circulation. Ce n'est pas parce que les piétons ont la priorité que les voitures s'arrêtent. C'est tout Crystal, ça… Risquer la vie de son futur enfant par pur entêtement. Que lui est-il arrivé ? J'imagine qu'elle a été blessée.

— Elle est presque entièrement paralysée à partir de la taille. Elle passe le plus clair de son temps en fauteuil roulant.

— Je devrais la plaindre. J'aimerais en être capable.

Elle se pencha vers Jury et lui glissa sur le ton de la confidence :

— Elle aurait fait n'importe quoi – mentir, mendier, voler – pour garder Davey.

— Davey ?

— Le fils du marchand de primeurs.

Après un long silence, Jury demanda :

— Il ne s'appelait pas Cummins, par hasard ?

— Si. Vous le connaissez ?

— Oui.

Jury réfléchit un moment, puis il se leva.

— Vous n'imaginez pas à quel point vous m'avez aidé, mademoiselle Husselby. Je ne vous remercierai jamais assez.

— Je suis heureuse de vous avoir été utile, dit-elle, récupérant son manteau dans la penderie. Il n'y a plus grand-chose qui m'occupe, vous savez. J'espère que vous parviendrez à débrouiller cette affaire.

Elle voulut lui ouvrir, mais la porte était coincée.

— Fichue porte ! Elle finira par me tuer.

Jury ouvrit, souriant. Il faudrait beaucoup plus qu'une porte pour venir à bout de Shirley Husselby.

58

Ce que Jury préférait dans les voyages en train, c'était l'anonymat. La présence d'autres gens qui ne vous connaissaient pas et n'avaient aucune envie de vous connaître. Personne ne se sentait obligé de parler. Un trajet en train était une parenthèse de silence.

Il y avait seulement une dizaine de passagers à bord du train pour Londres, tous occupés à lire, à contempler les paysages du Sussex, ou connectés à leurs lecteurs MP3 ou leurs téléphones portables.

De l'autre côté de l'allée était assise une jolie femme dans les trente-cinq, quarante ans. Il était devenu difficile de deviner l'âge des gens, surtout des enfants. De nos jours, ils semblaient atteindre la pleine maturité vers treize ou quatorze ans, juste avant d'entamer leur déclin. Les enfants paraissaient tous plus âgés qu'ils ne l'étaient en réalité – des adultes en réduction.

Ce n'était pas le visage de la femme qui avait attiré l'attention de Jury, mais ses sandales. Strappy. Quel mot extraordinaire ! pensa Jury. Dommage qu'on ne puisse l'appliquer aux êtres humains.

Jimmy Choo ? Tod's ? Prada ? Il doutait que la jeune femme en ait les moyens. Ses vêtements respiraient l'élégance, pas l'opulence. Les sandales, très gracieuses, étaient en cuir vert marin. Jusque-là, il n'avait jamais prêté attention aux chaussures des femmes, mais toutes celles qu'il avait vues récemment lui avaient paru de véritables

334

œuvres d'art. Bien sûr, c'était l'intention de leur créateur. Il ferma les yeux et repensa à celles de Carole-Anne.

Ces digressions visaient à distraire son esprit de son enquête. Il s'efforçait de ne pas repenser à sa conversation avec Shirley Husselby. En la laissant décanter, il espérait que la vérité remonterait à la surface. En tout cas, il ne regrettait pas son voyage à Brighton. Chris – Crystal – Cummins avait fréquenté le même lycée que Kate Banks, pourtant elle n'avait jamais dit qu'elle la connaissait.

Dans toute enquête, il arrivait un moment où Jury sentait que la solution était là, à portée de main. Comme la bille d'acier d'un flipper, attendant qu'un joueur la propulse sur un plateau plein de possibilités, de cibles, de trous numérotés, de bumpers en caoutchouc.

Chris-Crystal avait fini par épouser Davey...

Pourquoi David Cummins n'avait-il pas spontanément avoué que sa femme et lui avaient connu Kate Banks, et même intimement ? En tant que policier, il savait l'importance de ce genre d'information.

Jury fit signe au vendeur ambulant d'arrêter son chariot. Il lui demanda un thé et un roulé à la confiture qu'il contempla ensuite sans y toucher.

La nuque calée sur l'appui-tête, il but son thé à petites gorgées tandis que le train ralentissait et entrait en gare de Redhill. Quelques voyageurs se levèrent et se préparèrent à descendre, les yeux bouffis comme s'ils achevaient un périple à bord du Transsibérien. Quelques personnes montèrent. Jury tenta de les ignorer, désireux de préserver le plaisir de la solitude.

Celui-ci ne tarda pas à voler en éclats. Entre ses cils, il vit un petit homme corpulent s'asseoir en face de lui, puis une série de bruissements et de craquements l'avertit qu'il venait de déposer un sandwich et un paquet de chips sur la table. L'homme but ensuite son café avec de grands *slurp*. Le train s'entêtait à rester à quai. Jury aurait bien voulu qu'il redémarre, ce qu'il finit par faire.

Sautant allègrement la barrière que Jury avait mise entre eux en fermant les yeux, son nouveau voisin s'efforça aussitôt de lier conversation.

— Vous en voulez ? demanda-t-il, tendant le paquet de chips au-dessus de la table.

Certaines personnes ne savaient pas apprécier les avantages des voyages en train. Jury ouvrit les yeux, sourit, secoua la tête.

— Non merci.

— Ça a l'air bon, dites donc.

Jury comprit qu'il parlait du roulé à la confiture.

— Je l'ai acheté à la buvette ambulante.

L'homme jeta un coup d'œil derrière lui mais le chariot n'était nulle part en vue.

— Je crois que j'en prendrai un quand elle repassera.

— Je ne suis pas sûr qu'elle le fasse. Nous ne sommes plus très loin de Londres. Prenez le mien.

— Je...

— Je vous en prie. Je n'ai pas faim. Je ne sais pas ce qui m'a pris de l'acheter. La nostalgie de l'enfance, sans doute.

L'homme sourit et attira le gâteau vers lui.

— Merci. Au fait, je m'appelle Mattingly.

Jury serra la main qu'il lui tendait.

— Richard Jury.

— Vous parliez de l'enfance... Figurez-vous que je viens de passer deux jours chez ma sœur. Gamins, on a vécu de chouettes moments ensemble. Mais elle va mal, maintenant. Très mal, même.

Il détacha le regard du roulé à la confiture et le dirigea vers le paysage qui défilait derrière la vitre. Sa voix s'était teintée de tristesse.

— Je suis désolé.

M. Mattingly poursuivit :

— Elle vit un véritable calvaire, pourtant elle tient bon. Je comprends pas comment elle fait. Elle non plus, d'ailleurs. Elle a plus que la peau sur les os.

Il entreprit de déballer le roulé à la confiture.

La peau sur les os... Ça expliquait son désir de s'empiffrer. Il ne le faisait pas pour lui, mais pour maintenir sa sœur en vie. En une bouchée, il engloutit la moitié du gâteau.

— Mmm, délicieux.

Ne sachant quoi dire, Jury continua à observer par la fenêtre la lente formation du paysage urbain, les limites grises et irrégulières de Londres.

Mattingly continua à parler de sa sœur malade – sa sœur mourante, plutôt – en terminant le gâteau et buvant son café. Il parlait encore quand le train entra en gare de Victoria dans un crissement de freins assourdissant, dix minutes plus tard.

Les passagers paraissaient deux fois plus nombreux qu'au départ de Brighton. Où tous ces gens étaient-ils montés ? Debout dans l'allée, ils avançaient par à-coups, comme si on les poussait dans le dos avec des fusils et des baïonnettes. Jury se demanda ce qui lui avait inspiré cette image de violence.

Derrière lui, M. Mattingly dissertait toujours sur la vie et la mort.

— Parfois, je me dis qu'il vaudrait mieux en finir que de traîner comme ça. Un jour, ma sœur m'a demandé si je connaissais quelqu'un qui pourrait l'aider. Je lui ai répondu : « Cora, où est-ce que j'aurais bien pu rencontrer ce genre de personne ? » Mais je peux pas lui en vouloir. Bon Dieu, non !

Entre-temps, ils avaient pris pied sur le quai.

— Je vous prie de m'excuser, dit Mattingly, changeant son sac de main afin de serrer celle de Jury. Je sais qu'il n'y a rien de plus rasoir que d'écouter un inconnu vous raconter sa vie dans un train.

Un déclic se fit dans l'esprit de Jury : « Il me rappelle Bruno », avait dit Jenkins à propos de Harry. La bille métallique jaillit sur le plateau du flipper.

— Au contraire, je suis heureux que vous m'ayez parlé, monsieur Mattingly. Je regrette beaucoup, pour votre sœur.

– C'est gentil. Bon, je vous laisse. Merci encore pour le gâteau.

Il s'éloigna d'une démarche dandinante. Jury le suivit du regard sans réellement le voir.

C'était ça, la pièce manquante : Bruno. Hitchcock.

L'Inconnu du Nord-Express.

59

Renonçant à jouer des coudes dans le métro bondé, Jury décida de prendre un taxi. La file d'attente était longue, mais pas exagérément. Soudain son portable sonna. Le temps qu'il le saisisse, les premières notes de la sonnerie lui attirèrent plusieurs sourires condescendants : un homme de cet âge... Il se félicita d'avoir pensé à recharger l'appareil.

C'était Jenkins.

— On a mis la main sur quelque chose, Richard. Je ne sais pas encore si c'est important ou non. Un ticket de caisse de la librairie Waterstone's, daté du jour où Kate Banks a été tuée. Un de nos agents l'a trouvé alors qu'il aidait à débarrasser la scène de crime.

Jury avait atteint le début de la file.

— Une seconde, Dennis, dit-il comme une voiture s'arrêtait devant lui. Je m'apprête à monter dans un taxi.

Il donna l'adresse au chauffeur, ferma la portière.

— Je vous écoute. Ce ticket, où l'a-t-on trouvé ?

— Coincé entre deux pavés. Comment les techniciens ont-ils pu laisser passer ça ? Ça me sidère.

— Ils ne l'ont pas vu parce qu'il n'y était pas la nuit du crime. Est-ce que le titre du livre figure dessus ?

— Il a pris la pluie, mais attendez... *Chaussuremania.* Ça veut dire quoi ?

Jury jeta un coup d'œil par la vitre. Le taxi traversait Clerkenwell.

— Ça désigne une forme d'obsession. Si les noms de Jimmy Choo et Manolo Blahnik me sont familiers, c'est parce que je connais quelqu'un qui en souffre. Je vais vous faire gagner du temps, Dennis. Ce ticket mène tout droit à un collègue de Thames Valley, l'inspecteur-chef David Cummins. C'est lui qui a acheté ce livre. Je vous suggère de l'interroger.

— Un inspecteur de Thames Valley ? répéta Jenkins d'un ton incrédule. On dirait que vous avez plusieurs longueurs d'avance sur moi.

— J'ai simplement eu la chance d'apercevoir ce livre chez Cummins.

— Ce ticket, on dirait qu'il vaut de l'or, non ?

Jury sourit.

— Du plaqué or, à tout le moins. Je vous garantis que vous ne regretterez pas le déplacement. Je comptais me rendre au poste de High Wycombe demain. Vous voulez m'accompagner ?

— J'aimerais bien, mais je ne peux pas. J'ai de la paperasse à faire.

— Je vous raconterai ma visite.

Jenkins lui dit qu'il attendait cela avec impatience puis il raccrocha.

Le taxi s'arrêta devant l'immeuble de Jury. Il y avait de la lumière à toutes les fenêtres. C'était fiesta à tous les étages, ou quoi ? Même son appartement était éclairé. Il imagina Carole-Anne donnant un cours de salsa à une salle remplie de Mexicains. Il régla la course et laissa un pourboire géné-reux au chauffeur.

Tandis que le taxi redémarrait, il repensa au ticket de caisse et secoua la tête.

En voulant trop bien faire, l'assassin avait commis une erreur monumentale.

Il avait raison à propos de Carole-Anne. Il se trompait au sujet des Mexicains. Il trouva sa voisine et Phyllis Nancy en conversation dans son salon.

Bon Dieu, il avait encore oublié leur rendez-vous !

Pourtant, Phyllis lui sourit, égale à elle-même.

— Qui voudrait dîner en ville quand on est si bien ici ? dit-elle. Ambiance conviviale, éclairage tamisé, décor façon film noir... J'adore.

— Elle est marrante, ta copine, dit Carole-Anne.

— Phyllis, je suis désolé. Je vois que le Dr Nancy et toi avez fait connaissance, ajouta-t-il, se tournant vers Carole-Anne. Laquelle de vous deux est arrivée la première ?

— Comment crois-tu qu'elle est entrée ?

Au ton qu'avait employé Carole-Anne, Jury comprit qu'il n'avait pas fini d'entendre parler de cette histoire.

— Elle a apporté de quoi manger, lança la jeune femme depuis la cuisine. Saucisses, œufs, fromage, pain, vin rouge. Je peux nous préparer un frichti avec tout ça.

Elle réapparut sur le seuil de la cuisine.

— Ça te dit, commissaire ?

— Tu pourrais demander son avis à Phyllis.

— Elle est d'accord. C'est elle qui a fait les courses, non ?

— Je ne vois aucun inconvénient à ce que vous vous chargiez de la cuisine, intervint Phyllis.

— Alors, ça me va aussi, reprit Jury. Phyllis et moi allons boire un verre pour patienter. Je ne crois pas que nous perdions au change.

Pour le coup, Carole-Anne parut reconsidérer son rôle de marmitonne.

— Je boirais bien quelque chose aussi, entre deux tournées de saucisses.

Jury décrocha trois verres du râtelier qu'il avait acheté à une vente d'objets datant de la Seconde Guerre mondiale organisée par l'Imperial War Museum. A l'origine, ce râtelier servait à ranger des armes à feu. Il trouvait ce détail fascinant. Il disposa les verres sur la table basse et dit à Phyllis :

— C'est très gentil de ta part.

341

— C'est vrai, approuva Carole-Anne depuis la cuisine. Toute la journée, j'ai eu envie d'œufs et de saucisses avec des pommes de terre sautées. D'ailleurs, vous avez oublié les pommes de terre, souligna-t-elle en leur apportant la bouteille de vin.

— Vous avez raison, acquiesça Phyllis.

— Dans un sens, ça vaut mieux. Je surveille ma ligne.

Elle jaugea l'intruse du regard. Phyllis avait pris place non sur le sofa mais sur une chaise, laissant planer un doute sur la nature de ses relations avec Jury.

Ce détail n'avait pas échappé à Carole-Anne, qui se fendit d'un sourire.

Jury songea que sa jeune voisine se méprenait certainement sur le sens de cette concession faite par Phyllis, et dont elle aurait elle-même été incapable.

— Un bon choix, reprit Carole-Anne, parlant du vin. J'en ai bu l'autre soir au Mucky Duck.

Phyllis, qui n'avait pas froid aux yeux, avait apporté un jéroboam. Jury ne fut pas étonné d'apprendre que ses frères figuraient à la carte du Mucky Duck.

— Je devrais peut-être le faire goûter à Trevor, dit-il.

— Qui est Trevor ? demanda Carole-Anne.

— Le barman du Shades. Il connaît tout sur le vin.

Carole-Anne trempa les lèvres dans son verre.

— Excellent, déclara-t-elle. Mais bien sûr, je ne prétends pas être une experte. Pas comme Trevor, en tout cas.

Jury sourit. Carole-Anne donnait l'impression d'avancer en terrain miné.

— Et ton voyage à Brighton ? s'enquit Phyllis. Il t'a appris quelque chose ?

Carole-Anne, qui, à son grand regret, ignorait que Jury était allé à Brighton, retourna à la cuisine, feignant l'indifférence.

— Beaucoup de choses, même, répondit Jury. Mais il m'a fait manquer notre rendez-vous, ajouta-t-il à voix basse.

— On passe la soirée ensemble, non ? reprit Phyllis sur le même ton.

Un bruit assourdissant leur parvint de la cuisine, comme si on avait jeté une demi-douzaine de couvercles de casseroles sur le sol.

— Pardon ! cria Carole-Anne, passant la tête à la porte. J'ai fait tomber la poêle !

Sa tête disparut aussitôt.

Jury se pencha au-dessus de la table basse, tendant la main vers Phyllis.

— Viens t'asseoir près de moi.

Phyllis sourit, mais secoua la tête. Elle allait dire quelque chose quand le vacarme recommença dans la cuisine.

La crinière rousse de Carole-Anne apparut de nouveau à la porte.

— Bon sang, ce que je peux être maladroite ce soir ! Cette fois, j'ai cassé une assiette. J'espère qu'elle n'était pas en porcelaine !

— Il vaudrait mieux pour toi qu'elle ne fasse pas partie du service que j'ai acheté chez Christie's.

Carole-Anne parut étudier leurs positions respectives. Il y avait toujours la table basse entre eux. Bien ! Elle rentra la tête dans la cuisine, puis on entendit une série de crépitements provenant sans doute de la poêle rescapée.

— J'oubliais ! s'exclama Jury. L'oncle de Lu. Tu as dit qu'il...

— Non, non, dit vivement Phyllis, tendant une main vers lui. Il n'a rien décidé. Il y a encore une chance, vois-tu...

— Et voilà ! claironna Carole-Anne, apportant deux assiettes pleines d'œufs au plat, de pain beurré et de saucisses.

Jury prit la sienne et inspecta les saucisses.

— Tu es sûre que c'est cuit, Carole-Anne ? Je trouve que ça a été bien rapide.

— Evidemment, que c'est cuit. Je vais chercher la mienne.

Elle revint bientôt avec une assiette bleue pas assortie aux leurs et s'assit à côté de Jury.

Le téléphone sonna. Jury se leva pour répondre, son assiette à la main.

343

C'était Wiggins.

— Patron, Harry Johnson a appelé plusieurs fois aujourd'hui.

— Il est sorti de prison ? ricana Jury.

Il piqua un morceau de saucisse au bout de sa fourchette, le combiné coincé contre son épaule.

— En fait, il voulait savoir ce que vous aviez fait de son chien. Vous savez, Mungo.

60

— L'inspecteur-chef Jenkins a envoyé ça, annonça Wiggins. Il a dit que ça vous intéresserait.

Jury venait d'entrer dans le bureau, portant un sac en plastique. Il examina le ticket de caisse de Waterstone's. Il lui semblait encore entendre la marraine de Kate évoquer l'amour de celle-ci pour les livres : « Cette grande librairie à Piccadilly... » La date correspondait au jour où Kate avait été tuée. La transaction avait été enregistrée à 11 heures. Selon Chris Cummins, David avait acheté le livre le vendredi précédent.

— J'ai réfléchi au fait qu'on l'ait trouvé sur la scène de crime...

Wiggins remuait son thé lentement, comme si la cuillère était une baguette divinatoire.

— Rien ne prouve qu'il vienne de l'inspecteur Cummins. D'autres personnes ont acheté ce livre.

— Très exactement deux, Wiggins. J'arrive de Piccadilly. Waterstone's en a vendu trois exemplaires ce jour-là. Ce n'est pas un ouvrage grand public ; plutôt un livre à offrir, coûteux, avec beaucoup de photos. D'après vous, quelles sont les chances pour qu'un des deux autres acheteurs ait perdu son ticket de caisse juste à l'endroit où Kate Banks a été tuée ? Je voudrais bien croire à une coïncidence – et encore – dans le cas d'un best-seller, mais pas avec ce livre-ci.

Il sortit du sac l'exemplaire à couverture glacée qu'il avait acheté chez Waterstone's et s'assit enfin.

— Qu'est-ce qu'il faut en déduire, alors ?

— Que l'assassin a fait une bêtise en retournant sur le lieu du crime pour y abandonner ce ticket.

— Pour faire accuser Cummins ?

— Oui.

— Donc, selon vous, ce n'est pas Cummins qui a tué Kate Banks.

— Non seulement il ne l'a pas tuée, mais il l'aimait. A en croire Shirley Husselby, il était même fou d'elle.

Jury se tut et regarda la tasse de son sergent.

— Vous remuez votre thé comme si vous l'aviez sucré avec un œil de triton. Allez, à cheval !

Il ouvrit la porte et sortit avant que Wiggins ait pu demander où ils allaient.

Il considéra son thé d'un œil méfiant sans le boire. Un œil de triton ? Pouah, quelle horreur !

Environ une heure plus tard, ils se garaient sur le parking du QG de la brigade de High Wycombe. Jury avait appelé David Cummins durant le trajet pour s'assurer qu'il serait là.

Ils le trouvèrent en compagnie d'une douzaine d'autres inspecteurs et agents en uniforme. Il les accueillit avec un sourire qui déchira le cœur de Jury. Il appréciait Cummins et appréhendait d'autant plus ce qui allait suivre.

— Qu'est-ce qui me vaut le plaisir de votre visite ? s'enquit Cummins en approchant deux chaises de son bureau.

Trois ou quatre autres inspecteurs travaillaient à proximité.

— Pourrait-on vous parler en privé ? demanda Jury.

Le sourire de Cummins vacilla, mais il les invita néanmoins à le suivre jusqu'à une salle d'interrogatoire située à l'extrémité d'un couloir. Ils s'assirent, Wiggins un peu à l'écart, son carnet à la main.

Jury produisit une photocopie du ticket de caisse et la plaça devant Cummins.

— Vous voulez bien jeter un coup d'œil à ceci, David ?

— C'est le ticket d'achat du livre que j'ai offert l'autre jour à Chris. Mais comment... ?

— La police l'a trouvé hier à l'endroit où l'on a découvert le corps de Kate Banks.

Cummins ne releva pas la tête. Jury lui laissa quelques secondes de répit. Il savait que c'était l'allusion à Kate qui le mettait dans cet état. David n'était pas assez bon acteur pour cacher ses émotions derrière un masque.

Enfin, Cummins ramassa le ticket, comme s'il espérait en faire surgir la vérité par un procédé alchimique.

— Je n'y comprends rien, dit-il, secouant la tête. Ce ticket, je ne l'ai pas perdu. Il est chez moi, dans la boîte où Chris conserve toutes les factures.

— J'ai peur qu'il n'y soit plus, David.

Il y eut un silence à peine troublé par le frottement du stylo de Wiggins sur le papier.

David leva les yeux vers Jury.

— Vous croyez que je me suis rendu à l'endroit où Kate a été...

Il s'interrompit, incapable de prononcer le mot « assassinée ».

— Comment ce ticket aurait-il atterri là-bas, sinon ?

Cummins avança la même hypothèse que Wiggins un peu plus tôt :

— Quelqu'un d'autre aura acheté le même livre et perdu le ticket. Ça me semble évident.

— Votre visite chez Waterstone's date de vendredi dernier, pas vrai ? Vous vous rendez toujours à Londres le vendredi.

Cummins acquiesça. Il était trop bon policier pour ne pas voir où le conduisait cet interrogatoire, mais il était trop tard pour reculer.

— La librairie a vendu deux autres exemplaires du même livre ce jour-là, dans l'après-midi. De vous trois, qui était le

347

plus à même de passer à l'endroit où l'on a trouvé le corps de Kate ?

— Même si ça paraît improbable, c'est forcément un des deux autres. Je sais que je n'ai pas mis les pieds là-bas.

D'un geste nerveux, il passa une main dans ses cheveux, tripota sa cravate, puis un crayon.

Jury se pencha au-dessus de la table et lui pressa l'épaule.

— David, vous avez connu Kate Banks quand elle s'appelait encore Kate Muldar. Vous l'avez même bien connue, et Chris aussi. Si vous nous parliez un peu de cette époque ?

— La vérité…

Pas trop tôt ! pensa Jury. Mais il le garda pour lui. Cummins passait un sale moment, et ça n'allait pas s'arranger.

— C'était à Brighton. Chris et moi, on sortait plus ou moins ensemble, quand j'ai rencontré Kate…

Son sourire indiquait qu'il revivait cette rencontre en la racontant.

— Alors j'ai tout oublié. J'ai oublié que je n'étais que le fils d'un petit commerçant, sans fortune ni avenir. J'ai oublié Chris. J'ai l'air d'exagérer, et pourtant je vous jure que c'est vrai. Malgré mes efforts, je n'arrivais pas à chasser Kate de mon esprit. Ce n'était pas à cause de son physique, même si Dieu sait qu'elle était belle. Kate était la personne la plus gentille que j'aie jamais connue.

— Sa marraine nous a dit la même chose.

— Ça ne s'explique pas, mais chaque fois que je la voyais, c'était un éblouissement.

Jury avait ressenti le même éblouissement la première fois où il avait vu Phyllis Nancy venir vers lui en robe de soirée verte, une sacoche noire à la main, des boucles d'oreilles en diamants piquées dans sa chevelure rousse.

— Je comprends. Poursuivez.

— A l'époque, je travaillais avec mon père. Je passais mes journées à vendre des oignons, des laitues, des pommes de terre. Il n'existe pas de boulot moins sexy. Mon rêve, c'était de devenir flic et de porter l'uniforme, dit-il avec un rire amer. L'un de vous aurait une cigarette ?

— Wiggins, allez donc taxer une clope ou deux à quelqu'un. Rapportez aussi des allumettes.

Une fois Wiggins sorti, Jury reprit :

— Comment Chris a-t-elle réagi quand elle a su, pour Kate et vous ?

— Je vous laisse imaginer. On a rompu. Kate et Chris étaient à Roedean, en dernière année. Je n'ai pas revu Kate après ça. Je ne sais pas ce que Chris lui avait dit, mais elle avait réussi à la chasser de nos vies. Avec le temps, son souvenir s'est dilué dans le passé.

— Jusqu'au jour où vous l'avez revue. Peut-être chez Waterstone's, au café de la librairie.

— Comment avez vous… ?

— Vous aimez les livres et elle aussi. Elle passait beaucoup de temps dans ce café. Sa marraine, Myra Brewer, nous l'a dit.

— Sur le moment, j'ai cru à un mirage. Il s'était écoulé presque vingt ans, pourtant elle n'avait pas changé d'un…

Il regarda autour de lui, cherchant peut-être l'instrument de mesure qui lui permettrait d'expliquer à Jury à quel point Kate était restée la même.

Il y avait là quelque chose de profondément pathétique.

— … Pas d'un cheveu.

Il avait finalement opté pour un cliché. Il y avait des circonstances où les mots vous faisaient défaut.

La porte s'ouvrit. Wiggins entra, posa un demi-paquet de Rothman ainsi qu'une pochette d'allumettes sur la table.

Après l'avoir remercié, David fit tomber une cigarette du paquet et l'alluma.

— Quand vous veniez à Londres, vous ne passiez pas tout votre temps à faire les boutiques de chaussures d'Upper Sloane Street, j'imagine ?

David secoua sa cigarette au-dessus d'un cendrier en métal portant l'inscription Bass, puis il lança un regard éloquent à Jury.

— Combien de fois avez-vous rencontré Kate Banks ?

— Je ne sais pas au juste. Une dizaine, peut-être.

— Vous le savez très bien, David. Vous pourriez m'énumérer les dates de vos rendez-vous avec autant d'aisance qu'un prisonnier de guerre déclarant son nom, son grade et son matricule.

David sourit faiblement.

— Vous avez raison. Nous nous sommes vus douze fois au cours des quatre derniers mois.

— Et quand vous viviez encore à Londres, il y a trois ans ?

David rentra la tête dans les épaules, comme pour parer un coup.

— Qu'est-ce qui vous fait croire que je la voyais déjà à cette époque ?

— Votre attitude. Jusque-là, je ne faisais que des suppositions. Mais cela ne m'étonnerait pas que Kate ait été la véritable raison de votre départ.

— Chris n'était pas au courant, dit précipitamment David.

— Mais c'est elle qui a insisté pour que vous quittiez Londres. J'ai raison ?

David acquiesça à peine.

— Kate savait que vous étiez marié ?

Cette fois, David acquiesça franchement.

— Mais pas avec Chris. Ça, je ne le lui avais pas dit.

— Pourquoi ?

— Elle aurait pensé que ça recommençait et elle aurait rompu.

— Pourtant, c'était le cas…

Jury se pencha vers Cummins, assez près pour respirer son haleine.

— … et Chris le savait.

Cummins regarda vers le fond de la pièce, comme s'il craignait de voir sa femme surgir de l'ombre, puis il céda à la colère :

— C'est ridicule ! Où êtes-vous allé pêcher cette idée ?

— Vous me pardonnerez ce lieu commun, mais les femmes ont un sixième sens pour ce genre de chose. Elles devinent quand leur mari va voir ailleurs. Qui plus est, vous avez manqué de prudence. Pas étonnant, étant donné vos sentiments pour Kate. Vous l'avez dit vous-même : à côté d'elle, plus rien n'existait. Si elle exerçait un tel pouvoir sur vous à dix-huit ans, qu'est-ce que ça devait être à trente-sept ?

— Vous avez dit que j'avais manqué de prudence...

— C'est évident. L'amour vous aveuglait. Il vous arrivait certainement de rentrer à la maison avec une veste imprégnée du parfum de Kate, ou des traces de rouge à lèvres sur votre chemise.

— Je n'ai jamais...

— Ce sont des exemples. Préoccupé comme vous l'étiez, je doute que vous ayez toujours pris soin d'effacer les indices de votre liaison. Kate était adorable, et plus encore. Je le sais, je l'ai vue. Même morte, elle m'a fait l'impression d'une femme exceptionnelle. Je regrette beaucoup de ne pas l'avoir connue.

David Cummins regardait ses mains croisées sur la table.

— Comment avez-vous réagi en apprenant qu'elle travaillait pour une agence d'escort girls ?

— Je m'en fichais. Ce n'est pas comme si elle s'était prostituée. Il y a des hommes qui se contentent de la compagnie d'une jolie fille. Mais quand bien même, ça ne changeait rien pour moi.

— Vous aviez l'intention de quitter Chris, pas vrai ?

David Cummins s'essuya les yeux.

— Je ne savais pas quoi faire, avec Chris en fauteuil roulant...

S'il ne pouvait les voir, Wiggins entendit les larmes dans sa voix. Comme par magie, il fit apparaître un mouchoir et le posa devant David, qui le prit et le secoua pour le déplier, tel un drapeau blanc.

Jury se leva, aussitôt imité par son sergent. Cummins, lui, resta assis.

— Maintenant, vous allez me dire que Chris a tué Kate ?

— Non, même si elle en mourait d'envie. Mais elle n'aurait jamais pu se rendre seule à Londres.

— Elle ne savait pas que c'était Kate.

Pauvre idiot, pensa Jury.

— Si, elle le savait.

— Je ne crois pas…

— Et vous vous trompez. Vous voulez bien m'apporter les photos de l'empreinte de talon ? Celle qu'on a relevée à l'endroit où Mariah Cox a été tuée.

— Quoi ?

Cummins avait très bien compris, mais dans l'état où il se trouvait, il aurait réagi de la même manière à n'importe quelle question.

— Apportez-moi ces photos. Je voudrais les remontrer à votre femme.

— Elles sont dans le bureau des enquêteurs. Je vais les chercher.

Quand David fut sorti, Wiggins se tourna vers Jury :

— Vous semblez vraiment penser que…

— En effet, le coupa Jury.

David revint quelques minutes plus tard, tenant les photos à la main.

— Je vous répète qu'elle ignorait…

— Et moi, je vous affirme qu'elle a tout compris à la seconde où vous lui avez rapporté des chaussures de Kate Spade. Je suis même prêt à parier que si elle déteste autant cette marque, c'est à cause de son nom. Merde, David, vous deviez avoir sacrément la tête ailleurs, ce jour-là.

61

Jury estima que Chris Cummins venait leur ouvrir en un temps record. David avait dû l'appeler quand il était sorti pour aller chercher les photos. Jury se doutait qu'il l'aurait fait, voulant savoir comment elle réagirait en apprenant que son mari avait de gros ennuis.

Jury était prêt à parier qu'elle n'avait trahi aucune émotion.

— Vous en faites une tête, tous les trois ! Merci de laisser vos chaussures dans l'entrée, ajouta-t-elle avec un rire presque combatif.

Wiggins fut le seul à sourire.

— Venez, je m'apprêtais à faire du thé. L'eau devrait bientôt être chaude.

Les trois hommes la suivirent, y compris David. Comme si ce n'était pas plus sa maison, ni sa femme, et qu'il était seulement de passage.

Dans la cuisine, des tasses et des soucoupes étaient disposées sur un plateau ainsi qu'un sucrier et un pot de lait. Visiblement, Chris s'attendait à recevoir de la visite. Jury ne fit aucun commentaire.

La bouilloire siffla. Chris voulut l'attraper mais Wiggins la devança. Wiggins était toujours le plus rapide, et pourtant, Jury ne cessait de le sous-estimer. Il éprouva une honte diffuse, à cause de cela et de beaucoup d'autres choses. Peut-être ses propres regrets s'inscrivaient-ils dans un sentiment de culpabilité plus universel.

— Merci, sergent, dit Chris.

— De rien, m'dame.

Ils pénétrèrent dans le petit salon. A la vue des chaussures qui étincelaient tels des joyaux, jetant de miraculeux éclats de turquoise, de rose, d'ambre ou de rouge, Jury comprit soudain l'attrait qu'elles exerçaient sur certaines femmes. Il n'existait pas d'assortiment plus séduisant dans les vitrines des bijoutiers de Hatton Garden.

Et Chris Cummins ne pouvait marcher avec aucune d'elles.

Ils prirent place autour de la table, dans de confortables fauteuils imprimés de fleurs. Chris servit le thé avec l'aide de Wiggins.

David se jeta à l'eau :

— La police a retrouvé le ticket de caisse de ton livre — tu sais, celui que je t'ai acheté chez Waterstone's — à l'endroit où Kate Banks a été tuée.

Chris regarda tour à tour les trois hommes.

— Qu'est-ce que tu racontes ? Ce ticket...

Jury avait prévu qu'elle avancerait le même argument que son mari. Cela ne manqua pas.

— ... appartient forcément à quelqu'un d'autre.

Jury démonta de nouveau cette théorie.

— C'est ridicule, protesta Chris. Il était dans le livre et je l'ai rangé dans la boîte où je conserve toutes les factures. Tu sais, David, le coffret marqueté. Va le chercher.

David s'approcha d'un buffet massif et en sortit un coffret en bois marqueté, un peu trop précieux pour contenir des factures. Il fouilla à l'intérieur puis annonça :

— Il n'est pas dedans.

— Donne-moi ça !

Chris tendit une main impatiente vers la boîte.

— Votre mari a raison, intervint Jury. Le ticket ne se trouve pas dans ce coffret.

— Qu'est-ce que vous en savez ? jeta-t-elle avec une expression de dédain pas très convaincante. Si vous... Ecoutez, David la connaissait à peine, et moi aussi. Je...

nous l'avions oubliée. Même son nom ne nous disait plus rien, je vous assure.

Wiggins prit la parole :

— Ce n'est pas tout à fait exact, je pense ?

Le regard de Chris alla de Wiggins à Jury puis s'arrêta sur son mari.

— David ? Qu'est-ce qui se passe ?

Elle était nettement plus convaincante dans le registre de la frayeur.

David détourna son visage avant de répondre :

— J'ai revu Kate. Plusieurs fois.

Chris donna tous les signes de la plus vive surprise.

— Vous le saviez déjà, n'est-ce pas ? dit Jury.

— Bien sûr que non !

— Si, et c'est pour ça que vous souhaitiez sa mort. Vous aviez déjà vécu la même chose quand vous étiez tous les trois plus jeunes, à Brighton. Vous n'auriez pas supporté que ça recommence.

— Vous essayez de dire que c'est moi qui l'ai tuée ? Au cas où vous ne l'auriez pas remarqué, je suis en fauteuil roulant.

Elle abattit le poing sur le bras du fauteuil, comme pour prouver qu'il était réel.

— Je n'ai pas dit que vous l'avez tuée. Vous l'avez fait assassiner.

Chris affecta la stupeur

— Quoi ? J'aurais payé quelqu'un pour…

— Non. Vous êtes trop intelligente pour ne pas savoir qu'en agissant ainsi, vous vous exposiez à de futures tentatives de chantage.

— Donc, je ne l'ai pas tuée et je n'ai pas engagé quelqu'un pour le faire. Alors ? Je lui ai jeté un sort ? ricana-t-elle.

C'était le rire le plus odieux que Jury avait jamais entendu.

— Vous vous êtes assuré le silence de l'assassin en procédant à un échange de meurtres.

David pâlit encore, si c'était possible.

— Quoi ? s'exclama-t-il.

Jury n'avait pas quitté Chris des yeux. Le pavé qu'il venait de lancer dans la mare lui avait fait ravaler son rire moqueur.

— Pour remplir votre part du contrat, vous n'avez pas eu besoin d'aller à Londres. Votre victime est en quelque sorte venue à vous. Je parle de Mariah Cox, ou de Stacy Storm.

Les lèvres de Chris remuèrent sans qu'il en sorte aucun son, puis :

— Mariah Cox, la bibliothécaire ? Pourquoi… Je n'avais aucune raison de vouloir la tuer !

— Justement, c'était ça, l'intérêt. L'absence de mobile. Là où l'ironie entre en jeu, c'est que vous pensiez éliminer une parfaite inconnue. Vous ignoriez que Stacy Storm habitait en réalité Chesham. D'abord, vous ne l'avez pas reconnue. Elle, si. Mais il était trop tard pour expliquer votre présence devant le Black Cat en pleine nuit. Vous n'aviez plus le choix, alors vous l'avez quand même tuée.

« Rose Moss non plus n'avait pas de mobile pour tuer Kate Banks. Mais elle en avait un pour vouloir la mort de Mariah Cox. Je suppose qu'elles ont eu une brève liaison à laquelle Mariah a mis fin. Et cela, Rose ne l'a pas supporté.

Le silence pesant évoquait à Jury les épais rideaux de velours dans le salon de Simon Santos. Il fit une pause. Personne ne parla. L'expression concentrée de Chris lui indiqua qu'elle fourbissait ses arguments pour le contrer.

Il reprit :

— Vous vous êtes débrouillée pour faire parvenir le ticket de caisse de Waterstone's à Rose Moss. Vous étiez arrivée à la même conclusion que moi, que la librairie n'avait pas pu vendre beaucoup d'autres exemplaires de votre livre le même jour. Mais en voulant faire accuser David, vous avez oublié une chose : la seule autre personne susceptible de mettre la main sur ce ticket, c'était vous.

— Chris…

David était resté debout, le front appuyé à la vitre froide. Il ne s'adressait pas vraiment à sa femme ; son prénom avait jailli de ses lèvres dans un souffle, un soupir.

Jury poursuivit :

— D'un autre côté, qui aurait pu vous soupçonner d'avoir assassiné Kate Banks ?

— Vous avez beaucoup d'imagination, dit enfin Chris, mais je ne vois aucune preuve de ce que vous avancez.

Elle promena son regard autour de la pièce avec un sourire moqueur.

Jury ignora l'interruption :

— Et la prétendue empreinte de talon d'une Manolo Blahnik... Très astucieux !

Chris Cummins sourit de plus belle. Elle semblait s'amuser à présent.

— Si ce n'est pas Manolo qui l'a faite, alors qui ?

— Cette empreinte ne provient pas d'un talon...

Jury s'approcha du mur où étaient exposées les chaussures.

— ... mais de ceci, reprit-il en attrapant une des cannes de Chris. Vous ne pouviez pas vous rendre en fauteuil à l'endroit où vous deviez tuer Mariah Cox. Vous y êtes donc allée avec vos béquilles.

— Jamais je n'en aurais eu la force !

— Oh mais si ! A voir vos bras, je dirais que vous vous êtes beaucoup entraînée. Au début, j'ai pensé que vous aviez gagné des muscles à force de manœuvrer votre fauteuil. Quel imbécile ! Ça ne risquait pas d'arriver, puisqu'il est électrique. C'est ce détail qui a fini par vous trahir. En voulant résoudre un problème, vous en avez créé un autre. Vous ne pouviez pas vous rendre à Lycrome Road en fauteuil, mais sous votre long manteau noir – ici Jury se tourna vers le portemanteau dans l'angle de la pièce – personne circulant en voiture sur cette route ne risquait de remarquer vos cannes. En plus, à cause des travaux, il n'y avait presque pas de clients au pub et aucun véhicule sur le parking ce soir-là. Vous avez veillé à vous déplacer sur des surfaces dures – goudron, terrasse –, néanmoins vous avez laissé une minuscule marque dans le sol. Si quelqu'un parvenait à déterminer qu'il ne s'agissait pas d'une empreinte de chaussure, vous étiez fichue. Alors vous avez pris les devants. Vraiment, je vous tire mon chapeau.

« Manolo Blahnik ! C'est précisément ce détail qui m'a permis de démasquer Rose Moss. C'était peut-être vaniteux de ma part, mais je croyais lui avoir tapé dans l'œil. Faux. Elle a accepté de prendre un verre avec moi à seule fin de tenter de découvrir ce que je savais. Rose ne s'intéresse pas aux hommes, elle est lesbienne. Elle a cru que Mariah l'était aussi. Mais elle n'a ni votre cran ni vos talents d'actrice, Chris. Elle cédera sous la pression et vous balancera sans hésiter pour sauver sa peau.

« Avant de me planter là, dans la boîte où elle m'avait donné rendez-vous, elle m'a dit : Vous me voyez rappliquer à Chesham en Manolo Blahnik pour descendre Stacy ? » Quelle imprudence ! A aucun moment la presse n'avait mentionné la supposée empreinte de talon. Elle ne pouvait en avoir entendu parler que par la police… ou par vous. C'était par vous, bien sûr. L'âme du complot, c'était vous.

Pour la première et la dernière fois, Chris Cummins perdit son contrôle devant Jury. Attrapant la théière, elle la lança violemment contre les étagères supportant les chaussures, où elle se brisa.

62

Pas vraiment reposé après la nuit qu'il avait passée au Boring's, Melrose gara sa voiture sur le parking du Black Cat (une fois de plus). On aurait dit que son existence se résumait à présent à des trajets Chesham-Londres, Londres-Chesham. Il aurait tout aussi bien fait d'acheter une cahute à Chesham et de s'y établir.

Il se dirigeait vers le pub quand il entendit un miaulement. D'un pas traînant, il retourna à la voiture et ouvrit la portière arrière. Morris bis, surexcité par le voyage et par son séjour au Boring's, en jaillit et fila vers Dieu sait où à la vitesse de l'éclair. Melrose avait l'impression de passer sa vie à attendre des animaux. S'il ne s'installait pas à Chesham, il pourrait toujours se faire embaucher au zoo de Londres. Il prit la caisse de transport sur la banquette et rebroussa chemin.

Avant d'entrer, il jeta un coup d'œil par la fenêtre sur le côté du pub. Mungo et Morris lui jetèrent un regard peu amène, comme si c'était lui le fauteur de troubles. Il ouvrit la porte d'un geste las, se demandant comment il allait convaincre ce fichu chien de monter en voiture et de le raccompagner à Londres.

A Dieu vat ! Il s'approcha du bar, salua Sally Hawkins et commanda un double Balmenach.

— Un double ? s'exclama-t-elle avec effronterie. Il est pas un peu tôt, mon grand ?

— Vous avez raison. Servez-moi deux simples.

Dans un éclat de rire, elle plaça le verre sous le goulot de la bouteille.

Son scotch à la main, Melrose se dirigea vers la fenêtre, jetant au passage un coup d'œil à Johnny Boy et à son chien Horace, couché sous la table. Il s'assit et fixa un regard furieux sur Mungo, qui le traita par le mépris.

Dora vint se glisser à ses côtés et demanda :

— Vous avez ramené le chat chez lui ?

Au ton de sa voix, il devina que la perspective d'un échec l'excitait davantage qu'un éventuel succès.

Melrose acquiesça.

— Il ne me reste plus qu'à reconduire tu sais qui à Londres.

Pas dupe, Mungo sauta de sa chaise et trottina jusqu'au bar.

Melrose ajouta, le suivant des yeux :

— Je pourrais peut-être refourguer Horace au propriétaire de Mungo ?

— Ils ne se ressemblent pas du tout.

— Ce sont deux chiens, non ?

— Ecoutez, reprit Dora à voix basse. Mungo est passé derrière le bar…

— Pour enlever la mousse de ces deux Guinness ?

Deux pintes fraîchement servies reposaient sous le robinet de la tireuse.

— Je crois que Sally vient de lui donner quelque chose à manger, murmura Dora, comme si Mungo risquait de l'entendre. Il nous tourne le dos. Si on se débrouille bien, on peut l'attraper. Je vais m'approcher et vous me rejoindrez avec la caisse. Mais attention, il ne faut pas qu'il vous voie.

Dora s'éloigna. Melrose but son whisky cul sec, ramassa la caisse à ses pieds et se dirigea à son tour vers le comptoir, louvoyant entre les tables. Dora avait dû saisir Mungo, car un jappement bref s'éleva de derrière le bar. Il souleva le couvercle de la caisse pour lui permettre de fourrer le chien à l'intérieur.

— Bien joué, Dora !

Mais la gamine, le regard tourné vers la porte, lui souffla d'un ton impatient :

— Votre ami !

Melrose se retourna et aperçut Jury.

— Assieds-toi sur la caisse, murmura-t-il.

Dora s'exécuta et faillit écraser Mungo. La caisse n'était pas assez solide pour supporter son poids. Elle se releva vivement et se plaça devant.

Melrose prit les deux pintes de Guinness que personne n'avait réclamées et appela :

— Richard !

Johnny Boy tenta de l'arrêter quand il passa près de lui.

— Eh ! protesta le vieux. C'est ma bière…

Melrose l'ignora et s'adressa à Jury :

— Tu as soif ? Regarde, voilà Morris ! Je t'avais bien dit que j'avais réussi.

Mais Morris, assise devant la caisse, paraissait davantage préoccupée par le sort de Mungo que par Jury.

Celui-ci but une gorgée de bière en observant ce spectacle. Dora caressait la chatte, voulant faire croire qu'elle était venue d'elle-même quémander son affection. En réalité, Morris désirait parler à Mungo.

Tu ne peux pas sortir de ce truc ?

Sans doute que si. Je ne me suis pas encore posé la question.

Le limier vient d'arriver.

Mungo se redressa et tenta de se retourner pour apercevoir Jury, mais la caisse était trop exiguë.

Tu n'as qu'à aboyer pour le faire venir.

Je n'aboie qu'en dernier recours.

Oh ! Parce que tu vois une autre solution ?

Il faut que j'y réfléchisse.

— Vous cachez quoi dans cette caisse ? demanda Jury. Pas Schrödinger, quand même ?

— Hein ? Quoi ? Bien sûr que non ! Je t'ai dit que j'avais ramené Schrödinger à Belgravia. Une affaire rondement menée, d'ailleurs.

— Qui sait, tu mentais peut-être ?

Jury voulut se lever, mais Melrose le retint par le bras.

— Merci de ta confiance ! Après tout le mal que je me suis donné… C'est seulement Karl.

— Karl ?

— L'autre chat noir. Tu te rappelles ? Il y en avait trois.

— Karl ? Plus personne n'appelle son chat Chaussettes ou Princesse ?

— Il faut croire que non. Et ton enquête ? enchaîna Melrose, changeant de sujet.

— Bientôt bouclée. A ce propos…

Jury fit une nouvelle tentative pour se lever. Une fois de plus, Melrose le maintint de force sur sa chaise.

— Qu'est-ce qui te prend ? Je dois retourner à Londres pour interroger quelqu'un.

— Ah ! Londres… Dans ce cas, je ne te retiens pas plus longtemps. N'oublie pas de passer à Ardry End quand tu auras terminé.

— Entendu.

Jury prit une dernière gorgée de Guinness et dit :

— Merci pour la bière.

Dora s'éloigna un peu de la caisse. Jury levait la main pour la saluer quand son portable égrena les premières notes de *Three Blind Mice*. Il sortit rapidement.

Melrose se précipita vers la caisse, la saisit et courut presque vers la porte donnant sur le parking.

— Il revient ! lui cria Dora.

Melrose posa la caisse, virevolta et se retrouva nez à nez avec Jury.

— Devine qui vient de m'appeler ? Harry Johnson. Incroyable, non ? Il voulait savoir ce qui était arrivé à son chien.

Melrose battit des paupières.

— Quel chien ?

63

Mungo trouvait son sort parfaitement injuste.

Mais que faire quand quatre mains s'emparaient de vous et vous fourraient dans une boîte ? L'éternel combat entre l'intelligence et la force brute… Puis on l'avait hissé dans la voiture, le canard s'était assis à la place du conducteur, et en route !

Si seulement il avait pu s'échapper de sa caisse avant que la voiture ne quitte le parking, il aurait collé son museau au pare-brise arrière et agité une patte pour dire au revoir, au revoir, comme dans les films.

Mais il avait toujours la ressource d'adresser un message à Morris : Au revoir, à bientôt. Morris avait failli sauter dans la voiture, mais tiraillée entre deux désirs – partir ou rester – elle avait fait le mauvais choix et était restée.

Ah, les chats… Comment pouvaient-ils passer des heures à se prélasser sur une table au soleil sans mourir d'ennui ? C'était égal, il savait qu'il reverrait Morris.

Avant toute chose, il devait trouver le moyen de sortir de cette caisse. Ça ne semblait pas trop compliqué, du moins tant que personne n'était assis dessus. Le couvercle était fermé par deux rabats, et le canard ne les avait pas correctement fixés. Il était bien trop pressé d'évacuer Mungo du pub. Ce qu'il n'arrivait pas à piger, c'était que le limier n'ait rien soupçonné.

Pourtant, ça crevait les yeux : une caisse fermée avec quelque chose à l'intérieur, un chat assis à côté, un chien manquant… Si le limier n'était pas fichu de résoudre cette équation, il ne risquait pas de démasquer un assassin.

En poussant, Mungo était parvenu à déloger en partie un des rabats. En exerçant un mouvement de va-et-vient, et avec une bonne dose de patience, il finit par libérer le couvercle et sortit discrètement de la caisse – la discrétion était une seconde nature chez lui. Le canard fredonnait en conduisant.

Mungo s'approcha d'une vitre. Il voulait voir où ils se trouvaient, car son instinct lui soufflait qu'ils roulaient dans la mauvaise direction.

Slough ? Bon sang, qu'est-ce qu'ils fabriquaient à Slough ? La voiture fit deux fois le tour du rond-point. Le canard ne savait même pas où… Oh non, encore raté !

LONDON RING ROAD
M4   M25   M40

Les hommes n'avaient donc aucun sens de l'orientation ? Les anguilles d'Europe nageaient jusqu'à la mer des Sargasses, le papillon monarque parcourait des milliers de kilomètres pour se rendre au Mexique, n'importe quelle vache était capable de désigner le nord, et le canard n'arrivait pas à trouver la sortie de Slough ?

Mungo se tassa sur la banquette. Mieux valait encore dormir. De toute manière, cette affaire allait mal finir.

Il se glissa à l'intérieur de la caisse sans prendre la peine de remettre les rabats en place.

La voiture roulait toujours.

64

Rose Moss vint ouvrir telle qu'elle était apparue à Jury lors de sa première visite : une robe en coton, des couettes, des pantoufles en peluche, cette fois blanches avec des oreilles de lapin. Pendant une seconde, Jury se demanda s'il ne faisait pas erreur, si c'était bien là la femme qu'il avait retrouvée au Cigar ; la femme qui avait tué au moins une personne, plus certainement deux.

— Salut, Rose.

Il crut qu'elle allait lui claquer la porte au nez. Toutefois elle se ressaisit et l'ouvrit en grand.

— Vous êtes venu me faire des misères, pas vrai ?

Il sourit.

— Oui.

— Je boirais bien quelque chose. Pas vous ?

— Pourquoi pas ? Un whisky serait parfait.

— Ah ! Ecoutez-moi ça… Encore heureux, parce que c'est tout ce que j'ai.

Jury jeta son manteau sur un fauteuil et la regarda se diriger vers la table-plateau décorée de fleurs aux couleurs passées qui supportait des bouteilles. Comment la femme qu'il avait vue au Cigar, perchée sur les talons hauts de ses Christian Louboutin, pouvait-elle porter des pantoufles à oreilles de lapin ?

— Rose…

— Pardon, mon cœur, mais pour vous, ce sera Adele.

— On n'est plus amis ?

Elle lui tendit un verre avec juste assez de whisky pour en teinter le fond.

— Santé !

Jury leva son verre.

Rose s'assit en face de lui, dans un petit fauteuil, pour boire son demi-doigt de whisky.

— Vous voulez bien me parler de Stacy ?

Sur le point de porter son verre à ses lèvres, elle interrompit son geste et recroisa les jambes. Ses pantoufles étaient démesurées, aussi larges que des raquettes de ping-pong.

— Qu'est-ce qu'il y a de plus à dire ?

— Eh bien, elle a partagé votre logement par intermittence pendant six mois. Vous travailliez toutes les deux pour Valentine's Escorts. Sans doute la connaissiez-vous mieux que vous ne l'avez affirmé la première fois que je vous ai interrogée à son sujet. Vous saviez qu'elle allait se marier avec Bobby Devlin.

Rose détourna les yeux. Devant le silence de Jury, elle finit par le regarder.

— J'ai rencontré Bobby, reprit-il. Comme vous le savez, dans les affaires de meurtre, les soupçons de la police se portent en premier sur les proches – famille, amants ou maîtresses... C'est un gentil garçon, il aimait sincèrement Stacy, mais il ne la connaissait qu'en tant que Mariah Cox, la bibliothécaire du village.

Le regard de Rose prit un éclat métallique.

— Elle ne l'aimait pas !

— Qu'est-ce qui vous fait dire ça ? Elle était sur le point de l'épouser. Du moins, c'est ce qu'elle avait dit à sa tante.

Elle secoua exagérément la tête, les yeux fermés, une petite fille refusant d'admettre la vérité.

— C'est moi qu'elle aimait ! reprit-elle, plaquant les deux mains sur sa poitrine.

Il fallait que ça sorte, quelles qu'en soient les conséquences. Elle devait faire savoir qu'en dépit de la trahison qu'elle s'apprêtait à commettre, Stacy lui appartenait, et que

Mariah Cox n'était qu'un masque, un double inventé par Stacy pour brouiller les pistes.

— Qui a imaginé le plan, Rose ? Etait-ce vous ou Chris Cummins ?

Rose resta un long moment silencieuse, faisant tourner son verre dans ses mains.

Elle n'était pas idiote. Jury savait qu'elle analysait la situation. Qu'est-ce que Chris avait avoué ? Valait-il mieux nier qu'elle la connaissait ou tenter de lui faire porter le chapeau ?

Elle avait les jambes tendues devant elle, les orteils fléchis. Il aurait voulu qu'elle n'y soit pour rien ; il tenta de concevoir un scénario qui la disculpait.

— C'était Chris, dit-elle. Elle est maligne. Plus que moi. Elle voulait éloigner son mari de cette femme.

— Comment était-elle au courant de leur liaison ?

Rose haussa les épaules et alluma une cigarette.

— J'en sais rien. Mais d'après elle, ça faisait un bout de temps qu'ils se voyaient. Cette fille, Kate Banks... Ils l'avaient connue dans leur jeunesse. C'est Chris qui a eu l'idée.

— Vous vous êtes rencontrées comment, toutes les deux ?

— Par hasard. Un jour, à Amersham, je suis entrée dans un bar, le White Hart, pour boire un verre. Toute seule à une table, elle lisait le journal. Un de ces torchons, vous savez ? Je me suis assise de l'autre côté de la table, séparée d'elle par une double page de meurtres sordides. Sur le moment je n'y ai pas prêté attention, pas plus qu'à elle, d'ailleurs. J'étais furax à cause de Stacy. Elle m'avait dit qu'elle avait rencontré un type et qu'elle songeait à me quitter pour lui. L'imaginer mariée à un *homme*... Et elle qui m'avait annoncé ça comme s'il n'y avait jamais rien eu entre nous. Sur le coup, j'avais attrapé mes clés avant de sortir en coup de vent et j'avais roulé à travers Londres, jusqu'à quitter la ville.

— Votre rencontre ne risquait pas de passer inaperçue. Après tout, Chris se déplaçait en fauteuil roulant...

— A béquilles, le plus souvent. Mais pas à Chesham. Elle ne voulait pas que ça se sache.

— Comment était-elle allée à Amersham ?

— Elle avait demandé à quelqu'un de l'y conduire, un type capable de tenir sa langue. C'était une sorte de jeu pour elle. Elle voulait savoir jusqu'où elle pouvait aller sans se faire prendre... Même jusqu'au meurtre.

— Les cannes risquaient d'attirer l'attention sur elle, sur vous deux.

Mais ça n'avait pas été le cas, car personne n'avait pris la peine d'interroger les habitués du White Hart, à Amersham, pour leur demander s'ils avaient vu... quoi donc ?

— On s'est dit que le jeu en valait la chandelle, reprit Rose. Vous ne savez pas ce que c'est, de souhaiter la mort de quelqu'un pour éviter qu'il vous échappe.

— Non, en effet. Comment saviez-vous que Kate Banks se trouverait à l'endroit où vous l'avez tuée ?

— Je l'ai suivie, tiens ! Tout ce que savait Chris, c'est qu'elle habitait Crouch End. Alors j'ai appelé la Compagnie de King's Road, disant que je travaillais pour une société de courses et qu'on m'avait donné une fausse adresse à Crouch End. J'ai cité une rue au hasard, pour être plus crédible, et cette conne m'a donné la bonne adresse. Elle n'avait pas le droit de faire ça.

Devant l'expression de Rose, il comprit qu'elle espérait un commentaire sur l'ingéniosité de son plan.

Il lui donna cette satisfaction :

— Je n'aurais pas fait mieux, Rosie.

Il lui laissa le temps de savourer le compliment, puis il demanda :

— Et Deirdre Small ? Qu'est-ce qu'elle avait à voir avec tout cela ?

Rose mordillait les peaux mortes à la base de l'ongle de son pouce.

— Rien, dit-elle. Sauf qu'elle était au courant.

Jury s'efforça de ne pas paraître choqué par le ton désinvolte qu'elle venait d'employer, comme si cela ne valait pas la peine d'en parler.

— Qui le lui avait dit ?

— Moi. Le flingue était à elle. Je me demandais comment m'en procurer un quand je me suis rappelé que Deirdre avait acheté un pistolet à un prêteur sur gages. Elle l'avait toujours sur elle pour se protéger, même si c'est illégal. Deirdre était mon amie.

Son amie... Elle avait été bien mal récompensée de son amitié.

— Et elle vous a demandé pourquoi vous aviez besoin d'une arme...

— Je lui ai répondu : « Pour régler son compte à quelqu'un. » J'ai eu tort. J'aurais dû inventer un truc. Chris était furax quand elle l'a appris. C'est elle qui m'a dit quoi faire. Deirdre m'avait parlé de son rancard avec ce type flippant – enfin, moi je le trouvais flippant –, à Saint Paul. Alors je m'y suis pointée un peu avant neuf heures. Elle était déjà là. J'ai attendu que les cloches sonnent pour la buter. Malin, non ?

De nouveau, son sourire satisfait invitait Jury à souligner son habileté.

— Très, dit-il, le cœur lourd.

— Ensuite j'ai abandonné le flingue sur place. Comme c'était celui de Dee, et qu'il avait aussi servi à tuer Kate Banks, eh bien, j'ai pensé que les flics croiraient que c'était elle qui l'avait descendue avant de se suicider. Y en a là-dedans, hein ?

— En effet. Sauf que l'emplacement de la blessure contredisait l'hypothèse du suicide.

Son plan comportait bien d'autres failles, mais il s'abstint d'en parler.

— J'aurais bien voulu aller à Chesham, vous savez, et inventer un prétexte pour rencontrer le petit ami de Stacy. Je voulais voir quel genre de personne c'était, pour qu'elle le préfère à moi. Mais bien sûr, je devais rester à l'écart de Chesham et de Chris.

Elle fronça les sourcils et demanda, sincèrement intriguée :

— Au fait, comment vous avez su que c'était moi ?

— A cause de vos chaussures.

Elle baissa les yeux vers ses pantoufles, comme si c'étaient elles qui l'avaient trahie.

Pas uniquement les siennes, songea Jury, mais cette espèce de fascination collective pour Jimmy Choo, Louboutin et Manolo Blahnik.

— Vous savez, les semelles rouges...

Rosie eut l'air étonnée qu'un flic connaisse l'existence de Christian Louboutin.

— Celles que je portais à notre rancard ?

« Notre rancard »... Elle donnait de plus en plus l'impression de vouloir fuir le monde des adultes pour se réfugier dans un passé de rendez-vous et de pantoufles en peluche. Sans doute avait-elle du mal à s'identifier à la femme sensuelle qu'il avait découverte au Cigar. Elle était en train de se désintégrer devant lui, et cela le rendait triste.

— Le déclic, ça a été l'allusion à Manolo Blahnik. Vous vous rappelez ? Vous m'avez demandé si je vous voyais rappliquer à Chesham en Manolo Blahnik pour tuer Stacy Storm. Hormis la police, la seule personne à connaître l'existence de la supposée empreinte de talon était Chris Cummins. Elle seule avait pu vous en parler.

— C'était pas très malin de ma part, commenta Rose en étudiant ses pantoufles.

— Comment faisiez-vous pour communiquer, toutes les deux ?

— On utilisait des téléphones jetables. Avec ça, impossible de remonter jusqu'à la source des appels, ajouta-t-elle en le regardant, pour le cas où il l'aurait ignoré.

Son visage paraissait minuscule et chiffonné.

— Rosie... Vous allez devoir m'accompagner.

Jury se sentait de plus en plus triste. Il n'aurait pas dû. Elle avait tué deux personnes de sang-froid. Non, pas de sang-froid – c'était autre chose. A ses yeux, encore plus qu'à ceux de Chris Cummins, tout cela ne représentait qu'un jeu, et la présence de Jury dans son salon signalait la fin de la partie. Sa remarque suivante lui confirma qu'il avait vu juste :

– J'ai perdu, on dirait.

Elle se leva.

– Il faut que j'aille me changer.

Il n'aurait pas dû la quitter des yeux, il le savait, pourtant il ne la retint pas. L'appartement était au premier, il n'existait pas d'autre issue que la porte d'entrée, et il ne la croyait pas capable de se jeter par la fenêtre de sa chambre.

Resté seul, il promena son regard autour de lui. Il comprenait mieux certains détails à présent : les figurines de Beatrix Potter, la lampe Paddington, les coquillages... Tous les accessoires de l'enfance. La structure de la pièce – la hauteur du plafond, les larges baies vitrées, la bibliothèque cintrée – trahissait un certain raffinement, mais elle l'avait recouverte d'un voile de naïveté.

Quand elle revint, elle était de nouveau la femme qui l'avait ébloui au Cigar. Ses vêtements – pull bleu à col châle, jupe droite noire –, moins ajustés que la robe qu'elle portait ce soir-là, la mettaient néanmoins très en valeur. Elle s'était maquillée, mais pas trop, et avait échangé ses pantoufles contre des escarpins en cuir brun et noir, avec des rubans et des talons gigantesques.

Elle ajusta sur son épaule la bandoulière d'un petit sac assorti aux escarpins.

– Vos chaussures, Rosie... C'est quelle marque ?

– Valentino. Elles vous plaisent ?

Elle tendit la jambe, comme s'il allait passer une pantoufle de verre à son pied.

– Beaucoup.

– C'est bon, on peut y aller.

Elle ferma la porte à clé derrière elle et précéda Jury le long du couloir étroit qui conduisait à l'escalier. A un moment elle se tordit la cheville – marcher sur des talons aussi gigantesques relevait du tour de force, même pour elle – mais elle retrouva son équilibre et continua bravement à avancer. Une petite fille impatiente de grandir, vacillant sur les chaussures à talons hauts de sa mère.

65

Jury le trouva, sans surprise, dans le jardin, sur un étroit sentier masqué par une masse de tulipes et de digitales pourprées. Il le repéra d'abord au claquement de son sécateur, avant d'apercevoir un chapeau à bords tombants. Le soleil cognait fort. Un saule et un érable japonais répandaient sa lumière sur le chemin.

— Bonjour, Bobby.

Agenouillé au bord d'un parterre de phlox rampants dont les teintes pastel composaient une toile impressionniste, Bobby immergeait une brassée de tulipes violettes dans un seau d'eau. En voyant Jury, il se leva, ôta son chapeau et s'essuya le front.

— Je coupais des fleurs pour l'église, expliqua-t-il avec un sourire triste. Un enterrement... Vous savez si la police va finir par nous rendre le corps de Mariah ?

A l'expression du jeune homme – on aurait dit qu'on l'avait plongé dans l'eau en même temps que ses fleurs –, Jury comprit qu'aucune réponse n'allégerait sa peine. Il espéra à tout le moins ne pas l'aggraver.

— Oui, et sans doute très bientôt. Nous sommes presque certains d'avoir découvert la personne qui l'a tuée. Cela ne vous consolera pas, mais c'est déjà ça.

D'un geste machinal, Bobby fit claquer les lames de son sécateur.

— Qui est-ce ?

— L'information sera bientôt rendue publique.

373

Il lui parla alors du double meurtre, de Chris Cummins et Rose Moss.

Bobby se laissa tomber sur un banc en fer forgé peint en blanc et regarda Jury comme s'il s'interrogeait sur la réalité de sa présence.

Jury s'assit à ses côtés.

— Je ne suis pas sûr que cela vous aidera à comprendre, mais Rose Moss était complètement obsédée par Mariah.. Le genre d'obsession qui se passe d'explications.

— Vous voulez dire que Mariah était lesbienne ? demanda Bobby, incrédule. Enfin, ça n'a pas de…

— Non. Leur liaison, si on peut l'appeler ainsi, n'a sans doute duré que peu de temps. Pour Mariah, j'imagine qu'il s'agissait avant tout d'une expérience, ou de satisfaire sa curiosité. Et puis, nous n'avons que le point de vue de Rose. Nous ignorons quelle part de ses propos relève du fantasme. Quoi qu'il en soit, Mariah a très vite compris que le sexe avec une autre femme n'était pas son truc. Je sais que vous la croyiez timide, mais…

Bobby secoua la tête.

— Pas dans ce domaine. Elle était douée pour l'amour. Bien plus que moi. Comment vous l'expliquer ? Avec elle, tout semblait naturel. Ce n'était pas une question d'expérience, mais on aurait dit qu'elle apprenait en pratiquant. Comme si je l'avais inspirée…

Il eut un rire sans joie.

— Mais je me fais sans doute des idées !

— Je ne crois pas, non. Elle allait renoncer à son autre vie pour vous.

Bobby détacha une feuille jaunie de la tige d'une marguerite qui poussait près du banc.

— Vous dites ça pour me consoler.

— Non. Elle vous aimait. C'est même pour ça qu'elle est morte

Jury regretta aussitôt ses paroles. Il craignait de s'être montré brutal alors qu'il n'aspirait qu'à réconforter le jeune homme.

— Pardon. Je ne voulais pas insinuer que c'était votre faute.

— Il n'y a pas de mal. Au contraire, je vous remercie de me l'avoir dit. Je n'ai jamais su si Mariah m'aimait vraiment. Je me doutais qu'elle me cachait quelque chose, et qu'elle n'allait pas seulement à Londres pour rendre visite à une ancienne copine d'école.

Ils restèrent un moment silencieux, baignés par une lumière généreuse. Bobby Devlin semblait parfaitement dans son élément. Sans doute puisait-il un peu de réconfort dans la compagnie des roses, des œillets, de la lavande dont le parfum entêtant imprégnait l'air ; dans la vision des perce-neige, des bleuets et des coquelicots qui tous témoignaient de la puissance infinie de la nature.

— Quelle connerie, la vie, dit enfin Bobby, au bord des larmes.

Que répondre à cela ? Jury n'allait pas raconter à ce compagnon de solitude, assis sur le banc à ses côtés, qu'il était en réalité le plus heureux des hommes.

— Une belle connerie, en effet, acquiesça-t-il.

Puis il ajouta, comme pour apaiser les divinités du jardin :

— Mais pas toujours.

66

— Enfin, tu peux me dire ce que tu fabriquais à Slough ? demanda Jury.

— J'essayais d'en trouver la sortie, répondit Melrose.

Ils gravissaient la vieille route menant au Man with a Load of Mischief, posé au sommet d'une colline qui surplombait le village de Long Piddleton. Ils cherchaient la chienne de Melrose, Mindy, qui avait l'habitude de faire la sieste dans la cour du pub. Joey marchait près de Jury et piquait parfois un sprint quand il entendait un mouvement dans les broussailles.

— Au cas où tu ne l'aurais pas remarqué, reprit Melrose, toutes les autoroutes se rejoignent à cet endroit : M4, M40, M25…

— La M25, c'est le périphérique.

Melrose s'arrêta.

— Merci, je sais.

— Pourquoi voulais-tu retourner à Londres, d'ailleurs ? Tu t'es acquitté de ta mission. Tu as fait du bon travail, je dois dire.

— « Du bon travail » ? C'est tout ?

— Mettons, de l'excellent travail.

Melrose s'arrêta de nouveau.

— Tu ne t'en tireras pas à si bon compte. Je te signale que c'est toujours moi qui passe pour un idiot, pendant que tu joues les héros en défouraillant plus vite que ton ombre…

— Je ne porte pas d'arme, tu le sais. Quand même, je me demande bien ce qui a pu te pousser à affronter de nouveau Londres et le Boring's.

— Quelle importance ? soupira Melrose.

Il se tourna vers le chien et lui flatta le flanc.

— Chahut, lâcha Jury d'un ton de reproche, puis il répéta, au cas où Melrose n'aurait pas entendu : Chahut... Quel nom grotesque !

— Pas du tout, protesta Melrose. Il va bien avec ceux de mon cheval et de mon bouc.

Comment pouvait-il proférer une telle énormité sans s'étouffer ?

Melrose poursuivit :

— Estime-toi heureux que je n'aie pas retenu la proposition de Theo Wrenn-Brown. Il voulait l'appeler Carcajou.

Jury grimaça.

— Je lui ai fait remarquer que Carcajou ne commençait pas par « ch ». Donc, c'était exclu.

— Ah oui ? C'est tout ce que tu reprochais à Carcajou ?

— Chagriné, Chaviré, Chahut. Cheval, chèvre, chien. Astucieux, non ?

Jury leva les yeux au ciel. Les poser sur Melrose aurait constitué une perte de temps.

— Ce chien s'appelle Joey, répéta-t-il pour la énième fois.

Pour la énième fois, Melrose n'en tint aucun compte.

Jury soupira.

— Toutes les décisions prises au Jack and Hammer aboutissent au chaos et à la désolation.

Joey (alias Chahut) trottinait aux côtés de Jury, qui s'arrêtait tous les vingt pas pour lui gratter la tête. Le chien faisait alors un bruit de gorge et sautait comme pour lui attraper la main.

Melrose ramassa un morceau de bois et le brandit devant lui au hasard. C'était le moment de la journée où le paysage entier – arbres, route, haies – prenait un aspect lisse et poli.

— L'idée, c'était qu'aucune des deux meurtrières n'ait de lien avec sa victime, dit-il, renouant le fil de leur précédente discussion. Seulement, Chris Cummins connaissait Stacy Storm en tant que bibliothécaire

— Exact. Mais elle ne l'a découvert qu'au moment fatidique, en voyant Stacy à l'extérieur du pub. L'aurait-elle su plus tôt qu'elle aurait peut-être renoncé.

— Ce doit être dur pour son mari. Surtout pour lui, un policier. On l'a coffrée ?

— Oui. Elle va être traduite en justice, et après… Qui sait ? Le pire pour David Cummins, c'est que la femme que Chris a fait assassiner était l'amour de sa vie. Il l'avait perdue une première fois, il y a longtemps. Maintenant, il l'a perdue pour toujours.

— C'est terrible.

Melrose lança un bâton, mais Joey, au lieu de courir le chercher, continua à se promener tranquillement aux côtés de Jury.

— On dirait qu'il t'aime plus que moi, remarqua Melrose. Pourquoi ?

— Parce que je ne l'appelle pas Chahut.

Jury se demanda si le chien se rappelait le pas de porte où il l'avait trouvé, la viande qu'il avait tenté de lui faire avaler, le Dr Kavitz et Joely, la secrétaire du refuge.

Le soir où il avait rencontré Joey, Jury sortait de l'hôpital Saint Bart. La veille, après avoir déjeuné avec Phyllis, il y était retourné, avait parcouru le même couloir blanc avec la même sensation d'impuissance – pire : avec la crainte d'éprouver des sentiments déplacés.

La chambre n'était pas chauffée, ou alors il y avait fait entrer un peu du froid extérieur avec lui. Il frissonnait dans son imper trop léger.

On aurait dit qu'elle n'avait pas bougé un cil depuis sa dernière visite. Elle ressemblait à une statue de glace – cette pensée lui avait causé un nouveau frisson. Un fouillis de câbles et de tuyaux la reliait à la machine qui la maintenait en vie, ou enregistrait ses fonctions vitales.

Il avait approché une chaise du lit et était resté un long moment à la regarder, il n'aurait su dire combien de temps. Il faisait presque nuit quand il s'était levé.

Le souvenir de ce qu'elle incarnait pour lui avant l'accident avait déboulé dans son esprit. Sa peau, ses lèvres, le contact de ses mains… Ses longs cheveux noirs.

Il lui avait pris la main.

« Réveille-toi, Lu. »

Mindy dormait dans la cour. C'est à peine si elle ouvrit les yeux quand Melrose et Jury s'approchèrent. En revanche, elle parut s'intéresser à Joey qui furetait çà et là, la truffe au vent.

Ce qu'aucun d'eux ne comprenait, c'est que cet endroit représentait pour Mindy son dernier lien avec le passé. Elle avait appartenu au propriétaire du Man with a Load of Mischief, qui l'avait abandonnée en même temps que tout le reste : le pub, son honneur, sa respectabilité.

Les deux hommes embrassèrent du regard la façade à colombages de la longue bâtisse, la peinture blanche écaillée, la porte qui s'enfonçait dans le sol, les fenêtres aux vitres en losange envahies par les roses grimpantes. L'endroit était abandonné depuis des années.

— Cette vieille auberge a décidément beaucoup de charme, malgré son histoire mouvementée.

— Tu sais ce que j'en pense : vous devriez tous vous cotiser pour l'acheter. Après, vous pourriez y passer vos journées à discuter de choses sans intérêt.

Si Melrose parut scandalisé, ce n'était pas à cause du jugement que Jury venait de porter sur ses conversations avec ses amis.

— Ça ne marche pas comme ça. On ne peut pas changer la *mise en scène* [1]. Non, il faut que nous soyons toujours assis

---

1. En français dans le texte.

à la même table, sur les mêmes chaises, avec le tic-tac de la même horloge comtoise en fond sonore…

— Quelle horloge ? Je ne me rappelle pas avoir jamais vu d'horloge.

— Je l'avoue, je l'ai rajoutée. Il y a toujours une horloge comtoise dans mes histoires. Ce que je veux dire, c'est que si tu changes quoi que ce soit, c'est toute la toile qui se défait. Allez, viens, Mindy.

Mindy se releva péniblement mais ne bougea pas.

— Ne dis pas d'âneries. La toile ne se déferait pas même si le Jack and Hammer était soufflé par une explosion. En supposant que toi et ta bande en réchappiez, vous vous réuniriez ailleurs. Vous feriez salon à Stonehenge, autour d'une pierre, si vous n'aviez pas d'autre choix.

Ils avaient quitté le pub et entamé le trajet de retour vers Ardry End. Mindy fermait la marche, et Joey avait réglé son allure sur celle de la vieille chienne.

— C'est la chose la plus stupide que j'aie jamais entendue, protesta Melrose.

Jury, lui, trouvait cette idée séduisante. Il devait bien y avoir à Stonehenge quelques pierres couchées propres à servir de table. Il se retourna vers le Man with a Load of Mischief. Dans un sens, il se réjouissait de savoir le bâtiment à l'abandon. Ainsi, il pouvait imaginer qu'il attendait leur retour à tous.

Melrose lança un autre bâton et courut afin de le rattraper, comme s'il voulait montrer au chien comment faire.

— Allez, Chahut ! Rapporte !

Jury ne prit même pas la peine d'élever la voix.

— Il s'appelle Joey.

Composition et mise en pages : FACOMPO, LISIEUX

Cet ouvrage a été imprimé en France par

à Saint-Amand-Montrond (Cher)
en décembre 2010

N° d'édition : 8654 – N° d'impression : 103575/1
Dépôt légal : décembre 2010